La PRISON dorée

Ce livre est une fiction. Toute référence à des évènements historiques, des personnages ou des lieux réels serait utilisée de façon fictive. Les autres noms, personnages, lieux et évènements sont issus de l'imagination de l'auteur, et toute ressemblance avec des personnages vivants ou ayant existé serait totalement fortuite.

Collection New Romance® créée par Hugues de Saint Vincent, dirigée par Arthur de Saint Vincent
Traduit par Caroline de Hugo
Conception graphique Stéphanie Aguado

34-36, rue La Pérouse
75116 Paris
Collection dirigée par Franck Spengler
Ouvrage dirigé par Bénita Rolland

ISBN : 9782755640847
Dépôt légal : mai 2021
Imprimé en Espagne par Liberdúplex

ERIN

WATT

LES HÉRITIERS
TOME 3

La PRISON dorée

ROMAN

Traduit de l'américain
par Caroline de Hugo

Hugo Poche

NEW ROMANCE®

Aux lectrices qui sont tombées amoureuses de cette série.
Vous avez fait vivre ces histoires d'une façon que nous n'avions pas osé imaginer. Merci.

CHAPITRE 1

REED

– Où étiez-vous hier entre vingt heures et vingt-trois heures ?

– Depuis combien de temps entreteniez-vous une relation intime avec la petite amie de votre père ?

– Pourquoi l'avez-vous tuée, Reed ? Elle vous a mis en colère ? Elle vous a menacé de tout raconter à votre père ?

J'ai regardé assez de polars pour savoir qu'il ne faut parler à personne quand vous subissez un interrogatoire de police. C'est ça ou bien prononcer les cinq mots magiques : « Je veux mon avocat. »

C'est exactement ce que je fais depuis une heure. Si j'étais mineur, ces enfoirés n'oseraient pas m'interroger en l'absence d'un de mes parents ou d'un avocat. Mais j'ai dix-huit ans, donc je suppose qu'ils pensent que je suis une proie idéale. Ou que je suis assez stupide pour répondre à leur flot incessant de questions sans mon avocat. Les inspecteurs

Cousins et Schmidt n'ont pas l'air impressionnés par mon nom de famille. D'une certaine façon, je trouve ça assez rafraîchissant. Toute ma vie, j'ai obtenu des passe-droits parce que j'appartiens à la famille Royal. Quand je me mettais dans le pétrin à l'école, papa faisait un chèque et mes fautes étaient pardonnées. D'aussi loin que je me souvienne, les filles faisaient la queue pour sauter dans mon lit, juste pour pouvoir raconter à leurs copines qu'elles s'étaient tapé un Royal. Je n'ai pas particulièrement envie que les filles se battent pour moi. Il n'y a qu'une fille à laquelle je tiens en ce moment, Ella Harper. Et ça me tue qu'elle m'ait vu quitter la maison, menottes aux poignets.

Brooke Davidson est morte.

Je n'arrive toujours pas à intégrer ça. La blonde platine de mon père, sa nana croqueuse de diamants, était en pleine forme quand j'ai quitté le penthouse, plus tôt dans la soirée. Mais je ne vais pas raconter ça aux enquêteurs. Je ne suis pas idiot. Je sais qu'ils vont déformer tout ce que je dirai.

Frustré devant mon silence, Cousins frappe de ses deux mains sur la table métallique placée entre nous.

– Réponds-moi, petite merde !

Mes poings se serrent. Je m'efforce de détendre mes doigts. Il ne faut surtout pas que je me mette en pétard.

Sa partenaire, une femme tranquille du nom de Teresa Schmidt, lui lance un regard d'avertissement. Puis, d'une voix douce, elle dit :

– Reed, nous ne pouvons pas t'aider si tu ne coopères pas. Et nous voulons t'aider.

Je hausse un sourcil. Vraiment ? Le bon et le méchant flic ? Je suppose qu'ils ont vu les mêmes séries télé que moi. Je lance négligemment :

– Les gars, je commence à me demander si vous avez des problèmes d'audition ?

En souriant d'un air satisfait, je croise les bras :

– J'ai déjà demandé à voir mon avocat, cela signifie que vous êtes censés attendre qu'il arrive pour me poser des questions.

Schmidt répond :

– Nous pouvons te poser des questions, et toi, tu peux y répondre. Il n'y a pas de loi contre ça. Tu peux aussi nous donner des informations. Par exemple, nous pourrions avancer si tu nous expliquais pourquoi tu as du sang sur ta chemise.

Je résiste à la soudaine envie de poser une main sur mon flanc.

– Je vais attendre l'arrivée de Halston Grier, mais je vous remercie pour vos explications.

Cousins serre les dents, Schmidt se contente de soupirer. Puis les deux inspecteurs se lèvent et sortent de la pièce sans dire un mot.

Royal : 1

Police : 0

Sauf que, même s'ils m'ont lâché, ces salauds prennent bien tout leur temps pour accéder à ma demande. Pendant l'heure qui suit, je reste assis tout seul dans cette pièce, à me demander comment diable j'en suis arrivé là. Je ne suis pas un saint, je n'ai jamais prétendu en être un. J'ai eu ma part de bastons. Je suis sans pitié quand c'est nécessaire.

Mais… je ne suis pas ce type-là. Ce type qu'on a traîné hors de chez lui, menotté. Le type qui a dû affronter la peur dans le regard de sa copine parce qu'il est embarqué par les flics.

Au moment où la porte s'ouvre, je suis devenu claustrophobe. Du coup, je suis plus dur que je le devrais. Et je rabroue l'avocat de mon père :

– Vous avez vraiment pris votre temps.

Ce quinquagénaire aux cheveux gris porte un costume, malgré l'heure tardive. Il me répond avec un sourire triste :

– Bien. J'ai comme l'impression que vous êtes pleine forme.

– Où est papa ? je lui demande en regardant par-dessus son épaule.

– Il est dans la salle d'attente. Il ne peut pas entrer.

– Pourquoi ?

Grier referme la porte et s'avance jusqu'à la table. Il y pose sa serviette et l'ouvre.

– Parce qu'il n'existe aucune restriction à la possibilité qu'ont les parents de témoigner contre leurs enfants. Ça ne marche qu'entre conjoints.

Pour la première fois depuis que j'ai été arrêté, je me sens nauséeux.

Témoigner ? Ça ne va pas aller jusqu'au tribunal, n'est-ce pas ? Jusqu'où ces flics ont-ils prévu de poursuivre ces conneries ?

– Reed, respirez un bon coup.

J'ai des crampes au ventre. Mince. J'ai horreur de montrer ne serait-ce qu'un instant de faiblesse à ce type. La seule personne devant qui j'ai réussi à baisser la garde, c'est Ella. Cette fille a le pouvoir de briser mes défenses et de me voir moi, tel que je suis. Le vrai moi, pas le connard froid et dur que voit le reste du monde.

Grier sort un papier légal jaune et un stylo-plume en or.

Il installe sa chaise à côté de la mienne et me promet :

– Je vais régler tout ça. Mais d'abord, j'ai besoin de savoir de quoi nous parlons. D'après ce que j'ai réussi à extorquer aux détectives en charge de l'enquête, la caméra de sécurité vous a filmé en train d'entrer dans le penthouse O'Halloran à vingt heures quarante-huit, hier soir. Cette même vidéo vous montre qui en sortez, vingt minutes plus tard.

Je regarde autour de moi à la recherche de caméras ou de matériel d'enregistrement. Il n'y a pas de miroir, je ne pense pas qu'il y ait quelqu'un qui nous épie depuis la pièce adjacente. Du moins j'espère.

– Rien de ce que nous nous dirons ne sortira d'ici, m'assure Grier quand il remarque mon air inquiet. Ils n'ont pas le droit de nous enregistrer. C'est le privilège avocat-client.

Je me détends en soufflant un bon coup.

– Ouais. Je suis passé au penthouse. Mais, putain, je ne l'ai pas tuée.

Grier hoche la tête.

– Très bien.

Il note quelque chose sur son bloc-notes.

– Reprenons depuis le début. Parlez-moi de Brooke Davidson et de vous. Le moindre détail est important. Je dois tout savoir.

Je retiens un soupir. Génial. Ça va être marrant.

CHAPITRE 2

ELLA

Les fils Royal ont leurs chambres dans l'aile Sud, alors que la suite de leur père est à l'autre bout du manoir. Je vire donc à droite en haut des escaliers et je me précipite sur le parquet lustré, jusqu'à la porte d'Easton. Il ne répond pas quand je frappe. Je vous jure, ce mec pourrait continuer à dormir en plein ouragan. Je frappe un peu plus fort. Comme je n'entends rien, j'ouvre la porte en grand pour découvrir Easton endormi à plat ventre. Je m'avance et le secoue. Il marmonne quelque chose.

Je le secoue à nouveau, la panique me serre la gorge. Comment peut-il être encore endormi ? Comment a-t-il pu dormir avec tout le vacarme en bas ? J'éclate :

– Easton ! Réveille-toi !

– Qu'est-ce qu'il y a ? bougonne-t-il en entrouvrant un œil. Merde, c'est déjà l'heure de l'entraînement ?

Il roule sur lui en tirant sur ses couvertures et en révélant ainsi plus de peau nue que je ne devrais en voir. Sur le sol, je trouve un bas de jogging que je balance sur le lit. Il atterrit sur sa tête.

– Lève-toi.

– Pourquoi ?

– Parce que le ciel nous tombe dessus !

Il cligne des yeux, l'air hagard.

– Hein ?

– C'est la grosse cata ! je hurle, avant de me forcer à respirer profondément pour reprendre mon calme.

Ça ne marche pas. J'aboie :

– Rejoins-moi dans la chambre de Reed, ok ?

Il doit entendre l'angoisse dans ma voix, parce qu'il se lève aussitôt. J'aperçois un autre éclair de peau nue en passant la porte.

Avant d'aller dans la chambre de Reed, je pousse jusqu'à la mienne. Cette maison est ridiculement trop grande, ridiculement belle, mais ses habitants sont tous totalement perturbés. Moi y compris.

Je suppose que je suis vraiment une Royal.

Mais non, pas vraiment. L'homme en bas des escaliers en est le rappel flagrant. Steve O'Halloran. Mon père, pas si mort que ça. Une vague d'émotions me submerge. Mes genoux se mettent à trembler, je crois que je deviens légèrement hystérique. Je me sens terriblement coupable de l'avoir abandonné en bas des marches comme ça. Je ne me suis même pas présentée avant de lui tourner le dos et de disparaître dans les escaliers en courant.

D'accord, Callum Royal a fait la même chose. Il est tellement inquiet pour Reed qu'il s'est contenté de lui lancer :

– Je ne peux pas m'occuper de ça maintenant. Steve, attends-moi ici.

En dépit de ma culpabilité, j'enferme Steve dans une petite boîte, dans un coin de mon cerveau, et je pose dessus un couvercle de plomb. Je ne peux pas penser à lui en ce moment. Il faut que je me concentre sur Reed.

Une fois dans ma chambre, je sors à toute vitesse mon sac à dos de sous mon grand lit. Je le garde toujours à portée de main. J'ouvre la fermeture Éclair et je pousse un soupir de soulagement en voyant la pochette en cuir qui contient les versements mensuels en cash que me fait Callum. Quand je suis arrivée, Callum m'avait promis de me verser dix mille dollars par mois si je ne tentais pas de m'enfuir. Au début, je détestais le manoir Royal, mais j'ai très rapidement appris à l'aimer. À présent, je ne pourrais plus imaginer vivre ailleurs. Je resterais, même sans la motivation de recevoir tout ce cash.

Mais, sans doute à cause de mes années de galère et de ma nature inquiète, je n'ai jamais demandé à Callum d'arrêter.

À présent, je lui suis éternellement reconnaissante pour ce bonus. Il y a assez d'argent dans mon sac pour subvenir à mes besoins pendant des mois, voire sans doute plus longtemps.

Je passe le sac à dos sur une épaule et me dirige vers la porte de Reed au moment précis où Easton apparaît dans le couloir. Ses cheveux bruns sont en bataille, mais au moins il a enfilé un pantalon.

– Qu'est-ce qui se passe, bordel ? me demande-t-il en me suivant dans la chambre à coucher de son grand frère.

J'ouvre les portes du dressing de Reed en jetant des regards frénétiques dans ce vaste espace. Je finis par trouver ce que je cherche sur une étagère basse, au fond.

– Ella ? m'interroge Easton.

Je ne lui réponds pas. Il fronce les sourcils en me voyant traîner une vieille valise bleu marine sur la moquette écrue.

– Ella ! Tu vas me parler ?

Il se met à écarquiller les yeux comme de véritables soucoupes quand je commence à balancer des fringues dans la valise. Quelques tee-shirts, le sweat vert préféré de Reed, des jeans, deux ou trois débardeurs ? Ce dont il va avoir besoin… Hum, des boxers, des chaussettes, une ceinture…

– Pourquoi est-ce que tu sors les affaires de Reed ?

Voilà que Easton me hurle pratiquement dessus. La violence dans sa voix me fait sortir de mon état de sidération.

Un tee-shirt gris glisse de mes mains sur la moquette. Mon pouls s'accélère, je me remets à envisager la gravité de la situation.

– Reed a été arrêté pour le meurtre de Brooke, lui dis-je à brûle-pourpoint. Ton père est avec lui au commissariat de police.

Easton est sur le cul. Il s'écrie :

– C'est quoi ce bordel ?

Et :

– Les flics sont venus pendant que nous étions partis dîner ?

– Non, après notre retour de DC.

Tout le monde, sauf Reed, était allé dîner à DC.

C'est comme ça chez les Royal. Ils sont tellement pleins aux as que Callum a plusieurs jets privés à sa disposition. Ce qui aide, probablement, c'est qu'il possède une entreprise qui conçoit des avions, mais c'est tout de même complètement surréaliste. Nous sommes partis en avion de Caroline du Nord jusqu'à Washington DC hier soir, pour aller dîner. C'est de la folie douce de riches.

Reed, lui, était resté parce qu'il avait mal aux côtes. Il y a peu, il a été poignardé sur les docks. Il avait prétexté que ses calmants le mettaient trop dans le cirage pour pouvoir nous suivre. Mais il n'était pas trop dans le cirage pour aller voir Brooke…

Seigneur, qu'a-t-il fait dans la soirée ?

– Ça s'est passé il y a environ dix minutes. Tu n'as pas entendu ton père gueuler sur l'inspecteur ?

– Je n'ai rien entendu ! Je... aah... (La honte transparaît soudain dans son regard.) Je me suis descendu un mickey[1] de vodka chez Wade, dans la soirée. Je suis rentré et je me suis écroulé sur mon lit.

Je n'ai même pas la force de le réprimander parce qu'il boit trop. Les problèmes d'addiction d'Easton sont sérieux, mais les problèmes de Reed sont un million de fois plus graves pour l'instant.

Je serre les poings. Si Reed était en face de moi, je lui en balancerais une. D'abord, pour m'avoir menti, ensuite pour s'être fait embarquer par la police.

Easton finit par rompre ce silence de plomb entre nous.

– Tu crois que c'est lui ?

– Non.

Mais aussi sûre de moi que je paraisse, intérieurement je suis chamboulée.

Quand je suis rentrée de ce dîner, j'ai bien vu que les points de suture de Reed avaient craqué et qu'il avait du sang sur le ventre. Pourtant, je ne partage pas ces détails compromettants avec Easton.

---

1. Un mickey est une boisson alcoolisée dans laquelle on a versé une drogue, le plus souvent de l'hydrate de chloral, qui provoque l'inconscience du buveur. (Ndt, ainsi que pour toutes les notes suivantes)

J'ai confiance en lui, mais il est rarement sobre. Je dois protéger Reed avant toute chose, et qui sait ce que pourrait bien sortir Easton quand il est bourré ou défoncé.

En déglutissant avec peine, je me concentre à nouveau sur ma tâche – protéger Reed. Je jette encore quelques vêtements dans la valise avant de la boucler.

– Tu ne m'as toujours pas dit pourquoi tu fais sa valise, me demande Easton d'un air vexé.

– C'est pour le cas ou nous devrions fuir.

– Nous ?

– Reed et moi.

Je me redresse et je cours à la commode de Reed pour faire une razzia dans son tiroir à chaussettes.

– Je veux être prête, à tout hasard, ok ?

Voilà une chose dans laquelle j'excelle, être prête à partir en courant. J'ignore si nous allons en arriver là. Peut-être que Reed et Callum vont rentrer en nous annonçant : « Tout est arrangé ! Les charges ont été abandonnées ! » Peut-être qu'on refusera la libération sous caution à Reed, ou je ne sais pas comment ça peut bien s'appeler, et qu'il ne rentrera pas du tout à la maison.

Mais si rien de tout cela n'arrive, je veux être prête à quitter la ville à toute vitesse. Mon sac à dos est rempli de tout ce dont j'ai besoin, mais Reed ne planifie pas les choses comme moi. C'est un impulsif. Il ne réfléchit pas toujours avant d'agir.

Avant de tuer ?

Je repousse cette pensée atroce. Non. Reed n'aurait pas pu faire ce dont on l'accuse.

– Pourquoi est-ce que vous gueulez comme ça ? demande une voix ensommeillée depuis l'entrée de la chambre de Reed. On vous entend de l'autre bout du couloir.

Les jumeaux Royal, âgés de seize ans, entrent dans la pièce. Chacun d'eux s'est enveloppé la taille dans une couverture. Personne ne porte jamais de pyjama dans cette maison ?

– Reed a dézingué Brooke, annonce Easton a ses frères.

– Easton !

– Quoi ? Je ne suis pas censé dire à mes frères que notre autre frère vient d'être arrêté pour meurtre ?

Sawyer et Sebastian sont soufflés.

– Tu es sérieux ? demande Sawyer.

Je murmure :

– Les flics viennent de l'embarquer.

Easton a l'air un peu sonné :

– Et je dis juste qu'ils n'auraient pas fait ça s'ils n'avaient pas de preuves contre lui. Peut-être que c'est à cause de…

Il dessine un cercle devant son ventre. Confus, les jumeaux plissent les paupières.

– Quoi ? Du bébé ? demande Seb. Pourquoi Reed se soucierait-il du fœtus diabolique de Brooke ?

Merde. J'avais oublié que les jumeaux n'étaient pas au courant. Ils savaient que Brooke était enceinte. Nous étions tous là quand elle nous a fait son annonce, mais ils ignorent l'autre affirmation de Brooke. Je dois le leur dire :

– Brooke menaçait Reed de dire que c'était lui le père de son enfant.

Quatre yeux bleus identiques s'élargissent.

– Il ne l'était pas, dis-je fermement. Il a fait l'amour avec elle une ou deux fois, il y a plus de six mois. Elle n'était pas enceinte depuis si longtemps.

Seb hausse les épaules :

– Peu importe. Donc, tu dis que Reed a sauté la fiancée enceinte de papa et qu'il l'a ensuite éliminée pour ne pas avoir un Reed miniature qui lui court autour ?

Je hurle :

– Ce n'est pas le sien !

– Alors, c'est vraiment celui de papa ? dit lentement Sawyer.

J'hésite.

– Je ne le pense pas.

– Pourquoi ça ?

– Parce que.

Beurk. Les secrets de cette maison pourraient remplir la moitié des océans. Mais j'en ai marre, je n'en garderai plus aucun. Ça ne nous fait pas de bien.

– Il a subi une vasectomie.

Seb plisse les yeux.

– C'est papa qui te l'a dit ?

Je hoche la tête.

– Il a dit qu'il l'avait fait après votre naissance parce que votre mère voulait encore des enfants, or elle ne pouvait plus en avoir sans risquer pour sa vie.

Les jumeaux se regardent, ils communiquent silencieusement. Easton se frotte le menton :

– Maman a toujours voulu avoir une fille. Elle en parlait beaucoup, elle disait qu'une fille nous rendrait meilleurs, plus doux. (Il fait une moue.) Mais je ne crois vraiment pas que les filles me ramollissent.

La frustration m'étreint. Bien entendu, Easton fait des sous-entendus sexuels. Comme toujours. Sawyer étouffe un rire derrière sa main tandis que Seb, lui, se marre ouvertement.

– Donc, supposons que Reed et papa disent tous les deux la vérité, alors qui est le père du bébé ?

– Il n'en a peut-être pas ? suggère Easton.

– Il faut bien qu'il en ait un. Ni Reed ni Callum n'ont jamais mis en doute la grossesse de Brooke, donc elle doit être réelle.

– Pas nécessairement, rétorque Easton. Elle aurait très bien pu mentir. Peut-être que son plan, c'était de simuler une fausse couche pour que papa soit obligé de l'épouser.

Seb acquiesce, visiblement d'accord avec cette idée :

– Tordu, mais possible.

– Pourquoi est-ce que tu crois que Reed ne l'a pas tuée ? me demande Easton, les yeux bleus pleins d'interrogations.

Je lui renvoie à la figure :

– Pourquoi penses-tu qu'il soit capable de faire ça ?

Il hausse les épaules et regarde les jumeaux, pas moi.

– Si elle menaçait la famille, il aurait peut-être pu le faire. Peut-être qu'ils se sont disputés, et que c'était un accident. Il y a beaucoup d'explications possibles.

La nausée me remonte dans l'estomac. Ce qu'Easton est en train de dépeindre est… plausible. Les points de suture de Reed avaient lâché. Il avait du sang sur lui. Et s'il…

Je m'étrangle :

– Non, il n'a pas fait ça. Et je ne veux plus que nous en parlions. Il est innocent. Point final.

– Alors, pourquoi tu te prépares à quitter la ville ?

La question tranquille d'Easton flotte dans la chambre. Je ravale un gémissement angoissé, je me frotte les yeux des deux mains. Il a raison. Une partie de moi a déjà décidé que Reed pouvait très bien être coupable. N'est-ce pas pour cela que j'ai préparé sa valise et que j'ai sorti mon sac à dos ?

Le silence s'installe, jusqu'à ce qu'il soit finalement rompu par un bruit de pas très distinct, quelque part en bas. Comme la famille Royal n'a pas de personnel qui vit sur place, les garçons se tétanisent devant ces signes de vie.

– C'était la porte d'entrée ? demande Seb.

– Ils sont de retour ? questionne Sawyer.

Je me mords la lèvre.

– Non, ce n'était pas la porte d'entrée. C'est…

Ma gorge se serre à nouveau. Mon Dieu. J'ai oublié Steve. Comment ai-je pu l'oublier, bordel ?

– Qui est-ce ? me presse Easton.

– Steve, j'avoue.

Ils me dévisagent tous.

– Steve est en bas. Il a sonné quand ils ont embarqué Reed.

– Steve, répète Easton, sidéré. Oncle Steeve ?

Sebastian fait un bruit rauque :

– Oncle Steve le mort ?

Je serre les dents :

– Il n'est pas mort. Cela dit, il ressemble à Tom Hanks dans *Seul au monde*. Moins le volley-ball.

– Putain de merde.

Easton s'avance en direction de la porte. Je l'arrête en l'attrapant par le poignet et j'essaie de le retenir. Je n'en ai pas la force, mais ça nous offre une pause.

Il penche la tête pour m'examiner un instant.

– Tu ne veux pas aller lui parler ? C'est ton père, Ella.

Ma panique décuple.

– Non. C'est juste un type qui a mis ma mère enceinte. Je ne peux pas lui parler maintenant. Je… (Je déglutis à nouveau.) Je ne crois pas qu'il a réalisé que je suis sa fille.

– Tu ne lui as pas dit ? s'exclame Sawyer.

Je secoue lentement la tête.

– Est-ce que l'un de vous pourrait descendre et… je ne sais pas… l'emmener dans la chambre d'amis ou un truc du genre ?

– Je vais le faire, répond immédiatement Seb.

– Je viens avec toi, renchérit son frère. Il faut que je voie ça.

– Les mecs, ne dites rien à mon propos. Sérieusement, je ne suis pas prête. Attendons le retour de Callum.

Les jumeaux échangent à nouveau un de leurs regards où ils se disent tout en une seconde.

– Bien sûr, dit Seb, et ils s'en vont.

Ils galopent dans les escaliers pour aller au-devant de leur oncle-pas-mort.

Eston s'avance vers moi. Son regard se pose sur la valise près du placard et s'arrête ensuite sur mon visage. D'un seul coup, il attrape ma main.

– Ne t'enfuis pas, petite sœur. Tu sais que c'est une idée débile.

Je regarde fixement nos doigts entrelacés.

– Je suis comme ça, Easton.

– Non, tu es une battante.

– Je peux me battre pour les autres. Comme maman ou Reed ou toi, mais… je ne suis pas bonne lorsqu'un conflit me concerne directement.

Et je me remets à me mordre la lèvre inférieure, très fort.

– Pourquoi est-ce que Steve est ici ? Il est censé être mort. Et comment ont-ils pu arrêter Reed ?

(Ma voix tremble violemment.) Qu'est-ce qui va se passer s'il va en prison ?

– Il n'ira pas. (Sa main serre la mienne.) Reed va revenir, Ella. Papa va tout arranger.

– Et s'il n'y arrive pas ?

– Il le fera.

– Mais… s'il ne peut pas ?

CHAPITRE 3

ELLA

Après une nuit d'insomnie, je me retrouve dans le salon qui domine la cour de devant. Un banc capitonné a été installé sous l'immense surface vitrée qui s'ouvre sur la façade de la maison. Je me jette dessus et je me mets à guetter l'allée circulaire par la fenêtre.

Mon téléphone est posé sur mes genoux, mais il n'a pas sonné une seule fois de toute la nuit. Rien.

Mon imagination se déchaîne. J'imagine toutes sortes de scénarios. Il est en prison. Il est en salle d'interrogatoire. Ses poignets et ses chevilles sont entravés. Un flic l'a tabassé parce qu'il ne répondait pas à ses questions. Est-ce qu'il faut qu'il reste en prison jusqu'au procès ? Je ne sais pas du tout comment fonctionne tout ce truc d'arrestation, d'accusation, de procès.

Ce que je sais, c'est que plus longtemps Callum et Reed seront absents, plus profond je sombrerai.

– Bonjour.

Je manque tomber du banc en entendant le son d'une voix inconnue. Pendant un instant, je pense que quelqu'un s'est introduit dans la maison, ou que peut-être les enquêteurs sont de retour pour effectuer des recherches. Mais quand je lève la tête, c'est Steve O'Halloran que je vois dans l'encadrement de la porte. Il s'est rasé et il a enfilé un pantalon de sport et un polo. Il ressemble beaucoup moins à un SDF et beaucoup plus aux pères des étudiants qu'on croise autour d'Astor Park, l'école privée où les Royal et moi sommes inscrits.

– Ella, c'est ça ?

Il me lance un sourire hésitant. Je hoche vivement la tête et je repose mon téléphone, la tête en bas, en me retournant vers la fenêtre. Je ne sais pas comment réagir. Hier soir, je suis restée planquée dans ma chambre pendant qu'Easton et les jumeaux s'occupaient de Steve. Je ne sais ce qu'ils lui ont raconté à mon propos, mais il paraît évident qu'il n'a aucun souvenir de moi ni de la lettre qu'il a reçue de ma mère avant de partir pour ce voyage en deltaplane pendant lequel il était censé avoir trouvé la mort.

Easton est passé me voir avant de se coucher pour me prévenir que Steve était installé dans la chambre d'amis verte. Je ne savais même pas qu'il existait une chambre d'amis verte ni où elle se trouve.

Un sentiment d'anxiété me saisit, j'ai envie de fuir et de me cacher. Je me cache. Mais il m'a quand même trouvée. Affronter mon père est plus intimidant que d'affronter une centaine de sorcières à l'école.

– Eh bien, Ella. Je suis un peu embarrassé.

Je sursaute à nouveau en entendant sa voix si proche. En regardant derrière mon épaule, je me rends compte qu'il est à quelques dizaines de centimètres de moi. J'enfonce mes talons dans les coussins du banc, je me force à rester immobile. C'est juste un homme. Deux jambes, deux bras. Juste un homme qui a reçu une lettre d'une femme mourante au sujet d'une fille qu'il ne connaissait même pas, et au lieu de partir à la recherche de cette femme et de son enfant, il est parti à l'aventure. C'est ce genre d'homme.

– Est-ce que tu m'as entendu ?

Il semble encore plus déconcerté, il a l'air de se demander si je l'ignore ou si je suis simplement sourde.

Je jette un regard désespéré en direction de la porte. Où est Easton ? Et pourquoi Reed n'est-il pas encore rentré à la maison ? Et s'il ne rentrait plus jamais ?

La panique qui me serre la gorge manque m'étouffer.

– Je vous ai entendu, je finis par murmurer.

Steve se rapproche encore. Je peux sentir l'odeur du savon qu'il a utilisé ce matin.

– Je ne sais pas vraiment à quoi je m'attendais en sortant de ce taxi hier soir, mais… (il continue sur un ton désabusé) sûrement pas à ça. D'après ce qu'East m'a raconté, j'ai cru comprendre que Reed a été arrêté ?

J'acquiesce d'un geste de la tête saccadé. Et je ne sais pas pourquoi, ça me dérange de l'entendre appeler Easton « East ». Ce surnom sonne mal dans la bouche d'un étranger. *Mais ce n'est pas un étranger. Il les connaît depuis qu'ils sont nés.*

Je déglutis. Je suppose que oui. Je suppose que si quelqu'un est un étranger ici, c'est moi et pas Steve O'Halloran. Je crois me souvenir que Callum m'a dit un jour que Steve était le parrain de tous ses fils.

– Mais personne n'a pensé à me dire qui tu es. Je sais que j'ai été absent pendant longtemps, mais la maison Royal a été une demeure de célibataires pendant bien des années.

Un frisson me parcourt l'échine. Non. Seigneur. Non. Je suis incapable d'avoir cette conversation maintenant. Mais Steve me dévisage de ses yeux bleu délavé. Il attend une réponse, je sais que je dois lui en fournir au moins une.

– Je suis la pupille de Callum.

– La pupille de Callum, répète-t-il sur un ton carrément incrédule.

– Oui.

– Qui sont tes parents ? Des amis de Callum ? Est-ce que je les connais ? demande-t-il, à moitié pour lui-même.

La panique m'envahit. Heureusement je n'ai pas à lui répondre, parce qu'à cet instant, j'aperçois une limousine noire qui pénètre dans l'allée.

Ils sont de retour !

Je bondis du banc, je me jette dans l'entrée en moins de deux. Un Callum très las et un Reed tout aussi fatigué pénètrent dans la maison. Tous les deux s'arrêtent net en me voyant.

Reed se tourne. Ses yeux bleu vif plongent dans les miens. Mon cœur tressaute, puis se met à battre comme un fou. Sans un mot, je me jette à son cou.

Il m'attrape. Une main puissante plonge dans mes cheveux, l'autre enserre ma taille. Je m'accroche à lui, j'écrase ma poitrine contre la sienne, comme si je voulais le protéger par cette simple étreinte.

– Tu vas bien ? je chuchote contre sa poitrine.

– Ça va bien.

Sa voix est grave et rauque. Les larmes me piquent les yeux :

– J'ai eu peur.

– Je sais.

Son souffle chatouille mon oreille.

– Ça va aller. Je te le promets. Montons, je vais tout t'expliquer.

– Non, tu ne vas pas le faire, lance froidement Callum quand il entend la promesse de Reed. Tu ne dois parler à personne, à moins que tu veuilles faire d'Ella un témoin.

Un témoin ? Oh mon Dieu. La police parle de témoins et Reed me raconte que tout va bien ? Un autre bruit de pas se fait entendre dans notre dos. Reed me lâche et pose les yeux sur l'homme grand et blond qui entre dans le hall d'entrée.

– Oncle Steve ? lâche-t-il.

– Reed.

Steve le salue d'un signe de tête. Callum se tourne vers mon père.

– Steve, bon sang, je t'avais oublié. Je pensais que j'avais rêvé.

Son regard passe de Steve à moi.

– Vous vous êtes déjà rencontrés ?

Je hoche vigoureusement la tête en essayant de lui faire comprendre que je ne veux pas que tout ce machin père-fille sorte maintenant.

Callum fronce les sourcils, mais son attention est attirée ailleurs lorsque Steve répond :

– Nous étions en train de faire connaissance quand vous êtes arrivés, et non, tu n'as pas rêvé. J'ai survécu.

Les deux hommes se dévisagent pendant un moment. Puis chacun fait un pas vers l'autre et ils se donnent une franche accolade qui inclut plusieurs bonnes tapes dans le dos.

– Merde, c'est bon d'être de retour à la maison, dit Steve à son vieil ami.

– Comment es-tu arrivé ici ? (Callum recule, l'air atterré.) Où étais-tu passé pendant ces neuf mois ? D'une voix mi en colère, mi-effrayée, il ajoute :

– J'ai dépensé cinq millions de dollars pour te rechercher et te porter secours.

– C'est une longue histoire, admet Steve. Pourquoi ne pas nous asseoir quelque part pour que je te raconte ?

Les trois plus jeunes frères Royal apparaissent en haut des escaliers du deuxième étage. Leurs yeux bleus se fixent instantanément sur Reed.

– Je vous avais bien dit qu'il allait rentrer ! hurle Easton en dévalant les escaliers quatre à quatre.

Il a le cheveu en bataille et il ne porte rien d'autre qu'un boxer, mais ça ne l'empêche pas de serrer Reed dans ses bras.

– Ça gaze, frangin ?

– Ça va, grogne Reed.

Sawyer et Sebastian se mêlent au groupe en se tournant vers leur père.

– Qu'est-ce qui s'est passé au commissariat ? demande Sawyer.

– Et qu'est-ce qui va se passer maintenant ? poursuit Seb.

Callum soupire :

– J'ai tiré un ami du lit, un juge que je connais, et il est venu ce matin fixer la caution de Reed. Je dois déposer le passeport de Reed demain matin au greffe du tribunal. Et voilà, nous devons attendre. Tu vas devoir rester plus longtemps ici, Steve, précise-t-il à mon père, ton appartement est une scène de crime.

– Pourquoi ? Quelqu'un s'est enfin décidé à éliminer ma chère épouse ? demande Steve d'une voix sèche.

Je sursaute de surprise. La femme de Steve, Dinah, est une femme atroce, venimeuse, mais je ne peux pas croire qu'il plaisante à propos de son assassinat. Callum ne peut pas y croire non plus, parce qu'il lui répond sur un ton tranchant :

– Tu ne devrais pas plaisanter là-dessus, Steve. Mais non, c'est Brooke qui est morte. Et Reed ici présent est accusé à tort d'avoir porté les coups.

La main de Reed se referme sur la mienne. Les sourcils de Steve, quant à eux, rejoignent presque la lisière de ses cheveux.

– Comment est-ce arrivé ?

– Traumatisme crânien, répond calmement Reed. Et non, ce n'est pas moi qui l'ai tuée.

Callum regarde son fils fixement.

– Quoi ? gronde Reed. Ce sont les faits, et je n'ai pas peur des faits. Je suis allé là-bas hier après que Brooke m'a appelé. Vous étiez tous partis et je me sentais bien, alors j'y suis allé. Nous nous sommes disputés. Je suis parti. Quand je suis parti, elle n'était pas contente, mais elle était vivante. Voilà toute l'histoire.

Et tes points de suture, alors ? ai-je envie de crier. *Et le sang que j'ai vu sur ton ventre lorsque je suis rentrée à la maison après dîner ?*

Ces mots se bousculent dans ma gorge, au point de me faire tousser violemment. Tous les regards se tournent vers moi jusqu'à ce qu'Easton dise finalement :

– Bon, si c'est ça l'histoire, je suis avec toi.

Reed se renfrogne :

– Ce n'est pas une histoire, c'est la vérité.

Easton hoche la tête :

– Comme je te l'ai dit, frangin, je suis totalement avec toi.

Son regard se dirige vers le nouveau venu, qui nous a rejoints.

– De toute façon, j'aimerais vachement mieux entendre l'histoire d'oncle Steve. Revenir d'entre les morts ? Ça, c'est du lourd.

– Ouais, il n'a rien voulu nous dire hier soir, bougonne Sebastian en jetant un coup d'œil à son père. Il a tenu à t'attendre.

Callum laisse échapper un autre soupir.

– Pourquoi ne pas aller dans la cuisine ? Je boirais volontiers un café. Celui du commissariat m'a donné des brûlures d'estomac.

Nous suivons tous le chef de la famille Royal dans la grande cuisine moderne dont je suis tombée amoureuse dès que j'y suis entrée. Callum se dirige vers la cafetière électrique et tous les autres s'installent autour de la table, comme si c'était un dimanche comme les autres, pas un dimanche après que Reed a été arrêté pour meurtre et qu'un mort ressuscité de l'océan a frappé à notre porte.

C'est tellement surréaliste. Je n'y comprends rien. Rien du tout.

Assis sur la chaise à côté de la mienne, Reed a posé une main sur ma cuisse. Je ne sais pas si c'est pour me réconforter ou se réconforter, lui. Ou peut-être veut-il nous réconforter tous les deux ? Dès qu'il est assis, Easton revient à la charge :

– Alors, est-ce que tu vas finalement nous raconter pourquoi tu n'es pas mort ? demande-t-il à mon père.

Steve a un petit sourire :

– Je ne sais toujours pas si vous êtes contents ou pas de me revoir.

Ni l'un ni l'autre, je manque m'écrier. Je réussis à me retenir au dernier moment, mais c'est pourtant la vérité. La réapparition de Steve ajoute encore à la confusion plutôt qu'autre chose. C'est même légèrement terrifiant.

– Heureux, répondent les jumeaux à l'unisson.

– C'est sûr, acquiesce Easton.

Puis c'est au tour de Reed de demander d'une voix aiguë :

– Comment se fait-il que tu sois vivant ?

Et sa main me caresse doucement la cuisse, comme s'il sentait combien je suis tendue.

Steve recule dans sa chaise.

– Je ne sais pas ce que Dinah a bien pu vous raconter sur notre petit voyage.

– Que vous êtes partis en deltaplane et que les deux harnais ont rompu, répond Callum en nous rejoignant à table. (Il pose une tasse de café devant Steve, s'assied et boit la sienne à petites gorgées.) Dinah a pu ouvrir son parachute de secours. Tu es tombé dans l'océan. J'ai passé quatre semaines à rechercher ton corps.

Un sourire torve apparaît sur le visage de Steve.

– Et seulement cinq millions, tu as dit. Tu as voulu faire des économies à mes dépens, mon vieux ?

Callum ne trouve pas ça amusant. Son expression se fige, son visage est dur comme du granit.

– Pourquoi n'es-tu pas rentré directement après avoir été secouru ? Ça fait neuf mois, pour l'amour de Dieu.

Steve lève une main tremblante vers son menton.

– Parce qu'on m'a sauvé il y a seulement quelques jours.

– Quoi ? (Callum a l'air effaré.) Mais alors, où diable étais-tu pendant tous ces mois ?

– Je ne sais pas si c'est à cause de la malnutrition ou de la maladie, mais je ne me souviens pas de tout. J'ai été rejeté par les flots sur le rivage de Tavi, un îlot minuscule à environ trois cent vingt kilomètres des Tonga. J'étais sérieusement déshydraté et j'ai déliré pendant des semaines. Les habitants ont pris soin de moi, et je serais rentré plus vite si la seule façon de quitter l'île n'était un bateau de pêche qui fait escale deux fois par an pour commercer avec les îliens.

C'est ton père qui parle, me dit mon cerveau. Je cherche des ressemblances avec moi sur son visage, mais je ne trouve rien, sauf la couleur de mes yeux. Hormis ça, j'ai les traits de ma mère, sa silhouette, ses cheveux. Je suis une version de Maggie Harper en plus jeune, aux yeux bleus, mais elle n'a pas dû beaucoup marquer Steve parce qu'il ne montre aucun signe de reconnaissance.

– Il se trouve que les habitants récoltent les œufs d'une mouette spéciale, qui sont très prisés en Asie. Le bateau de pêche m'a ramené au Tonga, et j'ai réussi à me faire rapatrier à Sydney.

Il prend une petite gorgée de café avant de lancer la conclusion du siècle :

– C'est un miracle que je sois vivant.

– Quand es-tu arrivé à Sydney ? demande Sebastian.

Mon père pince les lèvres en réfléchissant.

– Je ne me souviens pas. Je dirais il y a deux ou trois jours ?

Callum proteste :

– Et tu n'as pas pensé à nous téléphoner pour nous dire que tu étais vivant ?

Steve lui répond fermement :

– J'avais des affaires à régler. Je savais que si j'appelais, tu sauterais dans le premier avion venu et je ne voulais pas être dérangé dans ma quête de réponses.

– De réponses ? répète Reed sur un ton encore plus cinglant.

– Je suis allé trouver le guide qui avait organisé la balade en deltaplane pour récupérer mes affaires. Je lui avais laissé mon passeport, un portefeuille, des vêtements.

– Tu as retrouvé le guide ?

Easton, lui aussi, est captivé par cette histoire. Comme nous tous.

– Non. Le guide avait disparu depuis des mois. Quand j'ai buté contre cette impasse, je suis allé à l'ambassade des USA et ils m'ont rapatrié. J'arrive tout droit de l'aéroport.

– C'est une bonne chose que tu ne sois pas passé par chez toi. Tu aurais pu être arrêté toi aussi, dit Callum d'un air sinistre.

– Où est ma femme ? demande Steve, soudain sur ses gardes. Dinah et Brooke sont inséparables.

– Dinah est encore à Paris.

– Qu'est-ce qu'elles étaient allées faire là-bas ?

– Elle et Brooke étaient parties faire du shopping… (Callum fait une pause) pour le mariage.

Steve renifle :

– Quel est le couillon qui s'est laissé embarquer là-dedans ?

– Celui-ci, dit Callum en se désignant.

– Tu plaisantes.

– Elle était enceinte. J'ai cru que c'était le mien.

– Mais tu as subi une vas…

Steve se tait et regarde rapidement autour de la table pour vérifier que personne n'a compris.

– Une vasectomie ? termine Easton.

Les yeux de Callum me transpercent avant de se diriger vers son fils.

– Tu savais ?

Je redresse le menton :

– Je leur ai dit. Il y a trop de secrets à la con dans cette maison.

– Je suis d'accord, déclare Steve.

Il se tourne pour planter ses yeux bleus familiers dans les miens.

– Callum, dit-il sans me quitter du regard, maintenant que j'ai répondu à toutes tes questions, peut-être peux-tu répondre à l'une des miennes ? Qui est cette ravissante jeune personne ?

La main de Reed se crispe sur ma cuisse. Le nœud que j'ai dans le ventre ressemble à présent à un bloc de béton, mais à un moment, il faut bien que la vérité sorte. Autant que ce soit maintenant.

Je demande en souriant faiblement :

– Vous ne me reconnaissez pas ? Je suis votre fille.

CHAPITRE 4

ELLA

Je ne crois pas que Steve O'Halloran soit homme à être pris au dépourvu bien souvent. Pourtant, un choc intense tétanise son corps et son visage.

– Ma…

Il se recule et se tourne vers Callum comme pour chercher de l'aide ? Je n'en suis pas certaine. Mais pour un homme qui vient de demander si négligemment qui avait « éliminé » sa femme, il semble incapable de digérer cette révélation pourtant bien moins dramatique, à savoir qu'il est assis à la même table que sa môme.

– … fille, termine doucement Callum.

Steve cligne des paupières à toute vitesse.

– Tu te rappelles la lettre que tu as reçue juste avant de partir faire ce voyage avec Dinah ? demande Callum.

Steve secoue lentement la tête.

– Une lettre… de qui ?

– De la mère d'Ella.

– Maggie, dis-je d'une voix rauque. (Penser à maman me remue toujours.) Vous l'avez rencontrée il y a dix-huit ans lorsque vous étiez en permission. Vous deux, euh…

– Vous avez fait crac-crac, vous avez mélangé vos fluides, vous avez fait la bête à deux dos, explique Easton.

Callum prend la relève avant que son fils n'ait le temps de sortir les milliers d'obscénités qu'il a sur le bout de la langue :

– La mère d'Ella est tombée enceinte. Elle a essayé de te retrouver pendant sa grossesse, sans résultat. Quand on lui a diagnostiqué un cancer, elle a envoyé une lettre à ton ancienne base, en espérant qu'ils sauraient où te la faire parvenir. C'est ce qu'ils ont fait. Tu as reçu la lettre il y a neuf mois, juste avant que tu partes.

Steve cligne à nouveau des yeux. Au bout de quelques secondes, son regard se pose sur moi. Il semble curieux. Heureux.

Je me tortille sur ma chaise, du coup Reed redouble de caresses. Il sait que je n'aime pas être le centre de l'attention, et en ce moment tout le monde me regarde.

– Tu es la fille de Maggie, dit Steve, l'air à la fois surpris et intéressé. Elle est décédée ?

Je me contente de hocher la tête, j'ai la gorge trop nouée pour lui répondre.

– Tu es… ma fille.

Les mots sortent lentement, comme s'il testait leur saveur.

– Ouaip, je parviens à articuler.

– Wouah. Bon. D'accord. (Il glisse une main dans ses cheveux longs. Je… Un sourire glisse sur ses lèvres.) Je suppose qu'on a beaucoup de choses à se dire, hein ?

Une étincelle de panique embrase mon ventre. Je ne suis pas prête pour ça. Je ne sais pas quoi dire à ce type ni comment me comporter avec lui. La famille Royal connaît Steve depuis des années, mais pour moi c'est un étranger.

– Je suppose, je marmonne en baissant les yeux sur mes mains.

Callum a pitié de moi, il annonce :

– Mais ça peut attendre un peu. Une fois que tu te seras installé.

Steve jette un coup d'œil à son vieil ami.

– Je suppose que tu me laisseras m'installer ici jusqu'à ce que la police libère mon appartement ?

– Bien sûr.

Mon angoisse s'intensifie. Il ne peut pas aller à l'hôtel, ou quoi ? Oui, le manoir Royal est immense, mais l'idée de vivre sous le même toit que mon père présumé mort me rend nerveuse.

Mais pourquoi ? Pourquoi est-ce que je ne me jette pas dans ses bras, que je ne remercie pas le Seigneur qu'il soit vivant ? Pourquoi est-ce que je ne me réjouis pas à l'idée d'apprendre à le connaître ?

Parce que c'est un étranger.

C'est la seule réponse plausible que je trouve. Je ne connais pas Steve O'Halloran, et j'accepte difficilement les nouveaux venus. J'ai passé toute mon enfance à aller d'un endroit à l'autre en tentant de ne pas trop me rapprocher des gens, parce que je savais que maman allait bientôt refaire nos bagages et qu'ensuite, je devrais leur dire adieu.

Quand je suis arrivée à Bayview, je n'avais pas prévu de créer des liens véritables. Pourtant, je me suis retrouvée avec une très bonne amie, un petit copain, des frères de substitution que j'adore et un homme, Callum, qui, aussi perturbé qu'il soit, est devenu pour moi une figure paternelle.

Je ne sais pas où mettre Steve dans tout ça. Et je ne suis pas prête à le découvrir.

– Ça nous donnera le temps, à Ella et moi, d'apprendre à nous connaître sur son terrain, dit Steve, et je me rends compte qu'il est en train de me sourire.

Je m'efforce de lui retourner son sourire :

– Cool Raoul !

Cool Raoul ?

Reed me pince la cuisse pour me taquiner, et je me retourne pour le voir retenir un rire. Ouais. Peut-être bien que Steve n'est pas le seul à être sous le choc en ce moment.

Heureusement, la discussion dérive rapidement sur Atlantic Aviation et les affaires de Callum et Steve.

Je remarque que Steve ne semble pas s'intéresser aux petits détails, mais juste à un projet que tous deux abordent en termes plutôt vagues. Callum m'a dit un jour qu'ils bossaient beaucoup pour le gouvernement. Finalement, les deux hommes s'excusent et vont s'enfermer dans le bureau de Callum pour étudier le rapport trimestriel de la société.

Restée seule avec les garçons, je cherche sur leurs visages la preuve qu'ils sont aussi sidérés que moi.

– C'est bizarre, non ? je lance à brûle-pourpoint, puisque personne d'autre n'ouvre la bouche. Je veux dire, il est tout simplement revenu d'entre les morts.

Easton hausse les épaules :

– Je te l'avais dit qu'oncle Steve avait des sacrées couilles.

Sawyer pouffe de rire.

Je jette un regard inquiet à Reed :

– Est-ce que je vais devoir déménager avec lui et Dinah ?

Ça les dégrise tous.

– C'est hors de question, répond Reed du tac au tac. C'est clair et net. Mon père est ton tuteur.

– Mais Steve est mon père. S'il veut que j'aille vivre avec lui, je devrai le faire.

– Pas question.

– Ça n'arrivera pas, confirme Easton.

Même les jumeaux acquiescent vigoureusement. La chaleur envahit ma poitrine. Parfois, je n'arrive pas à croire que nous nous détestions lorsque je suis arrivée dans cette maison. Reed était décidé à me détruire. Ses frères, ou bien se moquaient de moi ou bien m'ignoraient. Tous les jours, je cherchais comment ficher le camp.

Et à présent, je ne peux pas m'imaginer vivre sans les Royal.

Une sourde inquiétude bouillonne dans mon ventre lorsque je repense à l'endroit où Reed a passé la nuit dernière. Il y a un risque très réel qu'il ne fasse plus partie de ma vie si la police pense qu'il a vraiment tué Brooke.

– On monte, dis-je d'une voix tremblante. Je veux que tu me racontes tout ce qui s'est passé au commissariat.

Reed hoche la tête sans dire un mot. Quand Easton se lève, Reed lève une main.

– Je te raconterai plus tard. Laisse-moi d'abord parler à Ella.

Easton doit lire la panique sur mon visage, parce que pour une fois il fait ce qu'on lui dit.

Pendant que nous montons les escaliers jusqu'au deuxième étage, je glisse mes doigts entre ceux de Reed. Une fois seuls dans ma chambre, il ne perd pas son temps à fermer la porte, il me prend dans ses bras.

Sa bouche se pose sur la mienne avant que j'aie eu le temps de dire ouf. Ce baiser est torride, désespéré, langue contre langue. Je croyais que j'étais trop épuisée pour ressentir autre chose que de l'épuisement, mais tout mon corps se tend et supplie quand les lèvres habiles de Reed m'allument jusqu'à ce que j'oublie tout le reste. Quand il se détache de moi, je gémis en signe de protestation, ce qui le fait glousser :

– Je croyais qu'on devait parler.

Je bougonne :

– C'est toi qui m'as embrassée. Comment puis-je me concentrer sur notre conversation avec ta langue dans ma bouche ?

Il m'attire sur le lit. La seconde d'après, nous sommes pelotonnés l'un contre l'autre, jambes emmêlées. Je murmure :

– Tu as eu peur ?

Son beau visage s'adoucit :

– Pas vraiment.

– Tu as été arrêté pour meurtre. Moi, j'aurais eu peur.

– Je n'ai tué personne, Ella. (Il se relève et caresse ma joue du bout des doigts.) Je te le jure, Ella. Brooke était vivante quand j'ai quitté le penthouse.

– Je te crois.

Et c'est vrai. Reed n'est pas un tueur. Il a des défauts, beaucoup de défauts, mais jamais, au grand jamais, il ne pourrait prendre la vie de quelqu'un.

– Pourquoi ne m'as-tu pas dit que tu étais allé là-bas ? je demande d'une voix douloureuse. Qu'est-ce que Brooke t'a dit ? Et le sang sur ton ventre…

– J'ai fait craquer mes points de suture. Je ne t'ai pas menti. Ça a dû arriver pendant mon retour en voiture, parce que je ne saignais pas quand j'étais là-bas. Et je ne te l'ai pas dit parce que j'étais défoncé par les calmants et, ensuite, nous avons commencé à faire des cochonneries… (Il soupire.) J'ai été distrait. Et honnêtement, ça ne me paraissait pas important du tout. J'allais t'en parler le lendemain matin.

Son visage et sa voix respirent la sincérité. Je m'appuie sur sa main qui est toujours posée sur ma joue.

– Elle voulait du fric ?

– Ouais. Elle était furieuse que papa ait demandé un test de paternité. Elle voulait passer un accord. Si je lui cédais mon fonds de placement, elle prendrait le fric et elle se barrerait. Nous n'entendrions plus jamais parler d'elle.

– Et tu as refusé.

– Putain, bien sûr que j'ai refusé. Je n'allais pas donner un centime à cette femme. Le test ADN allait prouver que son bébé n'était ni de moi ni de papa. Je croyais que nous n'avions plus qu'à attendre les résultats dans quelques jours. (Ses yeux bleus s'obscurcissent.) Je ne savais pas qu'elle allait se faire tuer.

– Tu crois que c'est un accident ?

Je n'arrive vraiment pas à comprendre comment tout ça a bien pu arriver.

Brooke est, était horrible, mais aucun de nous ne souhaitait sa mort pour autant. Qu'elle disparaisse, peut-être, mais pas qu'elle meure. Enfin, pas moi en tout cas.

– Je n'ai pas le moindre indice. Je ne serais pas étonné que Brooke ait eu des ennemis dont nous ignorions l'existence. Elle a très bien pu faire chier quelqu'un au point qu'il décide de lui défoncer le crâne.

Je tressaille.

– Désolé, murmure-t-il à la hâte.

Je m'assieds et frotte mes yeux fatigués.

– Quelle preuve ont les flics ?

– La vidéo de surveillance qui me montre en train d'entrer, puis de sortir du bâtiment. Et quelque chose d'autre, aussi.

– Quoi ?

– Je ne sais pas. Ils ne nous l'ont pas encore dit. L'avocat de papa assure que c'est normal. Ils essaient de monter un dossier contre moi.

À nouveau, je me sens mal.

– Ils n'ont pas de dossier. Ils ne peuvent pas en avoir.

Mes poumons se compriment, j'ai du mal à respirer.

– Tu ne peux pas aller en prison, Reed.

– Je n'irai pas.

– Tu n'en sais rien ! (Je me jette hors du lit.) Foutons le camp ! Tout de suite. Toi et moi. J'ai préparé ta valise.

Reed se redresse, il a l'air sidéré :

– Ella…

Je l'interromps :

– Je suis sérieuse. J'ai ma fausse carte d'identité et dix mille dollars en cash. Tu as aussi une fausse carte d'identité, n'est-ce pas ?

– Ella…

– On peut se faire une nouvelle vie ailleurs. Je peux trouver un boulot de serveuse, tu peux bosser dans le bâtiment.

– Et ensuite ?

Sa voix est douce, et ses gestes aussi, lorsqu'il se lève et me prend dans ses bras.

– Vivre en se cachant le restant de notre vie ? Regarder derrière nous en permanence en craignant que les flics nous tombent dessus et m'embarquent ?

Je me mords les lèvres. Fort.

– Je suis un Royal, bébé. Je ne fuis pas. Je me bats. (Ses yeux ont pris la couleur de l'acier.) Je n'ai tué personne, et je ne vais pas aller en prison pour quelque chose que je n'ai pas fait. Je te le promets.

Pourquoi tout le monde se sent-il tout le temps obligé de faire des promesses ? Ils ne savent pas que les promesses sont toujours rompues ?

Reed me serre l'épaule.

– Ces charges bidon vont disparaître. Les avocats de papa ne vont pas laisser…

Un cri strident l'interrompt. Nous filons en direction de la porte, mais ce cri ne venait pas du deuxième étage. Il venait d'en bas. Nous atteignons le palier du second en même temps qu'Easton.

– Merde, c'était quoi ce truc ? demande Easton.

Ce truc, c'est Dinah O'Halloran. Je m'en rends compte en regardant par-dessus la rambarde de l'escalier. La femme de Steve est au beau milieu du salon. Son visage est plus blanc que neige. Une main en l'air, elle contemple bouche bée son mari qui n'est pas mort.

– Que se passe-t-il ? crie-t-elle, horrifiée. Comment peux-tu être là ?

La voix calme de mon père résonne dans l'escalier.

– Bonjour à toi aussi, Dinah. C'est merveilleux de te revoir.

Elle bégaye :

– Tu… tu… tu es mort ! Tu t'es tué.

– Navré de te décevoir, mais non, je suis tout à fait vivant.

Puis on entend des pas et Callum apparaît aux côtés de Steve :

– Dinah. J'allais t'appeler.

– Alors, pourquoi ne l'as-tu pas fait ? hurle-t-elle en vacillant sur ses talons de 12 centimètres de haut. Tu n'as pas pensé à décrocher ton téléphone plus tôt pour me dire que mon mari était vivant ?

Même si je déteste Dinah, j'ai de la peine pour elle. Elle semble visiblement abasourdie et embarrassée, et je ne peux pas lui en vouloir. Elle vient juste de tomber sur un fantôme.

– Et qu'est-ce que toi, tu fais ici ? demande Steve à sa femme avec quelque chose de blasé dans la voix qui me déplaît.

Je sais que Dinah est une garce, mais il ne pourrait pas au moins la prendre dans ses bras ou un truc du genre ? C'est sa femme.

– Je suis venue voir Callum.

Dinah n'arrête pas de cligner des yeux, comme si elle se demandait si Steve était réellement là ou si elle a des hallucinations.

En réalité, elle accuse le coup.

– La police… ils m'ont laissé un message. Ils m'ont dit que mon penthouse… (elle corrige à la hâte) notre penthouse était une scène de crime.

J'aurais aimé pouvoir voir l'expression de Steve, mais il est de dos. Il est clair cependant, à voir celle de Dinah, que ce qu'elle lit sur son visage la met extrêmement mal à l'aise.

– Ils m'ont dit que Brooke était morte.

– Cela semble être le cas, confirme Callum.

– Comment ? gémit Dinah, avec des tremblements de voix outrés. Que lui est-il arrivé ?

– Nous ne le savons pas encore.

– Conneries ! L'inspecteur m'a dit qu'ils avaient arrêté un suspect pour l'interroger.

Reed et moi nous reculons lentement de la rambarde, mais c'est trop tard. Dinah nous a vus. Son regard vert nous transperce, et elle pousse un cri d'effroi.

– C'est lui, n'est-ce pas ? C'est Reed qui a fait ça !

Callum s'avance, il entre dans mon champ de vision. Ses épaules ressemblent à deux blocs de granit, durs et inflexibles.

– Reed n'a rien à voir là-dedans.

– Elle portait son enfant ! Il avait tout à y voir !

– Viens, murmure Reed en me tendant la main. Nous n'allons pas écouter ça.

Mais nous le faisons. C'est ce à quoi nous allons devoir faire face lorsque la nouvelle de la mort de Brooke sortira. Bientôt, tout le monde sera au courant de la relation de Brooke et Reed. Tout le monde va savoir qu'elle était enceinte, qu'il est passé au penthouse cette nuit-là, qu'il a été interrogé et accusé de meurtre.

Une fois que l'histoire sera connue, les vautours vont se mettre à tourner.

Les piques vont sortir, et c'est Dinah O'Halloran qui commandera l'assaut.

Je respire à fond pour tenter de me calmer, mais ça ne marche pas. Mes mains tremblent. Mon cœur bat trop vite, chaque coup résonne avec la peur que je ressens jusque dans mes os. Je chuchote :

– Je ne veux pas te perdre.

– Ça n'arrivera pas.

Il me soulève et me prend dans ses bras. Eston disparaît dans sa chambre pendant que j'appuie mon visage contre la poitrine musculeuse de Reed.

– Ça va aller, dit-il d'un ton brusque, en passant ses mains dans mes cheveux.

Je sens son cœur qui bat contre ma joue, plus calmement que le mien. Fort et régulier. Il n'a pas peur.

Et si Reed qui vient juste d'être arrêté n'a pas peur, je dois prendre exemple sur lui. Je dois lui emprunter sa force et sa confiance et m'autoriser à croire que, peut-être, pour la première fois de ma vie lamentable, tout ira bien.

CHAPITRE 5

REED

– Frangin, j'ai l'impression que la nouvelle s'est déjà répandue, murmure Easton.

Je range d'abord mes affaires dans mon casier, avant d'examiner les lieux. D'habitude, ça remue et ça tchatche sec dans les vestiaires pendant notre premier entraînement du matin, mais aujourd'hui tout le monde est très calme.

Un certain nombre de regards se perdent dans le lointain. Ils n'ont visiblement pas envie de croiser le mien. Mes yeux se posent enfin sur Wade, qui me fait un clin d'œil et lève les pouces en l'air.

Je ne suis pas sûr de ce que ça signifie, mais j'apprécie le soutien. Je lui rends son geste avec un petit hochement du menton. À côté de lui, Liam Hunter me dévisage. Je lui fais aussi un petit signe, juste pour le faire chier.

Peut-être qu'il va venir me chercher et que nous pourrons expulser notre agressivité sur les dalles du sol. Je lève les mains pour lui faire signe de se ramener, mais tout à coup les recommandations de l'avocat résonnent à mon oreille.

– Pas de bagarre. Pas de détention de produits illicites. Pas de mauvais gestes.

Papa aussi était à côté de Grier devant le commissariat de police, à l'écouter débiter ses instructions d'un œil noir.

– Un seul mauvais pas, et le procureur ne te lâchera plus. Tu as déjà contre toi cette plainte pour avoir cassé la figure de ce môme à l'école, l'année dernière.

J'ai dû me mordre jusqu'au sang pour me retenir. Grier sait très bien pourquoi j'ai battu ce môme comme plâtre, mais jamais je n'ai touché une femme. Même s'il y en avait une qui le méritait vraiment, et que c'était Brooke Davidson. Je ne l'ai pas tuée, mais je ne suis mécontent qu'elle soit morte.

– Tu ne devrais pas être ici, me balance en douce une voix en colère.

J'ouvre la fermeture en velcro de mon sac de sport avant de me retourner vers Ronald Richmond.

– Ah ouais ?

Je lui réponds calmement en m'asseyant sur le banc métallique rembourré devant mon casier.

– Le coach a viré Brian Mauss parce qu'il avait frappé sa petite amie par accident.

J'écarquille les yeux.

– Tu veux dire quand son visage est accidentellement tombé sur son poing et qu'elle a eu un coquard pendant trois semaines et que toutes ses photos du bal annuel de l'école ont dû être retouchées ? Cet accident-là ?

À côté de moi, Easton renifle. Je finis d'emmailloter mes mains avant de passer la bande à East.

Ronnie fronce les sourcils :

– C'était aussi accidentel que quand tu as liquidé la petite pute de ton père.

– Eh bien, dans ce cas, il faudra que tu te fourres où je pense l'exemple de Brian, ce pro des sévices, parce que moi je n'ai tué personne.

Et je lui offre mon sourire le plus amical.

Ronnie relève le menton :

– Ce n'est pas ce que dit Delacorte.

– Daniel n'est plus là pour sortir ses conneries. Mon père s'est arrangé pour que cet enfoiré de violeur soit envoyé dans un pensionnat militaire.

Mon coéquipier raille :

– Je ne te parle pas de Daniel, mais de son père. Le juge Delacorte a bu un verre avec mon père hier et il lui a dit que ton sort était définitivement réglé. La vidéo montre que tu es entré dans l'appart. J'espère que tu aimes ça, te faire enculer, Royal.

Easton commence à se lever. Je lui attrape le poignet et je le force à se rasseoir. Autour de nous, l'équipe a l'air gênée, certains chuchotent entre eux. Je réponds froidement :

– Le juge Delacorte est un vrai pourri. Il a essayé de soudoyer mon père pour éviter à Daniel d'être puni. Ça n'a pas marché, donc je suppose qu'il cherche à m'atteindre pour atteindre mon père.

– Peut-être bien que tu n'as rien à faire ici.

La voix calme de Liam Hunter résonne à travers la pièce. Surpris, nous pivotons tous sur nous-mêmes. Hunter n'est pas un bavard. Il est super sur le terrain. Il ne fait pas partie de notre bande, malgré les nombreuses invites qui, je le sais, lui ont été faites. Il reste dans son coin. La seule personne avec qui il traîne, c'est Wade, mais encore une fois, tout le monde s'entend avec Wade.

Je jette un petit coup d'œil à mon pote qui me répond par un léger haussement d'épaules. Il ignore autant que moi ce que pense Hunter.

– Je te pose un problème, Hunter ?

Cette fois, lorsque Easton se lève, je ne le retiens pas. Quant à moi, je reste assis. Même si j'aime résoudre mes problèmes en faisant le coup de poing, l'avertissement de l'avocat pèse sur mes épaules.

Hunter poursuit :

– Nous voulons gagner le championnat de l'État. Ce qui signifie, pas de distractions. Or, tu es une distraction. Même si tu n'as rien fait, tu vas tout de même attirer sur nous beaucoup d'attention négative.

Même si je n'ai rien fait ? Il y a un vrai fossé entre cogner un môme qui cherchait à salir ma mère et tuer quelqu'un, mais apparemment, tous ceux qui sont présents dans ce vestiaire aujourd'hui sont prêts à le franchir.

– Merci pour ton aide, lance Easton d'un ton sarcastique.

Wade décide de s'en mêler :

– Reed est une tête brûlée. Sans vouloir t'offenser, mon pote, me dit-il.

– Pas de problème.

Je n'ai aucune raison de nier que j'apprécie un peu de violence physique. Mais le fait que j'aime bien cogner sur la tronche de certains types ne fait pas de moi un tueur.

– Mais comme ce n'est pas moi qui l'ai fait, tout ça va disparaître.

– En attendant, ça va être un véritable cirque par ici.

Ronnie a décidé d'emboîter le pas à Hunter et de poursuivre bêtement.

– On va nous poser des questions en permanence, alors que nous devrions nous concentrer sur le football. C'est la dernière année pour la moitié d'entre nous. C'est comme ça qu'on veut la terminer ?

Une bonne partie de mes coéquipiers hochent la tête en signe d'acquiescement. Le statut social compte énormément pour la plupart de ces mômes, et obtenir leur diplôme avec en prime un titre au championnat de football leur offrirait une sacrée occasion de frimer.

Mais je n'aurais jamais cru qu'ils pourraient me pendre par les couilles juste pour gagner un foutu match. Je rouvre lentement mes poings. *Pas de violence*, je me rappelle.

Aucune.

Sentant que ma patience est à bout, Wade se lève.

– Ronnie, nous avons des douzaines de reporters qui couvrent nos matchs, et la plupart d'entre eux nous secouent tellement que je n'ai même pas besoin de baiser après le coup de sifflet final. En plus, Reed est l'un de nos meilleurs défenseurs. Sans lui, je vais devoir me faire cinq, peut-être même six touchdowns, et je n'ai pas envie de bosser aussi dur.

Puis il se tourne vers Hunter :

– J'entends ce que tu dis, mais Reed ne sera pas une distraction, n'est-ce pas, mec ?

Je secoue la tête brusquement.

– Non, je suis ici pour jouer au foot, c'est tout.

– J'espère, dit le grand type.

Et soudain, je pige pourquoi Hunter est tellement préoccupé. À Astor, il est boursier, il a besoin d'intégrer gratuitement une fac. Il craint que mon affaire fasse peur aux universités. Je le rassure :

– Les dénicheurs de talents vont quand même venir te voir jouer, Hunter.

Il semble en douter, mais Wade vient à ma rescousse.

– C'est sûr. Ils salivent tous en te regardant. En plus, plus on gagne, mieux c'est pour toi, non ?

Il semble rassuré, parce qu'il ne fait plus d'objection.

– Tu vois ? dit Wade gaiement. Tout baigne. Alors, on va tous se bouger les couilles et comparer nos notes pour voir qui nous allons tous inviter au bal le mois prochain.

Un de nos receveurs se met à pouffer de rire.

– Tu parles sérieusement, Carlisle ? On est une bande de poules mouillées, ou quoi ?

Dieu merci, l'humeur dans le vestiaire se détend.

– Tout ça, c'est des conneries, aboie alors Ronnie. Il ne devrait pas être ici.

Ou peut-être que ça n'en est pas.

Je retiens un soupir.

Devant le regard mécontent de Ronnie, Easton se tape sur la poitrine :

– Allez, Richmond, faisons quelques Oklahoma drills[2]. Peut-être que si tu arrives à me faire tomber rien qu'une fois, tu t'en feras moins à propos de la presse.

Ronnie rougit. L'Oklahoma drill nécessite qu'un joueur ait le dessus sur son adversaire avec toute l'équipe qui forme un cercle autour d'eux.

East ne perd pratiquement jamais, et certainement pas contre Ronnie.

– Va te faire foutre, Easton. C'est ça le problème avec vous, la famille Royal. Vous croyez que tout se règle par la violence.

---

2. L'Oklahoma drill est une technique utilisée pour évaluer les joueurs dans des situations de contact, inventée par l'entraîneur des Oklahoma Sooners.

Mon frère fait un pas en avant :

– C'est du foot, c'est censé être violent.

– Je vois. Alors, tuer une femme qui te déplaît, c'est naturel pour vous autres, hein ? (Un mauvais sourire tord sa bouche.) Je suppose que c'est pour ça que ta mère s'est tuée. Elle en avait marre d'être entourée de psychopathes.

Le mince filet de mon self-control se rompt lorsqu'un voile rouge obscurcit ma vue. Ce tas de merde peut dire ce qu'il veut à mon propos, mais mêler ma mère à ça ? Non. Putain. Non.

Je suis sur lui en un quart de seconde. Mon poing heurte sa mâchoire et nous tombons par terre tous les deux. Tout le monde crie autour de nous.

Des mains se tendent et m'attrapent par le col et le dos de ma chemise, mais personne ne parvient à nous séparer.

J'entends un horrible craquement. Une satisfaction bestiale m'envahit lorsque le sang jaillit des narines de Ronnie. Je lui ai cassé le nez et je m'en fous. Je lui en balance un autre au menton avant d'être tout à coup soulevé en l'air.

– Royal ? Tu as perdu la tête ?

Immédiatement, ma colère disparaît, remplacée par un nœud d'angoisse. C'est l'entraîneur qui m'a tiré en arrière et, à présent, il est là devant moi, rouge comme une pivoine, les yeux pleins de fureur. Les autres joueurs m'observent avec appréhension. Avant que le coach m'entraîne vers la porte, je chope le regard embarrassé d'Easton, celui plein de frustration de Wade et celui, résigné, d'Hunter.

Et voilà que la honte m'envahit. Eh merde ! Je suis en train d'essayer de prouver à ces types que les Royal ne répondent pas à la moindre insulte minable avec leurs poings, et qu'est-ce que je fais ? Je sors les poings.

Merde !

CHAPITRE 6

ELLA

La nouvelle de l'arrestation de Reed s'est propagée à la vitesse de l'éclair. À la boulangerie, alors que je suis à la caisse, j'entends les murmures qui s'interrompent subitement et le poids des coups d'œil furtifs. Le nom de Royal est prononcé plus d'une fois. Une femme très à la mode, qui vient tous les lundis matin déguster un scone et une tasse d'Earl Grey, me demande de but en blanc :

– C'est vous la pupille de monsieur Royal ?

– Oui.

Je passe sa lourde carte Visa Platinum dans la machine et la lui rends. Elle pince ses lèvres peintes en rose.

– Ça ne me paraît pas un environnement approprié pour une jeune femme.

– C'est le meilleur que j'ai jamais eu.

Mes joues me brûlent, je suis tout à la fois gênée et indignée.

Malgré toutes leurs erreurs – et les Royal en ont commis beaucoup –, ma réponse est parfaitement honnête. Ça n'a jamais été aussi bien pour moi. Pendant les dix-sept premières années de ma vie, j'ai vécu avec une mère volage, avec un pied dans le ruisseau et une main tentant d'atteindre le ciel. Il n'était pas rare que j'ignore si nous aurions à manger pour la journée ou un toit pour passer la nuit.

– Vous avez l'air d'être une gentille fille.

La dame renifle, tout son comportement montre qu'avec ce commentaire, elle réserve son jugement. Je sais ce qu'elle pense : je suis peut-être une gentille fille mais je vis au sein de cette horrible famille Royal dont l'un des membres est présenté en première page du *Bayview News* comme le suspect dans le meurtre de Brooke Davidson. Peu de gens savent qui est Brooke, si ce n'est qu'elle était la petite amie de Callum Royal.

Mais tout le monde connaît la famille Royal. C'est le plus gros employeur de tout Bayview, si ce n'est de tout l'État.

– Merci. Je vous apporte votre commande dès qu'elle est prête.

Je l'écarte d'un sourire poli et me tourne vers la cliente suivante, une jeune femme d'affaires, visiblement écartelée entre le désir d'entendre les ragots et celui de se rendre à son rendez-vous matinal pour lequel elle s'est si bien pomponnée. Lorsque je tends la main pour prendre sa carte, elle décide que, finalement, elle ne peut pas être en retard. C'est une sage décision, Madame.

La file avance, les commentaires également. Certains sont chuchotés, d'autres volontairement claironnés à travers le petit café. Je les ignore tous. Tout comme ma boss, Lucy.

– Quelle matinée bizarre, hein ? me lance Lucy quand je raccroche mon tablier dans l'arrière-boutique.

Elle a les mains plongées dans la farine.

Je feins l'ignorance :

– Pourquoi dites-vous ça ?

J'attrape un muffin supplémentaire et un beignet pour Reed sur l'étagère où les viennoiseries qui sortent du four refroidissent. Je suis incapable d'avaler quoi que ce soit, mais ce garçon a un appétit d'ogre.

Apparemment, être accusé de meurtre ne le perturbe pas plus que ça.

Lucy hausse les épaules.

– L'ambiance me semble bien morose. Tout le monde est très calme ce matin.

– C'est lundi, dis-je, et cette réponse paraît la satisfaire.

Après avoir emballé mes provisions, je jette mon sac à dos sur mon épaule et je me rends à pied à Astor Park. C'est difficile de croire qu'il ne s'est écoulé que quelques mois depuis que je suis entrée dans cette école. Le temps passe vite lorsque vous affrontez des brutes et que vous tombez amoureuse.

Seul Easton m'attend devant les marches de l'entrée. Je fronce les sourcils parce que, habituellement, Reed est là lui aussi. Mais mon homme est invisible. Il est clair, vu l'espace vide autour d'Easton, que tous les mômes d'Astor Park sont au courant des dernières nouvelles. N'importe quel autre jour, ce garçon splendide serait entouré d'une nuée de filles.

– Qu'est-ce que tu m'as apporté, frangine ?

Easton accourt pour m'arracher des mains la boîte blanche de pâtisseries.

– Des donuts, des muffins ?

Je regarde autour de moi.

– Où est Reed ?

Easton ne lève pas les yeux. Il continue d'examiner le contenu la boîte. Du coup, je ne peux pas voir son expression. Je remarque quand même que ses épaules se crispent légèrement.

– Il parle avec l'entraîneur.

Voilà tout ce qu'il dit.

– Oh, d'accord. C'est un entretien ou quoi ?

– Quelque chose comme ça.

Je plisse les paupières,

– Qu'est-ce que tu me caches ?

Avant qu'il puisse répondre, Val arrive.

– Hé !

Elle passe un bras autour de mon cou. Ou bien elle n'a pas lu les journaux ou bien elle s'en fiche. J'espère que c'est la deuxième explication la bonne.

– Hé, Val.

En la saluant, je remarque le soulagement sur le visage d'Easton. C'est sûr, il me cache quelque chose. Le regard de Val tombe sur la boîte dans la main d'Easton.

– Dites-moi qu'il y en a pour moi, supplie-t-elle.

– Muffin aux pépites de chocolat.

Je souris d'un air ironique et désabusé pendant elle s'empare du muffin et croque dedans.

– Matin chagrin ?

– Tu n'as pas idée. L'alarme de Jordan a sonné à cinq heures du mat et elle s'est rendormie cinq fois de suite au son de « Rise » de Katy Perry. C'est officiel, je déteste Katy Perry, autant que Jordan.

– C'est pour ça que tu détestes Jordan ?

Au concours de la fille la plus vache, Jordan Carrington aurait sûrement gagné le premier prix. Il y a bien d'autres choses à détester chez elle que ses goûts musicaux.

Val rigole.

– Entre autres. De toute façon, toi, tu es une déesse. Et une combattante, parce que ta matinée a dû être mille fois pire que la mienne.

Je la regarde en fronçant les sourcils.

– Qu'est-ce que tu veux dire ?

Elle hausse un sourcil, ce qui fait encore plus ressembler son visage de lutin à celui d'un elfe.

– Je veux dire, avec Reed qui a foutu une raclée à Ronald Richmond pendant l'entraînement. Tout le monde en parle alors que c'est arrivé il y a une heure à peine.

J'ouvre la bouche en grand et je me retourne pour dévisager Easton.

– Reed s'est battu avec quelqu'un ? Pourquoi tu ne me l'as pas dit ?

Il sourit, la bouche pleine de viennoiseries, et je suis obligée d'attendre qu'il ait avalé pour obtenir une réponse.

– Parce que ce n'est pas bien grave, ok ? Richmond a ouvert sa grande gueule et Reed la lui a fermée. Il n'est même pas suspendu ni rien. Le coach lui a juste donné un avertissement…

Je me dirige déjà vers les portes d'entrée. Je n'arrive pas à croire que Reed ait été impliqué dans une baston et qu'Easton ne me l'ait pas dit.

– Attends-moi ! crie Val.

Je m'arrête pour lui laisser le temps de me rejoindre, avant de repartir à toute allure. Peut-être que je vais pouvoir choper Reed avant son premier cours. Je sais qu'il peut parfaitement se sortir sans bobos d'une baston, mais je veux en avoir le cœur net.

– J'ai vu le journal ce matin, me dit tranquillement Val tout en se maintenant à la hauteur de mes immenses enjambées. Mon oncle et ma tante en parlaient. Ça va mal au palais Royal, hein ?

– Plus que mal, j'admets.

Nous sommes à mi-chemin de l'aile des terminales quand la cloche retentit. Merde. Je m'arrête, tiraillée entre l'envie d'aller trouver Reed et la nécessité d'arriver à l'heure en cours. Val résout mon dilemme en me prenant par le bras.

– S'il est déjà en classe, son prof ne te laissera pas entrer pour lui parler, dit-elle.

Elle a raison. Je me voûte en faisant demi-tour. Val me suit toujours.

– Ella.

Je continue à marcher.

– Ella. Allez. Attends.

Elle m'attrape à nouveau le bras et elle me regarde d'un air inquiet.

– Il n'a tué personne.

Je ne peux même pas expliquer à quel point je me sens soulagée en l'entendant dire ça. Mes propres doutes à propos de l'innocence de Reed n'ont pas arrêté de me ronger de l'intérieur depuis qu'il a été arrêté. Je me déteste d'avoir ce genre de pensée, mais chaque fois que je ferme les yeux, je revois ses points de suture ouverts. Le sang. Le fait qu'il soit allé au penthouse sans me le dire. Je me force à répondre.

– Bien sûr que non.

Son regard se fait plus acéré.

– Alors, pourquoi as-tu l'air tellement inquiète ?

– Je ne suis pas inquiète.

J'espère que mon ton ferme est assez convaincant. Je crois que oui, parce qu'elle se détend.

– C'est juste que… tout est un tel bordel, en ce moment, Val. L'arrestation de Reed, le retour de Steve…

– Quoi ? s'exclame-t-elle.

Il me faut une seconde pour me rappeler que je ne lui ai pas encore parlé de mon père. Je ne voulais pas le lui annoncer par texto, et je n'ai pas eu la moindre occasion d'appeler Val hier, à cause du chaos qui régnait à la maison.

– Ouais. Steve a réapparu. Surprise, il n'est pas mort, finalement.

Val a l'air sidérée.

– Tu plaisantes, n'est-ce pas ?

– Non.

Avant que je puisse entrer dans les détails, la seconde sonnerie retentit. C'est celle qui nous prévient que nous n'avons plus qu'une minute pour regagner notre classe.

– Je t'expliquerai tout au déjeuner, d'accord ?

Elle hoche lentement la tête d'un air totalement abasourdi. Nous nous séparons devant le couloir suivant, et je me dirige vers ma classe.

Moins de trois secondes après m'être assise pour mon premier cours, je me rends compte que Val n'est pas la seule à avoir lu le journal du matin. Dès que le professeur tourne le dos à la classe, une espèce de crétin, deux bureaux plus loin, se penche en avant et me lance à mi-voix :

– Tu peux venir vivre chez moi, Ella, si tu as peur d'être assassinée dans ton lit.

Je l'ignore.

– Ou peut-être que c'est ça qui t'excite ?

Lorsque je suis arrivée à Astor Park, j'ai très vite compris que la plupart de ces mômes ne valaient pas la peine que je m'intéresse à eux. Ce campus est vraiment splendide, avec ses épaisses pelouses vertes et ses hauts bâtiments en briques. C'est une vraie carte postale, mais remplie des mômes les plus malheureux, les moins sûrs que j'aie jamais eu la malchance de rencontrer.

Je pivote sur ma chaise. Je me penche à travers le bureau de Bitsy Hamilton et je plonge mes yeux dans ceux, verdâtres, de cet enfoiré.

– Tu t'appelles comment ?

– Quoi ?

– Ton nom, je répète impatiemment. C'est quoi ?

Bitsy lève une main pour dissimuler un petit sourire ravi.

Un ricanement indigné tord le visage de l'enfoiré.

– Aspen, répond-il brusquement.

– Aspen, pour de vrai ?

Quel nom à la con ! Bitsy a un mal de chien à se retenir de rire.

– C'est vrai, c'est Aspen.

Elle s'étrangle à moitié.

– Seigneur ! Bon. Eh bien, voilà le deal, Aspen. J'ai vécu plus de trucs dans ma courte vie que tu n'en auras jamais à affronter, alors toutes les insultes débiles que tu peux inventer ne te rendent que plus pathétique. Je me fous de ce que tu penses de moi comme de l'an quarante. En fait, si tu ne te recules pas et que tu continues à simplement regarder dans ma direction, je n'aurai pour seul but que te rendre la vie impossible pendant tout le semestre, au point que tu deviendras complètement dingue. Je remplirai ton casier de fruits de mer avariés. Je bousillerai tes devoirs. Je raconterai à toutes les filles que tu as une blennorragie. Je collerai des affiches géantes en couleur de toi dans des dessous féminins tout autour de l'école.

Je lui lance un sourire glacial.

– Tu as envie que ça t'arrive ?

Le visage d'Aspen devient blanc comme neige, comme celle qui recouvre la ville dont il porte le nom.

– Je plaisantais, c'est tout, murmure-t-il.

– Tes plaisanteries sont nazes. J'espère que tu as un boulot qui t'attend chez ton papa, parce que je ne vois pas comment ta petite tête de linotte pourrait suivre à la fac ?

Et je me retourne pour regarder droit devant moi.

Au déjeuner, notre table est bondée. Je raconte à Val la soudaine réapparition de Steve, mais je n'ai pas l'occasion de lui expliquer à quel point ça m'a bouleversée, parce que Reed, Easton et Wade se joignent à nous au lieu d'aller s'asseoir à la table des footballeurs.

C'est le premier signe que quelque chose cloche. Bien sûr, Reed a été accusé de meurtre, alors la vie en général ne va vraiment pas bien, mais le fait qu'il ne s'asseye pas avec ses coéquipiers me laisse à penser que les choses vont plus mal que je le pensais.

– Tu n'as vraiment pas eu de problèmes pour t'être battu à l'école ? je lui murmure quand il s'installe sur la chaise à côté de la mienne.

Il secoue la tête.

– J'ai eu un avertissement. (Puis son expression change, il a l'air torturé.) Mais tu sais que ça va revenir aux oreilles de papa et de mon avocat. Ils ne vont pas aimer.

Je n'aime pas ça, moi non plus, mais je plaque un sourire d'encouragement sur ma face parce que je sais bien qu'il est déjà assez stressé comme ça. C'est juste que…

J'aime Reed, je l'aime vraiment, mais son caractère est son pire ennemi. S'il n'arrive pas à se contrôler, ça pourrait devenir vraiment très compliqué pour lui.

De l'autre côté de la table, Val tourne sa fourchette dans sa salade de kale. Elle passe son temps à regarder Wade, puis à revenir à son assiette. Wade fait pareil. Il jette des coups d'œil à Val avant de se concentrer à nouveau sur son hamburger.

Ils se donnent un mal de chien pour ne pas se regarder, et pour une raison que j'ignore, ça me met du baume au cœur. C'est chouette de ne pas être la seule à être dans un état tellement misérable.

Immédiatement ma culpabilité reprend le dessus, parce que si Val évite soigneusement Wade et que lui est trop embarrassé pour la regarder en face, c'est qu'il s'est passé quelque chose de moche.

Je me dis qu'il faudra que j'en parle à Val quand nous serons seules.

– Bon, lance Wade quand le silence devient insupportablement trop long, qui est-ce que ça branche, le bal d'hiver ?

Personne ne répond.

– Vraiment ? Personne ?

Il tend l'index en direction de Val.

– Et toi, Carrington ? Tu as un cavalier ?

Elle lui lance un regard de pierre.

– Je n'y vais pas.

La table redevient silencieuse. Val picore sa salade avec le même manque d'enthousiasme que je mets à manger mon poulet.

– Tu n'as pas faim ? me demande Reed d'un ton bourru.

– Je n'ai pas beaucoup d'appétit, j'admets.

– Tu es inquiète ? murmure-t-il.

– Un peu.

Plutôt beaucoup, mais je me tempère et je me force à lui sourire à nouveau.

Je pense que Reed n'est pas dupe, car il se penche et m'embrasse. Je le laisse me distraire ainsi parce que c'est agréable, mais je sais bien que ses baisers ne sont qu'un soulagement temporaire.

En me reculant, je lui explique :

– Tes baisers ne peuvent pas gommer mes inquiétudes.

Sa main s'attarde sur moi pour venir se poser juste sous mes seins. Son pouce en caresse le bombé, ce qui me donne des frissons. Je fixe ses yeux bleus pleins de promesses coquines, et je décide que, ok, il peut peut-être faire disparaître mes inquiétudes.

Je repousse de son visage quelques mèches soyeuses. J'aimerais qu'on soit seuls et qu'il puisse transformer ses promesses en réalité. Ses mains me tirent en avant pour pouvoir m'embrasser à nouveau. Cette fois-ci, j'entrouvre la bouche et je le laisse y glisser sa langue.

– Pas pendant que je mange, grommelle Easton. Vous me coupez l'appétit.

– Je ne pense pas que ce soit possible ! se moque Val.

Je souris contre les lèvres de Reed avant de reculer dans ma chaise.

– Eh bien moi, ça m'excite. Quelqu'un veut faire un tour aux chiottes avec moi ? demande Wade gaiement.

Val serre les dents.

– Tout va bien se passer, me dit Reed. Sauf, peut-être, la digestion d'Easton. Il risque d'avoir besoin d'une assistance médicale après avoir avalé tous ces glucides.

Il désigne la montagne de pâtes dans l'assiette d'Easton.

– Je suis un mangeur compulsif, répond son frère.

J'essaie de suivre Reed dans sa tentative de détendre l'atmosphère.

– C'était quoi ton excuse, la semaine dernière, lorsque tu t'es enfilé tout une boîte de cookies ?

– C'était juste que j'avais faim. En plus, c'était des cookies. Qui a besoin d'une excuse pour manger des cookies ?

– J'ai bien l'impression que c'est une question sexuelle, poursuit Wade. Et la bonne réponse, c'est que personne n'a besoin de la moindre excuse pour bouffer des cookies.

– Mais tu as pourtant vraiment besoin d'une permission, dit Val laconiquement, en fixant Wade bien en face pour la première fois depuis qu'il s'est assis. Et si tu as la bouche remplie des cookies de quelqu'un d'autre, les autres pâtissières ne seront plus d'accord pour t'offrir les leurs.

Et elle se lève de table et s'éloigne.

– Hé ! lui crie Wade, je n'ai bouffé ces autres cookies qu'une seule fois, et uniquement parce que la pâtissière dont je désirais les cookies était fermée !

Il se lève d'un bond et se lance à la poursuite de Val en nous laissant en plan, Easton, Reed et moi.

– J'ai l'impression qu'ils ne parlent pas vraiment de cookies, remarque Easton.

Sans blague. Et autant je déteste voir Val en colère, autant je ne peux m'empêcher d'envier leurs problèmes.

Les problèmes relationnels sont tellement plus faciles à régler quand vous ne craignez pas que votre petit ami soit jeté en prison.

CHAPITRE 7

REED

À l'instant où je rentre à la maison, mon père passe la tête dans le salon et pointe un doigt vers moi.

– J'ai besoin de toi dans mon bureau. Immédiatement.

Ella et moi échangeons un regard inquiet. Pas besoin d'être un génie pour comprendre que mon père a été mis au courant de ma bagarre avec Richmond. Merde. J'espérais pouvoir le lui annoncer moi-même.

– Je viens avec toi ? me demande Ella en grimaçant.

Après une seconde d'hésitation, je secoue la tête.

– Nan. Monte faire tes devoirs ou un truc du genre. Ça ne va pas être une partie de plaisir.

Comme elle hésite, je lui balance un petit coup de coude.

– Vas-y. Je te rejoins vite.

J'attends dans le salon qu'elle ait disparu pour enfin pousser le soupir triste que j'ai réfréné pendant toute la journée. Aujourd'hui, l'école m'a fait chier et pas seulement parce que j'ai cassé le nez à un de mes coéquipiers. Les messes basses et les regards en coin m'ont atteint.

Normalement, je me fiche complètement de ce que mes camarades pensent de moi, mais aujourd'hui, la tension dans l'air était quasiment insupportable. Tout le monde se demande si j'ai tué Brooke. La plupart le pensent. Même certains de mes coéquipiers. Merde, parfois je pense que même Ella pourrait bien le croire, elle aussi. Elle ne l'a pas dit, mais pendant le repas, j'ai surpris son regard lorsqu'elle pensait que je ne la voyais pas.

Il y avait cette expression sur son visage. Je ne peux même pas la décrire. Pas tout à fait du doute, mais de l'appréhension, peut-être. Et une lueur de tristesse, aussi.

Je me suis raconté qu'elle était simplement à cran, mais une partie de moi se demande si elle se pose la question. Si elle me regarde comme ça parce qu'elle se demande si elle sort avec un meurtrier ou une merde de ce genre.

– Reed.

La voix tranchante de papa me ramène à la réalité. Je traverse le hall jusqu'à son bureau, et mon moral baisse encore d'un cran en découvrant Grier debout derrière le grand bureau. Papa est assis dans un fauteuil, à ses côtés. Je demande immédiatement :

– Qu'est-ce qui ne va pas ?

– Tu as vraiment besoin de poser la question ? (L'expression de papa est sombre et menaçante.) J'ai reçu un coup de fil du directeur. Il m'a raconté ton petit accès de colère dans les vestiaires.

Je me hérisse.

– Ce n'était pas un accès de colère. Richmond insultait maman.

Pour une fois, la mention de ma mère ne radoucit pas le moins du monde mon père.

– Je me fous qu'il ait insulté Jésus-Christ lui-même, tu ne peux pas te battre à l'école, Reed ! Plus maintenant que tu as à faire face à une accusation de meurtre !

Un mélange de honte et de colère me saisit à la gorge. Le visage de mon père est tout rouge, il a les poings serrés, mais à travers le voile de colère dans ses yeux, j'aperçois une lueur de quelque chose d'encore pire. De la déception.

Je n'arrive pas à me souvenir de la dernière fois que je me suis soucié de savoir si mon père était ou pas déçu par moi. Mais là… ça m'importe.

– Assieds-toi, Reed. (C'est Grier qui le demande, avec son fidèle stylo en or posé sur son carnet de notes.) Il y a certaines choses que nous devons revoir ensemble.

À contrecœur, je me dirige vers l'un des fauteuils capitonnés où je m'assieds. Mon père s'enfonce lourdement dans l'autre.

– Nous discuterons de cette bagarre plus tard, dit Grier. D'abord, il faut que tu me dises pourquoi on a retrouvé ton ADN sous les ongles de Brooke.

Le choc est énorme.

– Quoi ?

– J'ai parlé avec l'assistant du district attorney aujourd'hui, et avec les inspecteurs en charge de l'enquête. Ils attendaient les résultats des analyses ADN pour nous divulguer les détails. Mais les résultats sont arrivés, et crois-moi, ils avaient hâte de les partager avec nous.

L'expression de Grier devient grave.

– On a trouvé des cellules de peau sous les rognures d'ongles prélevés sur Brooke. Avec ton ADN.

– Comment ont-ils eu mon ADN ? Je ne leur en ai pas fourni d'échantillon.

– Ils en ont depuis ta dernière arrestation.

Je tressaille. Ma dernière arrestation. Ça sent le roussi.

– Ils ont le droit de faire ça ?

– Une fois que tu es dans le fichier, tu y restes pour toujours.

Grier fouille dans ses papiers pendant que papa me regarde d'un air mauvais.

– Nous allons retracer toute ta nuit, étape par étape. Ne passe aucun détail sous silence. Si tu as eu des gaz, je veux le savoir. Qu'est-ce que tu as fait après être allé voir Brooke ?

– Je suis rentré à la maison.

– Juste après ?

– Oui.

Le regard de Grier se fait plus incisif.

– Tu en es certain ?

Je fronce les sourcils.

– Je… je crois ?

– Mauvaise réponse. La vidéo de sécurité montre que tu es arrivé une heure plus tard.

– Arrivé où ?

– Ici, lance-t-il d'un l'air ennuyé. Ta maison est sous surveillance vidéo, Reed, tu l'as oublié ?

Je tourne la tête vers mon père qui acquiesce d'un air sinistre,

– Nous avons visionné les bandes pendant que tu étais en classe. Les caméras indiquent que tu es arrivé à dix heures du soir.

– Une heure après avoir quitté le penthouse O'Halloran, précise Grier.

Je repasse le film de cette soirée dans ma tête, en essayant de me souvenir.

– J'ai roulé un moment en ville, dis-je lentement. J'étais encore énervé à cause de cette conversation avec Brooke. Je voulais me calmer avant de…

– Non, m'interrompt mon père.

– Non quoi ?

Je suis totalement confus.

– Tu ne dis pas ce genre de chose, tu m'entends ? Tu ne peux pas insinuer, même entre nous, que tu étais dans un état qui nécessitait de te « calmer » cette nuit-là. Tu t'es battu avec Brooke, mais c'était sans importance, poursuit mon père d'un ton ferme. Tu étais calme en arrivant, et calme en partant.

La frustration me gagne.

– Qu'est-ce que ça peut faire si j'ai conduit pendant une heure, ou trois, ou dix ? Leurs bandes montrent que je suis sorti vingt minutes après être arrivé. Alors, qu'est-ce que ça peut faire que je sois rentré à la maison une heure plus tard ?

– Ils vont demander à saisir vos enregistrements de sécurité, dit Grier à mon père, comme si je n'avais pas ouvert la bouche. Ce n'est qu'une question de temps.

J'insiste.

– Je me répète, qu'est-ce que ça peut faire ?

Grier pointe son stylo sur moi.

– Ça fait que tu as menti. Si tu mens une seule fois à la barre, ils vont te crucifier.

– À la barre ? Je vais devoir témoigner ?

Un tourbillon d'émotions me noue le ventre. Je me suis persuadé tout du long que la police allait trouver le véritable assassin, mais on dirait bien qu'ils pensent que c'est moi.

– Les enquêteurs ont noté que tu t'es touché la taille plusieurs fois et que des taches de sang sont apparues sur ta chemise pendant ton interrogatoire.

– Merde, je murmure.

J'ai l'impression qu'une corde m'enserre le cou.

– Comment est-ce arrivé ? insiste Grier.

– Je ne sais pas. Peut-être pendant que je conduisais ? Ou bien en me penchant pour attraper quelque chose ?

– Et comment est-ce que tu t'es fait cette blessure ?

Je n'ai pas besoin d'être avocat pour savoir que ma réponse ne va pas lui plaire.

– J'ai été poignardé sur les docks.

– Et pourquoi étais-tu là-bas ?

– Pour me battre, je marmonne.

– Quoi ? Qu'est-ce que tu as dit ?

– Pour me battre. Je me battais.

– Tu te battais, répète-t-il.

– Il n'y a aucune loi contre ça. L'un des types contre qui je me bats sur les docks est le fils d'un assistant du district attorney. Il prétend que si nous sommes tous d'accord pour participer aux combats, nous ne faisons rien de mal. Vouloir recevoir des coups n'a rien de répréhensible. Mais je suppose que cela peut prouver que quelqu'un est violent et potentiellement un meurtrier.

– Et aucun échange d'argent ? J'ai ici un certain Franklin Deutmeyer, connu sous le nom de Fat Duce, qui affirme qu'Easton Royal fait des paris avec lui pour les matchs de football. Tu me dis qu'il n'a jamais parié sur vos combats ?

Grier n'attend même pas que je lui mente.

– Nous avons interrogé Justin Markowitz, qui dit qu'il y a beaucoup d'argent qui s'échange.

J'ai l'impression qu'il n'attend pas de réponse, et j'ai raison, parce que Grier poursuit, comme s'il était prêt à balancer un dernier argument pour me confondre,

– Tu te bats pour de l'argent. Tu te bats parce que tu aimes ça. Tu envoies un môme à l'hôpital sans raison valable…

Cette fois, je l'interromps.

– Il avait insulté ma mère.

– Comme ce petit Richmond dont tu as cassé le nez aujourd'hui ? Lui aussi il a insulté ta mère ?

– Oui, je réponds fermement.

– Et Brooke ? Est-ce qu'elle aussi avait insulté ta mère ?

– Qu'est-ce que vous dites ? gronde mon père.

– Je dis que votre fils a un sale caractère, rétorque sèchement Grier. Il suffit que quelqu'un dise le moindre mot de travers sur sa mère (papa tressaille) pour qu'il perde le contrôle.

Grier jette son stylo sur le bureau et me regarde fixement.

– Le district attorney est à fond sur cette affaire. J'ignore pourquoi. Ils ont des masses de crimes non résolus, des meurtres provenant du trafic de drogue, des bookmakers comme Fat Deuce qui passent leur temps à racketter des mômes, mais ils se focalisent sur ce cas et sur l'idée que c'est toi le coupable. Nos enquêteurs ont un peu creusé, il existe des rumeurs sur une aventure entre Dinah O'Halloran et Pat Marolt, le district attorney.

Cette fois, c'est mon père qui jure.

– Putain !

L'étau se resserre.

– Ils vont interroger tous tes camarades de classe. Si tu as eu des problèmes avec certains d'entre eux, tu ferais bien de m'en parler dès maintenant.

– Vous êtes censé être l'un des meilleurs avocats de cet État, lance papa avec humeur.

– Vous me demandez de réaliser un miracle, répond Grier.

Je l'interromps.

– Non. Nous vous demandons de trouver la vérité. Parce que si je me fiche de prendre des coups dans la tronche, je ne veux pas aller en prison pour quelque chose que je n'ai pas commis. Je suis un trou du cul, d'accord. Mais je ne frappe pas les femmes, et jamais, au grand jamais, je n'en tuerais une.

Papa s'avance vers moi et pose une main sur mon épaule.

– Vous allez gagner ce procès, Grier. Je me fiche de ce que vous avez comme affaires en cours. Rien n'a d'importance jusqu'à ce que Reed soit innocenté.

Grier pince les lèvres, mais ne fait pas d'objection.

Au lieu de ça, il se lève, ramasse ses papiers et lance :

– Je retourne travailler.

– Qu'est-ce que nous devons faire pendant que l'enquête se poursuit ? demande mon père en voyant que Grier a déjà atteint la porte.

Moi, je suis tassé dans mon fauteuil en train de me demander comment ma vie a pu aussi mal tourner. Je regarde fixement mes mains. Est-ce que je l'ai tuée ? Est-ce que j'ai rêvé que je quittais le penthouse ? Est-ce que je souffre d'une étrange perte de mémoire ?

– Faites bonne figure, agissez comme d'habitude et prétendez que vous n'êtes pas coupable.

– Je ne suis pas coupable.

Grier s'arrête dans l'entrée.

– Le DA[3] a besoin de faits, d'un mobile et de preuves pour pouvoir prouver le crime. Brooke s'est cogné la tête contre la cheminée suffisamment fort pour séparer son cerveau de sa moelle épinière. Tu es grand, costaud et tu sembles cogner sur tout ce qui bouge autour de toi. Ils t'ont sur la vidéo au moment fatidique. Et ils ont un motif. Oh, et Ella Harper ?

Je me crispe.

– Qu'est-ce qu'elle a ?

– Ne t'approche pas d'elle, lance catégoriquement Grier. C'est elle ton plus gros point faible.

---

3. Aux USA, le district attorney, ou procureur, est un fonctionnaire élu qui représente le gouvernement dans la poursuite des infractions.

CHAPITRE 8

ELLA

Lorsque j'arrive à l'école, Reed m'attend sur les marches de l'entrée. Cette fois, c'est Easton qui est absent, mais d'une certaine façon, je suis heureuse d'être en tête à tête avec Reed, surtout après la nuit dernière. Sa rencontre avec Callum et Grier l'a laissé maussade et muet, et c'est la première fois depuis longtemps qu'il n'a pas dormi dans ma chambre. Je ne lui ai pas demandé de rester, mais j'ai essayé de le faire parler. D'après le peu qu'il m'a raconté, j'ai cru comprendre que l'avocat s'inquiétait du fait qu'il se batte et qu'il soit resté invisible pendant près d'une heure, entre son départ du penthouse et son retour au manoir Royal. Ça, je ne le comprends pas vraiment. Qu'est-ce que ça peut faire qu'il ne soit pas rentré directement à la maison ? Cela ne veut pas dire qu'il faisait quelque chose de suspect, d'autant que les flics savent très bien qu'il a quitté le penthouse vingt minutes après y être arrivé. Pourtant, si ça emmerde tellement Grier, ça doit être important. Alors, c'est le premier truc dont je lui parle après lui avoir dit, en l'embrassant :

– Je ne comprends toujours pas ce que cette heure que tu as passée en voiture peut bien vouloir dire.

Son regard s'assombrit, ce qui, combiné à sa tenue négligée, sa chemise froissée et son blazer déboutonné, lui donne un air de mauvais garçon. Ce style mauvais garçon ne m'avait jamais séduite jusqu'à présent, mais chez Reed, je trouve ça irrésistible.

– Ça ne veut rien dire, murmure-t-il.

– Alors, pourquoi votre avocat s'en inquiète-t-il tellement ?

Reed hausse les épaules.

– Je ne sais pas. Mais je ne veux pas que ça t'inquiète, ok ?

– Je ne peux pas m'en empêcher.

J'hésite, je ne voudrais pas remettre ça sur le tapis, je sais que ça le met en colère, mais c'est plus fort que moi.

– On a encore le temps de fuir, je plaide en regardant autour de nous pour m'assurer que personne ne se planque dans les parages. (Je baisse la voix jusqu'à chuchoter.) Je ne veux pas rester ici à attendre qu'on t'enferme.

Ses yeux perdent leur éclat si dur.

– Bébé, ça n'arrivera pas.

– Comment le sais-tu ? (Un sentiment d'impuissance me submerge.) J'ai déjà perdu la seule autre personne qui comptait pour moi. Je ne veux pas te perdre, toi non plus.

En soupirant, Reed me prend dans ses bras et m'embrasse sur le front.

– Tu ne vas pas me perdre.

Sa bouche descend et trouve la mienne. Il glisse sa langue entre mes lèvres, me faisant un peu vaciller. Je m'accroche à son bras pour ne pas tomber.

– Tu es la personne la plus forte que je connaisse, murmure-t-il contre mes lèvres. Alors, sois forte pour moi, ok ? Nous n'allons pas fuir. Nous allons rester et nous battre.

Avant même que j'aie pu répondre, le bruit d'un moteur attire mon attention. Je me retourne pour voir une voiture de police entrer dans l'immense parking devant le bâtiment principal. Reed et moi, nous nous raidissons.

– Ils sont ici pour toi ? je lui demande, anxieuse.

Son expression sombre est de retour, ses yeux bleus fixent le véhicule.

– Je ne sais pas.

Son visage se renfrogne encore un peu lorsqu'un homme massif et chauve sort du côté du conducteur.

– Merde.

– Tu le connais ?

Reed hoche la tête.

– C'est l'inspecteur Cousins. C'est l'un des flics qui m'ont interrogé.

Oh mon Dieu. Ça n'est pas bon du tout. Dès l'instant où il nous voit, Cousins se dirige vers nous.

– Monsieur Royal, lance-t-il froidement.

– Inspecteur, répond Reed tout aussi froidement.

Il y a un moment de silence tendu avant que l'inspecteur tourne son regard inquisiteur vers moi.

– Ella O'Halloran, je suppose ?

– Harper, j'aboie.

Il se met à rouler des yeux, ce que je trouve un peu grossier.

– Bien, Mademoiselle Harper. Il se trouve que vous êtes la première personne sur ma liste ce matin.

Je fronce les sourcils.

– Votre liste de quoi ?

– De témoins.

Cousins a un petit sourire suffisant.

– Le directeur m'a donné l'autorisation de conduire les interrogatoires dans son bureau, ce matin. Si vous voulez bien me permettre…

Je ne bouge pas. Callum m'a déjà prévenue que cela allait arriver, donc j'y suis préparée.

– Désolée, mais c'est non. Mon tuteur doit être présent au moindre de mes interrogatoires. (Je lui rends son sourire suffisant.) Ainsi que mon avocat.

Le détective plisse les yeux.

– Je vois. Alors, on va donc la jouer comme ça. Je suppose que je vais devoir appeler votre tuteur.

Sur ce, il passe devant nous et disparaît. Une fois qu'il est parti, mon air faussement sûr de moi fond d'un seul coup.

– Il va interroger des gens ici ? Qui ça ?

– Je n'en sais rien, répond Reed d'un air mécontent.

– Oh mon Dieu, Reed, ça craint. Ça craint vraiment.

– Ça va aller. (Mais il n'a pas le ton confiant qui est le sien d'habitude.) Viens. Il faut aller en cours. Envoie-moi un texto si tu as le moindre problème pendant la journée, ok ?

– Pourquoi est-ce que j'aurais des problèmes ? je lui demande prudemment.

Sa réponse est énigmatique.

– Les gens sont agités.

Toute cette conversation ainsi que l'arrivée de l'inspecteur Cousins n'ont rien fait pour me rassurer et je crois que Reed le sait, mais il m'adresse un sourire et m'accompagne jusqu'à ma classe comme si tout était parfaitement normal. Après un rapide baiser, il part dans la direction opposée. Je ne parviens pas à dissiper mon inquiétude. Elle me tombe dessus comme une chape de plomb et le temps que j'entre dans ma classe de chimie et que j'aille m'asseoir à ma place habituelle, à côté d'Easton, le désespoir suinte de tous les pores de ma peau.

– Qu'est-ce qui ne va pas ? me demande immédiatement Easton.

Je me penche pour lui chuchoter à l'oreille :

– Les flics sont là, ils veulent interroger les gens à propos de Reed.

Easton reste imperturbable.

– Personne ici n'était au courant pour Reed et Brooke, me répond-il en murmurant. Les interrogatoires ne vont rien donner.

Je jette un coup d'œil pour m'assurer que personne ne nous écoute.

– Mais tout le monde est au courant pour ses combats. (Une autre pensée surgit.) Et Savannah est au courant pour le truc avec Dinah.

Il fronce les sourcils.

– Ça n'a rien à voir avec Brooke.

– Non, mais ils sont capables de trouver un lien.

Mon anxiété monte encore d'un cran.

– S'ils découvrent que Dinah faisait du chantage au frère aîné de Reed, ils peuvent imaginer je ne sais quelle théorie loufoque selon laquelle Reed est allé trouver Dinah au penthouse et qu'il a tué Brooke à la place.

C'est une idée ridicule, mais quand même assez plausible pour qu'Easton ait l'air vraiment préoccupé.

– Merde.

– Et s'ils parlent à Savannah, tu crois qu'elle dira quelque chose ?

Il secoue lentement la tête.

– Je… je ne crois pas.

Ça n'est pas suffisant pour moi. Pas le moins du monde.

– On a anglais avec elle après ce cours. Je vais lui parler.

– Et après ? Tu vas la menacer de lui casser les jambes si elle parle ?

Son sourire est un peu forcé.

– Non, mais je vais m'assurer qu'elle comprend combien il est important qu'elle garde pour elle l'histoire entre Gideon et Dinah.

– Sav déteste les Royal, dit-il d'un air las. Je ne suis pas sûr que tu puisses lui dire quoi que ce soit qui la convainque de se taire.

– Peut-être pas, mais je vais quand même essayer.

Après la chimie, je cours jusqu'au deuxième étage afin d'intercepter Savannah Montgomery avant qu'elle entre dans notre salle d'anglais.

L'ex-petite amie de Gideon est la personne la plus complexe que je connaisse. C'est elle qui m'avait fait visiter Astor Park lorsque je suis arrivée, et bien qu'elle ait été assez garce ce jour-là, elle m'a également donné une foule de conseils sur la façon de survivre dans cette école. Et même si elle a gardé ses distances et ne m'a jamais beaucoup parlé en classe, elle a quand même pris le temps de me prévenir contre Daniel Delacorte, et ensuite elle nous a aidées, Val et moi, à nous venger de cette ordure.

Alors, je suppose que c'est une alliée ?

À dire vrai, je ne sais pas vraiment. Elle est difficile à comprendre quand elle est bien lunée, et impossible à décrypter tout le reste du temps.

Aujourd'hui entre dans la catégorie indéchiffrable. Elle fronce les sourcils quand elle me voit traîner devant la porte, mais lance quand même un « Hé » d'une voix sans hostilité.

– On peut parler une minute ?

La suspicion traverse son regard.

– Pourquoi ?

Je dois faire preuve de patience.

– Parce qu'il faut qu'on parle.

– Le cours va commencer.

– Chaque jour, monsieur Winston a dix minutes de retard, tu le sais. On a le temps.

Je la supplie du regard.

– S'il te plaît ?

Au bout d'une seconde, elle acquiesce.

– Très bien. Mais vite.

Nous marchons en silence dans le couloir jusqu'à un ensemble de casiers installé dans un petit corridor. Une fois seules, je ne perds pas de temps.

– La police est là pour interroger certains des camarades de classe de Reed.

Elle n'a pas l'air le moins du monde surprise.

– Ouais, je sais. J'ai reçu une convocation du bureau de Beringer. Je dois leur parler à l'heure du déjeuner.

Elle fait les gros yeux.

– Ils voulaient me faire rater mon cours et ça m'a gonflée. Je ne vais pas prendre de retard juste parce qu'un Royal a tué la petite copine de son père.

Je sursaute comme si elle m'avait giflée.

– Reed n'a tué personne, je lui réponds entre mes dents.

Savannah hausse les épaules.

– Je m'en fiche qu'il l'ait fait. Je n'ai jamais pu saquer Brooke.

Mais au fait, Savannah connaissait Brooke ? Je suis confuse pendant une seconde, avant de me rendre compte que, bien sûr, Sav la connaissait. Elle avait mentionné Brooke comme un « extra » le jour où elle m'avait fait visiter Astor Park, et elle était sortie avec Gideon pendant un an, alors elle avait dû la croiser à la maison plus d'une fois.

– Cette femme était une ordure, ajoute-t-elle. Une croqueuse de diamants avec un C majuscule.

– Quoi qu'il en soit, Reed ne l'a pas tuée.

Elle hausse un sourcil parfaitement dessiné.

– C'est ça que tu veux que je dise aux flics ?

Je ravale ma frustration.

– Tu peux leur dire ce que tu veux, parce qu'il ne l'a pas fait. Je voulais te parler de l'autre truc.

– Quel autre truc ?

Je jette un coup d'œil dans le hall principal. Il est vide.

– Le truc entre Gideon et Dinah.

D'après Reed, Dinah avait fouillé dans le téléphone de Gid et avait piqué des photos de nus que lui et Savannah s'étaient échangés. Avec ces munitions, elle le tenait en le menaçant de détournement de mineure, parce que Savannah n'avait que quinze ans à l'époque et Gideon en avait dix-huit.

En entendant le nom de Gideon, l'expression circonspecte de Savannah se transforme en pure malveillance.

– Tu veux parler de ce truc, quand mon petit ami a baisé une sale cougar ? aboie-t-elle.

– Ouais, et de ce que la sale cougar le fait chanter avec des photos que tu lui as envoyées, je lui balance en retour.

Cette fois, c'est à son tour de tressaillir.

– Est-ce que tu insinues que c'est de ma faute si Gid s'est mis dans cette galère ? Parce que ce n'est pas vrai ! C'est lui le tricheur. C'est lui qui s'est chopé cette horrible femme et c'est de sa faute si elle est devenue complètement obsédée par lui et qu'elle lui a volé son téléphone. Tout ce que j'ai fait, c'était d'envoyer des photos à mon petit ami, Ella !

Je me rends compte que je perds le contrôle de la conversation, alors je réponds vite, sur un ton résolument calme.

– Je ne t'accuse pas du tout. La seule chose que je dis, c'est que tu es impliquée, que tu le veuilles ou non. Gideon pourrait avoir pas mal d'ennuis si les flics découvraient l'histoire avec Dinah et les photos.

Savannah ne répond pas.

– Je sais que tu détestes Reed, mais je sais aussi que tu ne veux pas le voir aller en prison. Et raconter ça aux enquêteurs ne ferait que les pousser à essayer d'utiliser cette information contre lui. (Je la regarde bien en face.) Et Reed est innocent.

Ou, du moins, c'est ce que je pense. Elle reste muette un bon moment. Assez longtemps pour que je pense ne pas avoir réussi à la convaincre. Mais soudain, elle pousse un profond soupir en hochant la tête.

– D'accord. Je ne parlerai pas.

Un immense soulagement m'envahit, mais Savannah ne me laisse aucune chance de pouvoir la remercier. Elle se contente de s'éloigner, sans un mot.

CHAPITRE 9

ELLA

Je ne revois plus Savannah de toute la journée. Normalement, je n'y réfléchirais pas à deux fois, vu que nous n'avons aucun cours en commun l'après-midi, mais la paranoïa me guette.

Elle était censée parler avec l'inspecteur à midi. J'espérais qu'elle me chercherait ensuite pour me raconter son entretien, mais elle ne l'a pas fait et je ne l'ai même pas aperçue dans les couloirs.

Au déjeuner, pourtant, Val m'avoue que les enquêteurs ont laissé un message à ses parents pour leur demander l'autorisation de l'interviewer. Je suppose que son oncle et sa tante sont comme Callum, parce qu'ils ont insisté pour assister aux interrogatoires de Jordan et Val.

Ouaip, Jordan. Apparemment, elle aussi est sur la liste de Cousins. Ce qui est très, très embêtant, parce que je sais que Jordan n'aura que des choses atroces à raconter sur Reed. Je ne sais pas à qui les flics ont parlé aujourd'hui, à part Savannah. Je redoute mon propre interrogatoire, mais j'ai bon espoir que Callum puisse le repousser le plus longtemps possible. Peut-être jusqu'à ce que ces stupides détectives fassent leur boulot et trouvent le véritable assassin.

S'il existe un véritable assassin...

Un cri silencieux se forme dans ma gorge, me forçant à m'arrêter au milieu du parking. Je déteste ces pensées qui jaillissent dans mon crâne. Il a insisté sur le fait qu'il n'avait pas tué Brooke. Il a juré qu'il ne l'avait pas fait. Alors, pourquoi ne puis-je pas le croire à cent pour cent ?

– Le parking, c'est pour les voitures, pas pour les gens, petite frangine.

Je me retourne pour découvrir Easton qui me sourit. Il me donne un léger coup de coude, en ajoutant :

– Cette pauvre Lauren essaie de sortir de cette place depuis, oh, environ deux minutes.

Mon regard tombe sur la BMW rouge et son moteur qui ronronne.

Voilà que Lauren Donovan me fait un léger signe de la main avec un air de semblant d'excuse, comme si c'était elle qui me gênait et pas le contraire.

Je m'excuse auprès de la petite amie des jumeaux et je me dépêche de lui céder le passage.

– Je suis dans la lune, dis-je à Easton.

– Tu es toujours inquiète à cause des entretiens ?

– Ouais. Mais j'ai parlé avec Savannah et elle m'a promis qu'elle ne dirait rien à propos de Gideon.

Easton hoche la tête.

– Ça au moins, c'est une bonne nouvelle.

– Ouais.

– Ella, lance la voix de Reed derrière nous, tu rentres à la maison avec moi ?

Je me retourne alors qu'il pénètre dans le parking avec Sebastian à ses côtés. À nouveau, ma paranoïa monte d'un cran.

– Qu'est-ce qui se passe ? Tu n'as pas d'entraînement ?

Il secoue la tête.

– Easton en a un, mais moi je suis excusé. Papa vient juste de m'envoyer un texto pour m'ordonner de rentrer directement à la maison.

La peur me fait frissonner.

– Pourquoi ? Qu'est-ce qui se passe ?

– Je ne sais pas.

Reed a l'air contrarié.

– Tout ce qu'il a dit, c'est que c'était important. Et il a réellement arrangé le coup avec l'entraîneur.

Son visage est dur, ce qui signifie qu'il est inquiet. J'ai appris à voir que Reed devient mauvais lorsqu'il se sent acculé. Or, dans cet endroit plein de policiers, d'enquêteurs et de prison, il doit se sentir réellement acculé.

– Est-ce qu'il veut que moi aussi je vienne ? je demande avec méfiance.

– Non, mais moi oui.

Reed baisse les yeux sur son plus jeune frère.

– Seb, tu es d'accord pour ramener la voiture d'Ella ?

Sebastian acquiesce,

– Pas de prob'.

Je lui passe les clés et je le regarde monter dans ma voiture pendant qu'Easton se dirige vers le terrain de football. Reed et moi grimpons dans son Range Rover. Je ne sais pas pourquoi il m'a demandé de venir avec lui, parce qu'il ne dit pas un mot pendant les cinq premières minutes du trajet.

Je regarde par la fenêtre en me mordant le pouce.

J'ai du mal à supporter Reed quand il est silencieux. Ça me rappelle bien trop mon arrivée chez les Royal. Tout ce que j'obtenais de Reed, c'étaient des coups d'œil et des remarques cinglantes, ce qui était vraiment différent de ce dont j'avais l'habitude. Maman était un peu, bon d'accord, vraiment irresponsable, mais elle était toujours joyeuse et ne gardait jamais ses émotions pour elle. C'est moi qui faisais ça.

– Dis-le, aboie soudain Reed.

Je suis paniquée.

– Dis quoi ?

– Ce qui t'obsède. Je peux t'entendre penser, et si tu mords un peu plus fort ton doigt, il va finir par tomber.

Chagrinée, je regarde les marques de morsures sur le côté de mon pouce. En frottant dessus, je dis :

– Je ne pensais pas que tu avais remarqué.

Il me répond sur un ton grave et bourru.

– Je remarque tout chez toi, bébé.

– Je suis inquiète. Tu passes ton temps à me dire de ne pas l'être, mais c'est de pire en pire. À l'école, c'est facile de repérer ses ennemis. De mettre les gens dans la case utile ou inutile, pour toi ou contre toi. Ce truc me semble simplement énorme.

Tellement effrayant aussi, mai ça, je le garde pour moi. Reed n'a pas besoin d'entendre mes peurs. Il les prendrait pour lui et tenterait de les porter sur ses épaules, en plus de cet autre poids qui le déprime déjà.

– On va régler tout ça, dit-il et ses mains si sûres guident le SUV le long de la longue allée pavée qui mène à la porte d'entrée de la maison Royal. Parce que ce n'est pas moi qui l'ai fait.

– Alors, qui est-ce ?

– Peut-être le père de l'enfant ? Brooke avait sûrement plusieurs fers au feu pour cette nuit-là. Je n'étais sûrement pas le seul idiot à…

Il s'interrompt brusquement.

Je suis contente qu'il l'ait fait, parce que je n'aime pas imaginer Reed faisant l'amour avec quelqu'un d'autre, même si c'était avant moi. Seigneur, ce serait si bien s'il était vierge. Je le lui dis.

– Tu devrais être vierge.

Il laisse éclater un rire étonné.

– C'est ça qui te turlupine ?

– Non, mais songe combien de problèmes seraient réglés ainsi. Tu n'aurais pas ce truc avec

Brooke. Les filles en classe ne seraient pas toutes en train de baver devant toi.

– Si j'étais encore vierge, toutes ces filles à l'école tenteraient d'entrer dans mon slip pour pouvoir dire qu'elles étaient les premières à grimper sur le Mont Reed.

Il sourit en se garant sur le côté de la maison. Les Royal ont tout un espace de parking dans la cour, avec des pavés spéciaux posés en spirale, qui mène à un garage dans lequel ils rangent leurs véhicules. Sauf que personne ne l'utilise. Habituellement, la cour est remplie de Rover noires ou du pick-up rouge cerise d'Easton.

– Les filles ne sont pas comme ça, dis-je en descendant du SUV et en me baissant pour attraper mon sac à dos. Jamais elles ne feraient la compèt pour te dépuceler.

La main de Reed arrive la première. Il me prend mon sac avec un petit sourire satisfait.

– Les filles sont exactement comme ça. Pourquoi crois-tu que Jordan en a après toi en permanence ? C'est la compétition, bébé. Peu importe ce que tu as dans le slip, la plupart des gens sont de vrais compétiteurs. Et les mômes d'Astor Park ? Ce sont les pires. Si j'étais vierge, ça serait un nouveau challenge à remporter.

Il fait le tour du Rover et passe un bras autour de mes épaules. Il se baisse pour que ses lèvres atteignent mon oreille et murmure :

– On pourra faire comme si j'étais vierge et toi une élève de terminale très expérimentée, une fois que je t'aurai déflorée.

Je lui donne un coup parce qu'il le mérite, ce qui le fait rire encore plus. Et même s'il rit à mes dépens, je suis contente parce que je préfère le Reed heureux au Reed silencieux et fâché.

Cependant, cette bonne humeur ne dure pas. Callum nous accueille à la porte avec un regard sévère.

– Ça fait plaisir de voir que vous vous amusez, nous lance-t-il froidement lorsque nous entrons dans la cuisine.

J'aperçois Steve accoudé au comptoir, je sursaute d'étonnement. Je sais que c'est dingue, mais je passe mon temps à l'oublier. C'est comme si mon cerveau était incapable de gérer plus d'une crise à la fois, et le fait que Reed puisse aller en prison est la seule chose sur laquelle je parviens à me concentrer.

Chaque fois que je vois Steve, c'est comme si j'apprenais à nouveau qu'il est vivant. Je remarque aussi que ses yeux bleus se plissent quand il voit le bras de Reed passé autour de mon cou. L'expression qu'a Steve est celle d'une vague désapprobation, un truc nouveau pour moi. Maman, elle, était la plus permissive qui soit.

Je repousse le bras de Reed sous prétexte d'aller prendre un truc au frigo.

– Tu veux quelque chose ?

Reed me lance un sourire amusé.

– Bien sûr, qu'est-ce que tu proposes ?

Flûte. Il sait parfaitement pourquoi je l'ai quitté à la porte de la cuisine, et à présent il se moque de moi. En résistant à l'envie de lui faire un doigt d'honneur, j'attrape un yaourt.

Callum frappe dans ses mains pour attirer notre attention.

– Prends une cuillère et rejoins-moi dans mon bureau.

– Nous, corrige Steve.

Callum fait un signe de la main et s'éloigne.

– Arrête avec tes insinuations, je siffle entre mes dents tout en attrapant une cuillère dans un tiroir.

– Pourquoi ? Papa est au courant pour nous.

– Mais pas Steve. Bizarre, non ? Faisons juste comme si on était…

Reed hausse un sourcil.

– Des amis, je termine, parce que toutes les autres solutions me paraissent trop bizarres.

– Comme si ? Je croyais qu'on était amis. Je suis blessé.

Il se flanque un coup mélodramatique sur la poitrine.

Je pointe ma cuillère vers lui d'un air menaçant.

– Je n'ai pas peur de toi, physiquement parlant, mon pote.

– J'ai hâte de voir ça.

Sa main tombe sur ma hanche et il m'attire à lui.

– Pourquoi ne pas essayer tout de suite un truc physique avec moi ?

Je m'humecte les lèvres, et son regard se fixe sur ma bouche.

– Reed, Ella ! hurle Callum. Dans mon bureau. Tout de suite !

Je recule.

– Allons-y.

Je jure de l'avoir entendu murmurer un « quel empêcheur de baiser en rond ! ».

Dans le bureau, nous retrouvons Steve appuyé à la table de travail et Callum qui fait les cent pas. Toute trace de bonne humeur disparaît lorsque nous remarquons Halston Grier assis dans un des fauteuils club en cuir, devant le bureau.

– Monsieur Grier, dit sèchement Reed.

Grier se lève.

– Reed. Comment vas-tu mon gars ?

Reed me passe devant pour serrer la main de l'avocat.

– Est-ce que je vous laisse ? je demande, un peu gênée.

– Non, ça te concerne, Ella, répond Callum.

Reed revient vers moi et pose immédiatement une main protectrice dans mon dos. Je remarque alors que la cravate de Callum est en vrac et que ses cheveux sont emmêlés, comme s'il avait passé la main dedans une centaine de fois. Je tourne alors les yeux vers Steve, qui porte un blue-jean et une chemise blanche et large. Il ne semble pas être concerné.

Je ne sais pas qui regarder pour trouver des indices. Mes yeux passent et repassent d'un Callum très agité au calme de Steve. Est-ce qu'il s'agit de moi et pas de l'affaire d'homicide ?

– Vous devriez vous asseoir.

C'est Grier qui parle. Je secoue la tête.

– Non, je préfère rester debout.

M'asseoir me paraît dangereux. Cela prendra plus de temps pour me lever et m'enfuir que si je suis déjà sur mes deux jambes.

– Papa ? lance Reed.

Callum soupire en se frottant le visage avec le dos de sa main.

– Le juge Delacorte est venu me faire une offre intéressante. (Il fait une pause.) À propos de l'ADN qu'ils ont retrouvé sous les ongles de Brooke.

Reed fronce les sourcils.

– Et alors ?

– Delacorte est prêt à laisser tomber cette preuve.

Je reste bouche bée. Le père de Daniel est juge. Et il est prêt à abandonner une preuve ? C'est le truc le plus corrompu que j'ai jamais entendu.

– Contre quoi ? je demande.

Callum se tourne vers moi.

– Que Daniel soit autorisé à réintégrer Astor Park. Que tu reviennes sur toutes tes accusations et que tu admettes avoir pris cette drogue de ton plein gré.

Il se tourne vers son fils.

– Quand toi et tes frères l'avez trouvée, elle a inventé toute cette histoire afin que vous ne la détestiez pas encore plus. Voilà le prix à payer.

Chaque cellule de mon corps se révolte en entendant le scénario de Callum. Reed éclate.

– Ce connard ! C'est hors de question !

– Si je fais ça… (je reprends mon souffle) les charges contre Reed seront abandonnées ? L'affaire sera oubliée ?

Je pose ces questions directement à l'avocat.

– Tu ne vas pas faire ça, insiste Reed, la main agrippée à mon dos.

Je me dégage et je m'avance vers l'avocat.

– Si je fais ça, je répète, est-ce que Reed sera sauvé ?

Derrière moi, Reed hurle sur son père pour avoir seulement envisagé cette idée. Callum tente de le calmer, il lui explique qu'il ne me demande pas de prendre cette voie-là. Mais évidemment, il aimerait bien que je le fasse, sans ça il n'en aurait pas parlé. Ça me fait de la peine, un peu, mais je comprends. Callum essaie d'éviter la prison à son fils. Steve, lui, reste muet. Il se contente d'écouter. Mais je me fiche de tous les autres hommes présents dans ce bureau. Seul l'avocat détient la réponse dont j'ai besoin.

Grier a posé ses mains parfaitement manucurées sur ses genoux, sans tenir compte le moins du monde du chaos qui règne dans la pièce. Je ne suis pas sûre de ce qu'il voit quand il me regarde. Une fille fragile ? Une dinde ? Une idiote ? Pourquoi pas une fille qui aime tellement son petit ami qu'elle est prête à avaler toutes les couleuvres pour lui ? Ce… ce ne serait rien du tout. Quelques mois supplémentaires en présence de Daniel Delacorte dans ma vie, quelques autres en compagnie de ces horribles mômes d'Astor Park qui chuchoteront derrière mon dos, la réputation d'être une camée ? Tout ça en échange de la liberté pour Reed ? Ça en vaut la peine.

– Ça ne peut pas faire de mal, finit par admettre Grier.

Et Reed pète un câble à nouveau.

CHAPITRE 10

REED

– Pas question !

Lorsque l'avocat ouvre la bouche, j'abandonne papa et je me rue aux côtés d'Ella. Je me place entre elle et ce serpent avant qu'il puisse faire plus de dégâts.

– Cela n'arrivera absolument pas. Jamais.

Ella me repousse de la main.

– Et les enregistrements vidéo ?

– Il peut tout faire disparaître, répond Grier. Apparemment, se débarrasser des preuves est quelque chose d'habituel pour le juge Delacorte.

– Je ne peux pas croire que l'un d'entre vous puisse considérer que c'est une bonne idée. Il faut que Daniel soit à des centaines de kilomètres d'Ella, dis-je avec véhémence. C'est vraiment totalement merdique.

– Surveille ton langage, me réprimande mon père comme s'il s'était jamais soucié auparavant que je balance des horreurs.

– Vraiment ? ajoute Ella. Et que dirais-tu de l'idée d'aller passer vingt-cinq ans en prison ? Si ravaler ma fierté permet que tu restes en liberté, ça ne me paraît pas totalement merdique.

Personne ne reprend Ella sur son langage, ce qui me fout encore plus les boules.

Je me tourne vers papa, parce que c'est lui qui a besoin d'être convaincu. Ella ne peut pas réussir cette transaction toute seule. Seul papa, avec son avocat foireux, peut le faire.

– C'est le truc le plus sordide que j'ai jamais entendu. Cet enfoiré est un psychopathe et tu le ferais revenir ? Pire, tu soumettrais Ella à une vie de harcèlement sexuel ?

Papa me regarde droit dans les yeux.

– J'essaie de t'épargner la prison. Ce n'est pas une idée formidable, mais vous devez tout de même l'entendre, tous les deux. Tu veux que je vous traite en adultes ? Alors, tu dois prendre tes décisions en adulte, aboie-t-il.

– Eh bien, c'est ce que je fais. Daniel reste là où il est, et nous gagnons ce procès honnêtement, parce que JE. NE. L'AI. PAS. TUÉE. BORDEL.

Je détache bien chaque mot pour qu'il n'y ait pas d'erreur possible.

Ella m'attrape par le poignet.

– Reed, s'il te plaît.

– S'il te plaît quoi ? Tu sais comment ce sera à l'école si tu dis que tu as menti à propos de Daniel ? Tu ne pourras plus marcher seule dans les couloirs.

L'un de nous devra t'accompagner en permanence. Jordan te démolira.

– Tu crois que je m'en soucie ? Ça ne durera que quelques mois.

– Et l'année prochaine ? Je ne serai plus là pour te protéger, je lui rappelle.

Au bureau, je vois Steve qui plisse les paupières.

– J'apprécie ton geste, Reed, mais Ella n'aura pas besoin de ta protection. Elle a son père pour ça. (Puis il pince ses lèvres et poursuit.) En fait, je crois qu'il est temps que je ramène ma fille à la maison.

Je me liquéfie. Ella me serre les doigts très fort. Steve se redresse derrière le bureau.

– Callum, je te remercie d'avoir pris soin d'elle en mon absence, mais je suis le père d'Ella. Tu as assez à faire avec tes propres enfants en ce moment. Ella et moi n'avons pas besoin d'être ici.

Oh non, bordel. Elle ne va pas me quitter ni quitter cette maison.

– Papa ! je lance comme un avertissement.

– Steve, ton appartement n'est pas encore dégagé, rappelle Callum. Et apparemment, il ne le sera pas avant un bon moment.

Il regarde l'avocat dans l'attente d'une confirmation. Grier opine.

– Le bureau du shérif pense qu'ils vont en avoir encore pour deux semaines au moins.

– Ce n'est pas grave. Dinah et moi avons loué la suite penthouse au Hallow Oaks.

Steve glisse une main dans sa poche et en ressort une carte plastifiée.

– J'ai ajouté ton nom sur ma réservation, Ella. Voilà ta clé.

Elle ne fait pas un geste dans sa direction.

– Non. Je ne dormirai pas sous le même toit que Dinah.

Puis à la hâte, elle ajoute :

– Sans vouloir t'offenser.

– Ella est une Royal, dis-je froidement.

Le regard de Steve tombe sur l'endroit où la main d'Ella serre de toutes ses forces mon poignet.

– Tu ferais mieux d'espérer le contraire, murmure-t-il d'un air amusé.

– Sois raisonnable, Steve, dit papa. Réinstalle-toi d'abord. On a pas mal de papiers officiels à voir ensemble. Tout ceci est nouveau pour nous tous.

– Ella a dix-sept ans, ce qui signifie qu'elle dépend encore de l'autorité de ses parents, n'est-ce pas, Halston ?

L'avocat hoche la tête.

– C'est exact.

Il se lève et secoue ses jambes de pantalon.

– Apparemment, vous avez tous des affaires personnelles à régler, je vais vous abandonner à présent.

Il s'arrête à mi-chemin de la porte d'entrée et se tourne vers moi.

– Je suppose que je n'ai pas besoin de vous dire de ne pas vous montrer à l'enterrement samedi ?

Je fronce les sourcils.

– Quel enterrement ?

– Celui de Brooke, reprend fermement papa, avant de jeter un coup d'œil à Grier. Et non, Reed ne sera pas présent.

– Bien.

Je ne peux m'empêcher de lui balancer sur un ton sarcastique :

– Qu'est-ce qui est arrivé à votre truc : « Il faut agir comme si on était tous une famille unie » ?

La réponse de Grier est tout aussi mordante.

– Vous pouvez être unis partout, sauf dans cette chambre funéraire. Et pour l'amour de Dieu, Reed, reste clean. Plus de bagarres à l'école, plus de conneries, d'accord ?

Puis ses yeux s'arrêtent sur Ella, comme pour signifier un avertissement muet.

Ma plus grande faiblesse ? Pas du tout. Ella, c'est l'acier de ma colonne vertébrale, mais Grier ne la voit que comme une preuve de mes motivations. Je m'approche un peu plus d'elle.

Il secoue la tête et se tourne vers papa en ajoutant :

– Tenez-moi au courant si vous désirez que j'organise une autre rencontre avec Delacorte.

– Il n'y aura aucune rencontre, je les rabroue.

Papa tapote le dos de l'avocat.

– Je vous appelle.

La frustration remonte dans ma gorge. C'est exactement comme si je n'étais pas là. Et si personne ne veut m'écouter, il est parfaitement inutile que je reste.

– Allons-y, dis-je à Ella.

Je la pousse hors du bureau sans attendre son approbation ni celle de quiconque.

Une minute plus tard, nous sommes en haut. J'ouvre la porte de sa chambre et je la pousse à l'intérieur.

– Tout ça est stupide ! s'écrie-t-elle soudain. Je ne vais pas aller m'installer à l'hôtel avec Steve et cette horrible femme !

– Nope ! je confirme en la regardant grimper sur son lit.

Sa jupe d'uniforme remonte et j'ai une jolie vue sur ses fesses avant qu'elle s'assoie et replie ses jambes sous son menton.

– Et toi aussi, tu es stupide, bougonne-t-elle. Je pense qu'on devrait accepter le deal de Delacorte.

– Non, je répète.

– Reed.

– Ella.

– Ça te permettrait de ne pas faire de la prison !

– Non, ça me forcerait à être à la merci de ce bâtard pour le restant de ma vie. Ça n'arrivera pas, bébé. Sérieusement. Alors, sors-toi cette idée de la tête.

– Bien, alors disons que tu refuses cet accord…

– En effet.

– Mais alors, qu'est-ce qu'on fait ?

J'enlève ma chemise blanche d'uniforme et je balance mes chaussures au loin. Je garde mon pantalon et mon T-shirt, et je rejoins Ella sur le lit. Je la prends dans mes bras. Elle se blottit contre moi, mais seulement un instant. Elle se rassied ensuite, les sourcils froncés.

– Je t'ai posé une question, bougonne-t-elle.

Je pousse un soupir d'exaspération.

– Il n'y a rien que nous puissions faire, Ella. C'est le boulot de Grier, tout ça.

– Eh bien, il ne bosse pas très bien s'il te conseille de passer des deals avec des juges véreux ! (Ses joues sont rouges de colère.) Établissons une liste.

– Une liste de quoi ? je lui demande sans comprendre.

– De tous les gens qui auraient pu tuer Brooke.

Elle saute du lit et se rue sur son bureau où elle ramasse son ordinateur portable.

– À part Dinah, de qui était-elle proche ?

– De personne, pour autant que je sache.

Ella se rassied au bord du lit et ouvre son ordinateur.

– Ce n'est pas une réponse acceptable.

L'exaspération m'envahit.

– C'est pourtant la seule réponse que j'ai. Brooke n'avait pas beaucoup d'amis.

– Mais elle avait des ennemis, c'est ce que tu as dit, pas vrai ?

Et elle met en route un moteur de recherche en y entrant le nom de Brooke.

Environ un million de résultats apparaissent sur un million de différentes Brooke Davidson.

– Il suffit de découvrir qui sont ces ennemis.

Je hausse les épaules,

– Alors, tu es qui maintenant, Lois Lane[4], ou quoi ? Tu comptes résoudre cette enquête toute seule ?

– Tu as une meilleure idée ?

Je soupire.

– Papa a des détectives privés. Ils t'ont trouvée, tu te rappelles ?

La main d'Ella se fige sur sa souris, mais son hésitation ne dure qu'une seconde. Elle clique pour faire apparaître la page Facebook de Brooke. Pendant le chargement, elle me lance un regard pensif.

– Les obsèques, annonce-t-elle.

– Eh bien quoi ? je demande prudemment. Je n'aime pas la direction que tout ça prend.

– Je pense que je devrais y aller.

Je me redresse d'un bond.

– Pas question. Grier a dit qu'on ne devait pas y aller.

– Non, il a dit que tu ne devais pas y aller.

Elle regarde à nouveau l'écran.

– Hé, tu savais que Brooke avait une licence de l'État de Caroline du Nord ?

4. Lois Lane est un personnage d'enquêtrice de la série télévisée *Smallville*, interprété par Erica Durance.

J'ignore cette remarque inutile.

– Tu n'iras pas à ses obsèques, Ella, je gronde.

– Et pourquoi pas ? C'est la meilleure façon de savoir qui était proche de Brooke. Je peux voir qui vient et… (elle pousse un cri) et si le tueur se ramène ?

En fermant les yeux, je tente de faire appel à toute ma patience.

– Bébé, tu crois vraiment que l'assassin de Brooke va se ramener et lancer : « Salut les gars ! C'est moi le meurtrier ! » ?

Ses yeux bleus étincellent d'indignation,

– Bien sûr que non ! Mais tu as déjà regardé ces documentaires criminels à la télé ? Ces commentateurs du FBI parlent tout le temps du fait que les assassins reviennent sur la scène de leur crime ou se rendent aux obsèques de leur victime pour narguer la police.

Je la regarde, incrédule, mais elle est à nouveau concentrée sur son ordinateur portable. Je rumine.

– Je ne veux pas que tu ailles aux obsèques.

Ella ne me regarde même pas lorsqu'elle répond :

– C'est vraiment pas de bol.

CHAPITRE 11

ELLA

– Quelle bonne sœur as-tu dépouillée pour te dégoter un accoutrement pareil ? me demande Easton quand je grimpe dans son pick-up, le samedi matin de bonne heure.

Je frappe du poing sur le tableau de bord.

– Tais-toi et roule !

Il obéit et démarre. Nous empruntons l'allée jusqu'au grand portail en fer forgé qui sépare l'hôtel particulier de la grand-route.

– Pourquoi ? Qui en a après nous ? C'est Steve ?

Bien que Steve vive à présent avec Dinah, dans leur suite à l'hôtel Hallow Oaks, il passe son temps à traîner chez les Royal. Ça fait plaisir à Callum, mais moi, ça me met mal à l'aise et j'évite de passer du temps en sa compagnie. Je suppose que tout le monde s'en est rendu compte.

– C'est Reed. Il ne voulait pas que je sorte aujourd'hui.

– Ouais. Il n'était pas ravi que je sorte, moi non plus.

Je regarde derrière nous pour m'assurer que Reed n'est pas en train de nous courir après. Il était mécontent quand je suis partie, mais comme je le lui ai dit l'autre soir, tant pis pour lui. Aujourd'hui, j'ai prévu de passer en revue tous ceux qui vont assister aux obsèques de Brooke.

En plus, il faut bien que quelqu'un accompagne Callum à l'enterrement de sa fiancée. Je ne peux pas le laisser tout seul. Et puisque c'est hors de question pour Reed et que les jumeaux ont refusé, il ne reste plus qu'Easton et moi. Callum est parti devant avec son chauffeur, Durand, parce qu'il a à faire en ville après la cérémonie.

– Alors, qu'est-ce que tu as fait ? Tu l'as soumis par la baise ? Il s'est évanoui dans le bonheur orgasmique ?

– Ta gueule !

Je cherche ma playlist « girl power » et j'envoie la musique.

Mais ça ne fait pas taire Easton. Il se contente de hurler pour couvrir la musique.

– Tu n'abandonnes jamais ? Les couilles de ce pauvre garçon doivent être toutes violacées.

– East, Je ne veux pas discuter de ma vie sexuelle avec toi.

Et je monte le son.

La triste vérité, c'est que de nous deux, c'est Reed le tortionnaire. Ces trois dernières nuits, il a à nouveau dormi dans mon lit et nous nous sommes papouillés comme des fous. Il veut bien que je le touche partout. Il adore que je le suce et me rend volontiers la pareille. Merde, il peut passer des heures avec sa queue entre mes jambes si je le laisse faire. Mais l'acte final ? C'est hors de question, « tant que ce truc de Brooke », comme il l'appelle, est suspendu au-dessus de nos têtes.

Je suis dans un état étrange, un mélange de satisfaction et d'anticipation. Reed me donne à peu près tout, mais ce n'est pas suffisant. Cela dit, je sais que si les rôles étaient inversés, il respecterait totalement ma volonté. Alors, je me dois de respecter la sienne. Mais ça craint.

Quand nous arrivons à la maison funéraire, Callum est déjà là, il nous attend devant l'entrée. Il porte un costume noir qui coûte sans doute plus cher que ma voiture et ses cheveux sont coiffés en arrière, ce qui le fait paraître plus jeune.

– C'était inutile de nous attendre, lui dis-je.

– J'ai entendu ce qu'a dit Halston, nous devons montrer que nous sommes une famille unie. Alors, si nous entrons ensemble, tout le monde quittera les lieux en pensant que nous sommes un groupe heureux et innocent.

Je ne le dis pas à voix haute, mais je crois que personne ici ne sera impressionné par cette démonstration de force des Royal puisque tous pensent que nous sommes les membres de la famille du meurtrier présumé.

Nous entrons tous les trois dans ce bâtiment sinistre. Callum nous guide vers une porte voûtée à notre gauche. C'est une petite chapelle, avec des rangées de bancs en bois cirés, un espace surélevé par une estrade et… un cercueil.

Mon pouls s'accélère. Oh mon Dieu, je n'arrive pas à croire que Brooke soit là-dedans.

Alors qu'une pensée morbide m'envahit, je me dresse sur la pointe des pieds et je murmure à l'oreille de Callum,

– Est-ce qu'ils ont pratiqué une autopsie ?

Il acquiesce d'un signe de tête sinistre.

– Les résultats ne sont pas encore revenus.

Puis, après une pause :

– Je suppose qu'ils feront également des tests ADN sur le… le fœtus.

Cette pensée me rend malade, parce que pour la première fois depuis que tout ça a commencé, je me rends subitement compte que deux personnes sont mortes dans le penthouse. Brooke et… un bébé innocent.

En ravalant une remontée de bile, je m'efforce de détourner mon regard de la boîte noire. À la place, je fixe l'énorme photo encadrée, installée sur un chevalet à côté du cercueil.

Brooke avait beau être horrible, même moi je ne peux nier qu'elle était très belle. La photo qu'ils ont choisie la montre souriante, dans une robe bain-de-soleil colorée. Ses cheveux blonds sont lâchés et ses yeux bleus étincellent devant l'appareil photo. Elle est magnifique.

– Merde. C'est super-déprimant, marmonne Easton.

Ce qui est totalement vrai.

Moi, j'étais tellement pauvre que je n'ai pas pu offrir de cérémonie à ma mère. Le service funéraire coûtait deux fois celui d'une crémation, alors j'ai décidé de m'en passer. De toute façon, personne ne serait venu. Maman aurait bien aimé, pourtant.

– Tu viens ? me demande Easton en désignant l'avant d'un signe de tête.

Je suis son regard jusqu'au cercueil. Il est ouvert, mais je refuse de m'avancer. Alors, je fais non de la tête et je trouve une place vers le milieu pendant qu'Easton remonte l'allée centrale, les mains dans les poches. Son imperméable se tend sur ses larges épaules quand il se penche en avant. Je me demande ce qu'il peut bien voir. En jetant un coup d'œil à la pièce, je suis surprise de la fréquentation. Ou plutôt de l'absence de fréquentation. Il y a moins de dix personnes. Je suppose que Brooke n'avait vraiment pas d'amis.

– Sortez !

La voix haut perchée, celle de Dinah, me fait sursauter. Eh bien, Brooke avait au moins une amie. Il me faut une seconde pour me rendre compte que c'est à nous que Dinah s'adresse. Elle nous lance des regards furibonds, à Easton et moi.

– C'est une honte ! hurle-t-elle.

Je ne crois pas l'avoir déjà vue dans cet état. Son visage est complètement écarlate, ses yeux verts sont révulsés.

– Vous les Royal, n'avez rien à faire ici ! Et toi…

C'est à moi qu'elle s'adresse à présent.

– Tu ne fais même pas partie de la famille ! Sors ! Sortez tous !

Je ne sais pas à quoi peut bien ressembler un innocent, mais je place immédiatement Dinah en tête de liste de mes suspects.

Une femme capable de faire chanter un pauvre garçon pour le faire entrer dans son lit peut certainement faire des choses horribles.

Callum s'avance, l'air furieux. Steve, qui porte le même costume noir que lui, le suit. Le regard de Steve s'arrête un instant sur ma robe sac noire, achetée en solde dans une grande surface. Elle a deux tailles de trop, mais la seule autre robe noire que je possède est un fourreau qui appartenait à ma mère. Ç'aurait été bien trop sexy de la mettre pour des obsèques.

– Nous n'irons nulle part, dit fermement Callum. En fait, nous avons plus le droit d'être ici que toi, Dinah. J'étais son fiancé, pour l'amour de Dieu.

– Tu ne l'aimais même pas, gronde Dinah. (Elle tremble si fort que tout son corps bouge.) Elle n'était rien d'autre qu'un objet sexuel pour toi !

Je fais le tour de la pièce des yeux pour voir si quelqu'un a entendu. Ils ont tous entendu. Chaque paire d'yeux est fixée sur cette confrontation, même celle du pasteur. Il nous observe depuis l'estrade en fronçant les sourcils, et je ne suis pas la seule à m'en rendre compte.

– Dinah. (La voix de Steve est sourde et plus autoritaire que jamais. D'habitude, il parle d'une façon cool, mais pas là.) Tu te donnes en spectacle.

– Ça m'est égal ! hurle-t-elle. Ils n'ont rien à faire ici ! C'était mon amie ! Elle était une sœur pour moi !

– C'était la fiancée de Callum, rétorque-t-il. Indépendamment des sentiments qu'il ait pu avoir ou ne pas avoir pour elle, nous connaissions les siens. Elle aimait Callum. Elle aurait voulu qu'il soit présent.

Ça fait taire Dinah pendant environ une demi-seconde. Puis elle tourne son regard furibond vers moi.

– Mais elle, elle n'a rien à faire ici, alors !

Les yeux de Steve se rétrécissent jusqu'à devenir des fentes inquiétantes.

– Et comment, elle a sa place ici. C'est ma fille.

– Elle a été ta fille cinq minutes, c'est tout ! Et moi je suis ta femme, bordel de Dieu !

Le pasteur se racle la gorge. Je suppose qu'il n'apprécie pas qu'on parle de Dieu sur ce ton dans une chapelle.

– Tu te comportes comme une enfant, lui répond violemment Steve. Et ça devient très gênant pour toi. Je te suggère de t'asseoir si tu ne veux pas être jetée dehors.

Ça lui cloue le bec une bonne fois pour toutes. En lançant des regards noirs dans notre direction, elle s'avance jusqu'au devant en claquant des talons et s'assied sur un banc.

– Je m'excuse pour tout ça, dit Steve, mais en me regardant moi, uniquement. Elle est un peu… fragile émotionnellement.

Easton renifle doucement, comme pour dire « un peu seulement » ?

Callum hoche brièvement la tête.

– Asseyons-nous. Le service va commencer.

Je soupire de soulagement quand Steve s'éloigne pour rejoindre son horrible femme. Je suis contente qu'il ne s'asseye pas avec nous. Chaque fois que quelqu'un me rappelle que je suis sa fille, mon sentiment de malaise grimpe en flèche.

À ma grande surprise, Callum aussi nous abandonne pour s'installer au premier rang, en face des O'Halloran.

– Il va prendre la parole, me dit Easton.

Je hausse les sourcils,

– Vraiment ?

– C'était son fiancé.

Voilà sa réponse. C'est vrai. Je persiste à oublier que les gens ignorent que Callum s'était mis à détester Brooke à la fin de leur relation destructrice.

– Ça paraîtrait suspect s'il… Ah merde !

Easton s'interrompt brusquement, en tournant la tête vers la droite.

Mon cou se tétanise quand je vois ce qui l'a fait réagir. C'est l'inspecteur de police qui est venu à Astor Park plus tôt dans la semaine, Cousins ?, qui vient d'entrer dans la chapelle. Une petite femme aux cheveux noirs l'accompagne. Ils ont tous deux des badges brillants accrochés à leur ceinture. Aussi mal à l'aise que me mette leur présence en ces lieux, je ne peux m'empêcher de ressentir un sentiment de triomphe. Je regrette que Reed ne soit pas là pour le voir !

Les flics sont venus parce que, eux aussi, pensent que le meurtrier pourrait se montrer !

– Ils n'ont pas intérêt à nous interroger, je marmonne à Easton en scrutant les invités.

L'un d'entre eux pourrait bien être le tueur. Mon regard s'arrête sur la nuque de Callum. Il avait un motif, mais jamais il ne laisserait son fils porter le chapeau pour un crime qu'il aurait commis. En plus, Callum était à D.C. avec nous. Mon regard se tourne vers Steve. Mais quel pourrait être son motif ? Si c'était Dinah qui était dans le cercueil, il serait mon premier suspect, mais il a été absent pendant neuf mois, ce qui signifie qu'il est impossible qu'il soit le père de l'enfant de Brooke. Je l'oublie. Je ne connais pas le reste des gens. Ça doit être l'un d'eux. Mais lequel ?

– Les avocats de papa font traîner autant qu'ils peuvent, me répond Easton à voix basse. Si ça doit arriver, ce sera la semaine prochaine. Mais ils ont parlé à Wade.

Je retiens mon souffle.

– Ah bon ?

Je me demande pourquoi Val ne m'a rien dit, avant de me rappeler qu'elle n'en a pas eu l'occasion. Je n'ai presque pas vu ma meilleure amie depuis que tout ce merdier a commencé. Je sais que je lui manque et elle me manque aussi, mais c'est compliqué de se voir, de se raconter des potins et de passer un bon moment ensemble quand la vie déconne à ce point.

– Ils lui ont posé plein de questions sur les combats de Reed, confesse Easton. Et sur toutes ses anciennes nanas.

– Bordel, c'est si important que ça ?

À cette idée, je me sens étrangement amère. Je n'aime pas que les flics passent en revue les anciennes histoires de Reed. Ni la nôtre.

– Je ne sais pas. Je te raconte juste ce que m'a dit Wade. C'est à peu près tout. Ils ne lui ont même pas posé de question sur Brooke ou…

Et il s'interrompt à nouveau.

– Ah bon, sérieusement ? C'est franchement bizarre.

Quand je me retourne, cette fois, je vois Gideon avancer dans notre direction. Easton me glisse du bout des lèvres :

– Pourquoi Gid est-il là ? Pourquoi a-t-il fait trois heures de route pour assister aux funérailles d'une pute qu'il ne pouvait pas voir en peinture ?

J'avoue à voix basse que c'est moi qui lui ai demandé de venir.

– Mais pourquoi ?

– Parce que j'avais besoin de lui parler.

Je ne lui donne pas plus de détails, et Easton n'a pas le temps de m'interroger plus avant, parce que Gideon nous rejoint.

– Hé, murmure l'aîné des frères Royal.

Mais il ne nous regarde pas, il a les yeux fixés sur le cercueil de Brooke. Est-ce qu'il imagine Dinah à cette même place ? Ça ne m'étonnerait pas. La femme de Steve fait chanter Gideon depuis plus de six mois.

Je me pousse pour lui faire de la place et il s'assied à côté d'Easton. Gideon est une anomalie chez les Royal. Il est plus mince que ses frères, et ses cheveux ne sont pas noirs. Mais il a ces yeux bleus, très bleus.

Je lui demande un peu maladroitement :

– Comment se passent tes cours ?

– Bien.

Je n'ai pas passé beaucoup de temps avec Gideon parce qu'il va à l'université, à plusieurs heures de route d'ici. Je ne sais pas grand-chose de lui. C'est un nageur. Il est sorti avec Savannah Montgomery. Il baise ou a baisé avec Dinah. Il envoie des images cochonnes à sa petite amie. Si Gideon devait tuer quelqu'un, ce serait Dinah.

Mais… Dinah et Brooke se ressemblaient. Elles étaient toutes les deux blondes, dans le genre mannequin vedette de magazines. Elles étaient toutes les deux filiformes, avec des sourires Colgate. De dos, on aurait très bien pu les prendre pour des sœurs.

– Merci d'être venu, lui dis-je.

J'observe en douce son visage fermé et tendu. Est-ce à ça que ressemble la culpabilité ?

– Je ne sais toujours pas vraiment pourquoi tu m'as convoqué, me répond-il sur un ton laconique.

J'hésite.

– Tu peux rester un peu après la cérémonie ? C'est bizarre de discuter pendant que…

Je désigne l'énorme image de Brooke. Il hoche la tête.

– Ouais. On pourra parler après.

Easton soupire, lui aussi regarde la photo.

– Je déteste les funérailles.

– C'est la première fois que j'y assiste.

– Et celles de ta mère ? demande-t-il en fronçant les sourcils.

– Je n'avais pas le fric pour ça. J'ai pu payer une crémation, et ensuite j'ai pris ses cendres et je les ai jetées dans l'océan.

Gideon se tourne vers moi, l'air étonné, au même moment où Easton me lance un « sans blague ».

– Si, si, je réponds, sans bien comprendre pourquoi ils me dévisagent tous les deux.

– On a jeté les cendres de notre mère dans l'océan l'Atlantique, dit doucement Gideon.

– Papa voulait l'enterrer, mais les jumeaux ne supportaient pas l'idée que les vers puissent la bouffer. Ils avaient regardé une connerie à ce sujet sur Disney Channel, ou je ne sais quoi. Alors, il a cédé et a accepté la crémation.

Un grand sourire illumine le visage d'Easton. Pas le sourire insolent qu'il arbore habituellement, mais un sourire doux, honnête.

– On a embarqué l'urne et on a attendu que le soleil se lève, parce que ce qu'elle préférait, c'était le matin. D'abord, il n'y avait pas un pet de vent, l'eau était lisse comme du verre.

Gideon reprend la suite de l'histoire,

– Mais à l'instant où les cendres ont touché l'eau, une énorme rafale de vent est sortie de nulle part et la marée est descendue si loin que je jure que j'aurais pu marcher pendant un kilomètre et demi avant que l'eau atteigne mes genoux.

Easton acquiesce.

– C'était comme si l'océan voulait l'emporter.

Nous restons assis en silence pendant un moment, à penser à ceux que nous avons perdus. La douleur causée par la mort de ma mère est moins aiguë maintenant que je suis assise en sandwich entre les larges épaules de deux des frères Royal.

– C'est un très beau souvenir, je murmure.

Mes soupçons sur la culpabilité de Gideon disparaissent. Il aimait tellement sa mère. Pourrait-il vraiment tuer une femme ? Easton me lance un sourire espiègle.

– J'aime l'idée que nos mères nous surveillent d'une côte à l'autre.

Je ne peux m'empêcher de lui rendre son sourire.

– Moi aussi.

Mon regard dévie vers le rang de devant où sont assis Dinah et Steve, et mon sourire s'évanouit lorsque je remarque que Steve a passé son bras autour du dossier de Dinah. Elle s'appuie contre lui, ses épaules tremblent légèrement. Son chagrin me rappelle la raison de notre présence ici. Il ne s'agit pas d'une fête dans un sous-sol d'église. Mais bien des obsèques d'une femme, de dix ans mon aînée. Brooke était jeune, et quels qu'aient été ses défauts, elle ne méritait pas de mourir, surtout pas d'une mort violente.

Après tout, Dinah n'est peut-être pas l'assassin. Elle est la seule qui montre un chagrin véritable.

Le pasteur avance sur l'estrade et nous demande de nous asseoir.

– Amis et êtres aimés, nous sommes tous rassemblés ici pour pleurer le décès de Brooke Anna Davidson. Levons-nous, joignons nos mains et prions, commence cet homme aux cheveux gris.

La musique débute pendant que nous nous levons. Les garçons glissent leurs mains devant leur cravate. Je secoue ma robe et j'attrape leurs mains. J'aimerais tant que Reed soit là. Après un court moment de silence, la voix grave du pasteur récite un psaume où il est fait mention d'un temps et d'une saison pour chaque chose.

Apparemment, c'était le moment pour Brooke de mourir, à l'âge de vingt-sept ans. Il ne mentionne pas le bébé mort-né de Brooke, ce qui me fait penser que peut-être la police n'a pas communiqué sur ce détail. À la fin de sa prière, il nous demande de nous rasseoir pendant que Callum se dirige vers l'estrade.

– Bizarre, murmure Easton dans un souffle.

Si c'est aussi ce que pense Callum, personne ne peut s'en rendre compte. Il parle calmement des actions caritatives de Brooke, de sa dévotion envers ses amis et de son amour pour l'océan, et termine en disant qu'elle va nous manquer.

C'est court, mais étonnement tendre. Quand il a terminé, il adresse un signe de tête poli à Dinah et retourne s'asseoir. Dinah a la décence de ne pas piquer une crise. Elle lui rend simplement son signe de tête.

Sur l'estrade, le pasteur demande si quelqu'un d'autre veut partager ses souvenirs avec le reste de l'assemblée. Tout le monde semble se tourner vers Dinah, qui se contente de répondre par un gros sanglot. Le pasteur termine alors avec une autre prière et invite ensuite chacun à passer boire un verre dans la pièce mitoyenne. En tout et pour tout, la cérémonie n'a duré que dix minutes, et le peu de gens présents me noue la gorge.

– Tu pleures ? me demande Easton, avec une pointe d'inquiétude.

– C'est juste horrible.

– Quoi ? Les obsèques en général ou le fait que papa ait pris la parole ?

– Les obsèques. Il n'y a pratiquement personne.

Il examine la pièce.

– Je suppose qu'elle n'était pas quelqu'un de très bien.

Est-ce que Brooke avait de la famille ? J'essaie de me rappeler si elle en a jamais parlé. Je ne crois pas le lui avoir demandé. Sa mère est morte quand elle était toute jeune, ça, je le sais.

– Peut-être, mais je ne crois pas qu'il y aurait plus de monde aux miennes. Je ne connais presque personne.

– Nan, le moindre lèche-cul de cet État se déplacerait pour présenter ses condoléances à Callum. Ce serait énorme. Pas aussi énorme que pour les miennes, mais tout de même.

– Rien n'est aussi grand que le tien, pas vrai East ? demande Gid sèchement.

J'écarquille les yeux. Je ne crois pas l'avoir jamais entendu lancer une vanne.

Easton se marre.

– Tu le sais bien, frangin.

Son rire est un peu trop sonore au goût de Callum qui se retourne pour nous dévisager. Easton se tait immédiatement, l'air légèrement confus. Gideon, lui, lui rend son regard. Il croise les bras sur sa poitrine comme pour défier son père de venir nous réprimander. Callum se retourne vers Steve avec un soupir résigné.

– Prête à parler ? me demande Gideon.

En hochant la tête, je suis les garçons dans l'allée et nous nous retrouvons dans le couloir d'entrée. Tout le monde entre dans la pièce d'à côté, là où sont offerts les rafraîchissements, mais nous restons à l'écart. Je commence :

– La nuit dernière, nous avons discuté, Reed et moi.

Même si c'est surtout moi qui ai parlé et que Reed s'est contenté de me dire que j'étais dingue.

– On pense qu'on devrait peut-être fouiller dans le passé de Brooke pour voir si quelqu'un aurait pu vouloir (je baisse la voix) sa mort. J'espérais que tu pourrais nous aider.

Il semble effaré.

– Mais, comment puis-je faire ? Je connaissais à peine Brooke.

Cependant Easton comprend immédiatement la raison pour laquelle j'ai mis ça sur le tapis avec Gideon.

– Ouais, mais tu baises avec Dinah, et elle connaissait Brooke mieux que personne.

Gideon serre les dents.

– Vous êtes sérieux ? Vous pensez vraiment que je vais retourner au pieu avec cette… cette salope, siffle-t-il, juste pour pouvoir lui extorquer quelques infos ?

La colère lui monte au visage et me fait un peu reculer. C'est la première fois que je vois Gideon se mettre en pétard. Ça a toujours été lui le plus réfléchi de la famille.

– Je ne te demande pas de baiser avec elle. Juste de la questionner un peu.

Il semble incrédule.

– Tu es vraiment naïve à ce point, Ella ? Tu crois que je peux passer ne serait-ce qu'une seconde avec cette femme sans qu'elle me saute dessus ?

Me voilà très embarrassée.

– Alors, oublie ça, aboie-t-il. Depuis que Brooke est morte, Dinah est trop bouleversée pour décrocher son téléphone et m'appeler. Aussi longtemps qu'elle oublie que j'existe, je peux vivre ma putain de vie sans avoir affaire à elle. Avec un peu de chance, comme Steve est de retour, elle va oublier mon existence.

– Je suis désolée, c'était une mauvaise idée.

À côté de moi, Easton secoue la tête d'un air désapprobateur.

– Wouah, Gid ! C'est dur. Tu ne veux pas aider Reed ?

Son frère ouvre grand la bouche.

– Je n'arrive pas à croire que tu viens de me dire ça ! Bien sûr que je veux aider Reed.

– Ouais ? Eh bien, on sait tous les deux qu'il se ferait toutes les cougars de cet État si ta vie en dépendait. Reed serait prêt à n'importe quoi pour te sauver.

Je ne peux pas être en désaccord avec ça. Reed est profondément loyal. Il mourrait pour sa famille. Merde, il pourrait même tuer pour elle.

Arrête !

Je repousse cette pensée horrible et je me concentre sur Gideon.

– Écoute, tu n'es pas obligé de le faire si ça te gêne. Tout ce que je te demande, si tu rencontres Dinah, d'une façon ou d'une autre, c'est de lui demander si elle connaît quelqu'un qui déteste Brooke dans les parages ? Tu vois, comme ces gens qui sont ici en ce moment ?

Il reste silencieux un moment.

– Bon. Je vais voir ce que je peux faire.

– Merci.

– Mais seulement si toi tu fais quelque chose pour moi, me coupe-t-il.

Je plisse le front.

– Quoi ?

– Quand déménages-tu chez Steve ?

– Quoi ?

Je suis complètement abasourdie.

– Quand déménages-tu chez Steve ? répète-t-il.

– Pourquoi irait-elle s'installer chez Steve ? demande Easton.

– Parce que c'est son père, lui répond impatiemment Gideon avant de se concentrer à nouveau sur moi. Dinah doit garder chez elle tout son matos de chantage. Je veux que tu le trouves et que tu me le rendes.

Je fronce les sourcils.

– Même si je m'installais chez Steve, ce que je ne veux pas faire, je ne saurais absolument pas où chercher.

– Il doit y avoir un coffre ou un truc de ce genre, insiste-t-il.

– Ok, et quand j'aurai trouvé ce supposé coffre, je l'ouvrirai grâce à mes pouvoirs magiques, ou quoi ?

Gideon hausse les épaules.

– Je ne suis pas opposé à l'idée de desceller ce truc à coups de masse. On racontera à Steve que Reed et toi vous vous êtes disputés.

Je le regarde bouche bée.

– C'est une idée débile, et je ne le ferai pas.

Gideon m'attrape par le bras.

– Je ne suis pas le seul que tu pourrais sauver. (Sa voix est grave, terrible.) Savannah est mouillée jusqu'au cou. Dinah a un district attorney dans sa poche. Il m'a rendu une petite visite à State et m'a montré deux plaintes, l'une concernant Sav et l'autre me concernant. Ils allaient nous accuser de trucs que j'ignorais même être illégaux.

Je ressens de la sympathie pour lui en observant son visage pâle. Un peu de sueur perle en haut de son front. Je réponds lentement :

– Je ne sais pas.

– Penses-y au moins, me supplie-t-il.

Ses doigts sur mon coude sont crispés, désespérés. Je finis par dire :

– Je ferai ce que je peux.

J'ai beau ne pas être une intime de Gideon ou de Savannah, ce que leur fait subir Dinah n'est pas juste.

– Merci.

– Mais seulement si tu me rends la pareille, je rétorque en haussant un sourcil.

– Je ferai ce que je peux, m'imite-t-il.

– Alors Savannah peut vraiment avoir des problèmes parce qu'elle t'a envoyé ces photos d'elle nue ? demande Easton à son frère pendant que nous nous dirigeons vers la sortie.

– C'est ce que prétendent Dinah et le D. A, mais je n'en sais rien. Je n'ai pas voulu courir de risque, alors j'ai rompu avec elle. J'espérais que ça réglerait son problème, mais… (Il grince des dents.) Dinah n'oublie jamais de me rappeler que Sav est impliquée dans tout ça. C'est sa menace favorite lorsque je ne suis pas assez coopératif.

Wouah ! Chaque fois que je me dis que Dinah O'Halloran a touché le fond, elle me prouve le contraire.

Les mains dans ses poches, il avance pesamment devant nous en direction du parking. Puis il s'arrête, une main sur la portière de sa voiture, et regarde par-dessus son épaule.

– Vous voulez savoir qui est là ?

Il désigne l'entrée d'un brusque mouvement de tête.

– Regardez le livre d'or.

Easton et moi échangeons un regard qui signifie « pourquoi on n'y a pas pensé avant ? ».

– Bon, il faut que j'y aille, marmonne Gideon. J'ai une longue route jusqu'à la fac.

– À plus, frangin, lui lance Easton.

Gideon nous fait un rapide signe de la main avant de grimper dans sa voiture et de démarrer.

– Je suis vraiment désolée pour lui, j'avoue à Easton.

Ses yeux bleus sont pleins de tristesse.

– Ouais. Moi aussi.

– Allons jeter un coup d'œil au livre d'or.

Je me retourne pour entrer, mais je me cogne dans Callum.

– Vous rentrez à la maison, les enfants ? demande-t-il aussitôt.

Steve est juste derrière lui. Dinah doit encore être à l'intérieur, là où se trouve le livre d'or. Easton remue ses clés.

– Dans une seconde. Je dois aller faire pipi.

Son père hoche la tête.

– Bien. Et je préférerais que vous restiez à la maison ce soir. (Il jette un regard d'avertissement à Easton.) Pas de fêtes sauvages ni de combats sur les docks. Je suis sérieux.

– On va commander de la bouffe et on s'amusera autour de la piscine, promet Easton, étonnamment obéissant.

Il incline son téléphone dans ma direction pour me faire comprendre qu'il va prendre le livre d'or en photo pendant que je distrais nos pères.

– Je reviens tout de suite.

À l'instant où Easton disparaît, Steve prend la parole.

– En réalité, j'aimerais qu'Ella rentre avec moi.

Mes yeux cherchent immédiatement ceux de Callum. Il doit voir mon air paniqué parce qu'il contre très vite la proposition de Steve.

– Ce n'est pas une bonne idée. Je ne crois pas qu'Ella devrait se retrouver en présence de Dinah ce soir.

J'adresse un remerciement silencieux à Callum, mais Steve n'est visiblement pas content.

– Avec tout le respect que je te dois, Callum, Ella est ma fille, pas la tienne. J'ai été plus qu'accommodant en la laissant rester chez toi temporairement. Mais je vais être franc, ça ne me plaît pas qu'elle vive chez toi plus longtemps.

Callum fronce les sourcils.

– Et pourquoi ça ?

– Combien de fois devrons-nous avoir cette conversation ? Ce n'est pas un environnement idéal pour elle, pas avec Reed qui est accusé de meurtre. Pas lorsque les flics fouinent partout et parlent à tout le monde à l'école d'Ella. Pas quand…

Callum le coupe violemment.

– Ta femme a agressé Ella verbalement avant la cérémonie. Tu crois vraiment que chez toi, chez Dinah, c'est un meilleur cadre de vie pour Ella en ce moment ? Parce que tu délires si c'est ce que tu penses.

Les yeux bleus de Steve virent au cobalt métallique.

– Dinah est peut-être instable, mais elle n'est pas accusée de meurtre, n'est-ce pas Callum ? Et Ella est ma fille…

– Il ne s'agit pas de toi, Steve, gronde Callum. Contrairement à ce que tu crois, le monde entier ne tourne pas autour de toi. J'ai été le tuteur d'Ella pendant des mois. Je l'ai habillée, nourrie et je me suis assuré qu'elle ne manque de rien. Pour l'instant, je suis ce qui s'apparente le plus à un père pour cette jeune fille.

Il a raison. Et pour une raison inconnue, je suis un peu remuée devant la virulence du discours de Callum. À part maman, jamais personne ne s'est vraiment battu pour moi. Personne ne s'est assuré que je ne manque de rien.

En déglutissant, je lance d'une petite voix :

– Je veux rentrer avec Easton.

Steve plisse les yeux. Je sais qu'il est vexé, mais je ne ressens aucune culpabilité.

– S'il vous plaît, je poursuis en regardant Steve dans les yeux. Vous l'avez dit vous-même, Dinah est très à cran en ce moment. Ce serait mieux pour nous deux que je ne sois pas dans ses pattes, du moins pour un temps. En plus, le manoir Royal est tout près de la boulangerie.

– La boulangerie ? répète-t-il sans comprendre.

– Son travail, explique Callum sur un ton brusque.

– Je travaille le matin à la boulangerie, à côté de l'école. Si je viens habiter chez vous, ça rallongera mon trajet de trente minutes, et je dois déjà me lever à l'aube. Alors, hum, oui, c'est plus simple comme ça pour moi.

Je retiens ma respiration et attends sa réponse.

Après une longue pause, Steve hoche la tête.

– Bon. Tu peux rentrer chez Callum. Mais ce n'est pas définitif, Ella. (Une note d'avertissement dans la voix.) Je veux que tu t'en souviennes.

CHAPITRE 12

ELLA

– Tu veux un truc spécial à la boulangerie, ce matin ? je demande à Reed lorsqu'il s'arrête devant *La Baguette Française*. Il se tourne vers moi avec un regard noir :

– Tu tentes de me soudoyer avec de la nourriture ?

Je lève les yeux au ciel.

– Non, j'essaie juste d'être une petite copine sympa. Et tu voudrais bien arrêter de bouder ? Les obsèques, c'était il y a deux jours. Tu ne peux pas être encore en colère contre moi.

– Je ne suis pas en colère, je suis déçu, annonce-t-il solennellement.

– Oh mon Dieu ! Pas cette phrase ridicule. J'ai pigé. Tu ne voulais pas que j'y aille. Mais je l'ai fait, et c'est terminé, et tu dois passer à autre chose. En plus, on a récupéré cette liste.

Mais le livre d'or s'est révélé parfaitement inutile, parce que Callum nous a dit que les enquêteurs avaient déjà effectué des vérifications sur les six personnes présentes aux obsèques, que je ne connaissais pas. Elles avaient toutes un alibi la nuit de la mort de Brooke. Dire qu'Easton et moi étions coincés est un euphémisme.

– Qui s'est révélée être une impasse totale. (Reed passe une main dans ses cheveux noirs.) Je n'aime pas la façon dont les enquêteurs se sont ramenés, marmonne-t-il. Ça signifie qu'ils nous surveillent tous.

Son expression de détresse me fait mal au cœur.

– Nous savions qu'ils se montreraient, je lui rappelle en me rapprochant assez pour pouvoir poser mon menton sur son épaule. Ton avocat nous avait avertis.

– Je sais. Mais ça ne veut pas dire pour autant que ça me plaît. (Sa voix est sourde et torturée.) Honnêtement ? C'est…

– C'est quoi ? je lui demande, car il ne poursuit pas.

La détresse de Reed se mue en véritable supplice.

– Ça m'est de plus en plus difficile de me convaincre que toute cette merde va s'arrêter un jour. D'abord, il y a eu la preuve de l'ADN, ensuite l'offre glauque du juge Delacorte et les flics qui interrogent toutes mes connaissances. Tout ça commence à devenir trop… réel.

Je me mords violemment la lèvre inférieure.

– C'est réel. C'est ce que j'essaie de te dire depuis que tu as été arrêté.

– Je sais, mais j'espérais…

Là, il n'a pas besoin de finir sa phrase parce que je sais exactement ce qu'il espérait. Que les charges contre lui seraient miraculeusement abandonnées. Que le meurtrier de Brooke irait se dénoncer bien gentiment à la police. Mais rien de tout ça n'est arrivé, et il est peut-être temps que Reed se rende compte du pétrin dans lequel il s'est fourré. Il pourrait bien se retrouver en prison.

Pourtant, je ne peux me résoudre à lui balancer une autre dose de réalité, alors je prends simplement son menton dans la paume de ma main et je tourne sa tête vers la mienne. Nos lèvres se rencontrent dans un très doux et lent baiser et nous nous séparons en posant nos fronts l'un contre l'autre.

Pour une fois, il ne se force pas à sourire et à me dire que tout ira bien, alors c'est moi qui le fais pour lui.

– On va s'en sortir, j'affirme avec une confiance que je n'ai pas.

Il se contente de hocher la tête avant de me montrer la vitrine de la boulangerie.

– Tu devrais y aller. Tu vas être en retard.

– Ne force pas sur les poids ce matin, d'accord ?

Le médecin de Reed l'a autorisé à reprendre l'entraînement, mais avec quelques restrictions. Même si sa blessure guérit bien, le docteur lui a dit de ne pas trop forcer.

– Je ne le ferai pas, promet-il.

Je lui donne un autre baiser rapide, descends de la voiture et cours vers *La Baguette Française*.

Ma patronne est en train de pétrir de la pâte lorsque j'entre dans la cuisine.

Le gris du comptoir en inox est pratiquement invisible sous la couche de farine. Derrière elle, il y a une pile de bols qui ont besoin d'être lavés. J'accroche ma veste et je retrousse mes manches, quand elle paraît soudain remarquer ma présence.

– Ella, tu es là.

Elle souffle sur une mèche de cheveux devant son front. La mèche bouclée retombe immédiatement, ce qui la force à me regarder au travers.

– Je suis là, je réponds joyeusement, bien que je me rende compte que son « tu es là » n'était pas un « bienvenue » mais plutôt un avertissement. Je vais commencer par faire la vaisselle et comme ça, vous pourrez me dire ce que vous voulez que je fasse ensuite.

Je m'installe derrière l'évier comme si le fait de mouiller mes mains allait l'empêcher de m'annoncer de mauvaises nouvelles.

Elle se redresse.

– Je crois qu'on ferait mieux de parler.

Mes épaules se crispent.

– C'est à cause de Reed ? je demande d'une voix paniquée. Ce n'est pas lui, Luce. Je le jure.

Lucy soupire et frotte le dos de sa main sur son menton. Toutes ses boucles qui encadrent son visage lui donnent l'air d'un ange inquiet.

– Ce n'est pas à cause de Reed, ma belle, bien que je ne puisse pas dire que cette situation me plaise beaucoup. Pourquoi ne prends-tu pas une tasse de café et une pâtisserie pendant que nous nous asseyons ?

– Nan, ça va.

Pourquoi retarder l'inévitable ? La caféine ne va pas rendre cette conversation moins pénible.

Elle se pince les lèvres en signe de légère frustration, mais je n'ai pas envie de lui faciliter la tâche. Oui, je l'ai totalement laissée tomber quand je me suis enfuie il y a quelques semaines, mais depuis que je suis revenue, je n'ai pas manqué un seul jour. Je n'ai jamais été en retard, bien que pour arriver à cinq heures du matin, je doive me lever aux aurores. Je croise mes bras sur ma poitrine, j'appuie mes fesses contre l'évier et j'attends.

Lucy se dirige vers la cafetière électrique en marmonnant un truc du genre qu'elle a besoin d'au moins trois tasses pour se sentir réveillée. Puis elle se retourne vers moi :

– Je ne savais pas que ton père avait été retrouvé vivant. Ça a dû être un grand choc.

– Attendez, c'est au sujet de Steve ? je lui demande, très surprise.

Elle hoche la tête, prend une autre petite gorgée pour se donner du courage.

– Il est venu me voir hier soir avant la fermeture.

– Ah bon ?

Une sensation de nervosité me tiraille le ventre. Pourquoi diable Steve est-il venu à la boulangerie ?

– Il m'a dit qu'il ne voulait pas que tu reviennes, poursuit Lucy. Il estime que tu rates des activités et de la socialisation en venant si tôt le matin.

– Quoi ? Il ne peut tout de même pas vous interdire de m'employer, je proteste.

C'est complètement ridicule. Qu'est-ce que ça peut bien faire à Steve que je travaille ? Il est de retour depuis à peine une semaine et il croit qu'il peut me dicter ce que je dois faire ?

Lucy fait claquer sa langue.

– Je ne sais pas s'il en a le droit, mais je ne suis absolument pas en position de me battre contre lui. Les avocats coûtent cher…

Je suis horrifiée.

– Il vous a menacée de vous poursuivre en justice ?

– Pas tout à fait, admet-elle.

– Qu'a-t-il dit exactement ?

J'insiste, parce que je ne peux pas laisser passer ça. Je ne comprends pas, honnêtement en quoi ça dérange Steve que je travaille. Quand j'en ai parlé après les obsèques de Brooke, il n'a fait aucun commentaire.

– Il a simplement dit que ce n'était pas correct que tu travailles autant d'heures et que tu prennes le travail de quelqu'un qui a réellement besoin d'argent. Il veut que tu te concentres sur tes études. Il a été très agréable.

Lucy verse son café et repose son mug.

– J'aimerais pouvoir te garder, Ella, mais je ne peux pas.

– Mais je ne vole le travail de personne ! Vous avez dit vous-même que vous ne trouviez personne pour commencer aussi tôt !

– Je suis désolée, ma chérie.

Le ton de sa voix a un caractère définitif. Peu importe ce que je peux dire, Lucy a déjà pris sa décision. Elle avait décidé avant même que j'arrive ce matin.

Elle farfouille dans la cuisine et attrape une boîte blanche.

– Pourquoi n'emportes-tu pas quelques gâteaux pour tes camarades de classe ? Tes demi-frères adorent les éclairs, non ?

Je suis prête à refuser parce que je suis en colère, mais ensuite je décide d'accepter tout ce que m'offre Lucy puisqu'elle me prive de mon boulot. Je remplis la boîte d'une douzaine de gâteaux et j'enfile mon manteau. Juste au moment où j'atteins la porte, Lucy me dit :

– Tu bosses vraiment bien tu sais. Si les choses changent, préviens-moi.

Je hoche la tête d'un air maussade, trop énervée pour murmurer autre chose que *merci* et *au revoir*. Le trajet jusqu'à l'école ne me prend pas bien longtemps. Lorsque j'arrive, les pelouses d'Astor Park sont encore vides, mais le parking est étonnamment plein. Il est trop tôt pour la majorité des élèves. Les seuls à arriver si tôt, ce sont les footballeurs.

Cela devient évident quand je m'approche des portes du bâtiment principal et que j'entends quelques cris et des coups de sifflet ténus provenant du terrain d'entraînement. Je pourrais y aller et regarder Easton et Reed s'entraîner, mais c'est aussi excitant que d'observer de la pâte à pain sécher. À la place, je me glisse à l'intérieur de l'école, je range les pâtisseries dans mon casier et j'envoie un texto à Callum.

Pourquoi est-ce que Steve se mêle
du fait que je travaille ?

Il n'y a pas de réponse immédiate. Je me souviens que Callum n'était pas fan non plus de mon boulot à la boulangerie. Reed aussi s'était mis en colère quand il l'avait appris, parce que ça sous-entendait que la famille Royal me traitait mal. J'avais expliqué aux deux que j'avais pris ce job parce que j'avais l'habitude de travailler et que j'avais besoin de gagner mon argent. Je ne sais pas s'ils avaient compris, mais ils avaient accepté.

Peut-être que Steve y viendra, lui aussi ? Mais je ne sais pas pourquoi, je n'y crois pas trop. Ne sachant pas quoi faire, j'erre dans les couloirs en essayant de deviner où sont les propriétaires de toutes les voitures garées dehors. Dans un des laboratoires d'informatique, un groupe d'élèves s'est rassemblé autour d'un écran. Au bout du couloir, j'entends un bruit de métal qui cogne contre du métal.

Un coup d'œil à l'intérieur me permet de découvrir deux élèves qui se battent à l'épée, avançant et reculant tour à tour. J'observe le ballet des épées pendant un moment avant de continuer. De l'autre côté du couloir, un groupe d'étudiants est silencieusement engagé dans un autre type de combat. Celui-ci se déroule sur des échiquiers. Dans presque tous les couloirs, je vois d'immenses affiches pour le Bal de l'Hiver, ainsi que des feuilles d'inscription pour ce qui me semble être des milliers de clubs et d'organisations différentes.

Voir tout ça me fait prendre conscience que je ne connais pas grand-chose sur Astor Park. Je supposais que c'était une école comme une autre, avec son championnat de foot à l'automne et de base-ball au printemps, simplement fréquentée par des mômes plus riches. Je n'avais pas prêté beaucoup d'attention aux activités périscolaires ou aux divers groupes, parce que je n'en avais pas le temps. Maintenant, il me semble que j'ai tout mon temps. Mon signal de réception de texto se met en marche. La réponse de Callum s'affiche.

C'est ton père. Désolé, Ella.

Sérieux ? Il y a deux jours, Callum me faisait tout un discours pour expliquer qu'il avait l'impression d'être mon père. Et maintenant, il recule ? Qu'est-ce qui a changé entre-temps ?

Et qu'est-ce qui autorise Steve à agir ainsi ? Est-ce que les parents peuvent vraiment empêcher leurs mômes de travailler ? Maman ne s'est jamais souciée de ce que je faisais tant que je pouvais lui assurer que je ne risquais rien.

Furieuse, j'envoie une réponse.

Il n'a aucun droit !

La réponse de Callum arrive vite.

Bats-toi pour ce qui est vraiment important.

Je suppose que c'est un bon conseil, mais je ressens soudain une douleur dans la poitrine. Si maman était vivante, je n'aurais pas à affronter Steve toute seule. Mais si elle était vivante, est-ce que j'aurais rencontré Reed ? Easton ? Les jumeaux ?

Non, sans doute pas. La vie est tellement injuste parfois.

Je longe la salle de gym principale. Les portes à battants sont bloquées en position ouverte et de la musique hip-hop hurle à l'intérieur. Je découvre Jordan, qui porte un minishort et une brassière. Elle me tourne le dos en courbant un bras au-dessus de sa tête avec élégance, puis elle se tourne sur un pied, en s'en servant pour réaliser une pirouette. Je frotte mes pieds l'un sur l'autre. Maman et moi avions l'habitude de danser à la maison. Elle m'avait dit qu'elle aurait aimé que je devienne une danseuse professionnelle. Ce qu'elle était, à certains égards. Comme une danseuse, elle bougeait son corps et elle était payée pour ça. La seule différence, c'est que personne parmi son public n'aurait voulu voir une pirouette ou apprécié la courbe gracieuse d'un bras. Et puis, elle devait se dévêtir entièrement.

Je n'ai jamais eu de formation classique comme je soupçonne Jordan d'en avoir eu. Le peu de cours que Maman a pu me payer étaient plutôt un mélange de jazz et de claquettes. La danse classique, c'était trop cher parce qu'il fallait acheter des chaussons spéciaux et un justaucorps.

Devant l'air déprimé de ma mère quand elle s'était renseignée sur les prix, je lui avais dit que je trouvais la danse classique débile, alors que je mourais d'envie d'essayer.

L'autre cours de danse ne nécessitait que des chaussettes, et ça me convenait très bien, mais… je ne peux nier que parfois je restais à la porte du cours de danse classique pour regarder les filles danser dans leurs justaucorps roses et leurs demi-pointes.

Je ne peux m'empêcher de superposer ces images à celle que je regarde en ce moment. Jusqu'à ce que Jordan s'arrête en me lançant un regard assassin. Dommage que je ne puisse pas lui faire porter le chapeau du meurtre.

– Qu'est-ce que tu veux, bon sang ? aboie-t-elle.

Elle pose ses mains sur ses hanches et semble prête à me casser la figure. Heureusement, je sais comment m'y prendre avec elle. Nous nous sommes déjà mesurées, à peine quelques semaines après la rentrée des classes.

– Je me demandais juste qui tu avais mangé pour ton petit déjeuner, je réponds doucement.

– Des premières années, bien sûr, répond-elle sûre d'elle, avec un petit sourire. Tu ne le sais pas ? Je les aime jeunes, tendres et faibles.

– Bien sûr. Quelqu'un de fort te flanquerait la trouille.

Voilà la raison pour laquelle Jordan ne m'aime pas.

– Tu sais ce qui me flanquerait la trouille ? Me retrouver au pieu avec un assassin. (En rejetant ses longs cheveux noirs sur une de ses épaules, elle se dirige vers son sac de gym et en sort une bouteille d'eau.) Ou bien est-ce que tu en as tellement marre de tous les types avec qui tu as couché que les normaux ne te font plus d'effet ?

– Tu le voulais avant, je lui rappelle.

– Il est riche, sexy et censé avoir un bon coup de queue. Pourquoi ne pas en vouloir ? (Jordan hausse les épaules.) Mais contrairement à toi, j'ai des règles. Et contrairement aux Royal, ma famille est respectée. Mon père a gagné des trophées pour sa philanthropie. Ma mère dirige une demi-douzaine de comités de bienfaisance.

Je lève les yeux au ciel.

– Quel rapport est-ce que ça a avec ton désir pour Reed ?

Elle fronce les sourcils.

– Je viens de te le dire. Je ne veux plus de lui. Il nuit à mon image.

J'éclate de rire.

– Tu dis ça comme si tu avais la possibilité de sortir avec Reed, ce qui n'est pas le cas. Tu ne l'intéresses pas, Jordan. Tu ne l'as jamais intéressé et tu ne l'intéresseras jamais. Désolée de crever ta jolie bulle de fantasme.

Le rouge lui monte aux joues.

– C'est toi qui fantasmes. Tu baises avec un tueur, mon chou. Tu devrais peut-être être plus prudente. Si tu le mets en colère, ce sera peut-être toi la prochaine dans le cercueil.

– Il y a un problème ?

Monsieur Beringer, le directeur d'Astor Park, sort de nulle part. Bien qu'il soit totalement véreux – j'ai vu Callum l'acheter plus d'une fois –, je ne veux tout de même pas faire de vagues. Je mens.

– Pas du tout. J'étais en train d'admirer la forme de Jordan.

Il me regarde d'un air soupçonneux. La dernière fois qu'il nous a vues ensemble, j'avais scotché la bouche de Jordan et j'avais paradé dans toute l'école avec elle le nez en sang.

– Je vois. Eh bien, peut-être pourrez-vous poursuivre une autre fois, dit-il d'un ton sec. Votre père est là. Vous êtes dispensée pour la journée.

– Quoi ? Mais j'ai cours.

– Ton père ? répète Jordan sur un ton incrédule. Il n'est pas censé être mort ?

Merde. J'avais oublié.

– Ce n'est pas tes affaires.

Jordan dévisage Beringer, puis moi, et se jette par terre sur le sol du gymnase et riant si fort qu'elle doit se tenir le ventre avec ses deux bras.

– Oh Seigneur ! C'est dément ! s'écrie-t-elle entre deux fous rires. J'ai hâte de connaître l'épisode suivant, celui où tu seras enceinte mais que tu ne sauras pas si c'est de Reed ou d'Easton.

Je fronce les sourcils.

– Chaque fois que je songe à toi en tant qu'être humain, il faut que tu gâches tout en ouvrant ta grande bouche.

Le directeur adresse un regard furieux à ma Némésis.

– Mademoiselle Carrington, ce comportement est totalement déplacé.

La réprimande de Beringer la fait rire encore plus fort. Serrant visiblement les dents, il me prend par le bras et me guide jusqu'à la porte.

– Venez, Mademoiselle Royal.

Je ne le reprends pas à propos de mon nom de famille, mais je me débats pour lui faire lâcher mon coude.

– Je suis sérieuse, j'ai cours.

Il m'octroie un sourire flagorneur, du genre de ceux qu'il prodigue sans doute aux vieilles dames quand il leur demande de faire un don pour Astor Park. Ce qui signifie qu'il me fait une faveur.

– Nous nous sommes occupés de tout. J'ai informé vos professeurs que vous étiez dispensée.

Et vous n'aurez même pas besoin de faire vos devoirs.

Il croit qu'il me fait une faveur.

– Quel genre d'école merdique dirigez-vous si vous pouvez dispenser une première année de cours, sans lui faire faire le moindre semblant de devoirs ?

Ses lèvres déjà minces ne sont plus qu'un trait désapprobateur.

– Mademoiselle Royal, ce n'est pas parce que votre père est revenu d'entre les morts que vous pouvez me parler sur ce ton.

Je me moque ou peut-être que je le supplie,

– Donnez-moi un millier de lignes à faire alors. Je m'en occuperai aujourd'hui.

Il se contente de sourire avec satisfaction.

– Je ne crois pas. J'ai l'impression que vous subissez déjà votre punition.

Vraiment, je les déteste tous dans cette école. Ce sont les pires. Je me demande ce que Beringer me ferait si je refusais de sortir. Est-ce qu'il appellerait les flics pour m'y forcer ?

Le directeur s'arrête devant son bureau et me montre le bout du couloir.

– Votre père vous attend.

Puis il ajoute :

– Je ne comprends pas que vous ne soyez pas excitée à l'idée de passer la journée avec lui. Vous êtes une fille étrange, Mademoiselle Royal.

Là-dessus, il disparaît dans son bureau comme s'il ne voulait pas passer une seconde de plus avec la môme bizarre qui ne veut pas voir son père.

Je pose ma tête contre un des casiers et je me force à regarder en face la vérité que j'ai évacuée depuis que Steve a réapparu.

Je ne veux pas passer de temps avec lui, parce que j'ai peur.

Et s'il ne m'aime pas ? Je veux dire, il a abandonné ma mère. Elle n'a pas réussi à le garder, pourtant Maggie Harper était un ange, belle, douce et gentille.

Et maintenant c'est moi… susceptible et difficile à supporter, sans parler de mon langage ordurier et de mes mauvaises habitudes déjà bien ancrées à l'âge de dix-sept ans. Je suis tout à fait capable de dire un truc qui va me foutre la honte et l'offenser.

Mais même si j'ai une envie folle de me cacher dans les couloirs, Steve attend et je n'ai que deux choix possibles. Rester et le rencontrer, ou fuir et perdre Reed.

Et si ce sont réellement les seuls choix qui s'offrent à moi, je n'ai pas décision à prendre.

Je fais demi-tour et avance vers le hall d'entrée.

CHAPITRE 13

ELLA

Steve m'attend dans le hall, les mains dans les poches. Il lit les annonces sur le tableau d'affichage.

– Cet endroit n'a pas changé, me dit-il lorsque je m'approche.

– Vous avez été élève ici ? je demande, étonnée.

– Tu ne savais pas ?

– Non. Je ne pensais pas qu'Astor Park était aussi vieux.

Un sourire désabusé ourle le coin de sa bouche.

– Tu me traites de vieux ?

Je rougis.

– Non, je voulais juste dire…

– Je plaisante. Je crois que la première promo date des années trente ? Alors ouais, cet endroit est assez ancien.

Il sort les mains de ses poches avant de me faire face.

– On y va ?

Je me raidis.

– Pourquoi ?

– Pourquoi quoi ?

Steve semble confus.

– Pourquoi me faites-vous sécher les cours ?

– Parce que tu ne peux pas te planquer derrière Beringer comme tu le fais derrière Callum et ses garçons.

Je ne peux dissimuler ma surprise. Et Steve est assez perspicace pour le remarquer.

Il sourit.

– Tu crois que je n'ai pas remarqué que tu m'évites ?

– Je ne vous connais pas.

Et j'ai peur. Trop de choses sont hors de mon contrôle. J'ai l'habitude d'être responsable. Aussi loin que je me souvienne, maman a compté sur moi pour payer les factures, pour faire les courses à l'épicerie, pour aller toute seule à l'école.

– C'est pour ça que je t'emmène aujourd'hui. Allons-y.

Cette fois, son sourire est froid comme l'acier.

Il me ressemble, c'est ce que je réalise d'un seul coup. Maman était douce. Mon père ? Pas vraiment, je pense.

Je le suis dehors, parce que je me rends compte que je ne peux pas faire autrement. Une voiture de sport est garée devant la porte. Je n'ai jamais rien vu de semblable. Sauf sa couleur. C'est la même que la mienne, une couleur déposée qui s'appelle le bleu Royal, d'après Callum.

L'étonnement doit se lire sur mon visage, parce que Steve m'explique,

– C'est une Bugatti Chiron.

– Je n'ai pas la moindre idée de ce que vous venez de dire. On dirait une marque de spaghettis.

Avec un petit rire, il m'ouvre la portière.

– C'est une voiture allemande. (Puis, caressant le toit de la main, il poursuit.) La meilleure au monde.

Il aurait pu me raconter n'importe quoi. Je ne suis pas fan de voitures. J'aime juste l'indépendance que procure un véhicule. Mais même moi, je me rends compte que cette voiture est très spéciale. Le cuir est plus doux que les fesses d'un bébé, et les cadrans chromés reluisent.

– C'est une navette spatiale ou une voiture ? je demande à Steve lorsqu'il s'assied sur le siège conducteur.

– Peut-être les deux. Elle va de zéro à cent en 2,5 secondes, sa vitesse maximum est de 420 kilomètres/heure, dit-il en me faisant un sourire de môme. Est-ce que tu fais partie de ces rares femmes qui adorent les voitures ?

– Vous offensez le genre féminin. Je parie qu'il y a beaucoup de fans de voitures dans le coin. (J'attache ma ceinture et je lui balance un sourire un peu réticent.) Mais je n'en fais pas partie.

– Dommage. Je t'aurais laissée conduire.

– Non merci. En fait, je n'aime pas vraiment conduire.

Steve me jette un regard moqueur.

– Tu es sûre que tu es ma fille ?

Pas vraiment.

Je réponds à voix haute :

– C'est ce que disent les analyses ADN.

– C'est vrai, murmure-t-il.

Un silence gêné s'installe entre nous. Je déteste ça. Je voudrais rentrer, aller en cours et voir Reed à l'heure du déjeuner. Merde, je préférerais même échanger des insultes avec Jordan que d'être assise ici avec Steve. Mon père.

– Alors, qu'est-ce qu'on va faire aujourd'hui ? demande-t-il enfin.

Je joue avec la courroie de ma ceinture de sécurité.

– Vous n'avez pas prévu quelque chose ?

Alors, pourquoi m'avez-vous fait quitter l'école ? ai-je envie de crier.

– Je pensais te laisser choisir. Honneur aux dames.

La dame choisit de retourner en classe.

Mais je me souviens que continuer à éviter Steve ne va pas dissiper ce malaise. Autant y faire face.

– Que diriez-vous de la jetée ? je suggère en lançant la première idée qui me passe par la tête.

On est en novembre, il fait trop froid pour s'asseoir dehors, mais peut-être qu'on pourrait faire une balade rapide. Je suis quasiment sûre d'avoir pris mes gants.

– C'est une excellente idée.

Il démarre. La puissance du moteur fait vibrer toute la voiture.

Quand Steve passe les portes d'entrée de l'école, mon regard se tourne en direction de *La Baguette Française*. Aussitôt, mon corps se crispe. Le souvenir de ce qu'il a fait me remplit de colère.

– Pourquoi m'avez-vous fait virer de mon boulot ? je lance à brûle-pourpoint.

Il me regarde d'un air étonné.

– Ça t'ennuie ?

– Ouais. (Je croise les bras.) J'adorais ce boulot.

Steve cligne des yeux une ou deux fois comme s'il ne parvenait pas à comprendre ce que je dis. Je me demande si je dois le répéter dans une autre langue, quand soudain il sort de sa transe.

– Mer… Je veux dire, mince. Je croyais que Callum te forçait à travailler. (Il secoue la tête.) Parfois, il fait des trucs étranges sous prétexte d'apprendre à ses mômes à être responsables.

– Je n'ai jamais été témoin de ça.

Bizarrement, je ressens le besoin de défendre Callum.

– Oh, il avait l'habitude de les menacer de les envoyer en école militaire.

Ma contrariété augmente encore.

– Travailler dans une boulangerie n'a rien à voir avec une école militaire.

– Tu commençais à cinq heures du matin, Ella. Tu as quoi ? Seize ans ? Tu ferais bien mieux de dormir.

– J'ai dix-sept ans et j'ai l'habitude de travailler, je lui rétorque, avant de me forcer à parler plus calmement. Maman disait toujours qu'on attrape les abeilles avec du miel, pas avec du vinaigre. Vous ne le saviez pas, je suppose que c'est pour ça que vous avez fait des suppositions. (Ma voix se fait encore plus douce.) Mais maintenant que vous savez que j'aime mon travail, pouvez-vous retourner dire à Lucy que c'est ok ?

– Je ne crois pas. (Il a geste dédaigneux de la main.) Ma fille n'a pas besoin de travailler. Je vais m'occuper de toi.

Steve appuie sur le champignon et la voiture part comme une flèche. Je résiste à l'envie subite de m'agripper au tableau de bord. Ma peur éclipse la colère qu'a déclenchée sa remarque.

– Maintenant, parle-moi de toi, dit-il tout en conduisant comme un fou.

Je me mords les lèvres. Je n'aime pas la façon dont il a mis fin à notre discussion à propos de la boulangerie. *Tu ne travailleras pas. Point final.* Ses compétences parentales auraient bien besoin de s'améliorer. Même Callum, qui est loin de remporter le premier prix de paternité, avait été d'accord pour avoir une longue conversation avec moi à propos de mon job.

– Tu es en première, n'est-ce pas ? Qu'est-ce que tu as fait avant d'arriver ici ?

Steve se fiche pas mal de mon chagrin. Ses yeux bleus sont fixés sur le pare-brise, sa main change habilement les vitesses pendant qu'il zigzague dans le trafic.

Je me sens incroyablement insignifiante.

Je lui réponds sur un ton mielleux.

– Callum ne vous a pas dit ? Je faisais du strip-tease.

Il manque sortir de la route. Merde. Peut-être que j'aurais dû la fermer. Je continue à serrer les fesses pendant qu'il corrige sa trajectoire. Il bafouille :

– Non. Il a oublié de me le dire.

– Pourtant, c'était le cas.

Et je le regarde avec un air de défi, en attendant qu'il me fasse la leçon. Mais il ne le fait pas.

– Je ne peux pas dire que je suis ravi d'entendre ça, mais parfois il faut faire tout ce qu'on peut pour survivre. (Puis il se tait un moment.) Tu étais toute seule avant que Callum te trouve ?

Je hoche la tête.

– Et maintenant, tu vis dans le mausolée de Maria. Je suis étonné que Brooke n'ait pas fait décrocher son portrait.

Il y a un portrait énorme de Maria accroché au-dessus de la cheminée. Lorsque Callum et Brooke ont annoncé leurs fiançailles, Brooke était assise en dessous avec un sourire suffisant. Les garçons étaient tellement furieux de ces fiançailles, de la façon dont on leur annonçait et même de la bague de Brooke qui était une copie parfaite de celle que portait Maria sur le tableau. Toute cette mise en scène était comme un énorme doigt d'honneur.

– Elle n'en a pas eu le temps, je murmure.

– Je suppose que non. J'imagine que la première chose qu'elle aurait faite aurait été de redécorer entièrement l'endroit. Tout dans cette maison porte l'empreinte de Maria.

Il secoue la tête.

– Ses garçons l'idolâtraient. Callum aussi, mais aucun être humain n'est un saint.

Il incline légèrement la tête en lançant un coup d'œil dans ma direction.

– Ce n'est pas bon de mettre une femme sur un piédestal. Sans vouloir t'offenser, ma chérie.

Y a-t-il du ressentiment dans la voix de Steve ? Je ne saurais le dire.

– Pas de problème, je marmonne.

Si Steve voulait rendre la conversation entre nous encore plus gênante, il ne pouvait pas mieux faire.

– Cette voiture est vraiment très rapide, je lance en tentant désespérément de lui faire oublier Maria.

Un petit sourire apparaît sur son visage.

– J'ai compris. Plus de questions à propos de Maria. Et ta mère alors ? Elle était comment ?

– Douce, aimante.

Que vous rappelez-vous à son propos, ai-je envie de lui demander, mais il change déjà de sujet.

– Tu aimes bien l'école ? Tu as de bonnes notes ?

Cet homme est un cas sévère de trouble du déficit de l'attention. Il ne peut pas rester sur un même sujet plus d'une ou deux secondes.

– L'école, ça va. Mes notes aussi.

– Bien. Ça fait plaisir à entendre.

Et il me balance un autre scud.

– Tu sors avec Reed ?

J'en reste bouche bée.

– Je… ah… ouais, je finis par admettre.

– Il te traite bien ?

– Oui.

– Tu aimes les fruits de mer ?

J'ai une folle envie de me frotter les yeux. Je ne comprends pas cet homme. Tout ce que je sais, c'est qu'il conduit trop vite et qu'il a des conversations sans queue ni tête qui me donnent la migraine.

Je ne le comprends pas. Pas du tout.

– Ça a été PIRE QUE TOUT.

Des heures plus tard, j'entre comme une furie dans la chambre de Reed et je me jette sur son lit. Reed s'assied et s'appuie contre la tête de lit.

– Wouah. Arrête. Ça n'a pas pu être horrible à ce point.

– Tu ne m'as pas entendue ? je bougonne. C'était le pire du pire.

– Qu'est-ce qui était le pire du pire ? demande Easton dans l'embrasure de la porte, avant d'entrer.

– Mon pote, il faudrait que tu apprennes à frapper avant d'entrer, dit Reed, exaspéré, on pourrait être à poil.

– Être à poil signifierait que vous baisez, or chacun sait que ce n'est pas le cas.

J'étouffe un soupir. Je devrais sans doute être habituée à la façon très cash dont Easton parle de Reed et de ma vie sexuelle, mais je n'y arrive pas.

– Tu n'es pas venue en chimie, m'informe Easton, comme si je n'étais pas au courant de mon absence. Val et toi, vous avez séché ?

– Non. Je serre les dents. Steve m'a embarquée pour créer des liens père-fille entre nous.

– Ah, je pige.

Easton s'effondre à côté de moi sur le lit.

– Ça ne s'est pas bien passé, hein ?

– Nope, dis-je d'un air triste. Je ne le comprends pas.

Easton hausse les épaules.

– Qu'est-ce qu'il y a à comprendre ?

– Lui. (Dépitée, je passe la main dans mes cheveux.) On dirait un homme-enfant. On a pris un petit déjeuner sur la jetée, ensuite on a fait une balade en voiture le long de la côte et on a déjeuné dans un restaurant en haut d'une falaise. Je le jure, il n'a parlé que de bagnoles et du fait qu'il adorait piloter des avions. Puis il m'a raconté toutes les fois où il avait failli mourir lors de ses voyages pleins d'aventures dingues, et combien il aimerait être encore un SEAL dans la marine parce qu'il adorait faire sauter des trucs.

Reed et Easton pouffent de rire. Ils arrêteraient vite s'ils entendaient les commentaires que Steve a faits à propos de Maria, mais je ne veux pas foutre la merde, alors je me concentre sur les autres trucs bizarres. Et il y en a un maximum.

– Il change de sujet tellement vite que c'est impossible de le suivre, dis-je d'un air impuissant. Et je ne sais jamais ce qu'il pense.

Je plante mes dents dans l'intérieur de ma joue en regardant Reed.

– Il est au courant pour nous.

Mon petit ami hoche la tête.

– Ouais, je m'en doute. On n'a pas vraiment essayé de se cacher.

– Je sais, mais… (Je déglutis.) J'ai l'impression que ça ne lui plaît pas. Et ce n'est pas ça le pire.

– Je suis le seul à penser que ça ressemble à une journée géniale ? nous lance Easton. Moi aussi, j'aimerais déjeuner sur une falaise.

– Il veut que je déménage chez lui et Dinah.

Ça cloue le bec à Easton. Reed et lui se tendent, ils sont plus raides que les montants du baldaquin.

– C'est hors de question, dit Easton.

– D'après Steve, c'est tout le contraire.

Je grogne en m'installant sur les genoux de Reed. Ses bras puissants enveloppent ma taille et me tiennent bien serrée contre lui.

– Il n'a pas été jusqu'à exiger que j'aille à l'hôtel avec eux, mais il a dit qu'à la minute même où la police quitterait le penthouse, il voulait que je m'y installe. Il m'a demandé si j'avais des idées à donner à son décorateur d'intérieur. Il va en embaucher un pour décorer ma chambre !

Reed replace une mèche de cheveux derrière mon oreille.

– Papa ne le laissera pas faire, bébé.

– Ton père n'a pas son mot à dire. (Ma gorge se serre au point de me faire mal.) C'est Steve qui décide, et il veut que je vive avec lui.

Easton pousse un grognement,

– On se fiche de ce que pense Steve. Ta place est avec nous.

Il a raison. Malheureusement, Steve n'est pas d'accord. Pendant le déjeuner, il m'a même demandé de réfléchir à changer de nom, d'abandonner Harper pour O'Halloran. Si je devais en changer, ce serait pour Royal, mais je ne le lui ai pas dit. Je me suis contentée de hocher la tête, de sourire et de le laisser bavasser et bavasser pendant des heures. Je crois sincèrement que la seule chose qu'il aime, c'est entendre le son de sa propre voix.

– Arrête de stresser comme ça, me conseille Reed en passant sa main sur mes reins.

– Je ne peux pas m'en empêcher. Je ne veux pas vivre avec lui et cette salope. Pas question.

– Ça n'arrivera jamais, me promet-il. Le truc avec Steve, c'est qu'il parle beaucoup mais n'agit pas.

Easton acquiesce avec force.

– C'est vrai. Tu l'as parfaitement dépeint quand tu as dit que c'était un homme-enfant. Oncle Steve est un grand môme.

– Easton a raison. Steve a toujours plein de grandes idées, mais il ne va jamais au bout d'aucune d'entre elles, admet Reed. Il se laisse distraire.

– Ouais, par sa queue, poursuit Easton, ce qui me fait reculer. Il pourrait être en pleine conférence de boulot, il suffit que tu lui mettes une poulette sexy devant les yeux et il ne pense plus à rien d'autre.

Ouais. Mon père a l'air génial. Enfin, pas du tout.

– S'il te plaît, ne parle pas du pénis de mon père devant moi. C'est dégoûtant.

Easton poursuit avec un autre haussement d'épaule :

– Une fois que tout ça sera dissipé, il oubliera probablement complètement ton existence.

Je sais qu'il essaie de me rassurer, mais il réussit juste à me taper un peu plus sur les nerfs. Chaque fois que j'apprends quelque chose de nouveau sur Steve, j'ai un nœud à l'estomac. Et voilà que j'ai à nouveau peur, mais pas à l'idée que Steve puisse ne pas m'aimer.

J'ai peur de ne pas l'aimer, lui.

CHAPITRE 14

ELLA

Puisque Val n'a pas de voiture et comme je ne peux plus travailler, rien ne m'empêche plus de la reconduire chez elle après les cours le vendredi. J'espérais que nous rattraperions notre retard pendant le trajet, mais elle est étonnamment calme, alors au premier feu rouge, je lui jette un coup d'œil et je balance le sujet sur le tapis.

– Tu m'en veux, c'est ça ?

Son regard croise le mien.

– Quoi ? Non ! Bien sûr que non.

– Tu en es sûre ? je lui demande avec anxiété. Parce que j'ai vraiment été une copine en dessous de tout, cette semaine. Je le sais.

– Non, tu as été une copine très occupée. (Elle sourit d'un air triste.) Je pige parfaitement, Ella. Moi aussi, je serais distraite si mon petit copain était accusé de meurtre.

– Je suis vraiment désolée de ne pas avoir été plus présente. La vie… ça craint.

– Raconte-moi.

Nous échangeons des sourires sinistres.

– Qu'est-ce qui se passe entre Wade et toi ? je demande tout en traversant le carrefour.

– Rien, répond-elle d'un air vague.

– Rien ? Sérieusement ?

Chaque jour, cette semaine, ils avaient l'air tellement bizarres, c'est tout juste s'ils se regardaient pendant le déjeuner.

Ce n'est pas rien.

Je me retourne vers Val en ralentissant devant la demeure des Carrington. Avant qu'elle puisse s'enfuir, je verrouille les portes. Val pouffe de rire.

– Tu te rends compte que c'est une décapotable, n'est-ce pas ? Je peux passer par-dessus.

Je lui jette un regard sévère.

– Mais tu ne vas pas le faire. Pas avant de m'avoir dit ce qui se passe.

– Il ne se passe rien. (Elle a l'air exaspérée.) Wade… c'est Wade. On ne sort pas ensemble.

J'insiste.

– Mais tu aimerais bien ?

Elle pousse un gros soupir exagéré.

– Non, pas du tout.

Je plisse les yeux.

– Vraiment ?

– Oui… non… Peut-être. Je ne sais pas, ok ?

Moi aussi, je soupire.

– Tu lui en veux trop parce qu'il est sorti avec quelqu'un d'autre ?

– Oui, éclate-t-elle. Et c'est stupide. Ce n'est même pas comme si on était sortis ensemble. On a juste déconné une ou deux fois dans les chiottes. Mais… je m'amusais à nouveau, tu vois ? Je n'étais plus obnubilée par Tam.

Je suis pleine de sympathie pour elle. Val a vraiment mal vécu sa rupture avec Tam, son ancien amoureux. J'étais tellement contente de voir qu'elle s'en sortait enfin.

– Et ensuite, Wade me demande de sortir avec lui un week-end, poursuit Val. J'étais occupée, alors il m'a dit un truc du genre « on remet ça ». Et je vais en classe le lundi et je découvre qu'il est sorti avec Samantha Kent, le dimanche au club de golf, et ça, ce n'est vraiment pas cool.

Son visage s'assombrit.

– Ça m'a rappelé quand Tam baisait à droite à gauche, et…

Elle s'interrompt. Je me penche et je lui serre doucement le bras.

– J'ai pigé. Tu t'es brûlée une fois et tu ne veux pas recommencer. Tu étais trop bien pour Tam. Et tu es trop bien pour Wade. (J'hésite.) Mais le pire, c'est que Wade semble vraiment se sentir mal.

– Ça m'est égal. Je lui avais dit avant de sortir avec lui que je voulais que ce soit exclusif. S'il est avec moi, même une fois de temps en temps, alors il est avec moi seulement.

Elle pointe obstinément son menton.

– Il a transgressé les règles.

– Donc, j'en déduis que tu ne viens pas au match ce soir ?

– Nope. Je reste à la maison et je m'épile les jambes.

Je rigole.

– Tu veux venir ? me demande-t-elle. On peut se faire une soirée spa.

– Je ne peux pas. Contrairement à toi, je suis obligée d'aller au match. Callum a dit hier que toute la famille, sans exception, devait s'y montrer. Pour faire une démonstration de force.

Val serre les lèvres.

– Je ne savais pas qu'on était en guerre.

– Ça se pourrait bien. (Je repousse une mèche de cheveux de mes yeux.) Tu as entendu toutes les messes basses à l'école. Les gens disent des trucs horribles sur Reed et, apparemment, certains des membres du conseil d'administration d'Aviatic Airways en font le reproche à Callum également.

– Est-ce qu'il y a aussi des journalistes qui campent devant le manoir ?

– Bizarrement, non. Callum a dû faire jouer ses relations, parce que n'importe quelle autre affaire de ce genre ferait la une partout. (Je me renfonce dans mon siège.) L'avocat de Reed veut que nous agissions comme si Reed n'avait rien fait. Nous sommes censés nous soutenir comme une famille unie, et ce genre de trucs.

Mais il ne faut pas que je m'approche trop de lui. Reed ne m'a rien dit, c'est Callum qui m'a prise à part et m'a suggéré de me calmer sur les marques d'affection en public.

Elle lève les yeux au ciel.

– Et aller à un match de football va convaincre les gens de l'innocence de Reed ?

Je hausse les épaules.

– Qui sait ? En plus, Callum pense que c'est le bon moment pour que Steve « réapparaisse » devant tout le monde. Il espère que cela attirera assez leur attention pour la détourner de Reed.

Les yeux noirs de Val me regardent bien en face.

– Et comment ça se passe ? Entre toi et Steve ?

Je laisse échapper un grognement.

– Pas terrible. Il n'arrête pas de vouloir passer du temps avec moi.

Elle se moque :

– Comment ose-t-il !

Je ne peux m'empêcher de rire.

– Ok, je sais que ça paraît dingue. Mais c'est bizarre quand même, non ? C'est un total inconnu.

– Ouais, et il va le rester tant que tu l'éviteras. (Elle fronce le nez.) Tu n'as vraiment pas envie de le connaître ? Je veux dire, c'est ton père.

– Je sais. (Je me mords la lèvre.) J'ai essayé d'être ouverte quand il s'est ramené à l'école lundi en insistant pour qu'on passe la journée ensemble, mais il n'a fait que parler de lui. Pendant des heures.

C'était comme s'il ne remarquait même pas ma présence.

Val me calme.

– Il était sans doute nerveux, Je suppose que pour lui aussi c'est difficile. Il revient de la mort et découvre qu'il a une môme ? N'importe qui aurait du mal à l'intégrer.

– Je suppose. (Je déverrouille les portières.) Bon, tu peux y aller à présent, princesse. Il faut que je rentre me préparer pour le match, dis-je d'une voix lasse.

Val se moque.

– Fais gaffe, meuf. Ton enthousiasme est si contagieux que je pourrais me mettre à faire la roue jusqu'à ma porte d'entrée.

Elle sort de la voiture, puis referme la portière en me souriant.

– Bonne chance pour ce soir.

– Merci.

J'ai le sentiment que je vais en avoir besoin.

Autour de nous, il y a un océan de places vides. Un océan.

Toute la semaine, j'ai entendu des mômes chuchoter au sujet de Reed, mais je n'aurais pas cru que ces chuchotements incluraient Callum. Callum Royal m'a toujours semblé intouchable, sûr de lui et contrôlant tout, un capitaine d'industrie que tout le monde courtisait. La dernière fois qu'il est venu à un match, tout le monde cherchait à attirer son attention.

À chaque seconde, un parent l'arrêtait pour lui dire deux mots. Ce soir, Callum ne rencontre que le silence. Nous tous également, Steve, les jumeaux et moi. Nous sommes assis sur les gradins, juste derrière le banc de l'équipe locale, et tout le monde nous lance des regards en coin. Je sens même des regards noirs transpercer l'arrière de mon crâne.

Et aussi inconfortable que cela soit pour moi, c'est un million de fois pire pour Reed. Il ne peut pas jouer ce soir, parce qu'il a encore des points de suture dus à l'agression au couteau commanditée par Daniel Delacorte. Il est hors jeu pour encore une semaine, mais on attend de lui qu'il soit présent sur la touche.

J'aimerais qu'il puisse s'asseoir dans les gradins avec nous. Je déteste le voir solitaire comme en ce moment. Et je déteste tous ces gens qui murmurent en le montrant du doigt.

– C'est le fils Royal, lance une femme, assez fort pour que tout le monde puisse l'entendre. Je n'en reviens pas qu'on l'ait autorisé à venir ici ce soir.

– C'est une honte, acquiesce un autre parent. Je ne veux pas le voir traîner autour de mon Bradley.

– Il faut que quelqu'un en parle à Beringer, embraye une voix mâle.

Je tressaille. Callum également. À côté de moi, Steve semble ne pas être le moins du monde concerné par toutes ces ondes négatives. Comme d'habitude il me gonfle, cette fois au sujet d'un voyage en Europe qu'il veut que nous fassions ensemble. Je ne sais pas s'il veut dire nous deux, ou si cela inclut Dinah. De toute façon, je n'ai pas envie de partir en voyage avec lui, même s'il est mon père. Il me met toujours aussi mal à l'aise.

Le truc marrant, c'est que je comprends parfaitement pourquoi ma mère a craqué pour lui. Depuis qu'il est revenu, il s'est remplumé. Son visage n'est plus décharné, et ses vêtements commencent à correspondre à son corps fin et musclé. Steve O'Halloran est joli garçon pour un papa, et ses yeux bleus ont toujours cette étincelle d'enfance. Maman avait un faible pour les types espiègles et Steve correspond parfaitement à cette description. Mais en tant que sa fille, je trouve que ses façons de petit garçon sont ennuyeuses. C'est un adulte. Pourquoi n'agit-il pas en adulte ?

– Tu boudes ? murmure Sawyer à mon oreille.

Je tente de me sortir de mes pensées en me tournant vers le benjamin des Royal.

– Non, pas du tout, je lui mens avant de regarder par-dessus son épaule. Où est Lauren ?

Normalement, Lauren est la petite amie de Sawyer, alors en général elle est avec lui pour ce genre d'événement.

– Punie, murmure-t-il en soupirant.

– Ah. Pourquoi ?

– Elle a été surprise en train de sortir en douce pour nous rejoindre, moi et… (Il s'interrompt en s'apercevant que Steve l'écoute.) Moi, termine-t-il. Juste moi.

Je dissimule un sourire. Je ne pige vraiment pas Lauren Donovan, mais je trouve ça franchement couillu de sa part de sortir avec deux garçons en même temps. Moi j'y arrive difficilement avec un seul.

En parlant du mien, Reed a l'air malheureux sur le banc de touche.

Son regard est rivé sur la zone de touchdown. Ou sur la zone de fin de ligne ? Je n'arrive pas à me rappeler comment ça s'appelle. Peu importe que Reed et Easton m'aient répété mille fois comment fonctionne ce jeu, je n'aime toujours pas le football. Ça ne m'intéresse pas. Je vois que Reed est embêté de ne pas être sur le terrain avec ses coéquipiers. La défense est déployée, je le sais uniquement parce qu'il y a un de ces maillots bleu et or sur lequel on peut lire ROYAL. Easton est placé en face d'un adversaire. Je vois sa bouche bouger sous son casque. Il doit être en train de lui faire des commentaires à la con.

Ouaip, c'est exactement ça. Quand le jeu commence, le joueur adverse se jette sur Easton comme s'il voulait le tuer. Mais East est dangereux à ce jeu-là, il contourne son adversaire qui tombe à genoux, tandis que deux autres joueurs d'Astor Park taclent le quaterback de Marin High avant qu'il puisse lancer la balle.

– Ça, c'était un sack, me dit obligeamment Sebastian en se penchant par-dessus son frère pour m'expliquer le jeu.

– Je m'en fiche.

De l'autre côté, Steve glousse :

– Pas vraiment fan de foot à ce que je vois ?

– Nope.

– On a essayé de la travailler au corps, dit Callum au bout de la rangée, mais sans aucun résultat pour l'instant.

– Ce n'est pas grave, Ella, me dit Steve. De toute façon, les O'Halloran sont plutôt basket-ball.

Et ça suffit à me crisper. Pourquoi passe-t-il son temps à dire ce genre de truc ? Je ne suis pas une O'Halloran ! Et je déteste le basket encore plus que le football.

J'esquisse un sourire et je lance :

– Les Harper sont anti-sport. Tous les sports.

La bouche de Steve se tord en un petit sourire narquois.

– Je ne sais pas. Si je me rappelle bien, ta mère était très… euh, sportive.

Je reste muette. C'était un genre d'insinuation graveleuse, ou quoi ? Je n'en suis pas sûre, mais je crois que oui, et je n'aime pas ça. Il n'a pas le droit de parler de maman comme ça. Il ne l'a même pas connue. Pas en dehors du sens biblique, de toute façon.

Sur le terrain, l'attaque d'Astor Park s'aligne. C'est Wade notre quaterback, et il crie des trucs inintelligibles à ses coéquipiers. À un moment, je crois entendre « GROS MUFFIN ! », du coup je me penche vers Sawyer.

– Est-ce qu'il vient de dire « Gros Muffin » ?

Sawyer pouffe de rire.

– Ouais. Peyton Manning c'est « Omaha », et Wade c'est « Gros Muffin ».

Pour moi, c'est du charabia. Je ne sais pas qui est Peyton Manning, et je m'en fiche. À la place, je regarde Wade lancer une spirale parfaite du premier coup, qui atterrit dans les mains agiles d'un môme d'Astor Park qui se met à courir comme un fou le long des lignes de touche.

Mon téléphone vibre dans mon sac. Je le sors et je découvre un texto de Val.

Beurk ! Il n'a pas le droit
de si bien jouer !

Immédiatement je me retourne pour la chercher dans la foule, mais je ne vois nulle part ma meilleure amie. Je lui réponds :

Où es-tu ?

Aux baraques à frites. Il n'y avait rien
à manger à la maison, alors je suis
venue acheter un hot-dog.

Je renifle bien fort. Les jumeaux me jettent un coup d'œil, mais je leur fais signe de regarder ailleurs et j'envoie un autre message à Val.

Tu es totalement grillée ! Tu es venue
pour voir Wade !

NON. J'avais faim.

De Wade.

Je te déteste.

Admets que tu l'aimes bien.

Jamais.

Bon. Viens au moins t'asseoir
avec nous. Tu me manques.

Une bruyante acclamation jaillit des gradins. Je baisse les yeux, le temps de choper la fin de l'action, une autre passe parfaite de Wade. Je ne suis pas surprise que Val me réponde illico,

Nan. Je rentre à la maison.
C'était une idée débile de venir ici
ce soir.

Je suis remplie de sympathie pour elle. Pauvre Val. Je sais que ce truc avec Wade a commencé comme un nouveau départ pour elle, ou peut-être comme une façon de passer le temps avant d'être prête à recommencer une histoire sérieuse après sa rupture. Mais je suis certaine qu'elle s'est mise à avoir de vrais sentiments pour ce type. Et je crois que Wade l'aime bien, lui aussi. Ils sont juste trop têtus pour l'admettre. *Comme Reed et toi ?* se moque ma voix intérieure.

Ok, très bien. Reed et moi on était pareils au début. Il me traitait tellement mal et j'ai passé des semaines à lutter contre mes sentiments pour lui. Mais à présent nous sommes ensemble, et j'aimerais tant que Val vive le même truc incroyable.

– À qui envoies-tu des SMS ?

Je pose instinctivement ma main sur l'écran quand je réalise que Steve regarde mon téléphone. Mais pourquoi diable est-ce qu'il essaie de lire mes textos ? Je réponds froidement :

– À une amie.

Son regard se fixe sur le banc de touche, comme s'il s'attendait à voir Reed taper un message sur son téléphone. Mais Reed a ses mains sur ses genoux et observe attentivement le jeu.

Je n'aime pas le soupçon que je lis dans les yeux de Steve. Il sait bien que je suis avec Reed. Et même s'il n'aime pas ça, il n'a absolument rien à dire sur mes fréquentations.

– Et bien, pourquoi ne ranges-tu pas ton téléphone ? me suggère-t-il sur un ton un peu agressif. Tu sors avec ta famille. Qui que ce soit, il ou elle peut bien attendre un peu.

Je range mon téléphone dans mon sac. Pas parce qu'il me l'a ordonné mais parce que, sans ça, je pourrais bien le lui balancer dans la figure. Callum ne s'est jamais soucié de savoir si j'envoyais des SMS à mes copains pendant les matchs. Il était content que j'aie des amis, c'est tout.

À mes côtés, Steve hoche la tête en signe d'approbation et se concentre sur le jeu. J'essaie de faire pareil, mais je suis super-énervée. Je voudrais choper le regard de Reed et lui faire comprendre à quel point je déteste Steve, mais je sais que Reed me dira simplement de l'ignorer, que Steve va vite se lasser de son rôle de père.

Sauf que je commence à croire que ça n'arrivera jamais.

CHAPITRE 15

REED

Après le match, papa et Steve insistent pour nous emmener dîner dans un restaurant français en ville. Je n'ai pas envie d'y aller, mais on ne me laisse pas le choix. Papa veut que nous nous montrions en public. Il dit que nous ne pouvons pas nous cacher, que nous devons agir comme si tout allait bien.

Mais tout va mal. Merde, mes oreilles et mon dos me brûlent encore après tous ces regards de condamnation et ces chuchotements méprisants.

Pendant le dîner, je reste assis dans un silence de pierre, souhaitant seulement être à la maison, si possible avec mes lèvres sur celles d'Ella et mes mains qui caressent son corps.

À côté de moi, Easton s'empiffre comme s'il n'avait rien mangé depuis des semaines, mais je suppose qu'il en a gagné le droit. Ce soir, Astor Park a écrabouillé Marin Highs. Nous avons terminé le quatrième temps avec quatre TD d'avance, et tout le monde était fou de joie après ça.

Enfin, tout le monde sauf moi. Et peut-être Wade, qui, pour la première fois depuis que je le connais, n'a pas annoncé qu'il allait fêter la victoire en se faisant faire une pipe, puis en baisant comme un fou.

Il était de sale humeur quand il a ôté son harnachement et il s'est éclipsé très vite. Je crois qu'il a dit qu'il rentrait chez lui, ce qui n'est pas non plus dans ses habitudes.

Sur la chaise à côté de moi, Ella reste impassible. Je pense que Steve a dit quelque chose qui lui a déplu pendant le match, mais je ne vais pas lui demander ce que c'est avant d'être seul avec elle. Steve est barré dans une espèce de délire autocratique depuis qu'il est rentré d'entre les morts.

Il continue à raconter qu'il a une fille à présent, alors qu'il doit lui offrir le bon exemple. Papa, bien entendu, approuve chaque fois que Steve raconte ce genre de connerie. Pour Callum Royal, Steve O'Halloran ne peut pas avoir tort, c'est comme ça depuis toujours.

Lorsque nous rentrons, après le dîner, papa et Steve s'enferment dans le bureau, où ils vont probablement enchaîner scotch sur scotch et se remémorer leurs années chez les SEALS. East et les jumeaux disparaissent dans la salle de jeu, ce qui nous laisse seuls, Ella et moi.

Enfin.

– On monte ? je grogne, tout en sachant qu'elle a remarqué la lueur prédatrice dans mes yeux.

Rester sur le banc toute la soirée, ça craignait. Sans oublier que tout le monde parlait de moi dans les gradins, et qu'une espèce de connard a lancé « assassin » derrière sa main en passant devant moi. Mais ne pas jouer était mille fois pire. Je me suis senti comme un sac de patates inutile, sans compter que j'ai ressenti une certaine jalousie en voyant mes copains défoncer l'autre équipe.

Toute l'agressivité que j'ai contenue toute la soirée ne demande qu'à exploser. Heureusement, Ella a l'air de s'en foutre. Elle me balance son merveilleux sourire et m'entraîne en haut des escaliers.

Nous sprintons pratiquement jusqu'à sa chambre à coucher. Je ferme la porte, je la soulève et j'avance vers le lit. Elle glapit de plaisir quand je la jette sur le matelas.

– Tes fringues ! j'ordonne en me léchant les lèvres.

– Quoi ?

Elle joue à l'innocente en triturant le bas de son pull-over vert.

– Enlève-les, je gronde.

Elle sourit à nouveau, et je jure que mon cœur grimpe au ciel. Je ne crois pas que j'aurais pu survivre à cette semaine sans Ella à mes côtés. Les murmures incessants à l'école, les coups de fil de mon avocat, l'enquête de police qui continue de plus belle.

Même si je haïssais Brooke, je ne suis pas fou de joie qu'elle soit morte. Elle ne va pas me manquer, ça c'est certain, mais personne ne mérite de mourir de cette façon.

– Reed ? (La gaieté d'Ella s'évanouit lorsqu'elle voit l'expression de mon visage.) Qu'est-ce qui ne va pas ?

Je déglutis.

– Rien. Je pensais juste à des trucs auxquels je ferais mieux de ne pas penser.

– Comme quoi ?

– Rien, je répète, et j'essaie de la distraire en retirant ma chemise.

Ça marche. À l'instant où elle pose les yeux sur mon torse, elle pousse un petit cri voilé qui me va direct à la queue. J'aime qu'elle aime mon corps. Je me fiche que cela fasse de moi un type fier de lui, superficiel. La façon dont ses yeux s'obscurcissent de plaisir et dont sa langue sort pour lécher sa lèvre inférieure est le plus gros trip égotiste que peut vivre un mec.

– Tes points de suture, dit-elle, comme chaque fois que nous avons fait les fous cette semaine.

– Ils cicatrisent plutôt bien, je réponds, comme chaque fois que nous avons fait les fous cette semaine. Maintenant, enlève tes vêtements avant que je le fasse moi-même.

Elle semble surprise, comme si elle se demandait s'il valait mieux résister pour que je mette ma menace à exécution, mais je suppose qu'elle est aussi excitée que moi, parce que ses vêtements se mettent à voler autour d'elle.

Ma bouche entière se transforme en poussière quand apparaissent son soutien-gorge rose et son slip coordonné. Ella n'a pas idée de sa beauté. Plus d'une fille à Astor Park serait prête à mourir pour avoir ses formes, ses cheveux d'or, sa silhouette parfaite. Elle est la perfection totale. Et putain, elle est toute à moi.

En gardant mon pantalon, je monte sur le lit et je presse mon corps contre le sien, ma bouche trouve la sienne. Comme toujours. Nous nous embrassons, nous nous caressons, nous nous roulons sur le lit jusqu'à ce que je n'en puisse plus. Ses sous-vêtements volent. Mon pantalon aussi. Sa main est posée sur moi et la mienne est glissée entre ses jambes et c'est si bon que je n'arrive plus à penser.

– Allonge-toi sur le dos, murmure-t-elle.

Bordel de merde, à présent elle est penchée sur moi et elle fait des trucs avec sa bouche qui me rendent complètement dingue. Ses cheveux caressent mes cuisses. Je passe les doigts à travers ses mèches douces pour la guider.

– Plus vite, je chuchote.

– Comme ça ?

– Ouais. Comme ça.

Ses lèvres et sa langue me font directement grimper au rideau, et même si c'est complètement cliché, une fois que mon corps se détend, je l'attire vers moi et je lui dis que je l'aime.

– Grand comment ? me demande-t-elle sur un ton taquin.

– Immensément, dis-je d'une voix rauque. Une quantité folle.

– Bon. (Et elle plante un baiser sur mes lèvres.) Moi aussi, je t'aime follement.

Elle s'allonge contre moi en caressant mes abdos pendant que le bas de son corps roule doucement contre ma hanche. Et je jure qu'aussitôt je recommence à bander. J'ai joui, mais pas elle. J'aime être celui qui l'entraîne jusqu'à la jouissance. Elle fait les bruits les plus sexy au monde quand elle jouit.

– À moi, je chuchote en descendant vers son sexe.

Elle est tellement prête pour moi que ça n'est même pas drôle. Je bande dur, parce que l'idée d'être le premier à pénétrer son corps est assez hot pour faire fondre tout l'Antarctique.

Mais je ne peux pas. Pas cette nuit. Pas avant d'être certain que je ne vais pas être incarcéré pour un crime que je n'ai pas commis.

À la place, je peux faire ça. La torturer avec ma bouche et mes doigts et la faire gémir et supplier…

– Ella, ordonne une voix sèche derrière la porte, ouvre-moi !

Elle repousse ma tête et se redresse d'un bond comme si le lit était en flammes.

– Oh mon Dieu, c'est Steve, bégaie-t-elle.

Je m'assieds en jetant un regard inquiet en direction de la porte. Je l'ai fermée à clé, non ? Putain de merde, pourvu que je l'aie fermée…

La poignée tourne, mais la porte ne bouge pas. Je pousse un soupir de soulagement.

– Ella, aboie Steve, ouvre cette porte. Tout de suite !

– Une seconde, répond-elle sur un ton hésitant et les yeux remplis de panique.

Nous nous dépêchons de nous rhabiller, mais je ne crois pas que nous réussissons à faire les choses correctement, parce que quand elle fait entrer Steve, son regard se transforme immédiatement en ciel d'orage.

– Bon sang, qu'est-ce que vous êtes en train de faire là-dedans, tous les deux ?

Je hausse un sourcil en découvrant la rage dans sa voix et la rougeur de son cou. Je sais que c'est le père d'Ella, mais ce n'est pas comme si nous étions en train de tourner un film porno ou je ne sais quoi, on batifole un peu, c'est tout.

– On était en train de… regarder la télé, bafouille Ella.

Steve et moi, nous tournons tous deux la tête vers l'écran noir, de l'autre côté de la pièce. Steve serre les poings et se tourne à nouveau vers Ella.

– Ta porte était fermée à clé, rugit-il presque.

– J'ai dix-sept ans, dit-elle froidement. Je n'ai pas le droit d'avoir de vie privée ?

– Pas ce genre de vie privée ! (Steve secoue la tête.) Callum a perdu la tête ou quoi ?

– Pourquoi est-ce que tu ne le lui demandes pas directement ? lance sèchement la voix de mon père.

Steve fait demi-tour. Papa se tient sur le pas de la porte, bras croisés.

– Qu'est-ce qui se passe ici ? demande calmement papa.

– Ton fils était en train de poser ses sales pattes sur ma fille ! répond Steve en aboyant.

C'était mes lèvres en fait. Mais je ne réponds pas. La veine sur le front de Steve semble déjà sur le point d'éclater. Inutile d'accélérer le processus.

– Pour moi, c'est inacceptable, continue-t-il d'une voix plus froide que la glace. Je me fiche de savoir quel rôle parental tu as décidé d'avoir. Tes fils peuvent baiser autant qu'ils veulent, mais ma fille n'est pas l'un des jouets sexuels de Reed.

Mes épaules se crispent. Qui est-il donc pour avoir le droit de dire ça ?

– Ella est ma petite amie, dis-je calmement. Pas un sex toy.

Il pointe un doigt en direction du couvre-lit tout défait.

– Alors, c'est parfaitement normal pour toi de profiter d'elle ainsi ? (Son regard glacé se tourne ensuite vers papa.) Et toi ! Quel genre de père autorise deux adolescents à avoir autant de liberté ? Tu vas me dire ensuite qu'ils dorment ensemble !

L'expression coupable d'Ella ne passe pas inaperçue. Quand Steve voit ça, son visage devient encore plus écarlate. Il respire un grand coup, détend lentement ses poings et dit :

– Fais tes valises, Ella.

Il y a un instant de silence, suivi de trois exclamations incrédules,

– Quoi ? Ella.

– Pas question. Moi.

– Steve, ça n'est pas nécessaire. Papa.

Le père d'Ella ne répond qu'à la dernière remarque.

– En réalité, je pense que c'est absolument nécessaire. Ella est ma fille. Je ne veux pas qu'elle vive dans ce genre d'environnement.

– Tu dis que ma maison n'est pas un bon environnement pour un enfant ? (La voix de papa se fait plus dure.) J'ai élevé cinq fils ici, et ils vont tous très bien.

Steve éclate d'un énorme rire sonore.

– Ils vont tous très bien ? Un de tes fils est accusé de meurtre, Callum ! Désolé d'être celui qui brise tes illusions, mais Reed n'est pas un môme très bien.

Je suis scandalisé par ce que j'entends.

– Qu'est-ce que tu viens de dire ?

– Il a une mauvaise influence, poursuit Steve comme si je n'avais rien dit. Comme tous les autres. Fais tes valises. Je suis sérieux, répète-t-il à Ella.

Elle redresse le menton.

– Non.

– Elle vient tout juste de s'acclimater ici, dit papa en tentant à nouveau de calmer Steve. Ne l'arrache pas à l'endroit qu'elle considère comme son foyer.

– Son foyer, c'est chez moi, rétorque Steve. Tu n'es pas son père, c'est moi. Et je ne veux pas que ma fille s'acoquine avec ton fils. Je me fous pas mal que ça fasse de moi un ringard, un type pas raisonnable ou n'importe quoi d'autre que tu puisses dire. Elle vient avec moi. Tu veux te battre contre moi ? Très bien. Je te verrai devant le juge des affaires familiales. Mais pour l'instant, tu ne peux pas m'empêcher de la sortir de cette maison.

Ella regarde papa d'un air paniqué, mais la seule chose qu'elle lit dans ses yeux, c'est la défaite.

Elle se tourne alors d'un air implorant vers Steve :

– Je veux rester ici.

Il reste insensible à ses supplications.

– Désolé, mais c'est impossible. Alors, je te le répète. Fais. Tes. Valises.

Comme elle ne bouge pas, il frappe dans ses mains comme si elle était un SEAL à l'entraînement.

– Maintenant !

Ella serre les poings, attendant que papa réagisse. Mais il reste immobile. Alors, elle sort, folle de rage. Je suis sur le point d'aller la chercher, mais Steve me retient.

– Reed, donne-moi une minute, dit-il sur un ton laconique.

Ce n'est pas une question, c'est un ordre. Les deux hommes se jaugent. Le visage de papa se raidit et il quitte la pièce en me laissant seul avec Steve.

– Quoi ? dis-je amèrement. Tu vas me répéter à quel point j'ai une mauvaise influence sur elle ?

Il s'avance vers le lit et regarde fixement le couvre-lit chiffonné avant de se retourner vers moi. Je lutte contre l'envie de réagir. Nous n'avons rien fait de mal, Ella et moi.

– J'ai eu ton âge, un jour.

– Hmmm, hmmm.

Merde. Je crois que je vois où il veut en venir.

– Je sais comment je traitais les filles et, rétrospectivement, je le regrette un peu.

Steve passe la main sur le bord du lit.

– Ella a raison, je ne me suis pas beaucoup impliqué dans sa vie. Mais, à présent, je suis là. Elle a eu une enfance troublée, et ce genre de fille cherche souvent de l'affection aux mauvais endroits.

– Et je suis l'un de ces mauvais endroits ?

J'enfonce mes mains dans mes poches et je m'appuie contre la commode. C'est quand même ironique que la fille la plus collé-monté que je connaisse, avec l'éducation la plus merdique qui soit, ait eu un père absent qui me donne un cours sur comment bien agir avec sa fille.

Pendant les quelque neuf mois où je suis sorti avec Abby, les seules conversations que j'aie jamais eues avec son père concernaient l'équipe de foot d'Astor Park.

– Reed. (Steve baisse d'un ton.) Je t'aime comme mon propre fils, mais tu dois admettre que tu es dans une situation compliquée. Évidemment, Ella est très attachée à ta famille, mais j'espère que tu ne vas pas profiter de sa solitude.

– Je ne profite absolument pas d'Ella, Monsieur.

– Mais tu couches avec elle, accuse Steve.

S'il espère me foutre la honte, il a tout faux. Aimer Ella est une des meilleures choses que j'ai faites dans ma courte vie.

– Je la rends heureuse, je réponds simplement.

Je n'ai aucune intention de lui parler de ma vie sexuelle. Ella en serait mortifiée. Steve pince ses lèvres. Ma réponse ne lui plaît pas.

– Tu es un garçon physique, Reed. Tu aimes te battre, parce que tu aimes l'impact de ton poing contre la chair de quelqu'un d'autre. Tu apprécies le choc d'une force contre l'autre. De la même manière, tu ne peux sans doute pas t'empêcher de baiser à droite à gauche. Je ne te juge pas parce que, bon sang, je suis comme toi. Je ne crois pas beaucoup à la fidélité. Si une fille est dispo, qui suis-je pour dire non ? Je n'ai pas raison ?

Il sourit, il m'invite à prendre part à ce style de vie merdique. Je lui réponds :

– J'ai dit non plein de fois.

Steve renifle pour marquer son incrédulité.

– Ok, Laisse tomber. Mais s'agissant d'Ella, si tu l'aimes vraiment, alors tu n'essaieras pas de la foutre à poil en permanence. Je vois bien comment tu la regardes, môme, avec le ventre rempli de désir, et rien d'autre.

Il avance jusqu'à moi et pose une main lourde sur mon épaule.

– Ce n'est pas une faute. Je ne m'attends pas à ce que tu changes. Je dis simplement qu'Ella n'est pas une fille avec qui s'envoyer en l'air. Traite-la comme tu voudrais que soit traitée ta sœur.

– Ce n'est pas ma sœur, et je la traite avec le plus grand respect.

– Tu es accusé de meurtre. Tu pourrais bien faire de la prison pendant très longtemps. Comment Ella va-t-elle s'en sortir quand tu seras là-bas ? Est-ce que tu vas lui demander de t'attendre ?

Je lui réponds à travers mes dents serrées :

– Je n'ai pas commis ce meurtre.

Steve ne répond pas. Est-ce que cet homme, qui a fait partie de ma vie depuis aussi longtemps que je peux me rappeler, croit réellement que je suis capable de tuer quelqu'un ?

J'examine son visage avec amertume.

– Tu crois vraiment que c'est moi ?

Au bout d'un moment il me serre l'épaule, fort.

– Non, bien sûr que non. Mais je pense à Ella. J'essaie de la faire passer en premier.

Ces yeux bleus si intenses, les mêmes que ceux d'Ella, me fixent alors avec un air de défi.

– Peux-tu honnêtement dire que tu fais la même chose ?

CHAPITRE 16

ELLA

– Tu sais, il n'y a pas d'étage numéro treize dans l'immeuble, parce que beaucoup de clients sont secrètement superstitieux. On raconte qu'Hallow Oaks est bâti sur un ancien cimetière confédéré. Il y a peut-être des fantômes qui se baladent dans le coin.

Comme le fantôme de ton cadavre, me dis-je avec amertume.

Steve passe la clé magnétique devant le lecteur et appuie sur le bouton « P ». Il est tout sourires à présent, comme s'il ne m'avait pas traînée hors de chez moi jusqu'à cet hôtel débile.

– Si je comprends bien, tu ne veux plus m'adresser la parole ? demande Steve.

Je regarde droit devant moi. Je ne vais sûrement pas papoter avec ce type. Il croit qu'il peut s'introduire dans ma vie, alors que j'ai dix-sept ans, et me donner des ordres ?

Bienvenue dans ton nouveau rôle de parent, Steve. Ça ne va pas être de tout repos.

– Ella, tu ne peux pas sérieusement croire que j'allais t'autoriser à vivre chez les Royal avec ton petit copain.

C'est probablement enfantin, mais je continue à offrir à Steve une Ella parfaitement muette. En outre, si j'ouvre la bouche, quelque chose de méchant risque d'en sortir. Comme *où étais-tu, enfoiré, pendant que ma mère était en train de mourir du cancer ? Oh, c'est vrai, tu faisais du deltaplane avec ta mégère.*

Il soupire, et nous continuons de monter jusqu'au penthouse en silence. Les portes s'ouvrent sur un large couloir. Steve passe devant en roulant ma valise derrière lui. Il appuie sa carte magnétique contre la porte située au bout du couloir.

À l'intérieur, je tombe sur un salon, une salle à manger et un escalier. J'ai passé mon temps dans des hôtels minables où l'escalier n'était jamais à l'intérieur des chambres. J'essaie de ne pas avoir l'air stupéfait, mais c'est difficile.

Steve prend un carnet en cuir sur la table.

– Avant que je te montre ta chambre, pourquoi on ne jetterait pas un œil là-dessus ? On commandera du room service pendant que tu t'installes.

– On vient de manger il y a une heure, je lui rappelle, incrédule.

Il hausse les épaules,

– J'ai encore faim. Je te commande une salade, Dinah ? s'écrie-t-il.

Dinah apparaît en haut des marches.

– Bonne idée.

– Pourquoi ne t'en occupes-tu pas pendant que je fais faire le tour du propriétaire à Ella ?

Il jette un coup d'œil au menu avant de le reposer sur la table. Sans attendre sa réponse, il pose sa main dans mon dos et me pousse en avant.

– Pour moi, ce sera un steak T-bone. Bleu, s'il te plaît.

Au bout de la salle à manger, il y a une autre porte. Steve l'ouvre et me fait signe d'entrer.

– Voilà ta chambre. Elle a une porte extérieure qui donne sur le couloir. Tu auras besoin de ta clé pour arriver à l'étage.

Il me tend une carte en plastique que je glisse à contrecœur dans ma poche.

– Il y a un service de ménage quotidien et un room service vingt-quatre heures sur vingt-quatre. Commande tout ce que tu veux. Je peux te l'offrir.

Il me fait un clin d'œil. Je suis trop occupée à regarder autour de moi pour lui répondre. Il continue.

– Tu veux que je fasse venir quelqu'un pour défaire ta valise ? Dinah peut t'aider si tu veux.

Dinah préférerait sans doute avaler une bouteille d'eau de Javel.

Je lui balance un « non merci » qui déclenche un grand sourire chez Steve. Il semble penser que nous nous entendons le mieux du monde. Quant à moi, je me demande si je peux demander à la réception de faire une autre clé pour Reed. Une porte extérieure ? Peut-être que je ne vais pas détester cet endroit, finalement.

– Bon. Si tu as besoin de quoi que ce soit, appelle. Je sais, nous sommes un peu les uns sur les autres ici, mais ce n'est que pour une ou deux semaines.

Et il tapote sur le dessus de ma valise avant de sortir.

Les uns sur les autres ? D'accord, la chambre est plus petite que mes appartements chez les Royal, mais c'est quand même plus grand que tous les endroits où j'ai vécu auparavant. Certainement plus grand que toutes les chambres d'hôtel où j'ai séjourné. Je ne savais même pas qu'il existait des chambres d'hôtel aussi grandes.

En ignorant ma valise, je me jette sur le lit et j'envoie un texto à Reed.

J'ai une porte qui donne sur l'extérieur.

Il me répond immédiatement.

J'arrive.

J'aimerais bien.

Je peux ?

Steve gâcherait tout.

Je ne sais pas ce qu'il a en tête. Il a
eu plus de nanas qu'une rock star.

Merci pour cette belle pensée. STP, arrête avec tes commentaires du genre « ton père est un chaud lapin. » Ça me fout vraiment les boules.

OK. Vierge. Comment ça va, à part ça ?

Je suis vierge parce que tu ne fais rien.

Je le ferai, bb. Tu sais que j'en meurs d'envie. Attends que tout soit clarifié.

O fait, je ne te rendrai pas visite en taule.

Je n'irai pas en taule.

Ok. Qu'est-ce que tu fais ?

En réponse, je reçois une photo de lui et de son frère assis dans ma chambre.

Pourquoi ?

Pourquoi quoi ? Pourquoi on est dans ta chambre ? Il y a un match.

Vous avez une pièce vidéo.

On aime + être ici. En plus, E. dit que ta chambre porte chance.

Je grommelle. Easton est accro au jeu. Un jour, un bookmaker nous a agressés à la sortie d'un club et j'ai dû le payer.

Il parie en ligne ou quoi ?

Si c'est le cas, il gagne, parce qu'il ne râle pas comme un putois contre le score. Je vais le surveiller, ton p'tit E., ne t'en fais pas.

Ah. Merci. Vous me manquez.

On frappe à ma porte.

– Ouais ?

Je ne suis pas contente qu'on m'interrompe et je ne fais aucun effort pour le cacher.

– C'est Dinah, me répond une voix tout aussi courroucée. On va manger.

– Je ne mange pas.

Un rire cruel monte de derrière la porte.

– Tu as sans doute raison. Tu pourrais perdre quelques kilos, mais ton père réclame ta présence, Princesse.

Je serre les dents.

– Très bien, j'arrive.

Je dois y aller. Je mange avec Dinah & S. 8-)

Je pousse ma valise du passage et j'entre dans la salle à manger. Un type en uniforme est en train de pousser un chariot. Pendant qu'il dépose tout délicatement sur la table, Steve s'installe.

– Assieds-toi, assieds-toi.

Il me fait un signe de la main, en ignorant totalement l'homme sympathique qui ôte les dômes argentés des plats.

– Je t'ai commandé un burger, Ella. (Il soupire parce que je ne réponds pas.) Très bien, ne le mange pas, mais je l'ai commandé pour le cas où tu changerais d'avis.

Le serveur soulève la cloche en argent de mon assiette. Un énorme burger apparaît, sur un lit de laitue. Je lui fais un grand sourire, parce qu'il ne mérite pas que je sois désagréable avec lui.

Pourtant c'est inutile, il ne me regarde pas.

Avec un soupir, je m'assieds. Dinah prend place de l'autre côté de la table.

– C'est appétissant, annonce Steve. (Il attrape une serviette et la pose sur ses genoux.) Oh merde ! J'ai oublié mon verre sur la table basse. Tu veux bien aller le chercher, Dinah ?

Elle se lève immédiatement, attrape le verre et l'apporte à Steve.

Il l'embrasse sur la joue.

– Merci, chérie.

– De rien.

Elle se rassied sur sa chaise. Je fixe mon assiette pour ne pas montrer mon étonnement. C'est une Dinah complètement différente de celle que je connais. D'ailleurs, c'est aussi une Dinah différente de celle qui vient de me convoquer au dîner. Je ne l'ai rencontrée que deux fois jusque-là, mais ça n'a pas été agréable. Lors de la lecture du testament, c'était très conflictuel. Et ensuite, chez Callum, je l'ai surprise en train de faire l'amour avec Gideon dans les toilettes.

Ce soir, Dinah est calme, presque timide, on dirait un serpent lové sous une grosse feuille de bananier. Sans y prendre garde, Steve avale une petite gorgée.

– C'est tiède.

Il y a un long moment de silence. Lorsque je lève les yeux, c'est pour voir Steve qui fixe Dinah avec insistance.

Elle sourit légèrement.

– Je vais te chercher un peu de glace.

– Merci, chérie. (Il se tourne vers moi.) Tu veux un peu d'eau ?

La relation entre ces deux-là est tellement bizarre que j'oublie que j'étais censée ne pas ouvrir la bouche.

– Volontiers.

Il crie en direction de la cuisine.

– Dinah, rapporte un verre d'eau pour Ella. (Puis il se met à couper son steak.) J'ai parlé avec le bureau du procureur ce matin. On devrait pouvoir récupérer l'appartement très rapidement. Ce sera plus agréable pour nous tous.

Je suis quasiment sûre que ça ne sera agréable pour aucun d'entre nous.

Dinah revient avec deux verres, l'un plein de glace, l'autre plein d'eau. Elle pose le verre d'eau devant moi, assez brutalement pour qu'il déborde et mouille ma manche.

– Oh, je suis désolée, Princesse, dit-elle gentiment.

Steve fronce les sourcils.

– Pas de problème, je murmure.

Steve fait tomber deux ou trois glaçons dans son verre, le remue et boit une gorgée. Dinah vient à peine de lever sa fourchette qu'il annonce.

– Trop d'eau.

Elle hésite, ses doigts blanchissent autour de sa fourchette. Je me demande si elle va planter Steve avec, mais non, elle la repose d'un geste lent et délibéré. En installant un sourire sur son visage, elle se lève de table pour la troisième fois et se dirige vers le bar où de grandes bouteilles sont alignées.

À sa place, je pourrais bien me mettre à en boire, moi aussi.

– Ella, j'ai parlé avec ton directeur aujourd'hui, me dit Steve.

Je détourne les yeux du dos tendu de Dinah :

– Et pourquoi avez-vous fait ça ?

– Je voulais juste vérifier tes progrès à Astor Park. Beringer m'a appris que tu ne participes à aucune activité périscolaire. Tu m'as dit que tu aimais la danse. Pourquoi ne pas rejoindre l'équipe de danse de l'école ?

– Je… euh… je travaillais jusqu'ici.

Je n'ai pas envie de rentrer dans les détails de ma querelle avec Jordan. Cela paraît débile, une fois énoncé à voix haute.

– Alors, pourquoi pas le journal scolaire ?

J'essaie de ne pas grimacer.

Écrire des articles me semble encore plus pénible que participer à ce dîner. Non, je me reprends. Ce dîner est tellement pénible que je préférerais me battre avec Jordan Carrington, et participer au journal de l'école serait une distraction bienvenue.

– Qu'est-ce que vous faisiez comme cours facultatifs ? je réplique.

Peut-être que si j'arrive à lui faire reconnaître qu'il était flemmard au lycée, il se calmera un peu.

– Je jouais au football, au basket et au base-ball.

Super. C'était ce genre de mec.

Mais est-ce que Callum n'avait pas sous-entendu que Steve ne s'intéressait pas à la gestion des affaires et préférait s'amuser ? Pourquoi ne me laisse-t-il pas m'amuser moi aussi ?

– Peut-être que je vais essayer… le… hmm… je cherche désespérément un sport féminin) l'équipe de football.

Steve me lance un sourire d'encouragement.

– Ça serait une bonne idée. On pourrait en parler à Beringer.

Beurk. Je suppose que je peux essayer et quand elles verront à quel point je suis nulle, elles me foutront dehors en m'interdisant de remettre le pied sur le terrain. En fait, ce n'est pas un mauvais plan.

Je prends mon burger et je croque dedans, même si je n'ai pas faim du tout. Ça me donne quelque chose à faire avec mes mains et ça remplit la bouche assez pour ne pas avoir à faire la conversation.

Tout en mâchant, je réfléchis à la meilleure stratégie à adopter vis-à-vis de Steve. Il faut que je fasse semblant de lui obéir tout en ne faisant que ce que j'ai envie de faire, comme traîner avec

Val, flirter avec Reed et me marrer avec East et les jumeaux. En plus, surveiller Reed et Easton est un boulot de tous les instants. En même temps, ça me permet de rechercher les suspects éventuels. Je pense parfois que je suis la seule que l'identité du tueur intéresse.

Alors que j'ai soigneusement classé tout ça dans ma tête, Dinah revient avec le dernier drink de Steve.

– Qu'est-ce que vous vous avez fait quand vous étiez au lycée ? je lui demande en essayant d'être polie.

– J'avais deux boulots à la fois pour aider ma famille. (Elle sourit.) Aucun des deux ne nécessitait que je me déshabille.

Je manque m'étouffer. Steve fronce à nouveau les sourcils.

– Tu savais qu'Ella faisait des strip-teases quand Callum l'a trouvée ? demande Dinah à son mari. (Sa voix est sucrée comme du miel.) Comme c'est malheureux !

– Si je me souviens bien, te foutre à poil en public ne t'a jamais posé le moindre problème, répond-il gaiement, et personne n'a eu à te payer pour ça.

Ça lui ferme son clapet.

Le téléphone de l'hôtel se met à sonner. Steve l'ignore, ça sonne et sonne, jusqu'à ce que Dinah se lève pour répondre. Il la suit du regard à travers la salle à manger. Quand elle nous tourne le dos, Steve reporte son attention sur moi.

– Tu trouves que je suis méchant avec elle, n'est-ce pas ? murmure-t-il.

Il faut choisir entre mentir et découvrir ce qui se passe, j'opte pour la vérité.

– Ouais, un peu.

Il hausse les épaules,

– Eh bien, essaie de ne pas te sentir mal pour elle. Je crois qu'elle a délibérément abîmé mon équipement et qu'elle a essayé de me tuer.

J'ouvre grand la bouche. Muette, je le regarde couper un morceau de steak et enfourner un gros morceau. Après l'avoir avalé, il s'essuie la bouche et continue.

– Ne t'inquiète pas. Tu es en sécurité. C'est contre moi qu'elle en a.

Faux. Je me souviens encore des menaces qu'elle a proférées quand elle a découvert que j'héritais de la fortune de Steve. En plus, j'ai vu une émission spécial serpents, sur Discovery Chanel. C'est quand ils se sentent menacés qu'ils sont le plus dangereux, mais je doute que Steve écoute mes mises en garde. Il n'en fera qu'à sa tête.

À présent, Dinah est remontée en flèche vers le haut de ma liste de suspects. Peut-être que, finalement, mon déménagement chez eux est une bonne idée. Non seulement je peux trouver les trucs de Gideon mais aussi la preuve qu'elle a tué Brooke.

Le bon sens reprend le dessus. Si la police, sans parler des enquêteurs privés de Callum, n'a rien pu trouver qui mène à quelqu'un d'autre que Reed, comment pourrais-je le faire ?

Déprimée, je repousse la laitue au bord de mon assiette.

– Je ne crois pas que vous devriez la pousser à bout. Pourquoi ne pas divorcer et aller de l'avant ?

– Parce que Dinah a toujours une carte dans sa manche, et que je veux savoir ce que c'est. En plus, je n'ai pas de preuve. (Il tend la main pour attraper la mienne.) Peut-être que c'est une folie de t'amener dans tout ce bordel, mais tu es ma fille et je ne veux plus perdre un seul jour de ta vie. J'en ai trop manqué. Je sais que tu n'apprécies pas les décisions que je prends. Et, bon sang, peut-être qu'elles sont toutes mauvaises. Pour ma défense, je n'ai jamais eu de fille. Est-ce que tu veux bien me laisser au moins une chance ?

Je soupire. C'est franchement dur d'être salope face à ça.

– Je vais essayer.

– Merci. C'est tout ce que je demande.

Il me serre la main avant de reculer et se remettre à manger. Dinah nous rejoint à table.

– C'était le magasin de meubles. La police ne les a pas autorisés à livrer le nouveau lit que tu as commandé.

Le visage de Dinah est rouge pivoine, comme si elle était choquée. Steve se penche vers moi avec un sourire carnassier.

– Dinah utilisait ce lit pour baiser avec un autre que son mari, alors je le fais remplacer.

Wouah.

Juste… *Wouah.*

Il se tourne vers sa femme,

– Demande à l'immeuble de le stocker jusqu'à ce qu'on réintègre les lieux.

Après cette déclaration, la suite du repas est atrocement bizarre. Dinah se lève pour transmettre les instructions de Steve, et à son retour, il lui donne des ordres en permanence. Elle obéit sagement, mais s'arrange pour me balancer une remarque acerbe çà et là. Et chaque fois que Steve tourne la tête, elle me lance un sourire diabolique, qui corrobore ma théorie selon laquelle il ne faut jamais se fier à un serpent.

– Je peux y aller ? je demande à Steve lorsqu'il repousse les restes de son plat. (C'en est plus que je ne peux supporter et après trente minutes de ce cirque, j'ai besoin de faire une pause.) J'ai des devoirs à faire.

– Bien sûr.

Quand je passe devant sa chaise, il m'attrape par le poignet et me tire pour planter un baiser sur ma joue.

– J'ai l'impression que nous sommes vraiment une famille ce soir, pas toi ?

Hmm. Non.

Mais je n'arrive pas à poser un diagnostic sur ce qui se passe en moi. Le baiser de mon père sur ma joue me paraît bizarre. C'est un étranger dans tous les sens du terme, et je n'ai qu'une envie, c'est de m'enfuir.

Lorsque j'entre comme une tornade dans ma chambre, la luxueuse valise en cuir me tente. Je pourrais la prendre et partir. En finir avec cette étrange famille et ne plus avoir à faire face aux émotions que l'existence de Steve fait naître en moi.

Mais je me contente de pousser la valise dans le placard, de sortir mes devoirs et d'essayer de me concentrer.

Dehors, j'entends la télévision s'allumer, puis s'éteindre. Le téléphone sonner. Il y a d'autres signes de vie, mais je ne quitte pas cette pièce.

Finalement, vers vingt et une heures, je crie que je me couche. Steve me souhaite une bonne nuit, mais pas Dinah. Après avoir brossé mes dents et m'être glissée dans l'un des vieux tee-shirts de Reed, je me mets au lit et je l'appelle.

Il répond après la deuxième sonnerie.

– Alors, comment ça se passe ?

– Bizarre.

– Comment ?

– Steve est horrible avec Dinah. Il dit qu'il pense qu'elle aurait très bien pu avoir saboté son matériel, alors il se venge en faisant de sa vie un enfer. Il y parvient très bien.

Reed renifle, il ne ressent visiblement aucune sympathie pour Dinah.

– Ella, c'est une vraie P.U.T.E.

– Beurk, n'utilise pas ce mot-là.

– Je ne l'ai pas fait. J'ai utilisé plusieurs lettres. Quatre. Tu les interprètes comme tu veux.

– Le dîner était tellement glauque. Pire que le soir où Brooke a annoncé sa grossesse.

Reed siffle.

– Aussi pourri que ça ? Tu veux que je vienne te voir ? Tu as dit que tu avais ta chambre à toi.

– C'est vrai, mais il ne vaut mieux pas. Steve est si… je n'arrive pas à le calculer. J'ai peur de ce qu'il pourrait faire s'il te trouvait ici cette nuit.

– Très bien. Mais tu n'as qu'un mot à dire et j'arrive.

Je me blottis plus profondément dans les couvertures.

– Tu crois que c'est Dinah qui l'a fait ?

– J'aimerais bien lui faire porter le chapeau, mais les détectives privés de papa disent qu'elle était sur un vol international en provenance de Paris quand Brooke a été tuée.

– Crotte.

Pas de motif, alors.

– Et si elle avait embauché quelqu'un ? Comme a fait Daniel pour te poignarder.

Il pousse un profond soupir.

– Je sais. Mais il y a trois groupes de caméras de surveillance dans le bâtiment. Celles de l'entrée et de l'ascenseur ne montrent que moi.

– Et les autres ?

– Les caméras de la cage d'escalier ne montrent rien. Le troisième groupe est installé dans le monte-charge. Celui qu'utilisent le personnel, les déménageurs et les livreurs. Elles étaient arrêtées pour la maintenance cette nuit-là, alors il n'y a rien non plus.

Mon cœur se met à battre un peu plus vite.

– Mais alors, quelqu'un a pu monter par le monte-charge.

– Ouais. Mais les traces d'ADN sont toutes les miennes.

Il semble malheureux.

– Et Dinah et Brooke étaient amies, alors quel serait le motif ? Brooke a eu une enfance difficile, elle est devenue copine avec Dinah à l'adolescence. Elle et Dinah se sont introduites dans un cercle d'hommes fortunés, en espérant en choper un. Dinah a eu de la chance avec Steve il y a quelques années, et Brooke a jeté son dévolu sur papa. Mais il n'était pas prêt à lui passer la bague au doigt.

– Tu crois que ton père…

Je répugne à le dire, mais Callum aurait pu engager quelqu'un, lui aussi.

– Non, répond sèchement Reed. Aucun membre de ma famille ne l'a tuée. On peut parler d'autre chose ? Où es-tu ?

Je n'ai pas envie de parler d'autre chose, mais j'abandonne parce que j'ai déjà eu trop de conflits ce soir. Si ça continue, je ne vais jamais réussir à m'endormir.

– Dans ma chambre. Et toi ?

– Dans la tienne. Ça sent ton odeur. Tu portes mon tee-shirt ?

– Ouais.

– Et ?

– Je ne vais pas faire l'amour par téléphone avec toi avant de faire l'amour en vrai, je lui réponds sèchement.

– Ohhh, pauvre Ella. Je vais te réconforter à l'école lundi.

Cette promesse lancée à voix basse me fait frissonner, mais comme lundi c'est dans quarante-huit heures, cette conversation n'a aucun intérêt. Je change de sujet et nous parlons un bon moment de tout et de rien. Le simple fait d'entendre sa voix me fait du bien.

– Bonne nuit, Reed.

– Bonne nuit, bébé. N'oublie pas, lundi.

Il rit doucement en raccrochant. Je raccroche en le maudissant. Je repose le téléphone sur la table de nuit et je suis sur le point d'éteindre lorsque ma porte d'entrée s'ouvre sans prévenir.

– C'est quoi ce bordel ? je jure en voyant Dinah entrer comme si elle était chez elle. J'avais fermé ma porte !

Elle secoue sa carte.

– Ces petites choses ouvrent n'importe quelle porte dans la suite.

Oh mon Dieu, vraiment ? J'avais bien remarqué la fente pour carte magnétique sous la poignée, mais je pensais que seule la mienne l'ouvrait.

– N'ouvrez plus jamais cette porte, dis-je d'un ton glacial. Si je veux que vous entriez, je vous le dirai.

Ce qui n'arrivera jamais, parce que jamais je ne voudrai qu'elle entre. Jamais. Elle ignore ma phrase et balance ses longs cheveux blonds sur son épaule.

– Soyons bien claires, mon chou. Cela n'a pas d'importance que nous soyons dans un hôtel ou un penthouse, cela reste chez moi. Tu n'es rien d'autre qu'une invitée.

Je hausse un sourcil.

– Ce n'est pas la maison de Steve ?

– Je suis sa femme. Ce qui est à lui est à moi.

– Et il est mon père. Qui, d'ailleurs, m'a tout laissé à sa mort. Pas à vous. (Je souris gentiment.) Vous vous souvenez ?

Ses yeux verts lancent des éclairs et me font regretter de m'être moquée d'elle. J'ai conseillé à Steve de ne pas la pousser à bout, et voilà que je fais la même chose. Je suppose que je suis bien la fille de mon père.

– Eh bien, il n'est plus mort à présent, n'est-ce pas ? (Sa lèvre se tord dans un sourire hautain.) Je suppose que tu te retrouves avec ce que tu avais auparavant, c'est-à-dire rien.

J'hésite, parce qu'elle a raison. Je ne faisais pas vraiment attention à tout le fric que Steve m'avait laissé en héritage, mais à présent qu'il a réapparu, je n'ai vraiment plus rien.

Non, ce n'est pas vrai. J'ai les dix mille dollars que Callum m'a donnés quand je suis revenue à

Bayview après m'être enfuie. Je me dis qu'il faudra que je planque ce cash dès que je pourrais.

– Vous non plus, vous n'avez plus rien. Steve contrôle tout ici, et je n'ai pas eu l'impression qu'il était particulièrement heureux avec vous pendant le dîner. Qu'est-ce que vous avez fait pour le mettre tellement en pétard ? (Je fais semblant de réfléchir.) Je sais. Peut-être que vous avez tué Brooke.

Sa mâchoire s'ouvre en grand devant cet outrage.

– Surveille ton langage, petite fille.

– Quoi ? J'ai fait mouche ? Est-ce que je m'approche trop de la vérité ? je poursuis en la fixant, les yeux mi-clos.

– Tu veux la vérité ? Brooke était ma meilleure amie, voilà la vérité. Je te tuerai bien avant de la tuer, elle. En plus, j'ai appris que les accidents ne sont pas la meilleure façon de se débarrasser de quelqu'un. (Elle sourit brutalement.) J'ai un flingue et je n'ai pas peur de m'en servir.

Je lui lance.

– Est-ce que vous venez juste d'avouer que vous avez essayé de tuer Steve ?

Seigneur. Où donc est le magnéto quand on en a besoin ?

Elle lève le menton, comme si elle était fière de ce qu'elle a fait.

– Attention à toi, Princesse. S'agissant des enfants, je suis assez adepte du « *pas vu, pas pris* ». Tant que tu restes en dehors de mon chemin, je resterai en dehors du tien.

Je ne la crois pas, pas une seule seconde. À présent, elle va prendre son pied en me harcelant, puisque j'habite sous son toit. Est-ce que cette annonce à propos de son flingue était une menace ?

Quel enfer !

– Attention à toi, répète Dinah.

Puis elle sort de ma chambre et referme la porte derrière elle.

Je reste au lit. Je n'ai aucune raison de me lever pour la verrouiller, maintenant que je sais que n'importe quelle clé peut ouvrir cette foutue porte.

En reprenant ma respiration, j'éteins la lumière et je ferme les yeux. Des visions de Dinah qui pointe sur moi un pistolet surgissent dans ma tête, suivies par d'autres de Reed derrière les barreaux.

J'ai un mal de chien à m'endormir.

Ne perds pas patience avec S. Il n'en vaut pas la peine. Il va finir par se calmer.

Voilà le texto que Reed m'envoie lundi matin avant de partir s'entraîner, et c'est à peu près la même chose qu'il m'a répétée pendant tout le week-end.

Tout ce long, terrible, long, frustrant, long week-end.

Se calmer, mon cul !

Steve m'a déjà fait virer de mon boulot et il a décidé que je devais m'inscrire à une activité scolaire, on aurait pu penser que cela lui suffirait. Mais non, pas du tout.

La nuit dernière, il m'a informée qu'il m'imposait un couvre-feu. Je dois être à la maison à dix heures du soir et je dois mettre en route la localisation de mon téléphone afin qu'il puisse me surveiller. J'ai déjà décidé de laisser mon téléphone à la maison. Je n'ai aucune envie de lui faciliter les choses.

Le problème, c'est que vendredi est le premier jour de la finale de la Coupe des Riders.

Reed est autorisé à jouer, et j'ai désespérément envie d'y aller, parce que j'ai décidé que j'en avais ma claque de la réticence de Reed.

Chaque jour qui passe, où il est le premier suspect dans l'affaire de Brooke, écorne mon sentiment de sécurité. Si nous sommes censés agir normalement, si nous devons au moins faire comme si tout allait pour le mieux dans nos vies, alors cette distance entre nous ne devrait pas exister.

Il est temps pour nous de faire l'amour. Je m'en fiche si je dois la jouer à la déloyale pour y arriver. Je vais le séduire. Le match en extérieur est le moment parfait pour ça, et il y a un parc d'attractions à trente minutes de là où une bande de mômes prévoit d'aller après. Le plan c'est, ou c'était, de se servir de cette excuse pour y passer la nuit. Sauf qu'avec le couvre-feu débile de Steve, je ne sais pas comment je vais pouvoir faire. Heureusement, aujourd'hui Val peut m'aider à trouver une idée. Mais je vais participer à ce voyage d'une façon ou d'une autre. Je termine de me brosser les cheveux, je rentre mon chemisier dans ma jupe et j'attrape mon sac à dos.

Dans le salon, Steve est vautré sur le canapé, il lit le journal. Il ne travaille donc jamais ?

Dinah est à table, elle sirote une flûte de jus d'orange. Ou bien est-ce un Mimosa, parce que je ne pense pas que les gens portent des lunettes fantaisie pour boire leur jus d'orange. Elle me jette un coup d'œil, et un petit sourire mauvais se forme sur ses lèvres pulpeuses.

– Cette jupe est plutôt courte pour aller en classe, non ?

Le journal bruisse lorsque Steve le baisse. Il examine mon uniforme en fronçant les sourcils.

Je baisse les yeux sur mon chemisier blanc, mon blazer bleu et mon horrible jupe plissée.

– C'est mon uniforme.

Dinah jette un regard à son mari.

– J'ignorais que le directeur d'Astor Park encourageait ses élèves filles à s'habiller comme des putains.

Je reste bouche bée. D'abord, la jupe me descend aux genoux. Ensuite, qui dit des trucs comme ça ? Steve continue à examiner ma jupe. Puis il repose violemment le journal à côté de lui et me jette un regard froid :

– Retourne te changer dans ta chambre.

Je lui renvoie un regard furieux en répétant :

– C'est mon uniforme. Si vous ne l'aimez pas, plaignez-vous à Beringer.

Il montre mes jambes de son doigt :

– Tu peux mettre un pantalon. Je suis certain qu'aujourd'hui, vu ton âge, c'est une option possible pour un uniforme scolaire.

Cette conversation est stupide, du coup je continue à avancer vers la porte.

– Je n'ai pas de pantalon.

Bon, en fait j'en ai. Mais ces kakis sont vraiment horribles, bien qu'ils coûtent trois cents dollars pièce. Je refuse d'enfiler ces trucs sur mes jambes.

– Bien sûr qu'elle a des pantalons, dit Dinah, qui jubile. Mais nous savons tous pourquoi elle préfère une jupe. Ça offre un accès plus facile.

Un autre froncement de sourcils de Steve.

– Elle a raison, me dit-il. J'ai moi-même eu mon comptant d'amusement avec des filles en jupe. Elles sont faciles. C'est ça que tu veux être. Ella, la fille facile ?

Dinah glousse. J'attrape la courroie de mon sac à dos et je tourne la poignée de la porte. Si j'avais un flingue, je buterais Dinah.

– Je vais à l'école, dis-je sèchement. J'ai déjà manqué un jour entier pour que vous puissiez vous balader en voiture autour de Bayview. Je ne vais pas arriver en retard parce que vous avez décidé que mon uniforme vous pose un problème.

Steve se lève et pose sa main sur la porte.

– J'essaie de t'aider. Les filles faciles sont des filles jetables. Je ne veux pas ça pour toi.

J'ouvre la porte avec un mouvement brusque.

– Les filles faciles sont les filles qui veulent du sexe. Il n'y a rien d'immoral à ça. Ou de sale. Ou de déviant. Si je choisis le sexe, alors c'est ce qui va se passer. Mon corps m'appartient.

– Pas tant que tu vis chez moi, tonne-t-il en me suivant dans l'entrée.

Le rire de Dinah nous poursuit jusqu'à l'ascenseur. J'appuie sur le bouton.

– Alors je vais partir.

– Et je te ramènerai de force. C'est ça que tu veux ?

Il soupire, frustré par mon silence. Puis il reprend, plus calmement :

– Je ne veux pas être un sale type, Ella, mais tu es ma fille. Quel genre de père est-ce que je serais si je te laissais traîner à droite à gauche et coucher avec ton petit copain ?

– Mon petit copain est le fils de votre meilleur ami, je lui rappelle.

J'aimerais que l'ascenseur arrive plus vite, mais il semble monter les quarante-quatre étages à la vitesse d'un escargot.

– Je sais. Pourquoi crois-tu que je suis tellement inquiet que tu sortes avec lui ? Les enfants de

Callum sont des sauvages. Ils ont de l'expérience. Ce n'est pas ça que je veux pour toi.

– Vous ne trouvez pas que vous êtes un peu hypocrite, là ?

– Oui. (Il lève les bras au ciel.) Je ne le nie pas. La dernière chose que j'aimerais, c'est que tu sortes avec le genre de type que j'étais au lycée. Je n'avais aucun respect pour les filles. Tout ce que je voulais, c'était leur mettre la main dans la culotte ou sous la jupe. (Il jette un regard à l'ourlet de la mienne.) Et une fois que c'était fait, je passais à une autre.

– Reed n'est pas comme ça.

Steve me lance un regard plein de pitié.

– Ma chérie, moi aussi je disais à toutes les filles avec qui je voulais coucher qu'elles étaient spéciales et uniques pour moi. J'ai utilisé toutes ces ficelles, moi aussi. J'aurais fait n'importe quoi pour qu'une fille dise oui.

J'ouvre la bouche pour protester, mais Steve poursuit :

– Et avant que tu répètes que Reed est différent, laisse-moi te dire que je connais ce garçon depuis dix-huit ans et que toi, tu ne le connais que depuis quelques mois. Qui de nous deux est le mieux informé ?

– Il n'est pas comme ça, j'insiste. C'est lui qui refuse d'aller trop loin avec moi. Pas le contraire.

Steve éclate brusquement de rire. En secouant la tête, il répond :

– Merde alors, ce garçon a trouvé des trucs auxquels je n'aurais pas pensé. Je lui reconnais ça.

Je rougis de confusion.

– Faire semblant d'être réticent et te laisser faire toutes les avances ? Il doit adorer ça. (Il se calme un peu.) Ella, il va falloir que tu me croies sur parole. Il doit bien y avoir d'autres gentils garçons à Astor avec lesquels tu pourrais sortir. Pourquoi n'en trouves-tu pas un, et ensuite nous reprendrons cette conversation ?

Je ne peux cacher mon étonnement.

– Je ne fonctionne pas comme ça. Je ne renonce pas aux gens comme ça. Je ne peux pas jeter Reed de ma vie. *Je ne suis pas comme vous.*

– Voyons combien de temps son affection pour toi durera s'il n'obtient pas ce qu'il veut de toi. Ne sois pas si facile, Ella. Ce n'est pas attirant.

Si j'avais été la môme que Steve prétend que je suis, je l'aurais injurié en hurlant. Il y a une insulte qui me brûle le fond de la gorge. Une qui lui dit qu'il devrait arrêter de me mesurer à l'aune de sa vie misérable. Mais je ne parviendrai à rien en me confrontant à Steve.

Heureusement, ce putain d'ascenseur arrive enfin.

– Il faut que j'aille en cours.

– Les cours se terminent à quinze heures trente, je t'attends ici à seize heures.

Les portes de l'ascenseur se referment. Un début de migraine bat dans mes tempes lorsque je pénètre dans le parking trois minutes plus tard. Mon sentiment de frustration ne me quitte pas jusqu'à ce que j'arrive à Astor Park.

C'est assez ironique de penser que cet endroit que je détestais me semble être un refuge, à présent.

CHAPITRE 17

REED

Ça a été le pire week-end de ma vie. Sans mentir.

J'ai passé tout le samedi avec Halston Grier, à revoir tous les détails de mon affaire. Mon avocat maintient que l'ADN, mon ADN, qu'ils ont trouvé sous les ongles de Brooke est la preuve la plus accablante que les flics ont en leur possession. Il a admis que mon explication – Brooke m'a griffé dans un geste de colère – ne pourra pas faire changer d'avis le jury si nous allons au procès, surtout avec les enregistrements des caméras de surveillance.

Je ne me rappelle même pas qu'elle m'a griffé. Ce dont je me souviens, c'est qu'elle m'a demandé de l'argent, que j'ai ri, qu'elle a voulu me gifler et qu'elle n'y est pas parvenue. Elle a vacillé. Je l'ai rattrapée et je l'ai repoussée. Elle a dû me frôler à ce moment-là.

Tout cela est une vraie connerie. Je n'ai pas tué cette femme. Ce n'est pas parce que ses ongles n'ont pas laissé de traces qu'elle ne m'a pas griffé. J'ai proposé de passer au détecteur de mensonges, mais Grier dit que même si je passe le test haut la main, les résultats du polygraphe ne sont pas recevables devant un tribunal. Et que si j'échoue, les flics pourraient trouver un moyen de faire fuiter les résultats et là, la presse me démolirait.

Dimanche, j'ai tourné en rond à la maison. Ella me manquait, pas parce que je veux me la faire, comme le pense Steve, mais parce que sa compagnie me manque, ses rires et ses remarques ironiques. Steve l'a occupée tout le week-end, du coup nous n'avons pu nous textoter ou nous parler par téléphone qu'une ou deux fois. Je déteste qu'elle ne vive plus avec nous. Sa place est ici. Même papa est d'accord, mais quand je l'ai poussé à en parler à Steve, il s'est contenté de soupirer en disant : « C'est son père, Reed. Voyons comment ça évolue. »

Quand lundi arrive enfin, je n'en peux plus d'attendre. Même si je suis dispensé d'entraînement. Le coach ne veut pas que j'aille au contact pour l'instant et dit que ce n'est pas sûr que je joue vendredi. Il est toujours en pétard, parce que je me suis battu contre Ronnie la semaine dernière.

En parlant de Ronnie, cet enculé est passé plusieurs fois devant le banc pour me harceler en me traitant de « tueur » à voix basse pour que le coach ne puisse pas l'entendre.

En réalité, je me fiche royalement de ce qu'il pense de moi. Les seules opinions qui m'importent sont celles de ma famille et d'Ella, et aucun d'eux ne croit que je suis un tueur.

– Tu te goures de chemin, me lance East en souriant lorsque nous traversons la pelouse Sud après l'entraînement. Tu n'as pas bio ?

Si, mais je n'y vais pas. Ella vient de m'envoyer un texto, elle me demande de la retrouver devant son casier. Il est situé dans l'aile des juniors, à l'opposé des bâtiments des seniors.

– Je dois aller quelque part.

C'est tout ce que je lui réponds. Mon frangin me sourit malicieusement.

– Pigé ! Dis bonjour de ma part à la p'tite frangine.

Nous nous séparons devant les portes d'entrée, East se précipite à son premier cours tandis que moi, je longe le couloir qui mène aux casiers des juniors. Plusieurs filles me sourient, mais beaucoup d'autres se contentent de froncer les sourcils. Des chuchotements furtifs résonnent dans mon dos. J'entends le mot « police », et quelqu'un d'autre dit « la petite amie de son père ». Un autre type rougirait d'embarras ou se recroquevillerait de honte, mais je me fiche de tous ces mômes. Je garde les épaules bien droites et la tête haute en passant devant eux.

Le visage d'Ella s'illumine quand elle m'aperçoit. Elle se jette dans mes bras, je la rattrape facilement. Je plonge mon visage dans son cou et je respire son parfum si doux.

– Hé !

– Hé ! dit-elle en souriant. Tu m'as manqué.

Je gémis.

– Toi aussi, tu m'as manqué. Tu n'as pas idée à quel point.

Ses yeux sont remplis de tendresse.

– Tu es toujours énervé à cause de ton rendez-vous avec l'avocat ?

– Un peu. Mais je ne veux pas en parler maintenant. Je veux faire ça.

Je l'embrasse et elle fait le bruit le plus sexy contre mes lèvres.

Une sorte de plainte mâtinée de gémissement de joie. Je glisse ma langue juste pour pouvoir l'entendre à nouveau. Elle recommence, et tout mon corps se tend.

– Hmm, hmm.

Derrière nous, quelqu'un se racle la gorge, assez fort. Je me retourne et je salue poliment le prof debout derrière nous.

– Monsieur Wallace, bonjour.

– Bonjour, Monsieur Royal.

Ses lèvres sont pincées.

– Mademoiselle Harper. Je pense qu'il est grand temps que vous alliez en classe, tous les deux.

Je hoche à nouveau la tête et j'attrape la main d'Ella. Puis je lance au professeur mécontent :

– On y va. J'accompagne Ella.

Ella et moi, nous nous éloignons rapidement des casiers, mais je ne l'accompagne pas en classe, contrairement à ce que j'ai dit. À la place, je tourne à gauche au bout du couloir. Une fois que nous sommes hors de la vue de monsieur Wallace, je pousse Ella dans la première salle de classe vide qui se trouve sur notre chemin. C'est une des salles de musique des premières années, complètement sombre parce que les lourdes tentures dorées sont fermées.

– Qu'est-ce qu'on fait ? chuchote Ella en riant.

– On termine ce qu'on a commencé là-bas, je réponds, mais mes mains sont déjà posées sur ses hanches minces. Un baiser, ça ne suffit pas.

Rien n'est jamais suffisant avec cette fille. Je ne sais pas comment j'ai fait pour vivre sans elle. Je veux dire, j'ai déjà été avec d'autres filles. J'ai fait l'amour avec quelques-unes. Mais j'ai toujours été super-difficile. Aucune ne retenait mon attention plus d'une ou deux semaines, parfois plus d'un jour, d'une heure. C'est différent avec Ella. Je l'ai eue dans la peau à l'instant même où je l'ai rencontrée.

Nos lèvres se rencontrent à nouveau, et ce baiser est encore plus torride que le précédent.

Elle a sa langue dans ma bouche et j'ai mes mains sur ses fesses, et quand elle commence à remuer ses hanches contre mon sexe, je perds toute notion de la réalité.

– Viens là, je chuchote en la tirant jusqu'au bureau du prof.

Elle grimpe dessus, et moi je me glisse entre ses cuisses. Ses jambes enserrent ma taille, et nous nous balançons l'un contre l'autre. C'est chaud comme l'enfer. Plus encore, parce que nous sommes à l'école et que j'entends des bruits de pas monter et descendre le couloir.

– On ne devrait pas faire ça ici, dit-elle, à bout de souffle.

– Probablement pas. Mais dis-moi d'arrêter. Je te mets au défi.

Je ne vais pas lui faire l'amour, mais je ne peux pas ôter mes mains de son corps et je sais que je peux lui donner du plaisir. Je ne pense qu'à elle, mais pas comme le voudrait son père. J'emmerde Steve.

Elle rit à nouveau. Je glisse ma main sous sa jupe et je lui fais un clin d'œil.

– Tu dois bien aimer laisser l'accès libre.

Elle me répond en pouffant.

– Quoi ? je lui demande en fronçant les sourcils.

– Ne t'en fais pas.

Elle sourit vraiment, puis elle glapit de plaisir quand mes doigts la touchent. Au lieu de me repousser, elle se cambre sur ma main avide. Les siennes aussi sont avides, elles se mettent à déboutonner ma chemise.

– J'ai besoin de te toucher, marmonne-t-elle.

Je ne m'en plains pas. Sentir ses petites mains chaudes sur ma poitrine nue m'envoie des frissons dans toute la colonne vertébrale. Nous n'avions jamais flirté à l'école, mais Steve nous rend les choses sacrément difficiles. Il ne m'a pas laissé venir à l'hôtel une seule fois depuis qu'il a exfiltré Ella de notre maison.

Nos baisers deviennent plus mouillés, plus frénétiques. Je glisse un doigt en elle et je gémis contre ses lèvres. Je veux la faire jouir avant les cours, pour qu'elle pense à moi toute la journée. Peut-être que je recommencerai au déjeuner, je l'emmènerai dans les toilettes que Wade a surnommées « la zone de baise », et…

La porte s'ouvre brusquement et la lumière inonde la pièce. Ella et moi nous nous séparons, mais pas assez vite. Le prof de musique, un grand aux cheveux poivre et sel, voit parfaitement ma main sortir de sous la jupe d'Ella. Et ma chemise à moitié déboutonnée, ainsi que nos lèvres gonflées.

Après un soupir désapprobateur, il aboie :

– Rhabillez-vous. Nous allons voir monsieur Beringer de ce pas.

Merde !

Le directeur ne perd pas de temps pour appeler nos parents. Je fulmine quand papa et Steve se pointent dans la salle d'attente du bureau de Beringer, parce que, allez, depuis quand Beringer appelle-t-il les vieux quand deux mômes batifolent à l'école ? Ça arrive tout le temps. Wade a même fait l'amour ici, bordel de merde.

Je ne mets pas longtemps à comprendre. Parce que la première chose que fait Steve en entrant comme une furie dans le bureau, c'est de serrer la main de Beringer et de lui dire :

– Merci de m'avoir appelé. Je craignais que quelque chose de ce genre n'arrive.

Sur la chaise à côté de la mienne, Ella est rouge tomate. Elle est évidemment super-gênée, mais il y a aussi des flammes dans ses yeux. De la colère. Comme moi, elle sait que c'est Steve le responsable de ça. Il a dû demander à l'administration de nous avoir à l'œil.

– Lève-toi, tu rentres à la maison avec moi, dit Steve à Ella.

Elle explose.

– Non, vous ne pouvez pas me faire sécher l'école à nouveau. Je ne veux pas manquer d'autre cours, Steve.

Il répond sur un ton glacial :

– Ça ne t'a pas posé de problème de sécher jusqu'à présent. François a dit que tu avais dix minutes de retard le matin.

Ella reste muette.

Papa est exceptionnellement calme, lui aussi. Il m'observe avec une expression indescriptible. Ça n'est ni de la désapprobation ni de la déception. Je ne sais pas ce que c'est.

– Ce genre de comportement est inacceptable, fulmine Steve. Nous sommes dans un lieu d'enseignement.

– En effet, approuve froidement monsieur Beringer. Et je vous assure, Monsieur O'Halloran, que ce genre de manigance ne sera plus toléré.

Je suis bouche bée.

– Vraiment ? Mais permettre à Jordan Carrington de saucissonner avec du ruban adhésif une première année devant la porte d'entrée, c'est totalement ok ?

– Reed ! m'avertit mon père.

Je me tourne vers lui.

– Quoi ? Tu sais que j'ai raison. Jordan a salement agressé une autre étudiante, et lui (je désigne le directeur d'un geste de la main), il l'a laissée faire. Ella et moi sommes surpris en train de faire ce que font tous les adolescents normaux, et…

– Des adolescents normaux ? répète Steve avec un rire méchant. Je te rappelle que tu as une audience relative au plaidoyer cette semaine, Reed. Tu es accusé de meurtre.

Je suis submergé par le dépit. Seigneur. Je n'ai aucun besoin qu'on me le rappelle. Je sais parfaitement que je suis baisé dans les grandes largeurs. Et puis, j'enregistre ce qu'il a dit.

– Quelle audience relative au plaidoyer ? je demande à mon père.

Il se tend.

– On en discutera quand tu rentreras à la maison après les cours.

– Vous pourrez en discuter pendant le trajet de retour, intervient Beringer, parce que je suspends Reed pendant deux jours.

– C'est quoi, cette merde ? je demande, fou de rage.

– Surveillez votre langage, rétorque le directeur. Et vous m'avez très bien entendu. Deux jours de suspension. (Il se tourne vers Steve.) Ella peut rester en classe, si cela vous agrée.

Après un long moment extrêmement tendu, Steve accepte.

– Ça me convient. Tant qu'il n'est pas là, je suis d'accord pour qu'elle reste.

Steve prononce « il » comme si j'étais porteur d'Ebola ou une connerie de ce genre. Je ne pige pas. Vraiment pas. Steve et moi n'avons jamais eu de problème. Nous n'étions pas intimes, mais il n'y avait aucune hostilité entre nous.

– Alors, c'est décidé.

Beringer fait le tour de son bureau.

– Monsieur Royal, je vous laisse la garde de Reed. Ella, vous pouvez retourner en classe.

Elle hésite, mais devant l'air mauvais de Steve, elle se dirige rapidement vers la porte. Juste avant de sortir, elle me lance le regard le plus malheureux, le plus frustré du monde. Je suis certain que j'ai à peu près la même expression.

Une fois qu'elle est sortie, Steve plonge ses yeux dans les miens.

– Ne t'approche pas de ma fille, Reed.

– C'est ma petite amie, je lui réponds, les lèvres serrées.

– Plus maintenant. Je t'ai demandé de la respecter, et comme je croyais que tu allais le faire, je n'étais pas opposé à ce que vous vous voyiez. Après ce qui s'est passé ce matin, je ne suis plus d'accord.

Il s'adresse à mon père :

– Nos mômes viennent de rompre, Callum. Si je les vois ou que j'entends dire qu'ils sont ensemble à nouveau, toi et moi, nous allons avoir des mots.

Puis il sort du bureau et fait claquer la porte derrière lui.

CHAPITRE 18

ELLA

C'est le deuxième jour de suite que je pars fâchée à l'école. Hier, Steve et Dinah m'ont fait chier à propos de ma jupe. Aujourd'hui, Reed a été suspendu parce que Steve a un genre de balai parental dans le cul. La seule bonne chose, c'est que grâce à ma colère contre Steve, je n'ai plus la force émotionnelle de m'inquiéter au sujet de Dinah.

Je n'arrive pas à croire qu'il ait ordonné à Beringer de demander à tous les profs de nous espionner. Ce n'est vraiment pas cool. J'en fulmine encore quand j'arrive sur le parking. Heureusement, je suis distraite quand j'aperçois Val sur la pelouse de devant.

Je l'appelle à travers ma vitre :

– Hé, sexy !

Sa tête brune se retourne d'un seul coup, son index déjà prêt à faire un doigt d'honneur. Quand elle comprend que c'est moi, elle court vers ma voiture.

– Hé ! J'étais inquiète pour toi. Est-ce que tu as dû te taper une leçon interminable quand tu es rentrée de l'école hier ?

Je manœuvre pour me garer sur une place libre, puis je coupe le moteur.

– Tu n'as pas idée !

Elle est déjà au courant de toute l'idiotie d'hier, parce que j'ai passé l'heure du déjeuner à lui raconter. Puis j'ai poursuivi en ronchonnant et en gémissant pendant dix bonnes minutes sur le fait que je ne pourrais pas aller au match retour et séduire Reed. Ni faire l'amour avec lui pour la première fois !

– Qu'est-ce qui s'est passé ? me demande Val pendant que j'attrape mon sac à dos et que je sors de ma voiture.

– Il y a eu beaucoup de discussions, de cris, d'insultes. Ça s'est terminé par Steve me disant que je devais arrêter d'être une fille aussi facile. Que les mecs ne trouvaient pas ça séduisant.

Val grimace.

– Wouah, c'est dur.

– Ça devient tellement dur que je me dis que je devrais passer plus de temps à l'école.

– Ça ne peut pas être dur à ce point, rétorque-t-elle, elle qui connaît mon aversion pour tout ce qui concerne Astor. C'est juste dur parce que tu n'as pas l'habitude d'avoir des parents qui t'imposent des règles. Vu ce que tu m'as raconté, c'était ta mère l'enfant de la maison, et Callum laisse plus ou moins tout faire à ses mômes, tant qu'ils ne foutent pas trop le bordel.

– Alors, tu trouves que le comportement de Steve est normal ?

Val hausse les épaules.

– Pas complètement anormal. Je pense que ta mère et Callum sont plus coulants que les autres parents.

– Il y a des fêtes chez toi. Et on ne t'impose pas de couvre-feu.

Elle se marre.

– Bien sûr que si. Je dois rentrer à dix heures les jours de classe et à minuit le week-end, sauf si je préviens oncle Mark ou tante Kathy. Et je n'aurais pas l'autorisation de passer la nuit avec un garçon. C'était facile de batifoler avec Tam, parce qu'il habitait la maison.

Tam est le fils de la gouvernante des Carrington.

– Je pense que la plupart des parents interdisent aux garçons de venir dormir chez eux. Pourquoi crois-tu que Wade baise si souvent à l'école ? Chez lui, sa mère est très stricte.

Elle me tapote l'épaule.

– Steve pousse le bouchon un peu loin, mais ça veut juste dire qu'il se soucie de toi. Tu ne devrais pas le prendre contre toi.

A-t-elle raison ? Je veux dire, je n'ai aucune expérience de parents normaux, mais Valérie, qui en a je suppose, affirme que la réaction de Steve est… bon, ordinaire. Est-ce que c'est moi qui surréagis ?

Peut-être. Mais quand même, je crois que je n'approuverai jamais ces règles à la con. Je conclus, en entrant dans le bâtiment :

– Même si c'est normal, je ne veux pas vivre comme ça. Pas question !

– Attends un peu. Vous êtes tous deux nouveaux l'un pour l'autre. Tu es une môme et Steve essaie de se comporter en adulte. C'est normal que ça clashe entre vous. Je parie que tu vas trouver la solution.

– Je ne suis plus une môme. J'ai dix-sept ans.

– C'est là que tu te goures. Ma mère me dit toujours que, quel que soit mon âge, je serai toujours son bébé. Les parents sont comme ça.

Elle me pousse gentiment du coude.

– Franchement, je trouve ça assez cool qu'il soit revenu d'entre les morts. Tu n'es plus seule à présent.

Le truc, c'est que je ne me sentais pas seule avant le retour de Steve. Et c'est ça mon problème. Il ne remplit aucune partie de moi qui était vide avant lui. Les Royal étaient déjà là, et Steve essaie de les chasser pour prendre leur place.

Val remarque mon scepticisme.

– Ne te casse pas la tête avec ça. Tu devrais aller le voir avec une contre-proposition.

– Qu'est-ce que tu veux dire ?

– Pourquoi est-ce que Steve ne veut pas te voir traîner avec Reed ?

– Il dit que Reed est un queutard.

Val penche la tête en arrière et regarde le ciel comme si elle essayait de rester patiente.

– Meuf, Steve est un vrai papa.

Je ressens le besoin de défendre Reed, à nouveau. J'ai l'impression que je passe mon temps à le défendre.

– Peut-être qu'avant, Reed était un queutard, mais pas avec moi. En fait, il n'est pas comme Easton. Il ne baise pas à droite, à gauche. Il est difficile.

Val ouvre la bouche pour répondre, mais avant qu'elle puisse dire quoi que ce soit, la cloche sonne.

– Penses-y. On se retrouve devant les toilettes Sud à l'heure du déjeuner ? On en reparlera.

– Les toilettes Sud ?

Je ne sais pas de quoi elle parle.

– Celles qui sont à côté des casiers des garçons. Wade fait toujours son petit business là-bas.

Quand la sonnerie de la pause-déjeuner retentit, je passe déposer mes livres dans mon casier et je cours aux toilettes Sud. Je mets dix minutes à les trouver. Cette école est ridiculement grande.

En ouvrant la porte, je découvre que les toilettes sont bondées. Il y a environ six filles à l'intérieur. Val se met du rouge à lèvres devant le lavabo du fond. Je m'empresse de la rejoindre.

– Pourquoi y a-t-il tant de monde ? je lui demande en douce. Je croyais que Wade baisait ici.

– Dans les toilettes des hommes. Ici, ce sont les toilettes pour femmes, me dit-elle après avoir pressé ses lèvres rouge cerise l'une contre l'autre.

– D'accord.

Pfff. Je pensais qu'on allait avoir une conversation en tête à tête.

– L'équipe de danse a une répétition supplémentaire avant la soirée d'ouverture. Apparemment, leur principal rival pour les compétitions de danse de l'État, c'est Gibson High, m'explique Val en rangeant son rouge dans son sac.

– Bon, j'ai bien réfléchi à tout ça et je crois que ce que tu devrais faire, c'est d'aller voir Callum. Lui demander de parler en ton nom.

– Je ne crois pas que ça changera quoi que ce soit. Callum a déjà dit à Steve que je devrais rester vivre avec eux, et Steve lui a lancé son regard de la mort et m'a embarquée en me traînant par les cheveux.

Val fait la moue.

– Par les cheveux ?

– Ok, peut-être pas les cheveux, mais c'est ce que j'ai ressenti.

– Je plaisantais. J'aime bien te voir te mettre en pétard lorsqu'il s'agit de sortir avec Reed. Parfois, vous avez l'air tellement barrés ensemble que c'en est intimidant.

Elle fait une pause.

– C'est quoi, le point faible de Steve ?

Je regarde son reflet dans le miroir.

– Qu'est-ce que tu veux dire ?

– Lorsque je veux obtenir quelque chose de ma tante, je sais qu'elle aime bien que je fasse un sacrifice. Si, par exemple, j'ai envie d'aller à un concert, je vais lui dire que j'étudie super à fond, que je fais des devoirs supplémentaires. Je lui montre quelle môme formidable je suis. Et ensuite, je lui demande la permission d'aller au concert.

– Elle sait que tu la manipules ?

– Bien sûr. C'est le jeu. Elle me considère comme une môme responsable, ça lui fait chaud au cœur et ensuite je suis récompensée pour mes efforts.

Une autre fille s'introduit dans notre conversation :

– Mon père adore que je liste par écrit toutes les raisons pour lesquelles j'ai envie de quelque chose.

Je la regarde fixement dans le miroir, mais elle reste imperturbable. Ou alors elle ne se rend pas compte que je la dévisage, elle est trop occupée à se mettre du mascara.

– Ma mère veut qu'au moins dix autres mères lui disent que c'est ok avant de dire oui, lance une autre fille près de la porte.

Je jette un coup d'œil un peu irrité à Val en voyant que ces folles se mêlent de mes affaires. Elle se contente de sourire, avec une lueur espiègle dans le regard.

– Qu'est-ce que tu veux ? me demande la fille près de la porte. Je crois qu'elle s'appelle Haley.

La blonde à côté de moi se marre.

– Elle veut Reed, c'est ça ?

Ma première réaction, c'est de la gêne. Je n'aime pas discuter de mes problèmes personnels avec des étrangers. Mais, en fait, les deux filles ont l'air… amicales.

Alors, je soupire et je me penche au-dessus du lavabo.

– Je veux aller au match retour en extérieur, mais mon… (j'ai du mal à prononcer le mot)… père ne veut pas en entendre parler.

– Il est surprotecteur ? suppose la blonde.

– Il rattrape le temps perdu, suggère Hailey.

– Mais oui ! Ton père, c'est Steve O'Halloran. J'avais oublié son incroyable résurrection.

Val pouffe de rire.

– Ouais, c'est clair, il compense certainement le temps perdu, acquiesce la blonde.

Val se penche vers moi et me pousse légèrement du coude.

– Tu vois ? C'est tout à fait normal.

Hailey confirme,

– Bien entendu. Mon père a pété un câble quand il a découvert une capote dans ma voiture. Ma mère m'a emmenée à la clinique le lendemain pour me faire prescrire la pilule. Elle m'a dit de planquer cette merde et d'être plus prudente la fois suivante.

– Mais c'est ton corps.

Elle évacue ma remarque.

– Ton père va vouloir te contrôler jusqu'à tes cinquante ans. Ma sœur aînée à vingt-six ans, un diplôme de droit et, quand elle est venue passer

Noël à la maison avec son petit ami, mes parents l'ont fait dormir à la cave. Les pères sont les pires quand il s'agit de sexe.

– Ella n'a pas de mère pour faire tampon, rappelle Blondie aux autres.

Je me sens embarrassée à nouveau. C'est tellement naze que tout le monde soit au courant de mes affaires à l'école.

Hailey hausse le menton,

– Katie Pruett vit toute seule avec son père, non ?

– Ouais, c'est vrai, répond une brune bouclée en s'installant devant le quatrième lavabo de la rangée. Et elle baise avec Colin Trenthorn, et ça depuis qu'elle est en première.

– Son père est au courant ?

– Je crois qu'il fait comme s'il ne savait pas, mais elle prend la pilule, alors il doit bien s'en douter.

– Ma mère a dit à mon père que ma pilule, c'était pour mes règles, explique Hailey. Peut-être que Katie a utilisé la même excuse.

Je rétorque :

– Je n'ai pas besoin d'excuse pour prendre la pilule. Je la prends depuis que j'ai quinze ans. C'est parce que j'avais des règles très douloureuses, pas parce que ma mère craignait que je tombe enceinte. J'ai besoin d'une excuse pour quitter la ville pendant toute la nuit.

– Dis que tu dors chez une copine.

– Et ensuite elle va rester planquée dans la voiture pendant tout le match ? Ça ne va pas marcher, dit Val avec impatience. Tout le monde connaît les Royal, et il y aura toujours quelqu'un qui racontera qu'il a vu Ella au match.

Un murmure de sympathie parcourt les toilettes.

– Sans oublier que Callum sera là lui aussi et qu'il me dénoncera probablement à Steve, je leur rappelle.

Je ne sais pas pourquoi soudain je suis d'accord pour que ces filles me donnent des conseils, mais je le suis. C'est étrangement réconfortant, en un certain sens. Avant que l'une ou l'autre ait trouvé une solution satisfaisante, la cloche sonne. Tout le monde lève la tête et il y a soudain un regain d'activité. Les filles se bousculent pour finir de rectifier leur maquillage et ranger leur matériel.

– On va trouver quelque chose, dit Hailey.

Environ six autres filles sortent en courant derrière elle, toutes me font au revoir de la main.

– C'était…

J'hésite en regardant Val.

– Amusant ? Utile ? Distrayant ? (Elle sourit.) Tout le monde n'est pas horrible ici. En plus, maintenant tu sais que le comportement de Steve est parfaitement normal. Il faut juste que tu trouves comment faire avec lui.

Je suis un peu stupéfaite. Tout ce que je réussis à faire, c'est un signe de la tête. Ok, alors. Je suppose qu'il est normal.

– Je dis à mes parents ce qu'ils ont envie d'entendre et, ensuite, je fais ce que je veux, lance doucement une voix familière.

Je me retourne pour voir Jordan sortir d'une cabine.

– Tu as rampé depuis les égouts ou tu étais là depuis le début ?

– J'ai écouté tout le temps, dit-elle gaiement. Alors comme ça, tu voudrais avoir un peu de sex-action avec Reed Royal, hmmm ?

Je ne lui réponds pas tout de suite. Cette fille me déteste depuis le premier pas que j'ai fait à l'intérieur de cette vénérable institution qu'est Astor Park. Quand on m'a demandé de faire un essai pour intégrer l'équipe de danse, elle m'a refilé un costume de strip-teaseuse. Je suis sûre qu'elle pensait que je serais trop embarrassée pour sortir du vestiaire. Mais j'ai enfilé le costume, je suis entrée dans le gymnase et je lui ai flanqué un coup de poing dans la figure.

– Peut-être, dis-je finalement.

– Alors, tu as besoin de mon aide.

Elle repousse Val du coude et passe ses mains sous le distributeur automatique de savon.

– Non. C'est à Val que j'ai demandé de l'aide.

Jordan se lave les mains, les secoue pour enlever l'excédent d'eau, puis attrape une serviette en papier sur la pile, dans le panier à côté du lavabo.

– Et Val ici présente, ainsi que six de mes coéquipières, n'ont pas été fichues de trouver une solution, dit-elle d'un air suffisant. Alors que moi, j'en ai une parfaite.

J'en doute, mais son air sûre d'elle me retient.

– Pourquoi voudrais-tu m'aider ? je lui demande en la dévisageant.

Je ne trouve aucun indice sur son visage. Merde, elle doit être super-balaise au poker. Elle jette la serviette dans la poubelle.

– Parce que tu me serais redevable.

Redevable ? Ça ne me plaît pas du tout. Mais… et si elle avait vraiment une solution à mon problème ?

– Tu voudrais quoi en retour ? je lui demande d'un air soupçonneux.

– Une faveur à me faire plus tard.

Elle sort un petit pot de son sac et dépose une larme de gloss sur ses lèvres impeccables. Je l'observe en attendant que la queue du serpent à sonnette me pique.

– Quelle faveur ?

– Je ne sais pas encore. Cela dépendra de ce que j'aurai besoin que tu fasses.

– Donne-moi d'abord ta solution.

Je m'attends à ce qu'elle refuse, mais elle me surprend.

– Bien sûr.

Elle range son gloss.

– Tu es une bonne danseuse. Layla Hansell s'est foulé la cheville l'autre jour en faisant du trampoline avec sa petite sœur. Tu pourrais remplacer Layla dans l'équipe.

– Merde.

Ça vient de Val.

Merde, en effet. C'est la solution parfaite. Steve veut que je fasse des trucs extrascolaires. Danser est la seule chose dont je sois capable et qui m'intéresse un tant soit peu. L'équipe de danse va aller à ce match en extérieur. Ça signifie que je pourrais être sur le terrain et vendre à Steve l'idée que je vais passer du temps avec les filles d'Astor Park.

Ce plan est d'une perfection diabolique.

Jordan esquisse un petit sourire satisfait.

– Donne-moi ta réponse avant la fin de la journée. Tu peux envoyer un texto à Val. Salut.

Et elle sort des toilettes, avec ses cheveux noirs qui font comme un ruban derrière elle.

– Je la déteste encore plus, dis-je à Val.

– Je te comprends. (Mon amie passe un bras autour de mes épaules.) Mais c'est une sacrément bonne excuse.

– La meilleure qui soit. La toute meilleure.

CHAPITRE 19

ELLA

– Qu'est-ce que tu fais là ? je m'écrie en découvrant Reed affalé sur ma voiture, après l'école. Tu es suspendu !

Il lève les yeux au ciel.

– L'école est finie. Qu'est-ce qu'ils vont me faire, me suspendre pour être entré sur un parking ?

Il marque un point.

Je m'avance et le serre dans mes bras, ce qu'il transforme en un baiser assez long pour me couper la respiration. Quand il me relâche enfin, je souris aux anges.

– Tu as l'air heureuse.

Ses yeux se rétrécissent et me scrutent, soupçonneux.

– Qu'est-ce qui ne va pas ? je bafouille en riant, je n'ai pas le droit d'être heureuse ?

Je lui lance un grand sourire.

– Bien sûr que si. C'est juste que la dernière fois que nous nous sommes parlé, tu menaçais Steve de lui mettre ton poing dans la figure à cause de toutes ses règles démentes.

– Je crois que j'ai découvert le moyen de contourner ces règles.

– Ouais ? Et comment ?

– Ça, c'est moi qui le sais et toi, tu vas le découvrir, dis-je mystérieusement, parce que je veux que tout soit au point avant de lui en parler. Je ne suis pas absolument certaine que Steve va mordre à l'hameçon. Je ne veux donc pas donner de faux espoirs à Reed. Val et moi, nous travaillons à un projet secret.

– Quel genre ?

– Je viens de te le dire, c'est secret.

Reed pose un coude sur le capot de la voiture.

– Est-ce que je devrais m'inquiéter ?

Je glisse ma main le long de sa poitrine, jusqu'à sa ceinture.

Reed parvient à être aussi sexy dans un pantalon noir et un sweater bleu que s'il était torse nu.

– Tu devrais tout le temps t'inquiéter, je le taquine, en tirant un coup sec sur sa ceinture.

J'en ai assez d'être stressée, d'avoir tout le temps peur et d'être malheureuse. Je vais prendre du plaisir en compagnie de Reed, à chaque instant que je passe avec lui.

Et j'emmerde le reste du monde.

Il appuie son corps contre le mien jusqu'à ce qu'on soit écrasés contre l'aile de la voiture. Sa main caresse mon flanc et s'arrête en haut de mes fesses. Mes lèvres s'ouvrent, dans l'attente d'un autre baiser. Nos souffles se mêlent, c'est le moment où nous nous fermons au reste du monde…

– Regardez-les, dit quelqu'un en passant. Le parfait couple trash.

Reed relève la tête.

– Tu as un problème avec moi, Fleming ? Viens me le dire en face.

Je vois un petit mec brun et court sur pattes se raidir et s'éloigner rapidement.

– Ouais, c'est bien ce que je pensais, murmure Reed.

– Pauvre type ! dis-je en colère.

Reed attrape mon menton entre ses doigts.

– Ne t'en fais pas, bébé. Laisse-les dire. Ça ne peut pas nous atteindre.

Il me pince doucement avant de déposer un baiser sur mes lèvres.

J'ai bien envie de m'attarder, mais je vais être en retard. Je le repousse à regret.

– Je dois rentrer à l'hôtel. Si je ne suis pas là à seize heures pile, Steve serait capable de m'enfermer dans un donjon.

Reed pouffe de rire.

– Tu m'appelles ce soir ?

– Bien sûr.

Il se penche pour m'embrasser une dernière fois. En même temps, ses mains se mettent à malaxer mes fesses. Je sais que ça va être un de ces trucs longs et enivrants. Oh mon Dieu ! Il faut que je me libère de son étreinte avant de me transformer en flaque.

– Ok, je t'envoie un texto plus tard.

Il se dirige vers l'endroit où il a garé son Rover, et j'attends qu'il soit parti pour appeler Val. Je mets le téléphone sur haut-parleur pendant que je sors du parking.

– D'après toi, quels sont les inconvénients de cet accord ? je lui demande dès qu'elle décroche. Quel genre de faveur Jordan est-elle capable de me demander ? Par exemple, il est hors de question que je scotche une fille devant l'école parce qu'elle a osé adresser la parole au petit copain de Jordan.

– J'y pense depuis l'heure du déjeuner, répond Val. Et je me dis que ce n'est pas parce qu'elle te demande de faire un truc que tu es obligée de le faire. Tu lui devras une faveur, mais pas une en particulier.

– Un bon point.

Je ralentis, de toute façon je déteste la vitesse. En fait, je déteste conduire, point. Mais je déteste tout particulièrement conduire vite. Cela dit, si je ne me dépêche pas, je vais être en retard. J'aime bien ta façon de penser.

– Disons qu'elle te demande un truc que tu ne sens pas. Tu lui diras de revenir te voir avec une autre demande.

– D'accord. Comme ça, je tiendrai ma promesse. Si jamais j'accepte son deal. Mais il sera spécifié que j'ai un droit de veto sur les actions merdiques.

– Exact. Alors, tu vas le faire ?

– Oui, je crois.

La proposition de Jordan résout tous mes problèmes. Steve veut que je participe à des activités pour passer moins de temps avec les Royal. J'adore danser. Le seul inconvénient, c'est que je vais devoir passer du temps avec Jordan.

– Ce n'est que temporaire, jusqu'à ce que l'autre fille revienne. En fait, je ne serai qu'une suppléante.

– Tu veux que je lui dise oui ? demande Val.

– Elle est à côté de toi ? Cligne deux fois des yeux si tu es en danger, je la vanne en entrant dans le parking de l'hôtel.

Val se marre.

– Nope, elle est à l'entraînement. En fait, tu vas kiffer. Jordan a prévu toutes les séances d'entraînement en même temps que celles de l'équipe de foot.

– C'est encore mieux.

Je souris intérieurement.

– Ok, dis-lui que je suis d'accord, avec paiement différé.

Val glousse à nouveau.

– Pigé. Je lui passerai le message quand elle rentrera.

Les ascenseurs ne se rendent pas compte que j'ai cinq minutes de retard. Ils mettent un temps fou à monter les quarante-quatre étages. Mais quand je passe la porte d'entrée avec dix minutes en retard,

Steve n'est pas là. Il n'y a que Dinah. Vautrée sur le sofa, elle ironise.

– Eh bien, eh bien, tu es étonnamment obéissante. Comme un gentil toutou qui vient quand on l'appelle, qui s'assied quand on lui demande et qui reste là sans bouger quand on le lui ordonne.

Elle a une autre flûte dans la main, ou bien est-ce la même que ce matin, qu'elle s'est contentée de remplir toute la journée ?

J'ai envie de lui hurler qu'elle ferait mieux de se trouver un boulot, mais je me souviens qu'elle vient de perdre sa meilleure amie et que Steve est brutal avec elle. À sa décharge, il pense qu'elle a essayé de le tuer, ce qui ne semble pas totalement impossible vu que c'est une vraie salope.

– Je vais dans ma chambre, j'ai des devoirs, je murmure en passant devant elle.

Sa voix railleuse me poursuit,

– Ton père t'a apporté un cadeau, princesse. Il est sur ton lit.

À sa façon de parler, je comprends que je ne vais pas apprécier du tout. Comme je m'en doutais, quand je vide le contenu du sac sur mon lit, je découvre trois paires de chinos en coton. Dommage qu'il n'y ait pas de cheminée dans cet hôtel.

– J'ai entendu dire qu'il y avait un match à l'extérieur ce week-end, minaude Dinah depuis la porte.

Je lève les yeux, elle est là, appuyée contre le chambranle. Ses longues jambes sont revêtues d'un pantalon flou et elle porte un haut fleuri. C'est une tenue un peu trop habillée pour traîner à la maison. Je me demande à qui elle est allée rendre visite.

– Comment le savez-vous ? Est-ce que vous faites également chanter un malheureux lycéen ?

Avec un petit sourire narquois, elle demande,

– Tu crois que c'est pour ça que Gideon est dans mon lit ? Chérie, tu es d'une naïveté délicieuse. Est-ce que tu as déjà entendu dire qu'un Royal faisait quoi que ce soit contre son gré ? (Elle pose une main sur sa taille, pour souligner qu'elle est minuscule.) Gideon est fou de moi.

Je retiens un haut-le-cœur.

– Je sais que vous le faites chanter, je lui réponds froidement.

– C'est ça, l'excuse qu'il avance ? (Elle relève mon menton délicat.) Il fait l'amour avec moi parce qu'il en a envie. Parce qu'il ne peut pas se passer de moi.

Beurk. Je refuse d'entendre un mot de plus à ce sujet.

– Alors, pourquoi êtes-vous toujours mariée avec Steve ? C'est évident que vous ne vous aimez pas.

Je remets les pantalons dans le sac et le jette par terre.

– Oh mon Dieu. Tu crois que c'est pour ça que les gens se marient ? Parce qu'ils s'aiment ? (Elle se met à rire.) Je suis ici pour l'argent de Steve, et il le sait. Voilà pourquoi il me traite comme de la merde. Mais ne t'en fais pas, il paie pour chaque insulte. (D'un geste de la main, elle me montre ses vêtements.) Tu vois ça ? Ça lui a coûté trois mille dollars. Et chaque fois qu'il se conduit comme un salaud, je dépense un peu plus. Et quand je suis dans ses bras, je fantasme sur Gideon.

– C'est franchement dégueulasse.

Et je la repousse pour la faire sortir de ma chambre. Dinah est ma meurtrière numéro un, principalement parce que je ne peux pas la supporter. Le problème, c'est de trouver des preuves contre elle. Je dois bosser à présent.

Je lui ferme la porte au nez et je sors une feuille de papier sur laquelle j'écris « *Dinah* » en titre. En dessous, j'écris *moyens, motif et opportunité*. Et je reste devant cette feuille pendant une heure, sans écrire la moindre putain de lettre dessus.

Je suis encore cachée dans ma chambre, à fixer la page intitulée « Dinah », avec *Orange is the New Black* qui joue sur mon ordinateur portable, quand Steve frappe à ma porte.

– Tu es présentable ?

Je cache le papier sous mon portable et me lève d'un bond.

– Ouais.

– Comment ça s'est passé à l'école ? me demande-t-il en passant la tête par la porte.

– Bien. Comment c'était au boulot ?

J'attrape un sweat-shirt sur la chaise près de la fenêtre et je l'enfile. Steve le regarde d'un air mécontent. Il se doute, vu sa taille, qu'il n'est pas à moi mais à Reed.

– Bien. L'équipe de recherche et développement est sur le point de terminer un prototype de véhicule hypersonique.

Je hausse un sourcil.

– Ça paraît dangereux.

– C'est surtout un prototype de recherche qui serait piloté à distance, comme un UAV.

Devant mon incompréhension, il explique :

– Un véhicule aérien sans pilote.

– Un drone ?

Il baisse la tête comme pour réfléchir.

– Je suppose, mais pas exactement. Le concept est similaire, mais le nôtre est bien plus sophistiqué. L'UAV est lancé dans la haute atmosphère par une fusée. Ce n'est pas aussi amusant que de faire voler un avion, mais malheureusement, la majeure partie de l'aviation militaire est focalisée sur le domaine des vols sans pilote.

Il semble déçu. Je me rappelle que Callum m'avait raconté que Steve se passionnait pour les tests, bien plus que pour la conception des engins, leur construction et leur vente.

– Ça doit être plus sûr comme ça, dis-je simplement.

– Ça l'est probablement.

Un sourire triste tord le coin de sa bouche.

– Ça m'ennuie vite. Callum m'a viré de la réunion, parce que je passais mon temps à envoyer des avions en papier à travers la pièce.

Il s'ennuie, hein ? Est-ce que c'est pour ça qu'il insiste tellement sur son rôle de père ?

Parce que c'est nouveau et qu'il essaie de trouver un truc qui l'intéresse ?

Je pense que c'est ce que les filles voulaient me dire tout à l'heure. Peut-être ont-elles raison pour tout le reste. Il faut juste que j'apprenne à le manipuler. Dès que j'aurai dix-huit ans, je reprendrai le contrôle.

– J'ai réfléchi à ce que vous avez dit ce matin.

– Oh ?

Il s'appuie sur mon bureau. Ses doigts frôlent le bord de mon ordinateur. J'aperçois le « D » de Dinah qui apparaît en dessous. Nerveusement, je m'avance vers mon bureau.

– Oui. Je vais rejoindre l'équipe de danse. Il paraît qu'elle a un super-niveau.

Et là, je ne mens pas. D'après les panneaux à l'extérieur du gymnase, ces huit dernières années, Astor Park a gagné la compétition de danse de l'État, sauf une fois. Je me demande ce que ça cache.

Steve se redresse, il semble ravi.

– Excellent.

Il s'avance vers moi et me serre dans ses bras.

– Le lycée et la fac sont l'occasion de faire des expériences. Je ne veux pas que tu manques la moindre d'entre elles.

Je le laisse m'étreindre pendant encore une seconde, bien que ce genre de contact me mette mal à l'aise. L'attention que les types de l'âge de

Steve m'ont portée n'était pas exactement celle qui convient.

J'entre dans le salon à reculons, en laissant derrière moi la liste vierge de mes notes d'investigation.

J'attrape le menu du room service sur la table. J'en ai déjà marre de manger ce genre de truc. Je demande à Steve :

– Quand pensez-vous que nous pourrons retourner au penthouse ?

S'il existe la moindre preuve qui puisse innocenter Reed, elle doit se trouver là-bas.

– Pourquoi ? Tu en as à ta claque ? (Il se concocte un drink au bar.) J'ai parlé à l'inspecteur aujourd'hui. Nous devrions pouvoir rentrer à la fin de la semaine.

Je fais semblant d'étudier le menu avec une attention soutenue.

– Comment avance l'enquête ?

Reed et Callum n'en laissent rien filtrer, et moi je meurs de connaître les détails. Je veux juste que quelqu'un me dise que les flics n'ont rien trouvé et que l'affaire va être classée d'un jour à l'autre.

– Rien qui te concerne.

– Est-ce que les résultats de l'autopsie de Brooke sont, hum, arrivés ?

– Pas encore.

Steve me tourne le dos, mais je n'ai pas besoin de voir son visage pour comprendre qu'il n'a pas envie d'aborder le sujet.

– Parle-moi de l'équipe de danse.

– Eh bien, ça coûte assez cher, parce que je vais devoir acheter un costume. (En vrai, je n'ai pas la moindre idée des détails. J'invente.) Et que nous voyageons.

– Aucun problème.

– Ça signifie descendre dans des hôtels avec le coach de danse comme unique chaperon.

Il fait un signe de la main.

– Je te fais confiance.

C'est le moment idéal pour lui annoncer le reste. Si j'attends, sa confiance va s'éroder. Si, toutefois, il a vraiment confiance. Il pourrait très bien être en train de mentir. Car, enfin, il aurait raison de ne pas me faire confiance, puisque ce que je prévois de faire va totalement à l'encontre de ses règles.

Mais il s'agit de Reed, et je veux être avec lui. J'ai peur qu'il aille en prison. J'ai besoin de passer le maximum de temps possible avec lui en ce moment. Je repousse ces pensées sinistres quelque part au fond de mon crâne, je rassemble mon courage, je fais un beau sourire et je me lance.

– Pour que vous ayez l'information la plus complète possible, sachez que l'équipe de danse voyage avec l'équipe de football.

Son verre s'arrête à mi-chemin de sa bouche.

– C'est vrai ? dit-il d'une voix traînante.

J'ai le sentiment qu'il n'est pas dupe une seconde de tout mon baratin.

– Ouais. Je sais que ça me met en présence de Reed, ce que vous ne voulez pas. (Je me sens rougir, parce que ce que je vais dire est décidément trop intime pour un père.) Et à propos de ce truc qui vous inquiétait ? Je n'ai jamais rien fait. Avec personne.

Steve repose son verre.

– Tu es sérieuse ?

Je hoche la tête. J'aimerais que cette conversation embarrassante soit déjà terminée.

– Je porte peut-être une jupe à l'école (je fais un sourire timide), mais je ne suis pas une fille facile. Je suppose que c'est à cause de ma mère. Je n'ai pas voulu emprunter le même chemin qu'elle.

– Bien. (Il semble chercher ses mots.) Bien, répète-t-il en gloussant à moitié. J'ai vraiment mis les pieds dans le plat l'autre matin, hein ? Je reconnais que j'ai laissé Dinah me monter le bourrichon avec ses réflexions sur ta jupe.

J'essaie de ne pas me sentir mal à l'aise, parce que, bien que je sois encore vierge, j'ai quand même fait pas mal de trucs et j'ai prévu de passer à l'acte ce week-end. Steve poursuit sur un ton désolé.

– Je t'ai vraiment mal jugée, je suis désolé. J'ai vraiment déconné. J'ai lu ce bouquin sur les parents, qui dit que je devrais être plus à l'écoute. C'est ce que je vais faire, déclare-t-il en balançant cette nouvelle promesse comme ses avions en papier.

– Alors, c'est d'accord pour que nous voyagions avec l'équipe ? De toute façon, nous n'allons pas passer beaucoup de temps avec les joueurs, et nous sommes dans des bus différents.

– Ça devrait aller.

Intérieurement, je serre le poing en signe de victoire. Maintenant, il est temps de sonner l'hallali.

– J'ai parlé avec certaines des filles et elles m'ont dit que tout le monde passait la nuit dans un hôtel pour pouvoir aller à un parc d'attractions le lendemain.

Je fais semblant de grimacer, ça me paraît complètement cucul, mais c'est apparemment un truc pour souder l'équipe. J'ai convaincu Val de venir me tenir compagnie.

Il plisse les yeux.

– Les footballeurs y vont aussi ?

– Non, ils rentrent tous en bus à Bayview le vendredi soir.

À l'exception de la moitié des titulaires, dont Reed et Easton, mais ça, je ne lui dis pas. J'ai dit presque toute la vérité, ça compte, non ?

– D'accord. Je suis d'accord. (Steve lève le doigt.) Attends. Je reviens tout de suite. Je t'ai apporté quelques trucs.

L'appréhension me gagne en regardant Steve grimper les escaliers.

Oh Mon Dieu. Qu'est-ce qu'il a bien pu m'apporter cette fois ? J'entends un tiroir s'ouvrir et se refermer, et il réapparaît avec une petite boîte en cuir dans la main.

– Deux, trois trucs. D'abord, Callum m'a dit qu'il ne t'avait pas donné de carte de crédit, alors je m'en suis occupé.

Il me tend une carte noire. Je l'accepte avec réticence. La carte est lourde, elle est brillante.

Pendant une seconde, je suis tout excitée d'en posséder une, jusqu'à ce que je lise le nom gravé dessus en lettres d'or.

ELLA O'HALLORAN.

Steve remarque mon désappointement, mais il y répond par un grand sourire.

– J'ai déjà rempli les papiers officiels pour ton changement de nom. J'ai pensé que ça te serait égal.

Ma mâchoire s'ouvre d'un seul coup. Il est sérieux ? J'ai passé mon temps à lui dire que je voulais garder le nom de ma mère. Je suis Ella Harper, pas Ella O'Halloran. Avant que j'objecte quoi que ce soit, il se tourne vers l'escalier.

– Dinah, descends ici, ordonne-t-il. J'ai quelque chose pour toi.

Dinah apparaît, son regard perçant rivé sur Steve.

– Qu'est-ce qu'il y a ?

– Descends.

Le serpent en elle semble prêt à sauter, mais elle réussit à le contenir. Elle descend les marches et s'avance, raide, vers Steve. Il lui tend une autre carte de crédit. Celle-là est argentée, pas noire.

– C'est quoi ?

Elle la contemple comme si elle allait lui exploser à la figure.

Steve sourit, froidement et méchamment.

– J'ai vérifié tes dépenses de carte de crédit et elles m'ont paru démentiellement élevées. J'ai donc annulé tes cartes. Tu utiliseras celle-ci à présent.

Ses yeux lancent des éclairs.

– Mais c'est une carte standard !

– Oui, la limite est à cinq mille. Ça devrait être amplement suffisant pour toi.

Elle ouvre la bouche. La referme. La rouvre. Et la referme.

Ça continue un bon moment. Je retiens mon souffle en observant son visage. J'attends qu'elle pique sa crise. Cinq mille dollars, c'est une somme énorme pour moi, mais je sais que c'est peanuts pour Dinah. Il n'est pas possible qu'elle le prenne bien.

Sauf que… c'est ce qu'elle fait.

– Tu as raison. Ça me semble bien suffisant, répond-elle d'une voix douce.

Mais lorsque Steve se penche pour prendre autre chose dans sa boîte en cuir, Dinah me lance un regard tellement glacial et cinglant que ça me fait tressaillir. Quand elle baisse les yeux sur la carte noire que je tiens à la main, j'ai même peur qu'elle me frappe.

– Et voilà la dernière partie, annonce Steve en me tendant une feuille de papier.

Je la regarde, c'est une série de billets d'avion.

– Qu'est-ce que c'est ?

– Des billets pour Londres, dit-il joyeusement. On va y aller pour les vacances.

Je fronce les sourcils.

– On ?

Il attrape son verre,

– Oui. On va descendre au Waldorf, on va visiter quelques châteaux. Si tu veux faire une liste des choses que tu as envie de voir, n'hésite pas, m'encourage-t-il.

– Nous y allons tous ?

Reed ne m'a jamais parlé du fait que les Royal allaient à Londres pour Noël. Peut-être qu'il n'est pas au courant ?

– Non, juste nous. Si tu commandes notre dîner, je veux bien du saumon, dit-il en se penchant sur la carte des menus que j'ai laissée sur une des extrémités de la table.

– Londres est tellement charmant en hiver, lance Dinah, qui semble se rasséréner. (Elle secoue sa carte argentée d'un air moqueur.) Je suppose que ça me fera une occasion pour utiliser ceci.

Steve la considère d'un air moqueur :

– En fait, toi tu restes ici.

Il est carrément en train de se marrer. C'est clair, il prend son pied à la torturer.

– Ce sera juste Ella et moi, pour un voyage spécial père-fille en quelque sorte.

Je fais carrément la moue.

– Et les Royal ?

– Eh bien quoi ?

– Ils viennent, eux aussi ?

Je lui rends le papier. Il le range dans la boîte en cuir et la jette sur le buffet.

– Je n'ai pas la moindre idée de ce qu'ils font pour les vacances. Mais Reed n'a pas le droit de quitter le pays, tu te rappelles ? Il a dû remettre son passeport au bureau du district attorney.

Je ne peux cacher l'inquiétude qui m'envahit. C'est vrai, Reed n'a pas le droit de quitter la ville. Mais je n'arrive pas à croire que Steve ait manigancé mon départ pour les vacances. Je vais louper mon premier Noël avec Reed ? C'est tellement injuste.

Steve se penche et me tapote le menton.

– C'est seulement pour une semaine. (Il hausse le sourcil.) En plus, après avoir vu Reed à tous ces matchs, tu auras sans doute besoin d'une pause, tu ne crois pas ? Je peux aussi m'arranger pour que nous restions plus longtemps…

Le message est clair. Si je ne vais pas à Londres avec lui, je ne suivrai pas l'équipe de danse en tournée. C'est comme le deal que j'ai passé avec Jordan, c'est imparfait. Mais je me force à sourire et je hoche la tête, parce qu'au bout du compte, j'obtiens quand même ce que je veux.

– Non, une semaine c'est super, dis-je sur un ton faussement enjoué. Je suis super-excitée. Je ne suis jamais sortie du pays.

Steve me fait un énorme sourire.

– Tu vas adorer.

Dinah, pendant ce temps, me regarde fixement avec, dans le regard, le feu d'un million de soleils.

– Chérie, monte te changer pour le dîner, ordonne Steve à sa femme, hors d'elle. Je vais te commander une salade.

Elle monte comme une furie. Je passe la commande et ensuite j'écoute le bavardage de Steve en attendant le dîner. Une fois celui-ci terminé, je m'enfuis dans ma chambre et j'envoie un texto à Reed.

J'ai l'autorisation d'aller au match !
Prépare-toi. Apporte une grosse boîte
de capotes et gave-toi de barres
énergétiques. Tu vas en avoir besoin.

Pour le match ?

Le match, c'est de la gnognote,
comparé à ce qui t'attend après.

Tu veux que je me balade avec une
pute ?

Ouais.

Nous sommes censés attendre.

J'en ai ma claque d'attendre.
Prépare-toi.

Je ponctue ma phrase avec un smiley, je repose mon téléphone et je me mets à faire mes devoirs.

CHAPITRE 20

ELLA

Dites ce que vous voulez à propos de Jordan, mais cette fille aime le travail bien fait. Pendant tout le reste de la semaine, je dois subir des séances d'entraînement deux fois par jour, une le matin et une après les cours. Et bien que nous nous entraînions aux mêmes heures et sur le même terrain que l'équipe de foot, je n'ai même pas le temps de jeter un œil sur Reed, sans parler de lui dire un mot.

Pour tout compliquer, je n'ai que trois jours pour apprendre les enchaînements que les autres filles répètent depuis des mois.

Jordan me pousse tellement que mes membres ressemblent à de la gelée le soir, lorsque je rentre à la maison. Reed se moque de moi parce que chaque fois que nous nous parlons au téléphone, je suis en train de mettre de la glace sur une nouvelle partie de mon corps. Évidemment, Steve trouve ça super. Il n'arrête pas de me dire qu'il est si fier de moi en me voyant me jeter à corps perdu dans ce truc périscolaire.

S'il connaissait la vraie raison pour laquelle je me donne tant de mal, il aurait probablement une attaque.

Le vendredi matin, nous avons notre dernier entraînement officiel avant le match du soir. À la fin, une des filles, Hailey, me prend à part et murmure :

– Tu es une danseuse incroyable. J'espère que tu vas rester dans l'équipe après le retour de Layla.

Son compliment me fait rougir de fierté, intérieurement. En surface, je lui réponds, l'air de ne pas y toucher :

– Ça m'étonnerait. Je ne crois pas que Jordan puisse me supporter une seconde de plus qu'il ne sera nécessaire.

– Eh bien, Jordan est une idiote, murmure Hailey avec un petit sourire.

J'essaie d'étouffer un reniflement, mais il finit quand même par sortir.

Le bruit fait froncer les sourcils de Rachel Cohen et de Shea Montgomery, la sœur aînée de Savannah.

– Qu'est-ce que vous complotez, toutes les deux ? demande Sheah d'un air soupçonneux.

Hailey se contente de sourire en répondant :

– Rien.

Ok, j'aime bien cette fille. Ce n'est pas Val, mais elle est plus cool que je croyais. Comme presque toutes les autres filles. Ces trois derniers jours, j'ai appris que le contrôle de cette peste de Jordan n'est efficace qu'auprès de Sheah, Rachel et Abby, l'ancienne petite amie de Reed. Abby ne fait pas partie de l'équipe, heureusement, mais parfois elle vient regarder les entraînements, ce qui est super-désagréable. Je n'aime pas Abby, et pas uniquement parce que c'est l'ex de Reed. Cette fille est trop passive. Elle réagit comme une éternelle victime, elle a tout le temps ce regard de biche blessée et elle parle sur un ton tellement feutré. Parfois, je me dis que c'est de la comédie et que, secrètement, elle est tout à fait capable de rivaliser avec Jordan.

Au milieu des matelas bleus posés sur le sol, Jordan frappe dans ses mains. Le bruit résonne contre les murs du gymnase.

– Le bus part à dix-sept heures. Si vous êtes en retard, on part sans vous.

Et elle me lance un regard aiguisé. Ah ! Comme si j'allais être en retard ! J'ai prévu d'être là assez tôt pour être certaine que le bus ne file pas sans moi à bord.

Je suis un peu inquiète que la soudaine amabilité de Jordan soit bidon et fasse partie de je ne sais quel horrible plan pour m'humilier ce soir.

Mais je vais quand même tenter le coup. Vu la façon dont Steve me surveille en permanence, c'est ma seule chance d'être avec Reed.

– À plus, me lance Hailey lorsque nous sortons du vestiaire des filles, dix minutes plus tard.

Je lui fais au revoir de la tête et je me dirige vers le parking où Reed m'attend devant ma voiture. Son SUV est garé sur la place d'à côté. J'aimerais tant vivre encore chez les Royal et rentrer avec lui, mais je profite du moindre des instants volés en sa compagnie.

Il me prend dans ses bras dès que je m'approche.

– Tu es tellement bandante, murmure-t-il à mon oreille. J'adore ces petits shorts de danse.

Un frisson me parcourt l'échine.

– Toi aussi, tu es bandant.

– Menteuse. Tu ne m'as pas regardé une seule fois. Jordan était tout le temps sur ton dos comme un sergent instructeur.

– Je te regardais mentalement, dis-je sur un ton volontairement solennel.

Il pouffe de rire, puis se penche pour m'embrasser.

– Je n'arrive toujours pas à croire que Steve te permet de découcher.

– Moi non plus.

Une subite inquiétude me saisit.

– Qu'est-ce que tu as raconté à Callum ? Il ne se doute pas que tu passes la nuit à l'hôtel, n'est-ce pas ?

Reed hausse les épaules,

– S'il s'en doute, il n'a rien dit pour autant. Je lui ai dit qu'East et moi on allait chez Wade. Que nous ne voulons pas rentrer bourrés en voiture parce qu'il y aura sûrement de l'alcool à la fête de fin de match.

Je fronce les sourcils.

– Il est d'accord pour que vous buviez en soirée ? Après tout ce que tu lui as raconté sur le fait que tu serais clean ?

Un autre haussement d'épaules.

– Tant que je ne me bats pas, je ne crois pas qu'il se soucie de ce que je fais. Écoute, à propos de sexe…

Je lui lance un regard courroucé,

– Tu avais dit que tu attendrais que je sois prête. Eh bien, je suis prête. La seule raison pour laquelle on ne pourrait pas baiser, c'est si tu ne veux pas.

Il répond à mon regard irrité par un regard frustré.

– Tu sais que j'en meurs d'envie.

– Parfait. On est sur la même longueur d'onde.

Je monte sur la pointe des pieds et je l'embrasse gaiement. Les bras de Reed se crispent autour de moi, puis je sens sa tension s'évanouir. Il est partant. Oh Dieu merci !

Je m'attendais à plus de résistance de sa part. Qu'il tente encore de jouer les gentlemen. Ma joie feinte se transforme en réel plaisir.

– Il faut que j'y aille. Steve veut qu'on dîne tôt, avant le départ du bus.

Reed me tape sur les fesses quand je fais le tour de la voiture.

– On se verra plus tard, me crie-t-il.

Je me retourne en souriant :

– Tu le sais bien.

Le match de foot a lieu à Gibson, une ville à quatre heures de route de Bayview. J'espérais vraiment faire le trajet avec Val, mais comme me l'a fait remarquer pas très aimablement Jordan, « les membres de l'équipe de danse voyagent ensemble, sans exception ».

Du coup, c'est Val qui conduit ma voiture, pendant que je suis dans le car. Je redoutais d'être coincée dans un bus pendant plus de deux heures avec Jordan et ses copines, mais finalement ce voyage s'est révélé étonnamment amusant.

– Je n'arrive toujours pas à croire que tu as été strip-teaseuse pour de bon, dit Hailey. (Elle a insisté pour s'asseoir à côté de moi et je n'ai pas résisté bien longtemps.) Je ne peux m'imaginer en train de me déshabiller devant des inconnus. Je suis trop timide.

Mes joues se mettent à chauffer.

– Je n'enlevais pas tout. Le club où je travaillais n'était pas un endroit « nudité totale ». J'avais un string et des cache-tétons.

– Tout de même. J'aurais été bien trop embarrassée. C'était marrant ?

Pas du tout.

– Ce n'était pas horrible. J'étais bien payée et j'avais de gros pourboires.

Depuis l'autre côté de l'allée centrale, Jordan lance sur un ton moqueur :

– Ouais, je parie qu'avec tous ces billets d'un dollar glissés dans ton string, tu te faisais quoi ? Vingt dollars ?

Je me hérisse.

– Vingt dollars, c'est beaucoup d'argent quand tu travailles pour vivre.

Elle bat des cils.

– Eh bien, au moins ces temps-ci, tu es comme un coq en pâte. Je suis certaine que Reed paie tes services au moins cent dollars.

Je lui fais un doigt d'honneur, mais je ne m'abaisse pas à lui répondre.

Je ne vais pas laisser cette chienne gâcher ma bonne humeur. Je suis enfin loin du regard inquisiteur de Steve, et sur le point de passer la nuit avec mon petit ami. Jordan peut aller se faire voir.

Mais c'est incroyable, une autre fille se mêle à notre conversation.

– Reed ne la paie pas un centime, dit une brunette (je crois qu'elle s'appelle Madeline) assise derrière moi. Ce mec est raide dingue. Vous devriez voir comme il dévore Ella des yeux, pendant le déjeuner.

Je rougis à nouveau. Je croyais être la seule à avoir remarqué le regard brûlant que Reed pose en permanence sur moi.

– Comme c'est mignon ! dit sèchement Jordan. Le tueur et la strip-teaseuse qui s'aiment. On dirait un film sur Lifetime[5].

– Reed n'a tué personne, lance une autre fille sur un ton aussi tranchant que celui de Jordan. Nous le savons toutes.

Sous le choc, ma tête pivote dans sa direction. Croit-elle réellement ce qu'elle dit ou est-elle juste sarcastique ?

---

5. Lifetime est une chaîne de télévision US spécialisée dans les films à l'eau de rose.

– Ouais, acquiesce une autre. Ce n'est sans doute pas lui.

– Et même si c'était lui, dit la première voix, qu'est-ce qu'on en a à foutre ? Les mauvais garçons, c'est super-excitant.

– Un tueur est un tueur, ironise Jordan.

Mais je note qu'il y a moins de venin dans sa voix. Son expression est presque… pensive.

Heureusement, la conversation s'interrompt parce que nous arrivons à destination. Le bus entre dans le parking, derrière le lycée de Gibson, et nous descendons toutes avec nos sacs de sport. Je suis la seule à porter un sac de voyage.

Je pousse un cri strident en remarquant une voiture que je connais, garée de l'autre côté.

– Tu nous as battues ! je hurle à Val, qui saute du capot et court à ma rencontre.

Nous nous jetons dans les bras l'une de l'autre.

– Ta voiture est faite pour la vitesse, meuf ! J'ai pris mon pied à la laisser s'exprimer sur l'autoroute. Tu as le temps de faire un saut à l'hôtel avant les échauffements ? Je veux te donner un truc.

– Laisse-moi demander la permission à Satan.

Val pouffe de rire pendant que je remonte la file des filles et que je tape sur l'épaule de Jordan. Normalement, c'est Kelly la coach qui est responsable de l'équipe, mais j'ai très vite compris que c'était juste sur le papier. C'est Jordan qui décide de tout.

Elle se retourne d'un air ennuyé.

– Quoi ? aboie-t-elle.

– Quand est-ce que nous commençons les échauffements ? Val et moi nous restons en ville cette nuit et on voulait juste déposer nos affaires à l'hôtel.

Jordan fait tout un cirque en vérifiant l'horaire sur son téléphone, puis finit par pousser un soupir.

– Bon. Sois-là à dix-neuf heures trente. Le match commence à vingt heures.

– Oui, chef.

Je la salue d'un air moqueur et je pars comme une flèche rejoindre Val. Cela nous prend à peine trois minutes pour aller du lycée à l'hôtel. C'est un grand bâtiment à trois étages, avec de minuscules patios au rez-de-chaussée et des balcons aux étages supérieurs. Ça a l'air très propre. Val et moi l'avons repéré sur Internet et nous avons vérifié que le quartier était parfaitement sûr.

Nous nous enregistrons à l'accueil et nous grimpons nos trois étages pour déposer nos sacs sur la moquette beige.

Je sors mon téléphone et je tombe sur un texto de Reed qui m'annonce que l'équipe de foot est arrivée il y a une heure et qu'elle va bientôt commencer à s'échauffer.

– Je dois y retourner, dis-je à regret, en regardant Val se jeter lourdement sur un des lits jumeaux.

– Pas tout de suite. Ouvre d'abord !

Elle ouvre la fermeture de son sac à dos, et en sort un paquet rayé rose, griffé Victoria's Secret.

Je laisse échapper un gémissement.

– Qu'est-ce que tu as fait ?

Elle a un grand sourire.

– Ce que fait tout bon copilote. Je m'assure que ma copine va prendre son pied ce soir.

La curiosité me pousse à ouvrir le sac. Je déchire le papier de soie rose et je découvre un ensemble soutien-gorge et culotte à ma taille, même si j'ignore comment Val la connaît. Le soutien-gorge est ivoire, avec de fines bretelles, la partie haute est en fine dentelle. Il est presque sans rembourrage. La culotte va avec. Ce petit bout de dentelle me fait rougir.

– Oh mon Dieu ! Quand l'as-tu acheté ?

– Après l'école, aujourd'hui. Ma tante m'a déposée au centre commercial.

La vision de madame Carrington accompagnant Val pour acheter de la lingerie me fait pâlir. Val me rassure très vite.

– Ne t'inquiète pas, elle m'a juste déposée et elle est repartie. J'ai pris un Uber pour rentrer.

Elle me lance un sourire radieux.

– Tu aimes ?

– J'adore ! j'avoue en faisant courir mes doigts sur la dentelle du soutien-gorge.

Soudain, ma gorge se serre. Je n'ai jamais eu de véritable amie avant, et voilà que j'ai l'impression d'avoir tiré le gros lot à la loterie de l'amitié.

– Merci.

– Tu me remercieras plus tard, dit-elle en souriant. Reed va perdre la tête quand il va te voir là-dedans. (Mes joues me chauffent encore plus.) Cela dit, j'attends des détails. C'est dans le code de la meilleure copine.

– J'y songerai. (Je hausse les yeux au ciel et je remets les dessous coquins dans le sac.) Mais ça marche dans les deux sens, tu sais. Moi aussi je veux des détails.

– Des détails à quel propos ?

– Toi et Wade.

Son sourire s'évanouit.

– Il n'y a pas de moi et Wade.

– Ah ouais ? (Je hausse un sourcil.) Alors pourquoi as-tu roulé pendant trois heures pour le voir jouer ?

Elle prend un air outré.

– Je ne suis pas venue ici pour lui. Je suis venue pour toi !

– Hum hum, même si on ne va pas se voir ce soir parce que je serai avec Reed ?

Val fronce les sourcils.

– Il faut bien que quelqu'un protège tes arrières. Qu'est-ce qui se passera si Jordan tente quelque chose ?

– Nous savons très bien toutes les deux que je peux me débrouiller avec Jordan. Alors, pourquoi est-ce que tu ne l'admets pas, tout simplement ? Tu es venue pour Wade.

– C'est le premier match des finales de coupe, et c'est un match retour, bougonne-t-elle. Astor Park a besoin de tous ses supporters.

J'éclate de rire.

– C’est nouveau, à présent tu as l’esprit d’équipe ? Seigneur, Val, tu ne sais vraiment pas mentir.

Elle me fait un doigt.

– Tu sais quoi ? Je ne t’aime plus du tout.

Mais elle se marre en disant ça.

– Très bien, je lui réponds gentiment. Tu n’as qu’à remplir ton quota de likes avec Wade, parce que, hum, on sait toutes les deux que tu l’aimes bien.

Val me lance un oreiller. Je le rattrape facilement et je le lui renvoie.

– Je te fais marcher. Si tu aimes Wade, parfait. Si ce n’est pas le cas, parfait également. Quoi que tu fasses, je te soutiendrai.

Son ton s’adoucit, et il y a comme une fêlure dans sa voix lorsqu’elle me répond :

– Merci.

CHAPITRE 21

ELLA

Même pendant que je m'échauffe avec les autres filles, je m'attends à un piège. Après chaque passage et chaque exercice que j'effectue, j'observe Jordan d'un air circonspect. Mais elle semble concentrée sur les étirements. Peut-être qu'elle est réglo, finalement ? Je veux dire, je me suis entraînée avec ces filles pendant toute la semaine, et je n'ai surpris aucune allusion au fait qu'elles préparaient un mauvais coup. Je prie pour que personne ne me balance un seau rempli de sang de porc quand j'exécuterai mon passage de tumbling[6].

Pendant qu'Hailey et moi nous nous dirigeons vers le banc pour boire, elle se penche vers moi et murmure :

---

6. Le tumbling est une série de huit figures acrobatiques effectuées à grande vitesse et à très grande hauteur (plus de 4 m) sur une piste élastique.

– Il y a environ une centaine de filles qui te regardent.

Je fonce les sourcils en suivant son regard. C'est vrai, beaucoup d'yeux féminins sont braqués sur moi. Des yeux masculins également, à cause du minishort et de la brassière que je porte. Mais les filles ne me jaugent pas, elles me regardent avec… envie ?

Ça n'a aucun sens pour moi, mais quand je passe devant un groupe de filles en maillot au premier rang, les pièces du puzzle s'imbriquent soudain.

– C'est sa petite amie, susurre l'une, assez fort pour que je l'entende.

– Elle est si jolie, lui répond sa copine en chuchotant d'une voix plus sincère que sarcastique.

– Elle a surtout de la chance, lui répond la première. Je ferais n'importe quoi pour sortir avec Reed Royal.

Il s'agit de Reed ? Wouah. Je suppose que cette fille dans le bus avait raison, les mauvais garçons ont vraiment plus de sex-appeal.

Je regarde au loin, vers le banc où sont assis Easton et Reed, puis vers les gradins, et je m'aperçois qu'une foule de filles fixent Reed avec envie.

Jordan se glisse jusqu'à moi.

– Arrête de bouffer ton petit copain des yeux, chuchote-t-elle. On va bientôt commencer.

Je lui jette un coup d'œil.

– Je suis prête à parier que toutes les filles dans ce stade font la même chose que toi. Je suppose que cela fait partie des fantasmes féminins de baiser avec un meurtrier ?

Ma pire ennemie renifle en se marrant, puis met une main devant sa bouche comme si elle réalisait ce qu'elle venait de faire. Je suis franchement étonnée. Jordan et moi ne sommes pas précisément copines, pas au point de nous vanner. Pas copines, tout simplement.

Cet échange normal a dû faire flipper Jordan, parce qu'elle me rabroue soudain.

– Ton short remonte. On voit la moitié de tes fesses. Arrange-toi, s'il te plaît.

Je me retiens de sourire pendant qu'elle s'éloigne. Nous savons pertinemment toutes les deux que l'adhésif double-face que j'ai collé sur mes fesses empêche mon short de bouger d'un millimètre. Peut-être que j'ai mal réagi avec elle. Au lieu d'être agressive, peut-être que je ferais mieux d'être super-gentille et amicale avec Jordan ? Ça la rendrait dingue.

Je me tourne vers les gradins à la recherche de Val. Quand je l'aperçois, quelques rangs derrière le banc, je lui fais un signe joyeux de la main. Elle y répond en me criant « bonne chance ! ».

En souriant, je rejoins l'équipe et je fais quelques mouvements d'échauffement. Je monte et descends sur la pointe des pieds pour me préparer mentalement à mon passage. Je pense avoir tout bien intégré, et heureusement, je me souviens de tous les mouvements quand mon tour arrive.

Comme c'est le premier match de finale de la coupe, le show d'avant-match est complètement délirant. Il y a d'abord des roulements de tambour, ponctués par des jets de flammes qui sortent de grandes colonnes de chaque côté du terrain et un feu d'artifice. Le spectacle des pom-pom girls de Gibson High consiste principalement à remuer du cul et à rouler des hanches, ce qui déclenche des olas, des sifflements et des hurlements de tous les mecs sur les gradins. Puis c'est à notre tour. Les filles et moi courons nous installer sur le terrain. Je chope le regard de Reed lorsque je me positionne aux côtés de Hailey. Il me fait signe, pouces en l'air, et je lui réponds par un grand sourire.

La musique démarre, et c'est parti.

Tout mon trac s'envole dès l'instant où le beat entre dans mes veines. Je me remémore chaque pirouette. J'oublie tout pendant le court enchaînement de tumbling que j'effectue en duo avec Hailey.

Mon cœur se met à battre à toute allure lorsque nos mouvements de danse rapide déclenchent d'énormes acclamations dans la foule. Toute notre équipe bouge d'une façon parfaitement synchrone et lorsque nous arrivons au final, nous récoltons une standing-ovation.

Maintenant, je comprends pourquoi Astor Park a gagné tous ses championnats. Ces filles ont du talent. Et même si je pensais d'abord que c'était un simple prétexte pour assister à ce match, je ne peux le nier, je suis fière d'avoir participé à cette performance.

Même Jordan est d'humeur extatique. Ses yeux brillent lorsqu'elle nous congratule et fait un high five à toutes ses coéquipières, moi y compris. Ouais, elle me fait un high five, et ce n'est pas du chiqué. Finalement je vais de surprise en surprise avec elle !

Toutes mes pensées de meurtre, de verdict et de taule sont reléguées au fin fond de mes pensées. Plus personne ne semble s'en préoccuper d'ailleurs.

Après que nous avons dégagé le terrain, commencent des conciliabules entre arbitres adjoints et coachs, puis il y a un lancer de pièce et le match commence.

Ce sont les Riders qui attaquent les premiers. Je ne quitte pas Wade des yeux pendant qu'il zigzague sur le terrain. Il est grand, mais il paraît immense dans son uniforme, avec son casque sur la tête.

Lors du premier jeu, Wade fait une courte passe à un receveur du nom de Blackwood. Celui-ci rattrape la balle, mais ensuite il y a une longue interruption pendant laquelle les arbitres tentent de déterminer s'il a gagné assez de mètres pour obtenir un autre ensemble de downs.

Quand elle s'est rendu compte que je n'y connaissais pratiquement rien, Hailey m'a refilé des tuyaux à propos de ce jargon, pendant notre trajet en bus.

Un petit homme arrive en courant et mesure la distance entre le ballon et la ligne, puis lève les mains en l'air et fait un signal que je ne comprends pas. Hailey et moi n'avons pas abordé les signaux de la main.

Les fans d'Astor hurlent leur approbation. Moi, ça me fait juste chier qu'il ait fallu si longtemps pour décider que les nôtres avaient gagné quelques misérables mètres. Je cherche du regard le long des lignes de touche jusqu'à ce que je trouve Reed. Enfin, je pense que c'est lui. Comme toujours, il y a deux joueurs qui portent le nom de ROYAL sur leur maillot et ils sont côte à côte. Si ça se trouve, je suis en train de mater les fesses d'Easton et pas celles de Reed. Il tourne la tête et j'entrevois son profil.

Ouaip, c'est bien Reed.

Il mâchouille sa mentonnière et, tout à coup, comme s'il avait senti mon regard, il se tourne vers moi. La mentonnière se soulève et il me sourit. C'est un sourire coquin, intime, juste pour moi.

Dans le stade, l'excitation est à son comble quand Gibson finit par remonter au score, juste avant la mi-temps.

Pour se venger, Easton et Reed taclent le quaterback de Gibson la fois suivante où il est sur le terrain, et le gars tâtonne à la recherche du ballon. Quelqu'un d'autre dans la défense d'Astor le ramasse au bond et court pour réussir un touché.

Les fans d'Astor Park deviennent dingues. Les fans de l'équipe qui reçoit secouent les gradins de toutes leurs forces. Certains des mômes de Gibson se mettent à brailler, « tueur », « tueur », mais sont très vite forcés de se taire par les organisateurs. Leurs attaques verbales ne font que galvaniser l'équipe d'Astor Park. Les Riders finissent par gagner le match, ce qui signifie qu'ils vont pouvoir jouer le tour suivant des finales de coupe. Je me marre en voyant le coach Lewis féliciter ses joueurs en leur tapant sur les fesses. Le football est vraiment un sport étrange.

Les équipes forment alors deux lignes et échangent des poignées de main. Quelques joueurs de l'équipe adverse refusent de serrer celle de Reed. Pendant un instant, je me demande s'il ne va pas y avoir de la bagarre, mais Reed ne semble pas y prêter attention. Dès l'instant où ça se termine, Easton se précipite vers moi. Il m'attrape et m'emporte sur le terrain en me faisant tournoyer.

– Tu as vu ce sack dans la deuxième mi-temps ? s'exclame-t-il.

Je cherche Val des yeux. Elle dévale les marches pour nous rejoindre.

– Attends, Val ! je bougonne, mais il m'entraîne le long des lignes de touche et ne me lâche que lorsque nous atteignons le tunnel qui mène aux vestiaires.

Reed est là, le casque à la main, les cheveux en sueur, tout emmêlés.

– Tu as aimé ? demande-t-il avant de se pencher pour m'embrasser.

Val, tout sourires, finit par nous rattraper, et elle et Easton s'amusent à faire des bruits de suçons pendant que le baiser de Reed se prolonge, encore et encore.

– Arrêtez, les copains, on est là, nous prévient Val. Royal, tu veux bien arrêter de bouffer la bouche de ma meilleure amie pour qu'on puisse rentrer à l'hôtel ?

Je mets fin à notre baiser.

– Tu n'es pas venue en voiture ? je lui demande.

Elle secoue la tête.

– C'est à peine à dix minutes à pied. Je me suis dit que je ne trouverais pas de place plus près.

Reed me lance un regard sévère.

– Je ne veux pas que vous rentriez toutes les deux à pied à l'hôtel. Attendez-nous à l'extérieur du stade, nous allons tous rentrer ensemble.

Je réponds avec un petit salut,

– Oui, Monsieur.

Sa bouche trouve la mienne à nouveau. Cette fois-ci, son baiser a quelque chose de différent. Il est plein de promesses. Quand il recule, j'entrevois une lueur familière dans ses yeux bleus. Nous sommes loin du manoir Royal. Il n'y a aucun risque que Callum, ou Steve, ou quiconque nous interrompe. Quelles que soient les réserves que Reed avait énoncées à propos d'attendre la fin de l'enquête, elles sont restées à Bayview. Il n'y a qu'une raison pour laquelle j'ai rejoint l'équipe de danse de Jordan, et ce n'est pas pour lui faire de simples papouilles.

Nous savons tous les deux ce qui va sa passer ce soir.

Reed et moi nous rentrons à l'hôtel à pied, avec Easton, Valérie et… Wade. Inutile de le préciser, Val n'est pas ravie de ce dernier développement. À l'instant où nous atteignons le parking, elle s'arrête net en croisant les bras.

– Pourquoi est-il là, lui ? (Son regard accusateur ressemble à un rayon laser.) Tu m'avais dit qu'il n'y aurait que Reed et Easton.

Je lève les mains en l'air en signe de défense.

– Je ne savais pas.

Wade semble étrangement blessé. J'ai toujours cru que rien ne pouvait atteindre ce type, mais l'attitude de Val semble le rendre tout triste.

– Allez, Val, ne sois pas comme ça, dit-il d'une voix rauque.

Elle se mord la lèvre.

– S'il te plaît. On ne peut pas aller discuter quelque part ?

Easton en rajoute.

– De toute façon, vous restez avec nous, alors vous feriez aussi bien de faire une trêve avant que la soirée pyjama commence.

Surprise, je me tourne vers Val :

– Tu ne dors pas avec moi ?

Un éclair de bonne humeur illumine enfin son air ombrageux.

– Je ne te l'ai pas dit ? Reed et moi avons passé un accord. J'ai accepté de dormir avec Easton.

Je jette un coup d'œil soupçonneux à Reed et Val. Quand est-ce qu'ils ont décidé ça ?

Mais la gaieté de Val s'évanouit et les nuages reprennent le dessus.

– Mais je n'ai pas accepté de dormir avec lui.

Wade a de nouveau l'air blessé.

– Val…

– Wade.

Easton pousse un énorme soupir.

– Bon, j'en ai marre de votre querelle d'amoureux. Je vais squatter le bar de l'hôtel pendant que vous réglez ça entre vous.

Il sourit à Val.

– Et si vous décidez que vous voulez être seuls cette nuit, envoyez-moi un texto, je me prendrai une autre chambre.

Là-dessus, il s'éloigne tranquillement en nous abandonnant tous les quatre sur le parking.

– Val ?

Elle hésite un long, long moment. Puis elle grogne.

– Bon, très bien, je vais lui parler.

Elle me le dit à moi, pas à Wade dont le visage s'illumine à ces mots.

– Mais avant, il faut que je passe prendre mon sac.

Nous grimpons au troisième étage, et je glisse ma clé magnétique pour ouvrir la porte. Pendant que Val entre pour ramasser son sac, Reed et moi l'attendons à la porte avec Wade qui décide de me donner un conseil que je ne lui ai pas demandé.

– Arrange-toi pour que mon pote ne lésine pas sur les préliminaires. C'est important. Ça va stimuler ton corps de vierge.

Je me tourne vers Reed comme une furie.

– Tu lui as raconté que j'étais vierge ?

C'est Wade qui répond.

– Nan, c'est East. Sacré Easton ! Ce mec ne sait pas se taire. Et, poursuit Wade solennellement, ne flippe pas si tu n'as pas d'orgasme la première fois. Tu seras toute tendue, toute nerveuse. En plus, Reed ne va pas tenir plus de vingt secondes…

– Wade ! lance Reed, exaspéré.

– Fiche-leur la paix, aboie Val en lançant son sac à dos sur son épaule. Tu ferais mieux de t'inquiéter de tes propres performances. D'après ce que j'ai vu dans ce placard à l'école, tu aurais bien besoin de t'améliorer.

Il pose une main sur son cœur, comme si elle venait de lui lancer une flèche.

– Comment oses-tu, Carrington ? Je suis un vrai Roméo des temps modernes.

– Roméo meurt à la fin, répond-elle laconiquement.

Je refrène une petite grimace amusée pendant qu'ils disparaissent dans la cage d'escalier. Elle lui a coupé l'herbe sous le pied. Val ne va pas lui faciliter les choses, c'est sûr. Reed et moi échangeons un sourire et pénétrons dans la chambre. Il s'assied sur le lit et me fait signe de le rejoindre.

J'ai des crampes dans le ventre.

– Hum… (J'avale ma salive un bon coup et je m'éclaircis la voix.) Tu me donnes une seconde ?

Je me précipite dans la salle de bains avant qu'il ait eu le temps de répondre. Une fois seule, je me regarde dans le miroir et je remarque que mes joues sont toutes rouges. Reed et moi sommes déjà allés assez loin ensemble. Je ne devrais pas être nerveuse comme ça, pourtant je le suis. En respirant profondément, j'attrape le sac cadeau que j'avais caché sous le lavabo et je passe un temps fou à me préparer. À me lisser les cheveux. À positionner les bretelles de mon soutien-gorge pour qu'elles soient parfaitement parallèles. Je me regarde à nouveau dans le miroir. Je ne peux pas nier que je suis sexy. Et Reed semble d'accord avec moi, parce que, lorsque je ressors de la salle de bains, il grogne un :

– Putain de merde, bébé.

Je lui lance d'une voix désabusée,

– Je me suis dit que j'allais enfiler quelque chose d'un peu moins confortable.

Son rire ressemble à un râle. Pendant que j'étais dans la salle de bains, il a ôté sa chemise et voilà qu'à présent il se lève, torse nu. Il est absolument magnifique.

– Tu aimes bien ? je lui demande timidement.

Il s'avance vers moi comme un animal en rut. Il dévore mon corps de ses yeux bleus, jusqu'à ce que chaque centimètre carré de ma peau me brûle. Il approche encore. Il est tellement plus grand que moi, tellement plus grand.

Ses bras puissants m'attirent à lui. Ses lèvres se posent sur mon cou et il m'embrasse.

– Pour information, murmure-t-il contre ma peau brûlante, inutile de faire des frais de toilette pour moi. Quoi que tu portes, tu es toujours splendide.

Il soulève ma tête et me lance un sourire salace :

– Tu es encore plus belle quand tu ne portes rien du tout.

– Ne fous pas tout en l'air, je râle. Je suis trop nerveuse. J'ai besoin de me sentir belle.

– Tu es belle. Et tu n'as aucune raison de te sentir nerveuse. Nous ne ferons rien si tu ne veux pas.

– Tu es en train de reculer ?

– Pas du tout. (Il glisse sa main autour de ma taille.) Rien ni personne ne pourrait m'en empêcher.

J'ai tellement envie que j'ai du mal à respirer. Je n'ai jamais vraiment réfléchi à ma première fois. Je n'ai jamais fantasmé sur les pétales de roses et les bougies. Je n'ai même jamais pensé que ça aurait lieu avec quelqu'un que j'aimais, pour être honnête.

– Tant mieux, parce que je ne veux plus attendre une minute de plus.

– Couche-toi.

Sa voix est rauque, comme enrouée. Il me pousse vers le lit. Sans dire un mot, je m'allonge, la tête sur les oreillers. Lui est debout au bord du matelas. Il enlève son pantalon. Ma respiration se bloque quand Reed se met à ramper vers moi. Il pose sa bouche sur la mienne. D'abord, il m'embrasse doucement, ensuite avec intensité lorsque j'entrouvre les lèvres. Il presse son sexe dur contre ma cuisse, et les battements de tambour du désir qui ont cogné en moi toute la semaine, lorsque je pensais à cette nuit, accélèrent dans ma tête. Sa langue suit la forme de mes lèvres, sa bouche chuchote en passant sur ma joue. Ses mains se baladent sur mon corps, en dressent la carte des monts, comme des vallées.

Son pouce sur mon mamelon me fait frémir. Un baiser derrière mon oreille me fait frissonner de plaisir.

Nous continuons ainsi pendant ce qui me semble durer des heures, jusqu'à ce que nous soyons hors d'haleine et monstrueusement excités.

Les lèvres de Reed se détachent soudain des miennes.

– Je t'aime, marmonne-t-il.

– Moi aussi.

Je presse à nouveau mes lèvres contre les siennes, et nous arrêtons de parler. J'ai le cœur qui bat. Lui aussi. Et ses mains se mettent à trembler en descendant lentement.

À ma grande frustration, il ne me laisse pas le toucher. Chaque fois que j'essaie, il repousse mes mains.

– C'est uniquement pour toi, chuchote-t-il à ma troisième tentative. Ferme les yeux et profites-en.

Et c'est ce que je fais. Je jouis de chaque seconde de cette douce torture. Très vite, ma nouvelle lingerie est par terre. Je ne peux plus me concentrer sur rien d'autre que les sensations incroyables qu'il déclenche en moi.

Il m'a déjà touchée à cet endroit, de cette façon intime, mais ce soir, c'est différent. C'est le début de quelque chose, et non la fin. Chaque caresse de sa main, chaque pression de sa bouche est une promesse. Et je suis impatiente.

Des doigts calleux glissent le long de mon bas-ventre et s'introduisent en moi. Je gémis, mon plaisir éclate comme un feu d'artifice. Ces sensations me renversent totalement.

Sa bouche rencontre la mienne. Elle avale mes gémissements, elle me caresse encore et encore. Je me cambre pour pousser sur ses doigts et il surfe avec moi sur la vague pendant que je frissonne sur le matelas.

Il ne me laisse même pas le temps de me reprendre. Je tremble encore comme une feuille quand il recommence en se glissant entre mes cuisses et en se servant de sa bouche pour m'envoyer en l'air. Il me lèche, me suce, me titille jusqu'à ce que je n'en puisse plus. C'est bon, c'est trop bon.

Mais ce n'est pas suffisant.

Je pousse un gémissement frustré.

– Reed…

Je le supplie en attrapant ses larges épaules pour le faire remonter. Le poids de son corps m'écrase contre le matelas.

– Tu es prête, vraiment ?

Je hoche la tête en silence.

Il me lâche une seconde pour aller fouiller dans la poche de son pantalon. Il revient avec un préservatif.

Mon cœur s'arrête.

– Ça va ?

Sa voix grave est réconfortante, comme une couverture épaisse.

– Ça va. (Je me penche vers lui.) Je t'aime.

Il chuchote.

– Moi aussi, je t'aime.

Il m'embrasse pendant qu'il me pénètre.

Tous les deux, nous poussons un petit cri étranglé, parce que c'est terriblement serré. La pression déclenche chez moi une sorte de malaise, une étrange sensation de vide. Il soupire comme si c'était lui qui avait mal.

– Ella…

Le voyant hésiter, je plante mes ongles dans ses épaules et je l'encourage.

– Ça va, tout va bien.

– Ça risque de te faire un peu mal.

Il pousse sur ses hanches.

Même si je m'y attendais, la douleur me fait sursauter.

Reed s'arrête brusquement, il m'observe avec attention. Des gouttes de sueur perlent sur son front et ses bras tremblent pendant qu'il se retient afin que mon corps accepte sa douce invasion.

Nous attendons que la douleur diminue. Le sentiment de vide disparaît, et tout ce qui reste, c'est une impression d'ampleur merveilleuse. Je tente de soulever un peu mes hanches et il se met à gémir.

– C'est si bon, s'étrangle-t-il.

C'est vrai. C'est vraiment vrai. Puis il commence à remuer, et c'est encore mieux. Je ne ressens qu'une très légère douleur quand il se retire, et je l'entoure instinctivement avec mes jambes. Nous gémissons de concert. Il remue de plus en plus vite. Les muscles de son dos se tendent sous mes mains quand il s'enfonce en moi, encore et encore.

Reed me murmure combien il m'aime. Je le serre fort des deux mains en haletant à chaque poussée.

Il sait exactement ce dont j'ai besoin. En se reculant légèrement, il glisse une main entre mes jambes et appuie sur ce point précis qui le désire follement. La deuxième fois qu'il le fait, je m'embrase.

Tout cesse d'exister.

Tout sauf Reed et ce qu'il me fait ressentir.

– Seigneur, Ella.

Sa voix rauque m'atteint à peine dans ce tourbillon béat qui m'entoure.

Une dernière poussée, et il se met à trembler en moi, ses lèvres soudées aux miennes, nos corps collés l'un à l'autre.

Il faut une éternité pour que les battements de mon cœur redeviennent réguliers.

À ce moment-là, Reed s'est déjà retiré et a enlevé la capote avant de revenir me serrer contre sa poitrine. Il respire tout aussi violemment.

Quand mes membres sont enfin redevenus assez solides pour supporter mon poids, je me soulève sur un coude et je souris en découvrant un air de béatitude parfaite sur son visage.

– C'était ok ? je le taquine.

Il renifle.

– Tu devrais gommer le mot ok de ton vocabulaire, bébé. C'était…

– Parfait, je réponds pour lui, en chuchotant.

Il me serre plus fort encore.

– Parfait, confirme-t-il.

– On peut recommencer ? je lui demande, pleine d'espoir.

Son rire me chatouille le visage.

– Est-ce que je viens de créer un monstre ?

– J'en ai peur.

Nous éclatons de rire et il roule sur le côté pour m'embrasser encore, mais nous ne recommençons pas, du moins pas tout de suite. Nous nous contentons de nous embrasser, puis de nous blottir l'un contre l'autre, tandis qu'il joue avec mes cheveux et que moi, je lui caresse la poitrine.

– Tu étais incroyable, me dit-il.

– Pour une vierge, tu veux dire ?

Reed renifle.

– Non. Ça, c'était plus qu'incroyable. Je parlais de la danse. Je ne pouvais pas détacher mes yeux de toi.

– C'était amusant. Plus amusant que je ne pensais.

– Tu crois que tu vas rester dans l'équipe ? Je veux dire, si jamais tu peux supporter la présence de Jordan, tu devrais peut-être. Tu avais l'air tellement heureuse quand tu dansais.

– J'étais heureuse. (Je me mords la lèvre inférieure.) Danser, c'est… c'est excitant. C'est ce que je préfère au monde. J'ai toujours…

Je m'interromps, un peu gênée de lui avouer mes rêves débiles.

– Tu as toujours quoi ?

Je pousse un soupir.

– J'ai toujours espéré pouvoir m'inscrire un jour dans un cours sérieux. Avoir une vraie formation.

– Il existe des écoles de danse. Tu devrais te présenter, répond Reed du tac au tac.

Je me dresse sur mon coude.

– Tu crois vraiment ?

– Mais oui, bon sang. Tu as un talent fou, Ella. Tu as un don, et ce serait un véritable gâchis de ne rien en faire.

Des vagues de chaleur envahissent ma poitrine. À part maman, personne ne m'a jamais dit que j'étais douée.

– Peut-être que je le ferai, dis-je malgré l'émotion qui me serre ma gorge.

Je l'embrasse et je lui demande :

– Et toi ?

– Quoi moi ?

– Quels sont tes rêves ?

Il prend un air sombre.

– Pour l'instant, je rêve de ne pas aller en prison.

Et voilà que l'ambiance détendue qui régnait dans cette chambre d'hôtel se tend. J'aurais mieux fait de me taire. Mais le moment était tellement parfait que j'ai complètement oublié la mort de Brooke, l'enquête de police et le fait que, pour l'instant, l'avenir de Reed est plus qu'incertain.

– Désolée, j'avais tout oublié.

– Ouais, moi aussi. (Il passe sa grande main sur ma hanche.) Je crois que… si je n'avais pas toutes ces accusations suspendues au-dessus de ma tête… j'aimerais travailler pour Atlantic Aviation.

– Vraiment ?

Une lueur timide éclaire ses yeux.

– Tu n'en parles pas à mon père, hein ? Il organiserait immédiatement un défilé.

Je rigole.

– Tu sais, ce n'est pas un mal de faire plaisir à Callum. Tant que ça te fait plaisir à toi, on s'en fiche, non ? (J'examine son visage.) Tu aimerais vraiment t'impliquer dans les affaires familiales, alors ?

Reed acquiesce.

– Je trouve ça assez fascinant. Je n'ai pas envie de concevoir quoi que ce soit, mais la partie business me plairait bien. Je vais sans doute passer un diplôme de gestion des affaires à la fac. (Il s'assombrit à nouveau.) En fait, ce n'est même plus une option, pas si…

Pas s'il est déclaré coupable du meurtre de Brooke.

Pas s'il va en prison.

Je m'efforce de chasser ces pensées. Je ne veux penser qu'aux belles choses. Comme au bonheur que j'éprouve d'être couchée ici avec Reed, et combien c'était incroyable de le sentir en moi.

Je grimpe sur lui et je clos cette conversation en plantant mes lèvres sur les siennes.

– Deuxième round ? me taquine-t-il en m'embrassant ?

– Deuxième round, je confirme.

Et c'est reparti.

CHAPITRE 22

REED

– Tu as l'air de bonne humeur, me lance Easton le dimanche matin.

Je le rejoins sur la terrasse.

– Un smoothie ? je lui propose en lui tendant une bouteille. (Il acquiesce et je lui lance la bouteille.) Je n'ai pas à me plaindre.

J'essaie, mais je n'arrive pas à retenir un sourire. Et à la façon dont mon frangin lève les yeux au ciel, je suis certain qu'il pige la satisfaction qui s'étale sur mon visage. Mais je m'en tamponne, parce qu'entre l'accusation de meurtre et les efforts de Steve pour remporter le titre de « Père de l'année », mes relations avec Ella ont été assez tendues. Depuis ce week-end, nous sommes à nouveau sur des rails. Aujourd'hui, rien ne peut gâcher ma bonne humeur.

Et si Steve se pose la question, j'ai présenté mes respects à sa fille, putain de merde, et par trois fois.

– Il est chouette, ton tee-shirt, dis-je à Easton. Tu l'as dégoté dans quelle poubelle ?

Il soulève le truc immonde qui lui moule la poitrine.

– Je portais déjà cette merde il y a trois ans.

– Pour ce voyage pendant lequel Gideon s'est fait mordre les couilles ?

L'été avant la mort de maman, nous étions allés à Outer Banks en famille pour pêcher le crabe.

Easton éclate de rire.

– Oh merde, j'avais oublié. Ensuite, il a marché en se protégeant la queue avec sa main pendant plus d'un mois.

– Comment c'est arrivé, déjà ?

Je ne comprends toujours pas comment le crabe a pu sauter du seau pour atterrir sur les genoux de Gideon, mais son cri de douleur avait paniqué toutes les mouettes à des centaines de kilomètres à la ronde.

– Sais pas. Peut-être que Sav s'y connaît en magie vaudoue et qu'elle l'a coincé.

East se tient le bide d'une main et essuie les larmes qui coulent de l'autre.

– Ils sortaient tout juste ensemble à cette époque.

– Il se comportait comme un salaud avec elle.

– C'est vrai.

Gid et Sav ne se sont jamais bien entendus, et ça s'est compliqué de façon spectaculaire. Je ne peux pas en vouloir à cette fille d'être une peste avec nous.

– Alors, Wade et Val sortent à nouveau ensemble ? me demande East, curieux.

– Il a bien fallu que tu te dégotes une autre chambre vendredi soir, alors tu le sais mieux que moi.

– Je crois que oui.

– Qu'est-ce que ça peut bien te foutre ? Tu voulais te la faire ?

Il secoue la tête.

– Naan. J'ai des vues sur une autre nana.

– Ah ouais ? (Ça m'étonne, vu qu'Easton n'est jamais rassasié. J'ai l'impression qu'il veut se faire tout ce qui bouge à Astor.) Qui est-ce ?

Il fait semblant de ne pas m'entendre, trop occupé avec son smoothie.

– Tu ne me donnes pas même un indice ?

– Je réfléchis encore à différentes options.

Cette réserve tellement inhabituelle pique mon intérêt.

– Tu es Easton Royal. Tu as donc toutes les options possibles.

Aussi choquant que cela puisse être, il y a des gens qui ne souscrivent pas à cette théorie. Ils ont tort, bien entendu, mais que puis-je y faire ?

Il sourit avant de descendre le reste de sa boisson.

– Je vais demander à Ella. Tu ne peux rien lui cacher.

– Toi non plus.

– Pourquoi est-ce que je le voudrais ?

Son éventuelle réplique est interrompue par l'apparition de papa.

– Salut, pap ! Je lève mon verre. On en est au petit déj…

Mon accueil chaleureux tourne vinaigre lorsque je vois son air sombre.

– Qu'est-ce qui se passe ?

– Halston est là, il veut te voir. Tout de suite.

Merde. Un dimanche matin ?

J'évite de croiser le regard d'Easton, qui est sûrement en train de faire la moue. J'affiche un air imperturbable et j'avance dans la direction que m'indique mon père.

– De quoi s'agit-il ?

J'aimerais mieux savoir ce que je vais devoir affronter, mais papa se contente de hocher la tête.

– Je n'en sais rien. Quoi que ce soit, on va faire face.

Ce qui signifie que Grier ne lui a rien dit. Super !

À l'intérieur du bureau, Grier est déjà installé sur le canapé. Une pile de papiers d'au moins cinq centimètres de haut est posée devant lui.

– Salut fils, dit-il.

On est dimanche et il n'est pas à l'église. C'est mon premier signal d'alarme.

Tout le monde, même les pires des salauds, va à l'église le dimanche par ici. Quand maman était encore en vie, on y allait chaque semaine, c'était réglé comme du papier à musique. Après son enterrement, papa ne nous a plus jamais obligés à y aller. À quoi bon ? Dieu n'a pas sauvé la seule Royal qui le méritait, alors il y avait bien peu d'espoir qu'on réussisse à passer à travers les portes du paradis.

– Bonjour, Monsieur. Je ne savais pas que les avocats travaillaient le dimanche.

– Je suis passé au bureau hier soir pour rattraper mon retard sur certaines choses, et il y avait un mail du bureau du procureur. J'ai passé toute la nuit à le lire, et j'ai décidé de venir vous voir ce matin. Tu ferais bien de t'asseoir.

Il me fait un petit sourire en désignant une chaise en face de lui. Je remarque qu'il n'est même pas en costume, mais qu'il porte un jean en toile et une chemise.

C'est mon second signal d'alarme. La merde arrive.

Je m'assieds, assez crispé.

– Je devine que je ne vais pas apprécier ce que vous allez m'annoncer.

– Non, en effet, mais tu vas pourtant m'écouter très attentivement.

Il désigne la pile de papiers.

– Ces dernières semaines, le bureau du procureur et la police de Bayview ont enregistré les dépositions de tes camarades de classe, tes amis, tes relations et tes ennemis.

Mes doigts me démangent d'attraper ces feuilles et de les jeter au feu.

– Vous en avez obtenu une copie ? C'est normal ?

Je tends la main, mais il me fait signe de me rasseoir en secouant la tête.

– Oui, ça fait partie de tes droits constitutionnels, tu as accès à toutes les informations, à l'exception de certains documents que le tribunal juge être le résultat du travail des avocats. Les déclarations des témoins nous sont remises afin que nous puissions préparer notre défense. La dernière chose que l'accusation veut, c'est que nous fassions annuler le procès pour vice de forme.

Malgré les violents battements de mon cœur, je lance.

– C'est bon, non ?

Comme si je n'avais pas ouvert la bouche, Grier poursuit.

– C'est également un moyen pour eux de nous prévenir qu'ils sont en possession d'arguments qui tiennent la route ou pas.

Je croise mes mains sur mes genoux.

– À voir votre air, j'imagine que leurs arguments contre moi sont en béton.

– Laisse-moi plutôt te lire les déclarations et, ensuite, tu pourras te faire ta propre opinion. Voilà celle de Rodney Harland, le troisième du nom.

– Je ne sais pas du tout qui c'est.

Je me sens un tout petit mieux. Je me frotte les mains contre les cuisses.

– Surnommé Harvey.

– Ça ne me dit toujours rien. Peut-être bien qu'ils ont interrogé des gens que je ne connais même pas.

En disant cela, je me rends compte que c'est totalement ridicule. Grier ne lève pas les yeux de sa feuille.

– Harvey le troisième mesure un mètre soixante-dix, mais prétend mesurer un mètre quatre-vingt-huit. Il est plus large que haut, mais à cause de sa silhouette massive, personne ne met sa parole en doute. Il a le nez cassé et il a tendance à zozoter.

– Attendez, il a des cheveux bruns bouclés ?

Je me souviens d'un type lors les combats sur les docks. Il ne monte pas souvent sur le ring, parce que malgré sa taille, il déteste prendre des coups. Il esquive et fuit. Grier relève le nez.

– Tu le connais, alors.

Je hoche la tête.

– Harvey et moi avons combattu quelquefois, mais ça fait longtemps.

Qu'est-ce que Harvey a bien pu dire ? Il n'est pas impliqué là-dedans.

– Harvey dit que tu te bats régulièrement dans le quartier des entrepôts, généralement entre les docks huit et neuf. Que c'est ton endroit privilégié, parce que le père d'un des combattants dirige les docks.

– Le père de Will Kendall est le contremaître des dockers, je confirme, en reprenant un peu d'assurance. Tous les mecs se battent là-bas, parce qu'ils le veulent bien. Les combats, décidés d'un commun accord, ne sont pas illégaux. Il se fiche qu'on utilise les docks.

Grier ramasse son stylo rutilant sur la table.

– Quand as-tu commencé à te battre ?

– Il y a deux ans.

Avant la mort de ma mère, quand sa dépression est devenue incontrôlable et que j'ai eu besoin de faire un truc pour ne pas m'énerver contre elle.

Il note quelque chose.

– Comment en as-tu entendu parler ?

– Je ne sais pas. Au vestiaire ?

– Et combien de fois y es-tu allé ?

Je soupire en me pinçant le nez.

– Je croyais qu'on avait déjà vu tout ça.

Le truc sur les combats est arrivé sur la table lors de notre première rencontre au sujet de toute cette merde de meurtre. Ce meurtre que je croyais à tort voir disparaître de ma vie, puisque je n'étais pas coupable.

– Mais nous allons tout reprendre, si tu le veux bien, dit Grier sur un ton implacable.

Son stylo est prêt, il m'attend. Je récite ma réponse d'un air ennuyé.

– On y va généralement après les matchs de foot. Nous nous battons, et ensuite nous allons à une fête.

– Harvey dit que tu étais un des participants les plus réguliers. Que tu enquillais deux ou trois combats par nuit. Ces combats ne duraient jamais beaucoup plus de dix minutes chacun. Habituellement, tu y allais avec ton frère Easton. « Easton est un vrai enfoiré », d'après Harvey. Et toi, tu es un « trou du cul suffisant ».

Grier baisse ses lunettes sur son nez et me regarde par-dessus ses verres.

– Ce sont ses mots, pas les miens.

– Harvey est un trouillard, il se met à chialer dès que vous regardez dans sa direction, je réponds laconiquement.

Grier hausse les sourcils un moment avant de remettre en place ses lunettes.

« Question : Comment monsieur Royal se comportait-il pendant ces combats ? Réponse : Habituellement, il prétendait être calme. »

– Prétendait ? J'étais calme. C'était une bagarre de dock. Ce n'était rien d'autre. Aucune raison de s'énerver.

Grier continue sa lecture.

« D'habitude, il faisait semblant d'être calme, mais il suffisait que vous disiez un mot à propos de sa mère et il piquait une crise. Il y a environ un an, un type a traité sa mère de pute. Il l'a frappé si violemment que ce pauvre gars a dû aller à l'hôpital. Royal a ensuite été interdit de combat. Il avait brisé la mâchoire et fracturé l'orbite de ce môme.

Question : Alors, il ne s'est plus jamais battu ? Réponse : Si. Il est revenu six semaines plus tard. C'est Will Kendall qui contrôlait l'accès aux docks, et il a dit que Royal pouvait revenir. Et tous les autres ont été d'accord. Je pense qu'il avait payé Kendall. »

Je regarde mes pieds pour que Grier ne puisse pas lire la culpabilité dans mes yeux.

J'ai payé Kendall. Le môme voulait un nouveau moteur pour sa GTO[7], qui coûtait deux mille dollars. Je lui ai refilé le fric et je suis revenu me battre.

– Rien à ajouter ? demande Grier.

En avalant ma salive, j'essaie de hausser les épaules, l'air décontracté,

– Non, c'est entièrement vrai.

Grier note autre chose.

– En parlant de bagarre, à propos de ta mère… (il s'interrompt et sort une autre feuille de la pile), fracturer des mâchoires semble être ton passe-temps favori.

Je serre les dents et je regarde froidement l'avocat bien en face. Je sais ce qui va arriver maintenant.

– Austin McCord, dix-neuf ans, éprouve encore des difficultés avec la sienne. Il a été obligé d'ingurgiter des liquides pendant six mois parce que sa mâchoire était maintenue en position fermée. Il a fallu lui faire deux implants dentaires, et il a toujours du mal à avaler des aliments solides. Quand on lui a demandé la cause de cette blessure, monsieur McCord est resté (Grier secoue un peu la feuille de papier) pardon pour le jeu de mots, bouche cousue, mais c'est un de ses amis qui a craché le morceau et a expliqué que McCord avait eu une altercation avec Reed Royal, qui avait abouti à ses graves blessures au visage.

---

7. Pour Gran Turismo Omologato, un type de petite voiture sportive de luxe.

– Pourquoi lisez-vous ce truc ? C'est vous qui avez passé un deal avec les McCord et vous avez dit que c'était purement confidentiel.

Selon cet accord, papa a payé à McCord trois années de cours pour Duke.

Un regard vers lui me révèle sa détresse. Sa bouche n'est plus qu'une ligne et ses yeux sont tout rouges, comme s'il n'avait pas dormi depuis plusieurs jours.

– La confidentialité de ces accords n'a aucune valeur juridique en cas d'affaire criminelle. Le témoignage de McCord sera retenu et utilisé contre toi.

Les paroles de Grier attirent à nouveau mon attention sur lui.

– Ça lui pendait au nez.

– Et toujours parce qu'il avait injurié ta mère.

Tout ça, c'est des conneries. Grier aussi réagirait si sa mère était insultée.

– Vous êtes en train de me dire qu'un homme ne doit pas défendre les femmes de sa famille ? Le moindre juré comprendra ça.

Personne ne laisserait passer une telle insulte. C'est pour cette raison que les McCord ont accepté le deal. Ils savaient que des poursuites judiciaires ne mèneraient à rien, particulièrement contre ma famille. Vous ne pouvez pas traiter la mère de quelqu'un de sale droguée et vous en sortir indemne.

Le visage de Grier se crispe.

– Si j'avais su que tu étais impliqué dans des activités aussi louches, je n'aurais pas suggéré à ton père de régler cette affaire financièrement. J'aurais suggéré l'école militaire.

– Ah ! Cette idée venait de vous ? Parce que papa n'arrête pas de nous envoyer ça à la figure chaque fois qu'il désapprouve notre comportement. Je suppose que je dois vous remercier ? dis-je sur un ton sarcastique.

– Reed ! me reprend mon père.

C'est le premier mot qu'il prononce depuis que nous sommes entrés ici, mais je l'ai observé, il est de plus en plus sombre.

– Nous sommes dans la même équipe, ne me cherche pas, mon gars, me lance Grier.

– Ne m'appelez pas mon gars, je rétorque en baissant les bras.

– Pourquoi ? Tu vas me briser la mâchoire, peut-être ?

Ses yeux fixent mes poings serrés sur mes genoux.

– Où voulez-vous en venir ?

– Je veux en…

Une sonnerie discrète lui coupe la parole.

– Attends une seconde.

Grier attrape son téléphone cellulaire sur le bureau et regarde l'écran. Il fronce les sourcils.

– Je dois le prendre. Excusez-moi.

Papa et moi échangeons un regard inquiet pendant que l'avocat sort dans le couloir. Il ferme la porte derrière lui ; du coup, aucun de nous ne peut entendre ce qu'il dit.

– Ces témoignages sont mauvais pour moi.

Papa hoche la tête d'un air morne.

– Oui, en effet.

– Ils me font passer pour un psychopathe.

Un sentiment d'impuissance me serre la gorge.

– C'est des grosses conneries. Et alors, qu'est-ce que ça peut faire que j'aime me battre ? Il y a des types qui en font leur métier. La boxe, la MMA, la lutte… on ne peut pas tous les accuser d'être des fous sanguinaires.

– Je sais.

La voix de papa est étonnamment douce.

– Mais il ne s'agit pas que de ça, Reed. Tu as un sale caractère. Tu…

Il s'interrompt quand la porte s'ouvre et que Grier réapparaît.

– Je viens de parler avec l'assistant du procureur général, nous annonce-t-il sur un ton indescriptible, embarrassé, peut-être ? Les résultats de l'autopsie de Brooke sont revenus du labo ce matin.

Papa et moi, nous nous redressons d'un bond.

– Et le test ADN du bébé ? dis-je lentement.

Grier acquiesce.

Je reprends mon souffle.

– Qui est le père ?

Et soudainement, j'ai… peur. Je sais qu'il n'y a aucune chance pour que je sois le père, mais si un laborantin acheté avait truqué les résultats ?

Et si Grier ouvrait la bouche et m'annonçait…

– C'est vous.

Ça me prend une seconde pour réaliser que ce n'est pas à moi qu'il s'adresse.

C'est à mon père.

CHAPITRE 23

REED

Un silence de mort s'abat sur le bureau. Mon père dévisage l'avocat. Moi, je dévisage mon père.

– Que voulez-vous dire, le mien ? (Mon père ne quitte pas une seconde Grier des yeux.) Ce n'est pas possible. J'ai eu une…

Vasectomie, je termine silencieusement. Quand Brooke a annoncé qu'elle était enceinte, papa était certain que le bébé ne pouvait pas être le sien, parce qu'il s'était fait opérer après la naissance des jumeaux. Et moi, j'étais certain que ça ne pouvait pas être le mien, parce que je n'avais pas fait l'amour avec Brooke depuis au moins six mois.

Apparemment, un seul de nous deux avait raison.

– Le test est sans appel, répond Grier. C'était vous le père, Callum.

Papa déglutit avec difficulté. Ses yeux se voilent légèrement.

– Papa ?

Il fixe le plafond comme si c'était trop difficile pour lui de me regarder. Un muscle à l'arrière de sa mâchoire se crispe, et il souffle un grand coup.

– Je croyais qu'elle me mentait. Elle ne savait pas que j'avais subi une vasectomie, et je pensais… (Il souffle à nouveau.) Je pensais que c'était celui de quelqu'un d'autre.

Ouais. Il avait décidé que c'était le mien. Mais je ne peux lui en vouloir d'être arrivé à cette conclusion. Il était au courant pour Brooke et moi, alors bien sûr, cette pensée s'était imposée à lui. L'idée que c'était vraiment son bébé ne l'avait jamais effleuré.

Un élan de sympathie m'envahit. Papa détestait peut-être Brooke, mais il aurait été un bon père pour cet enfant.

Il respire profondément avant d'enfin regarder dans ma direction.

– Je… ah, est-ce que tu as encore besoin de moi ou est-ce que tu peux terminer cette réunion tout seul ?

Je lui réponds sur un ton bourru, parce qu'il est évident qu'il ne peut plus rien gérer pour l'instant.

– Je peux très bien m'en sortir.

Papa hoche la tête.

– Très bien. Appelle-moi si tu as besoin.

Ses jambes flageolent légèrement lorsqu'il quitte la pièce. Après un instant de silence, Grier reprend la parole.

– Tu es prêt à poursuivre ?

Je hoche faiblement la tête.

– Très bien. Venons-en à Ella O'Halloran.

Il farfouille dans sa fichue pile de papiers et en sort un ou deux.

« Ella O'Halloran, aussi connue sous le nom d'Ella Harper, est une fugitive de dix-sept ans qui a été retrouvée il y a trois mois. Elle se faisait passer pour une femme de trente-cinq ans et faisait des strip-teases dans le Tennessee. »

Il n'y a que trois mois ? J'ai l'impression qu'Ella fait partie de ma vie depuis toujours. La colère commence à battre dans mes tempes.

– Ne parlez pas d'elle.

– Je vais devoir parler d'elle. Elle est impliquée dans cette affaire, que tu le veuilles ou non. En fait, Harvey a dit que tu l'avais emmenée à certains de ces combats. Que la vue du sang l'avait laissée impassible.

– Où voulez-vous en venir ?

– Jetons un coup d'œil à d'autres témoignages, tu veux bien ? (Il sort un document.) Voilà celui de Jordan Carrington.

– Jordan Carrington déteste Ella.

Encore une fois, Grier ignore ma remarque.

« Nous avons proposé à Ella de faire un essai pour rejoindre l'équipe de danse. Elle s'est pointée dans le gymnase en tonga et en brassière. Elle n'a aucune honte, et encore moins de sens moral. C'est très gênant. Mais je ne sais pas pourquoi, Reed l'apprécie. Il n'était pas comme ça avant qu'elle arrive. Il était correct, mais elle fait naître le pire en lui. Dès qu'elle est dans les parages, il devient super-vicieux. »

– C'est le plus gros tas de conneries que j'ai jamais entendu. C'est Jordan qui a ligoté une pauvre fille de première année avec du ruban adhésif, devant tout Astor Park, et c'est moi qui suis super-vicieux ? Ella ne m'a pas fait changer du tout.

– Alors, tu affirmes que tu étais enclin à la violence avant même l'arrivée d'Ella ?

– Vous déformez mes propos !

Il rit méchamment.

– Ce n'est rien en comparaison de ce que tu vas subir pendant ton procès.

Il repose le témoignage de Jordan et en prend un autre.

– Celui-ci est signé Abigail Wentworth. Apparemment, vous sortiez ensemble avant que tu la démolisses. « Question : Que ressentez-vous à propos de Reed ? Réponse : Il m'a blessée. Il m'a blessée très violemment. »

– Je ne l'ai jamais touchée, je rétorque avec véhémence.

« Question : Comment vous a-t-il blessée ? Réponse : Je ne peux pas en parler. C'est trop douloureux. »

J'explose sur ma chaise, mais Grier continue.

– L'interrogatoire a été interrompu, parce que le témoin était en larmes et n'a pas pu se calmer. Il faudra le reprendre plus tard.

J'empoigne le dossier de ma chaise et je le serre très fort.

– J'ai rompu avec elle. Nous sommes sortis ensemble jusqu'à ce que je ne le sente plus, et alors j'ai rompu. Je ne l'ai pas blessée physiquement. Si je l'ai blessée moralement, je suis désolé, mais elle ne doit pas être si triste que ça, vu qu'elle a baisé avec mon frère il y a un mois.

Le sourcil gauche de Grier se soulève à nouveau. J'ai une furieuse envie de le lui raser, à ce connard.

– Très bien. Le jury voudra également que tu lui parles des comportements déviants de tes frères.

– Qu'est-ce qu'ils ont ?

Il remue d'autres feuilles.

– J'ai au moins dix témoignages ici qui affirment que deux d'entre eux sortent avec la même fille.

– Qu'est-ce que ça a à voir avec tout ça ?

– Cela montre le genre de foyer dans lequel vous vivez. Cela prouve que tu es un môme privilégié qui a des problèmes en permanence. Ton père passe derrière pour réparer tes bêtises en achetant le silence des gens.

– Je brise des mâchoires, pas des femmes.

– Sur les vidéos de surveillance, tu es la seule personne qui soit entrée dans le bâtiment la nuit où Brooke a été tuée. C'est l'opportunité. Elle était enceinte…

– Et le bébé n'était pas le mien ? C'était celui de papa.

– Oui, mais tu avais toujours des relations sexuelles avec elle, comme va en témoigner Dinah O'Halloran. Voilà le motif. Ton ADN a été retrouvé sous ses ongles, ce qui suggère que vous vous êtes battus. Ton bandage a été changé cette nuit-là. Tu as un passé de violence physique, particulièrement quand les femmes de ta vie sont mises en cause. Ta famille « n'a aucune morale ni aucune honte », si je cite mademoiselle Carrington. Il est tout à fait probable que tu pourrais tuer quelqu'un si tu te sentais menacé. En outre, tu n'as aucun alibi.

Quand j'avais quatre ou cinq ans, Gideon m'a poussé dans la piscine. À l'époque, je ne savais pas encore vraiment nager, ce qui est dangereux quand on vit au bord de la mer. Je luttais contre maman pour entrer dans l'eau, alors Gideon m'a attrapé et m'a jeté dans la piscine. L'eau m'a recouvert la tête, est entrée dans mes oreilles. Je me suis débattu comme un fou. J'avais le même sentiment qu'un pauvre poisson échoué sur le rivage. J'ai cru que je ne pourrais jamais remonter à la surface. J'aurais certainement grandi avec la phobie de l'eau si Gideon ne m'avait pas rattrapé, et repoussé, et repoussé en arrière, à de nombreuses reprises, jusqu'à ce que je comprenne que je n'allais pas mourir noyé. Mais je me rappelle ma terreur et cette sensation de désespoir.

C'est ce que je ressens en ce moment. J'ai peur, et je suis désespéré.

Une sueur froide dégouline le long de mon cou lorsque Grier prend la dernière page.

– Ceci est une offre d'accord, dit-il lentement, comme s'il se rendait compte à quel point il vient de me perturber. Je l'ai mise au point avec le procureur ce matin. Tu plaides l'homicide involontaire. Une peine de vingt ans.

Cette fois, je m'accroche à ma chaise, mais pas par colère, par impuissance.

– Le procureur demandera dix ans. Et si tu te tiens à carreau, sans aucune bagarre, aucune altercation d'aucune sorte, tu sortiras dans cinq ans.

J'ai la gorge complètement desséchée. J'ai l'impression que ma langue a trois tailles de trop. Avec un mal de chien, j'arrive à dire.

– Et si je ne plaide pas coupable ?

– Il y a environ quinze États dans ce pays qui n'ont pas aboli la peine de mort.

Puis après une pause…

– La Caroline du Nord est l'un d'eux.

CHAPITRE 24

ELLA

Steve et moi venons tout juste de finir de dîner lorsque mon téléphone se met à vibrer. C'est un texto de Reed. J'ai un mal de chien à ne pas me jeter dessus, mais je sais que je ne peux pas faire ça devant Steve. Il ignore que j'ai passé la nuit de vendredi et presque tout mon samedi après-midi en compagnie de Reed, et je ne vais certainement pas le mettre au courant.

– Tu ne vas pas lire ça ? me demande-t-il en reposant sa serviette.

Il n'y a plus une miette de nourriture dans son assiette. Depuis une semaine que je vis avec lui, j'ai découvert que Steve est un gros mangeur.

Je lui réponds sur un ton distrait :

– Plus tard. C'est sûrement Val.

Il hoche la tête.

– C'est une gentille fille.

Je ne crois pas que lui et Val aient jamais échangé plus de dix mots, mais s'il l'apprécie, ça me va.

Dieu sait qu'il n'apprécie pas Reed. C'est plus fort que moi, mon regard se pose à nouveau sur mon écran. De la volonté. Il me faut de la volonté.

Mais je meurs d'envie de lire son message. Je n'ai pas vu Reed à l'école aujourd'hui, pas même au déjeuner. Je sais qu'il était là, parce que sa suspension est terminée et que je l'ai aperçu sur le terrain d'entraînement ce matin. J'ai cru qu'il m'évitait, je ne sais pas pourquoi. Quand j'ai posé la question à Easton, il s'est contenté de hausser les épaules en lançant : « Les finales de coupe. »

Comme si ça suffisait à expliquer pourquoi Reed ne m'a pas appelée ou ne m'a pas envoyé de texto depuis samedi soir ! Je sais que l'équipe veut absolument gagner le championnat, mais jusqu'à présent Reed n'a jamais fait passer le football avant notre relation.

Une minuscule et fragile part en moi se demande si ce ne serait pas parce qu'il n'a pas aimé autant que moi que nous fassions l'amour. Mais ce n'est pas possible. Je sais quand un type m'a dans la peau. Reed m'avait vraiment, vraiment dans la peau ce week-end.

Ce doit donc être autre chose. C'est obligé.

– Je peux aller dans ma chambre ? je lance, en me maudissant d'être aussi pressée.

Ces derniers temps, avec Steve, les choses se passent… bien. Il refuse toujours que je voie Reed, mais je crois qu'il est très content que je fasse partie de l'équipe de danse, et il a été sympa avec moi depuis que je suis rentrée de Gibson. Je ne veux pas mettre à mal cette confiance fragile qui s'instaure entre nous en lui racontant que j'ai fait l'amour avec Reed.

– Tu as des devoirs ? demande-t-il en gloussant.

– Des tonnes. Et tout pour demain.

– Bon. Vas-y. Je serai en haut si tu as besoin de moi.

J'essaie d'avoir l'air le plus détachée possible, et je m'éclipse. Je n'allume mon écran qu'une fois dans le couloir. Dans ma chambre, je dévore le message des yeux.

Je peux te voir ce soir ?

Mon pouls augmente immédiatement. Mon Dieu. Oui. J'ai tellement envie de le voir ce soir. Pas seulement parce qu'il me manque mais parce que je veux savoir pourquoi il m'évitait. Mais concernant Reed, les règles de Steve sont sans appel. Je n'ai pas le droit de le voir en dehors de l'école. Jamais.

Oui, mais comment ? S. ne me laissera jamais venir. En plus, je dois être rentrée à 10 h.

La réponse de Reed me fait froncer les sourcils.

J'ai tout arrangé. Dis-lui que tu as un rencard ce soir.

Gênée, je cours à la salle de bains ouvrir les robinets en grand avant de composer le numéro de

Reed. J'espère que l'eau qui coule couvrira le son de ma voix si jamais Steve passe devant ma porte.

– Avec qui ai-je un rencard ? je susurre dès que Reed décroche.

– Avec Wade, mais ne t'en fais pas, ce n'est pas un vrai rencard.

– Alors, tu veux que je raconte à Steve que je sors avec Wade ce soir ?

– Ouais. Ça ne posera aucun problème, n'est-ce pas ? Il t'a dit qu'il ne voulait pas que tu sortes avec moi. Pas que tu n'avais pas du tout le droit de sortir.

– C'est vrai. D'accord, dis-je lentement, en me demandant comment je peux goupiller ça. Peut-être que je peux simuler le revirement psychologique ?

Reed se marre.

– Non, sérieusement, c'est génial. Je vais lui raconter que quelqu'un d'autre m'a proposé de sortir avec lui et que je n'ai pas envie d'accepter, parce que je t'ai encore dans la peau, et patati, et patata. (Je souris à mon reflet dans le miroir.) Je te parie qu'il va *me* supplier de sortir avec Wade.

– C'est diabolique. J'adore. (Reed pouffe de rire à nouveau.) Envoie-moi un texto si c'est ok. Wade peut passer te prendre à dix-neuf heures. Il te chopera et te ramènera à l'hôtel avant le couvre-feu.

– Mais qu'est-ce qu'il en est de Wade ? je lui demande, soupçonneuse. (Reed hésite. Je comprends que j'avais raison de me méfier.) Oh non ! Qu'est-ce que tu lui as promis ?

Reed avoue.

– Val. Je lui ai promis que tu lui parlerais pour qu'elle lui pardonne.

J'étouffe un soupir.

– Je ne sais pas si c'est possible.

– Ils sont ressortis ensemble ce week-end, indique-t-il.

– Ouais, et elle s'en est voulu après.

Ses paroles exactes étaient, *je suis tellement, tellement stupide !*

– Elle ne veut pas être un des jouets sexuels de Wade.

– Elle n'en est pas un. Sérieusement, je n'ai jamais vu Wade Carlisle s'en faire autant pour une nana. Il tient vraiment à elle.

– Est-ce que tu me dis ça uniquement pour qu'on puisse se voir ce soir ?

– Pas du tout. Honnêtement, bébé. Tu sais que je ne mettrais jamais ta meilleure amie dans une situation où elle pourrait être blessée. Wade veut arranger les choses. Il se sent merdeux de l'avoir mal traitée.

Je me penche sur la coiffeuse et je remets en place une mèche de mes cheveux.

– Laisse-moi l'appeler et voir si elle veut bien lui parler. Mais si elle refuse, nous devrons respecter ses souhaits.

Même si cela signifie que Wade ne viendra pas ce soir. Mais j'espère qu'il nous aidera tout de même, si Val ne fait pas partie de l'équation.

Le ton de Reed se fait plus grave.

– Essaie d'y arriver, bébé. J'ai… j'ai vraiment besoin de te voir.

Une alarme retentit à l'intérieur de mon crâne lorsque je raccroche. Est-ce qu'il veut rompre ?

Non, bien sûr que non, je suis dingue.

Mais alors, pourquoi avait-il l'air si embêté à l'instant ? Et pourquoi n'a-t-il pas tenté de me voir à l'école ?

En repoussant mes craintes, j'appelle Val.

Val accepte. Je suis un peu surprise de constater qu'elle a envie de parler à Wade, mais je suppose que le plan de ce week-end ne lui a pas autant déplu que ce qu'elle prétendait à l'école.

Maintenant, il n'y a plus qu'à convaincre Steve. Je ne perds pas de temps. Je passe devant la chambre qu'il utilise comme bureau en marchant exprès très, très lentement et en faisant semblant de parler au téléphone. Je dis bien fort :

– Je ne suis pas prête à ça. Beurk. Je raccroche à présent. À plus, Val.

Puis je pousse un énorme soupir.

Évidemment, ce bruit exagéré fait bondir Steve hors de son bureau.

– Tout va bien ? me demande-t-il d'un air inquiet.

– Ça va. Val est dingue, c'est tout.

Un sourire se dessine sur ses lèvres.

– Et pourquoi ça ?

– Elle veut que je… (Je m'interromps délibérément, puis je marmonne.) Ce n'est rien. Oublie. Je vais à la cuisine, j'ai soif.

Steve glousse et me suit en bas, comme je l'espérais.

– Tu peux me parler, tu sais. Je suis ton père, j'ai de la sagesse à dispenser. Un maximum.

Je lève les yeux au ciel.

– Voilà que tu parles comme Val. Elle aussi voulait me faire profiter de « sa sagesse », dis-je comme si je la citais.

– Je vois. Et à quel sujet ?

– Des trucs de mecs, ok ? (Je me tourne vers le réfrigérateur pour attraper une bouteille d'eau.) Tu veux vraiment qu'on en parle ?

Immédiatement, il plisse les yeux.

– Tu ne vois plus Reed, n'est-ce pas ?

Il pose la question, mais nous savons tous les deux que ce n'est pas négociable.

– Non, c'est fini entre nous. (Je serre les dents.) Grâce à toi.

– Ella…

– Peu importe, Steve. J'ai pigé. Tu ne veux pas que je voie Reed. Et je ne le vois plus. Tu as gagné, d'accord ?

Il pousse un soupir de contrariété.

– Il ne s'agit pas de perdre ou de gagner. Il s'agit du fait que je veux te protéger.

Il pose ses deux mains sur le dessus du comptoir en granite.

– Ce garçon va peut-être aller en prison, Ella. Ni l'un ni l'autre, nous ne pouvons l'ignorer.

– Peu importe, je marmonne à nouveau. (Puis je redresse mes épaules et je lui lance un regard provocant.) Mais que je sorte avec un quaterback de l'école ? Je parie que non ? (Je mime un air de dégoût.) Bien entendu, ça te plairait, parce que ce n'est pas Reed.

Il cligne des paupières.

– Je ne comprends pas.

– Wade Carlisle m'a invitée au cinéma ce soir, dis-je d'un air sombre. C'est ça dont nous discutions, Val et moi. Elle pense que je devrais y aller, mais j'ai refusé.

Une ride profonde apparaît sur le front de Steve. Il prend un air pensif, puis suspicieux.

– Tu as refusé ? répète-t-il en écho.

– Ouais, j'ai dit non ! (Et je cogne la bouteille d'eau sur le plan de travail.) Je pense encore à Reed, au cas où tu ne l'aurais pas compris.

Cet air calculateur dans son regard s'amplifie.

– Parfois, la meilleure façon d'oublier quelqu'un, c'est de sortir avec quelqu'un d'autre.

– Merci pour le conseil. C'est bien dommage que je ne le suive pas. Wade Carlisle ne m'intéresse pas.

– Pourquoi pas ? Il vient d'une bonne famille. Il fait partie de l'équipe de l'école. (Steve hausse un sourcil.) Il n'est pas accusé de meurtre.

C'est un dragueur. Il s'intéresse à ma meilleure amie. C'est le meilleur ami de Reed.

Il existe des millions de raisons pour lesquelles je ne veux pas sortir avec Wade, mais pour faire plaisir à Steve, je fais semblant d'y réfléchir.

– Je suppose. Mais je le connais à peine.

– Ce n'est pas à ça que servent les sorties en tête à tête ? Pour apprendre à connaître l'autre ? (Steve joint les mains et croise les doigts.) Je trouve que tu devrais y aller.

– Et depuis quand ? Tu ne veux pas que je sorte, tu te rappelles ?

– Non, je ne veux pas que tu sortes avec Reed, me reprend-il. Écoute, Ella. J'adore les enfants Royal, je suis leur parrain, bon Dieu, mais ils sont complètement largués depuis la mort de leur mère. Ils n'ont pas la tête sur les épaules, et je ne pense pas qu'ils aient une bonne influence sur toi, d'accord ?

Je lui lance un regard de défi.

– Et bien que je pense que tu n'as pas besoin de vivre une relation sérieuse à ton âge, je préférerais que tu fasses l'expérience de ce qui peut exister ailleurs, avant de déclarer ton amour éternel pour Reed Royal, lance sèchement Steve.

Je ne réponds toujours rien.

– Wade Carlisle,… il veut t'emmener voir un film, dis-tu ?

À contrecœur, j'acquiesce.

– Ce soir ?

J'acquiesce à nouveau.

Steve aussi hoche la tête.

– Tant que tu es de retour à onze heures, tu peux y aller.

Oh, alors comme ça, c'est onze heures à présent ? C'est marrant, le couvre-feu était à dix heures quand j'étais avec Reed. Je suis avec Reed. Nous sommes toujours ensemble, Seigneur Jésus. Mais Steve ne le sait pas.

– Je ne sais pas…

Je feins de ne pas en avoir envie.

– Penses-y, m'encourage-t-il en se dirigeant vers la porte. Si tu changes d'avis, préviens-moi.

J'attends qu'il soit sorti de la pièce pour m'autoriser à sourire. Ça me demande un gros effort de ne pas me mettre à danser de joie.

À la place, je sors mon téléphone de ma poche et j'envoie un texto à Reed.

C'est ok. Dis à W. d'être là à 19 h.

CHAPITRE 25

ELLA

À sept heures tapantes, le concierge appelle notre suite pour nous prévenir que Wade est à la réception.

– Faites-le monter, dit Steve avant de raccrocher et d'examiner la tenue que j'ai choisie pour sortir.

J'ai décidé d'avoir l'air correcte. Je porte donc des jeans skiny, un pull-over gris et flou et des boots à talons plats. Mes cheveux sont lâchés et retenus par deux barrettes vertes. J'ai l'air tellement mignonne que c'en est écœurant.

Clairement, Steve approuve.

– Tu es très bien.

– Merci. (Je feins de tripoter nerveusement l'ourlet de mon pull.) Je ne suis pas du tout certaine de ce rencard.

– Tu vas t'amuser, ça te fera du bien, dit-il fermement.

On frappe à la porte, et nous nous dirigeons tous les deux vers elle. C'est Steve qui l'atteint le premier, il l'ouvre pour tomber sur Wade qui arbore un sourire bien poli sur son beau visage.

– Bonsoir, je suis Wade. Je suis venu cherche Ella, dit-il à mon père.

– Steve O'Halloran.

Et tous deux se serrent la main. Je me rends parfaitement compte que Steve est agréablement impressionné par l'allure très propre sur lui et le look classique de Wade.

Ils bavardent ensemble deux ou trois minutes à propos des finales de la coupe, puis Wade et moi quittons la suite, pendant que Steve me fait un signe pas très discret, pouce en l'air.

Dès que nous entrons dans l'ascenseur, je hausse les yeux au ciel.

– Il essaie tellement d'être un vrai père ! dis-je en soupirant.

Wade pouffe de rire.

– C'est un père.

Pendant que nous descendons vers le lobby, je m'arrange pour qu'il y ait en permanence au moins quatre-vingt-dix centimètres entre Wade et moi. Je ne sais pour quelle raison stupide, je suis parano à l'idée que Steve pourrait fort bien visionner les bandes des caméras de l'ascenseur, et je ne veux rien faire ni rien dire qui puisse paraître étrange.

Mais dès que nous sommes en sécurité dans la Mercedes de Wade, la première chose que je fais, c'est de me jeter à son cou.

– Merci beaucoup pour ce que tu fais.

– Aucun problème, répond-il. (Il sourit d'un air un peu hésitant.) Tu as parlé à Val ?

Je confirme d'un signe de tête.

– Elle a dit que tu pouvais l'appeler ce soir une fois que tu m'auras déposée.

Il a soudain l'air plein d'espoir.

– Ouais ?

– Ouaip.

Je me penche et lui tapote le bras,

– Ne merde pas cette fois, Wade. Val est une fille bien.

Il soupire.

– Je sais. Tu vois, avant de sortir avec elle, je la considérais juste comme la cousine pauvre de Jordan.

J'ouvre de grands yeux.

– Oh mon Dieu, mais c'est épouvantable de dire ça !

– Oui, mais c'est la vérité.

Il démarre et manœuvre pour sortir de sa place de parking.

– Je ne l'avais jamais remarquée avant que tu arrives en ville et que tu te mettes à sortir avec Reed. Et tout d'un coup, elle déjeune avec nous et… (Il hausse les épaules.) Elle est vraiment cool.

– Tu l'apprécies vraiment ou bien c'est juste un jeu pour toi ?

– Je l'aime beaucoup, m'assure-t-il. Pour de bon.

– Alors ne merde pas, cette fois.

Le reste du trajet passe vite. Je ne suis plus qu'un paquet de nerfs lorsque Wade entre dans l'allée des Royal. Je me rue hors de la Mercedes avant même qu'elle s'arrête complètement, ce qui déclenche le fou rire de Wade.

– Merde, je crois que je n'ai jamais vu une nana aussi pressée de s'envoyer en l'air, me dit-il quand il me rejoint sur les marches du manoir Royal.

– J'ai hâte de voir mon petit ami. Ça n'a rien à voir avec l'envie de s'envoyer en l'air, je réponds sur un ton très prude.

– Ouais, ouais, continue à te raconter ça.

La porte d'entrée s'ouvre à l'instant où nous l'atteignons, et hop, je suis dans les bras de Reed et son visage est enfoui dans mon cou.

Je recule un peu, en jetant des coups d'œil nerveux en direction du salon.

– Callum est là ?

– Il a appelé pour dire qu'il allait travailler tard ce soir, répond Reed en m'attirant à lui.

Nos bouches se rencontrent et notre baiser est suffisamment torride pour mettre le feu au salon tout entier. Derrière nous, des gémissements se font entendre. C'est Wade.

– Hé, les potes. Arrêtez. Je n'arrive pas à croire que c'est moi qui dis ça, mais trouvez-vous une chambre.

J'éclate de rire contre les lèvres de Reed et je me tourne vers Wade.

– Je croyais que tu étais à fond pour les marques d'affection en public.

– Si aucun de vous ne me laisse jouer, ce n'est pas marrant.

Avec un bras toujours autour de ma taille, Reed frappe de sa main libre celle de Wade.

– Merci d'avoir rendu ce truc possible.

– Pas de problème. Je reviens dans deux heures, ce sera suffisant ?

Non, mais il faudra faire avec.

– C'est parfait, lui dis-je. Allez, va appeler Val.

En nous saluant gaiement, Wade sort à toute vitesse.

Reed referme la porte à clé avant de me prendre dans ses bras.

– On va où ? je lui demande, en lui passant les miens autour du cou.

Il grimpe les escaliers quatre à quatre.

– Je me suis dit qu'on pourrait regarder un film avec Easton.

– Sérieusement ?

J'ai un pincement au cœur. Je croyais qu'on allait passer un bon moment ensemble.

– Hum, non, répond-il en riant. Je plaisantais.

Lorsque nous arrivons en haut, il ne s'arrête pas à ma chambre à coucher mais m'entraîne jusqu'à la sienne. Puis il me repose à terre. Je m'attends à ce qu'il me saute dessus, m'arrache mon pull, mais rien du tout.

Je regarde autour de moi, un peu embarrassée.

– Il s'est passé un truc ?

– Je voulais te parler de l'enquête, et aussi d'autres trucs, admet-il.

Il plaque la paume de sa main sur sa nuque et me regarde d'un air malheureux.

– On ne va pas s'amuser un peu ? dis-je d'un petit air désappointé.

Ce n'est pas que j'ai besoin de faire l'amour avec lui, mais quand je suis dans ses bras, rien de ce qui va mal dans nos vies n'existe plus. Il n'y a plus que nous.

– Pas tout de suite.

Il essaie de me sourire, mais il sait bien qu'un sourire forcé ne va pas suffire avec moi.

– On s'assied ?

Il n'y a pas beaucoup de possibilités dans la chambre de Reed. C'est assez spartiate. Un lit, une commode et un petit sofa devant son grand écran de télé. Je pose mes fesses sur le lit. J'aimerais me pelotonner sous les couvertures et attendre que tout ça soit terminé.

– Le test de paternité effectué sur le bébé de Brooke est arrivé, commence-t-il.

Mon cœur s'arrête. Oh non. Cet air triste dans son regard me prévient que ce ne sont pas de bonnes nouvelles. Soudain, je me sens mal. C'est impossible que le bébé soit celui de Reed…

– C'était le bébé de papa.

Un immense soulagement et un incroyable choc me saisissent en même temps.

– Quoi ? Tu es sérieux ?

Reed hoche la tête.

– Je suppose que la vasectomie a foiré.

– C'est possible ?

– Parfois, ouais.

Il plonge ses mains dans ses poches.

– Papa l'a pris en pleine figure. Bien sûr, il ne voulait plus être avec Brooke, mais il aurait assuré pour cet enfant. Je crois qu'il pleure ce bébé, maintenant qu'il sait que c'était le sien.

Je plaque une main sur ma poitrine. Pauvre homme.

– J'ai de la peine pour lui.

– Moi aussi. Le truc le plus triste, c'est que peu importe qui était le père, puisque Brooke continuait à me menacer et que je suis toujours la seule personne qui avait un motif pour la tuer. Et la seule que les caméras ont vue entrer dans le penthouse cette nuit-là.

Je me mords la lèvre.

– Quand est-ce que les tests de paternité sont arrivés ?

– Hier.

Je fronce les sourcils.

– Et tu ne me le dis que maintenant ?

– J'attendais papa. Il n'en a pas encore parlé à East et aux jumeaux. Je te l'ai dit, il est assez démoralisé. Mais il fallait que je te prévienne. Je t'ai promis de ne plus avoir de secrets pour toi, pas vrai ?

J'ai la gorge nouée.

– Tu m'as évitée toute la journée à l'école.

Reed soupire.

– Ouais, je sais. Je suis désolé. Je cherchais comment te dire le… euh… l'autre truc.

La suspicion m'envahit.

– Quel autre truc ?

– J'ai la date de mon procès, c'est en mai.

Je bondis.

– C'est dans six mois !

Il sourit d'un air sinistre.

– Grier prétend que j'ai le droit d'obtenir un procès plus rapide.

Mon estomac se soulève.

– Dis-moi que les types de Callum ont trouvé quelque chose. Ils m'ont bien trouvée, moi, bon sang.

– Rien du tout.

L'expression de Reed m'ôte tout espoir.

– Ils sont revenus les mains vides. Puis, après une pause : Grier dit que je vais sans doute perdre.

Je commence à détester tout ce que peut bien dire ce Grier.

– Alors, on fait quoi maintenant ?

Mes yeux s'emplissent de larmes. Du coup, je fixe obstinément la moquette. Je ne veux pas que mon propre désespoir augmente encore l'angoisse que je perçois dans sa voix.

– Il veut que je plaide coupable.

Je ne peux retenir un gémissement douloureux.

– Non.

– Je risque une peine de vingt ans, mais le bureau du district attorney en demandera dix. À cause du surpeuplement dans les prisons, Grier dit que je sortirai sans doute dans cinq ans. Je pense que je devrais…

Je cours vers lui, je plaque ma main sur sa bouche. Je ne veux pas qu'il le dise. S'il dit qu'il accepte, qu'il va me laisser, je ne pourrai pas le faire changer d'avis. Alors, je lui ferme la bouche de la seule façon que je connaisse, en collant mes lèvres aux siennes. Elles s'entrouvrent, et je l'attaque avec ma langue, mes mains, tout.

– Ella, arrête, gémit-il contre ma bouche.

Mais si Reed a une faiblesse, c'est bien moi, et j'exploite cette faiblesse sans pitié.

Mes mains descendent le long de son pantalon. Puis je me mets à genoux, je glisse son sexe tout entier dans ma bouche. En le regardant droit dans les yeux, je le défie de m'arrêter, à présent.

Il ne le fait pas. Il se contente de s'enfoncer plus profondément, de gémir, puis il me jette en travers du lit.

Sa main me trouve, désespérée à force de désir.

– C'est ça que tu veux ? gronde-t-il.

– Oui, dis-je fiévreusement en l'entourant de mes jambes. Montre-moi combien tu m'aimes.

Ses yeux brillent de lubricité. Il avait peut-être envie de parler, mais tout ça est passé au second plan à présent.

Lorsqu'il me pénètre un instant plus tard, je m'attends à ce que le plaisir chasse la tristesse, mais la peine ne faiblit pas. Elle remplit mon cœur, et même sa force et le poids réconfortant de son corps contre le mien ne parviennent pas à me soulager complètement.

Il me fait l'amour avec acharnement, comme s'il pensait que c'était la dernière fois. Son corps cogne contre le mien. Il me pénètre violemment, profondément, à m'en couper le souffle.

Mais, moi aussi, je suis sauvage. Mes ongles griffent ses épaules. Mes jambes enserrent sa taille. Dans un petit coin de mon cerveau qui est maintenant sous contrôle, j'ai l'impression que si je l'aime assez fort, assez longtemps, je le garderai avec moi pour toujours.

Et quand la foudre traverse mon corps, quand la jouissance finit enfin par effacer le chagrin, j'oublie pourquoi j'étais en colère et je laisse le plaisir exploser en moi.

Quand je redescends, tout en sueur mais pas encore assouvie, je le cherche à nouveau. Je veux rester dans cet état émotionnel où seuls Reed et moi existons. Mais contrairement à la nuit après le match, il se retire.

– Ella, dit-il doucement en passant la main sur mon haut que nous n'avons pas pris la peine d'enlever, on ne peut pas tout régler par le sexe.

Piquée au vif, je réplique :

– Excuse-moi de vouloir être près de toi.

– Ella…

Je m'assieds, soudain tout à fait consciente que je suis nue de la taille aux pieds. Je descends du lit, j'attrape mon pantalon et je l'enfile.

– Je veux dire, si tu as tellement envie d'être enfermé pendant vingt ans, est-ce qu'il ne vaut pas mieux qu'on baise le plus possible maintenant ? Après ça, je n'aurai plus que mes souvenirs pour me tenir chaud.

Reed se mord la lèvre.

– Tu vas m'attendre ?

Je le dévisage tranquillement.

– Bien sûr. Qu'est-ce que je peux faire d'autre ?

Et soudain, ça me saute à la figure. Il n'a pas bien réfléchi. Il n'a pas mesuré toutes les répercussions de cet arrangement. Encouragée, je le presse :

– C'est vrai, on va être séparés pendant vingt ans.

– Cinq, corrige-t-il, l'air absent.

– Cinq ans, si tu as de la chance. Cinq, si l'administration pénitentiaire ou je ne sais qui d'autre décide que tu l'as mérité. Tu as dit que tu risquais une peine de vingt ans. J'aurai près de quarante ans quand tu sortiras.

Reed est la seule personne que j'aie jamais vraiment aimée, à part ma mère. Avant de le rencontrer, je ne m'imaginais pas mon avenir avec un homme. Mon expérience avec les petits amis de ma mère m'avait persuadée que je serais plus heureuse sans mec. Or, à présent que je ne peux m'imaginer d'avenir sans Reed, la route qui s'ouvre devant nous est déprimante, et l'écrasante solitude que j'ai vécue les mois qui ont suivi la mort de ma mère plane à nouveau au-dessus de ma tête.

Si je perds aussi Reed, je ne sais pas comment je vais faire. En luttant contre la panique, je m'agenouille à côté de lui sur le lit.

– Partons. Maintenant. On récupère mon sac à dos et on fout le camp.

Il me regarde avec un air vraiment désolé,

– Je ne peux pas. Je t'aime, Ella, mais je te l'ai déjà dit, fuir n'est pas une solution. Ce serait encore pire. Nous ne reverrons jamais ma famille. On vivra avec la crainte permanente d'être arrêtés. Je t'aime, répète-t-il alors, mais nous ne pouvons pas nous enfuir.

CHAPITRE 26

REED

Le lendemain, quand je rentre de l'école, Halston Grier m'attend dans le salon. Mon rendez-vous d'hier soir avec Ella a été très tendu, même après que nous avons fait l'amour. À présent, je comprends pourquoi.

Quoi que nous fassions, mon affaire va continuer à planer au-dessus de nos têtes, jusqu'à ce que cette merde soir résolue.

– Vous avez reçu d'autres témoignages ?

Ma question a jailli, plus narquoise que je le voulais. Grier et papa échangent un regard entendu, puis papa se lève. Il m'attrape par les épaules et me serre contre lui, comme s'il avait envie de me prendre dans ses bras, mais il interrompt son geste.

– Quoi que tu décides, je te soutiendrai, lance-t-il brusquement avant de sortir.

Grier me fait signe de m'asseoir sur le canapé. Il attend que ce soit fait pour sortir de sa serviette, posée à ses pieds, une de ces déclarations tapées à la machine.

Si je ne vois plus un seul de ces papiers de ma vie, je mourrai heureux. L'avocat se penche vers moi et me tend la déclaration.

– Vous n'allez pas me la lire, celle-là ?

Mes yeux parcourent le titre qui indique que c'est celle d'une certaine Ruby Myers.

– Jamais entendu parler d'elle. C'est la mère de quelqu'un ? (Je me creuse la tête encore une fois.) Il y a un Myers chez les premières années. Je crois qu'il joue à lacrosse.

– Lis-le.

Je m'installe et je déchiffre soigneusement les mots tapés à la machine sur la page.

« Moi, Ruby Myers, déclare sous serment que ce qui suit est un compte-rendu véridique, pour autant que je le sache :

1. Je suis âgée d'au moins dix-huit ans et en capacité de témoigner de ma propre volonté.

2. Je réside au 1501, huitième rue, Apt. 5B, Bayview, Caroline du Nord.

3. J'ai été embauchée comme serveuse lors d'une soirée privée au 12 Lakefront Road, Bayview, Caroline du Nord. C'est une amie qui m'a déposée, parce que ma voiture était en panne. C'était l'alternateur. »

C'est notre adresse. Je repense à la dernière fois que nous avons eu des serveuses à la maison. C'était sans doute quand Dinah et Brooke sont venues dîner. Mais je ne vois rien qui vaille la peine d'être mentionné ce soir-là. East et Ella avaient surpris Gideon et Dinah en train de baiser dans les chiottes. Est-ce que c'est de cela qu'il s'agit ? Et si c'est le cas, qu'est-ce que ça peut bien avoir à faire avec mon cas ?

J'ouvre la bouche pour poser la question, mais la ligne suivante attire mon attention.

« 4. Après le dîner, vers approximativement 9 h 05 du soir, je suis allée aux toilettes en haut des escaliers. J'étais curieuse, parce que cette maison était vraiment splendide et je me demandais de quoi pouvait bien avoir l'air le reste. Le dîner était terminé, alors je me suis glissée là-haut, bien que je ne sois pas censée le faire. J'ai entendu deux personnes parler dans une des chambres et j'ai jeté un coup d'œil à l'intérieur. C'était le second fils, Reed, et la dame blonde qui est morte. »

Je ne lis pas un mot de plus. Je repose la déclaration de deux pages et je dis d'une voix calme :

– C'est un mensonge. Je ne suis jamais monté avec Brooke cette nuit-là. La seule fois où elle est venue dans ma chambre, ces six derniers mois, c'est la nuit où Ella s'est enfuie.

L'avocat fait alors un de ces petits mouvements d'épaules horripilants dont il a le secret.

– Ruby Myers est une brave femme qui cumule deux emplois pour pouvoir élever ses enfants. Son mari l'a quittée il y a cinq ans. Tous ses voisins affirment qu'il n'existe pas de meilleure mère célibataire que Ruby Myers.

– Une femme qui a des valeurs et une morale, j'ironise en répétant les accusations de Jordan Carrington lors de son témoignage.

Je lui tends ses papiers, mais Grier ne les reprend pas.

– Continue à lire.

Mécontent, je parcours le reste des paragraphes.

« 5. La dame blonde, Brooke, disait que le garçon lui manquait. J'ai compris qu'ils avaient dû être ensemble, à un moment ou un autre. Il lui a demandé ce qu'elle foutait dans sa chambre, et lui a demandé de sortir immédiatement. Elle a fait la moue et lui a répondu qu'il ne s'en était jamais plaint jusqu'à présent. »

– Elle a fait la moue ! Qui a écrit cette connerie ?

– Nous encourageons les témoins à écrire leurs dépositions eux-mêmes. Cela paraît plus authentique quand c'est énoncé avec les mots du témoin.

Si Grier n'était pas censé me tirer d'affaire, je crois bien que je lui aurais mis mon poing dans la figure.

« 6. Brooke prétendait qu'elle était enceinte et que c'était Reed le père. Il disait que ce n'était pas le sien et qu'il lui souhaitait bonne chance. Elle a répondu qu'elle n'avait pas besoin de chance puisqu'elle l'avait, lui. Il passait son temps à dire à la dame de sortir, parce que sa copine allait venir. »

Je demande :

– Quelle est la peine encourue pour faux témoignage ? Parce que rien de tout ça n'est vrai. J'ai dîné avec Dinah et Brooke autour de cette date, mais je n'ai jamais parlé à la moindre serveuse.

Grier hausse à nouveau les épaules. Je poursuis ma lecture.

« 7. La dame voulait qu'il l'aide à arranger son mariage avec son père. Reed a refusé et a déclaré qu'elle mourrait avant d'entrer dans sa famille.

8. J'ai entendu un bruit et j'ai eu peur d'être attrapée, alors j'ai descendu les escaliers en courant, et j'ai aidé à débarrasser les restes du repas et à tout ranger. Puis je suis retournée à la camionnette. Mon amie m'a déposée chez moi. »

– C'est des conneries. (Je balance tout ce baratin sur la table basse et je me frotte le visage.) Je ne connais même pas cette nana, Myers. Et la conversation qu'elle décrit s'est passée entre Brooke et moi la nuit où Ella est partie. Tout le monde était parti. Je ne sais pas comment elle a pu savoir ce qui s'était passé.

– Donc, ça s'est réellement passé ?

– Je n'ai jamais dit qu'avant de faire partie de ma famille, elle… je reprends la feuille de papier pour lire les mots exacts qui y sont inscrits… *mourrait*.

– Comment a-t-elle pu savoir ce qui s'était passé, alors ?

Je n'arrive pas à déglutir tant ma gorge est sèche. Ça me fait mal.

– Je ne sais pas. Elle devait connaître Brooke, d'une façon ou d'une autre. Pouvez-vous vérifier ses appels pour voir si Brooke et elle étaient en contact ?

Je sais que j'exagère, mais je sens le piège se refermer sur moi.

– À la lumière de ceci… (Grier repousse le témoignage dans ma direction au point de le faire presque tomber de la table), je te conseille d'accepter l'accord de médiation, Reed. Tu seras sorti pour tes vingt-trois ans. (Il tente de sourire.) Pense à un autre type d'enseignement supérieur. Tu peux suivre des cours de fac en prison et même obtenir ton diplôme. Nous ferons tout pour te rendre la vie la moins pénible possible.

– Vous ne parvenez même pas à me faire disculper alors que je suis innocent. Comment puis-je vous croire ?

Il se penche et attrape sa sacoche, avec une expression de déception sur le visage.

– Je te donne le meilleur conseil juridique qui soit. Un avocat moins scrupuleux serait allé au procès et aurait facturé une fortune à ton père. Je te conseille d'accepter cet arrangement, parce que ta défense est irrecevable.

– Je vous dis la vérité. Je ne vous ai jamais menti.

Je serre les mâchoires pour ne pas serrer les poings. Grier me jette un regard morne, par-dessus ses lunettes à la con.

– Il arrive que des innocents soient enfermés très longtemps. Je te crois, et je pense que le bureau du district attorney aussi, sans ça je n'aurais jamais pu obtenir cet accord. L'homicide involontaire se solde en général par une peine de vingt ans de prison. Dix ans, c'est très généreux. C'est le meilleur accord possible.

– Est-ce que mon père est courant ? je demande en montrant la déposition de cette Ruby Myers.

Grier réajuste sa serviette dans sa main.

– Oui. Je lui ai fait lire avant que tu arrives.

– Il faut que je réfléchisse.

– Le deal proposé par Delacorte n'est plus d'actualité. Il y a trop de preuves contre toi, ajoute Grier, comme si je voulais envisager une seule seconde cette option.

Il sait bien que je ne laisserais jamais Daniel revenir et faire du mal à Ella. Le sol s'ouvre sous mes pieds. J'ai dix-huit ans, et mon avenir est soudain limité à cinq ans de taule ou à prendre le risque de finir mes jours entre quatre murs.

– Si je…

Ma gorge est nouée et je sens la brûlure embarrassante des larmes dans mes yeux. Je me force à poursuivre :

– Si j'accepte cet accord, quand est-ce que commencera ma peine ?

Les épaules de Grier se relâchent un peu,

– J'ai recommandé, et le bureau du D.A. semble approuver, que tu commences après le premier janvier. Comme ça, tu pourras finir ton semestre et passer tes vacances en famille.

Il se penche vers moi, sa voix s'anime un peu.

– Je pense que je peux t'obtenir une maison d'arrêt à sécurité minimum. C'est dans ce genre d'établissement que les drogués, les délinquants en col blanc ainsi que certains délinquants sexuels purgent leur peine. C'est une population carcérale très tranquille.

Il sourit comme si je devais lui être reconnaissant pour ce super-cadeau. Je murmure :

– J'ai vraiment hâte de voir ça.

Je lui tends la main en me souvenant d'un semblant de bonnes manières que maman m'avait inculquées. Merci.

– De rien.

Nous nous serrons la main. Il s'apprête à partir, mais il s'arrête sur le pas de la porte.

– Je sais que ton instinct te pousse à te battre. C'est un trait de caractère tout à fait admirable. Mais, cette fois-ci, il va falloir que tu te rendes.

Dix minutes plus tard, papa me retrouve prostré. Je suis en train de me rendre compte de l'énormité de ce qui m'attend.

– Reed ? demande doucement mon père.

Je lève les yeux. Papa et moi sommes de la même taille. Je suis un peu plus costaud que lui, parce que je fais beaucoup de musculation. Mais je me souviens, quand j'étais môme, qu'il me prenait sur ses épaules et que je pensais qu'il me protégerait toujours.

– Qu'est-ce que tu penses que je devrais faire ?

– Je ne veux pas que tu ailles en prison, mais ce n'est pas comme d'aller à Las Vegas et de parier quelques millions de dollars à une table de craps. Si tu vas au procès, cela signifie que tu joues ta vie.

Il a l'air aussi vieux, aussi fatigué et aussi défait que ce que je ressens en moi.

– Je ne suis pas coupable.

Et, pour la première fois, c'est important pour moi de lui dire et qu'il me croie.

– Je sais. Je sais que tu ne lui aurais jamais fait de mal. (Le coin de sa bouche remonte légèrement.) Même si elle l'avait amplement mérité.

– Ouais. (Je plonge les mains dans mes poches.) Je veux parler à Ella. Tu penses que ça va poser un problème à Steve, qu'il refusera ? Si je n'ai plus qu'un peu de temps pour moi, je veux le passer avec les gens que j'aime.

– Je vais m'en occuper. (Il attrape son téléphone dans la poche de son manteau.) Tu veux en parler à tes frères ? Tu n'es pas obligé. Du moins pas avant d'avoir pris ta décision.

– Il faut qu'ils sachent. Mais je ne veux le faire qu'une seule fois, alors je vais attendre qu'Ella arrive.

Nous sortons dans le couloir, et j'ai déjà le pied sur la première marche quand, tout à coup, je pense à un truc.

– Tu vas parler de tout ce bordel à Steve ?

Je désigne le salon d'un geste de la main, cet endroit où Grier vient de jeter une bombe dans ma vie.

Papa secoue la tête.

– Cela ne concerne que la famille Royal.

Puis il ajoute avec un demi-sourire :

– Voilà pourquoi il faut qu'Ella vienne.

– C'est vrai.

Je monte les escaliers quatre à quatre en envoyant un texto à Ella lorsque j'arrive en haut.

Papa va s'arranger pour que
tu viennes.

Vraiment ?

☺

J'ai l'impression d'être aux arrêts, ici.
Ce n'est pas pour me plaindre ou quoi
que ce soit, mais Steve disait que
cette suite était trop petite. Je pensais
qu'il était dingue, mais après trois
semaines ici, j'ai l'impression de vivre
dans une boîte de sardines.

Je me demande quelle taille peut bien avoir une cellule. Je lui réponds :

Je te comprends.

Ça se met à turbiner dans ma tête lorsque je pense à l'accord. Si je l'accepte, je serai envoyé dans une pièce en béton et j'y resterai pendant cinq ans. Environ deux mille jours. Est-ce que je peux supporter ? Est-ce que je vais survivre à ça ? Mon cœur se met à battre si vite que je me demande si je ne vais pas faire une crise cardiaque.

Je repose mes doigts sur les touches du téléphone.

Quand allez-vous retourner dans le
penthouse ?

Bientôt, j'espère. G. veut que
je cherche les preuves du chantage.
Tu penses que je devrais ?

Ouais, si ce n'est pas trop difficile.

Putain, comme j'aimerais repousser la menace que font peser Dinah et Brooke sur ma famille. Se débarrasser de cette accusation de meurtre serait une première étape. Je pourrais me battre, mais à quoi bon ? Grier prétend que mon cas est vraiment désespéré.

Je ne veux pas entraîner ma famille dans un procès. Je ne veux pas qu'un défilé de témoins viennent raconter à la barre les problèmes d'Easton avec le jeu, la boisson et la drogue, la vie intime des jumeaux, des histoires déformées à propos de Dinah et Gideon, de moi et Brooke, et papa. Et il y a aussi le passé d'Ella. Je ne veux pas qu'on la traîne à nouveau dans la boue.

Notre famille a déjà traversé tant d'épreuves. Les procureurs vont étaler les détails de la mort de maman si je passe en jugement. Tout ce que nous

nous sommes donné tant de mal à garder secret serait étalé au grand jour.

J'ai la possibilité d'empêcher ça. Le prix à payer pour garder ces secrets enfouis, c'est ma liberté. Et pas pour longtemps. Cinq ans. Cinq ans, si j'ai de la chance. Je peux vivre avec ça. C'est juste une petite partie de ma vie. Ce n'est rien par rapport au traumatisme qu'un procès infligerait à ma famille.

Rien du tout.

Ouais, je suis décidé. C'est la bonne décision. Je le sais.

Maintenant, il va falloir que je vende ça à Ella et à mes frères.

Ella arrive une heure plus tard. Dès qu'elle apparaît à la porte d'entrée, mon cœur est plus léger. J'ai à peine le temps de réagir qu'elle se jette à mon cou. Après m'avoir plaqué sur les lèvres un long baiser super-bandant, elle se dégage.

– Merde, on dirait un bloc de glace. (Elle pince mon bras nu.) Couvre-toi un peu.

– Je croyais que tu aimais ça quand j'étais à poil, je réplique en forçant sur le ton léger de ma voix. Je crois même que tu as dit une fois que c'était un crime que je mette une chemise.

Elle fronce le nez, mais ne me dément pas.

– Qu'est-ce que tu crois que Callum a raconté à Steve ? Steve m'a dit que je pouvais venir, sans faire le moindre problème. Peut-être qu'il vient, lui aussi ?

Son sourire est si éclatant. Elle pense que j'ai de bonnes nouvelles à lui annoncer. Je ne veux pas la détromper, mais je n'ai pas le choix. Il s'agit aussi de son avenir.

Je la prends par la main et je l'entraîne dans les escaliers.

– Viens. Allons dans ta chambre.

Je vais frapper à la porte des chambres de mes frères.

– Ella est là.

Mes frangins jaillissent immédiatement de leur chambre.

– Salut, p'tite sœur !

Une pointe de jalousie m'envahit quand Easton la serre dans ses bras bien fort avant de la passer à Sawyer et Seb. Mais la tendresse qu'ils montrent vis-à-vis d'elle est une bonne chose. Surtout pour East.

Je me retourne et j'entre dans la chambre d'Ella en me forçant à repousser tout sentiment négatif. Ils vont avoir besoin les uns des autres après mon départ. Je ne peux pas leur en vouloir pour ça.

C'est moi qui me suis mis dans cette situation quand j'ai décidé de faire l'amour avec Brooke. Et ensuite, j'ai enchaîné décision stupide sur décision stupide. Ce jeu des *Et si ?* va sans doute me rendre dingue en prison. *Et si* j'étais allé à D.C. pour dîner avec ma famille ? *Et si* je n'avais pas répondu au coup de fil de Brooke ? *Et si* je n'étais pas allé là-bas en pensant que je pourrais raisonner Brooke ?

C'est ma foutue fierté qui m'a entraîné là-dedans.

J'attends que tout le monde soit entré pour commencer,

– Je voulais vous mettre au courant des derniers développements de mon affaire.

Mes frères se redressent. Je sais qu'ils meurent d'envie de connaître tous les détails. Mais Ella… Elle me regarde en fronçant les sourcils.

– C'est au sujet de… ?

Elle s'interrompt, en observant mes frères et moi à tour de rôle. Visiblement, elle n'est pas certaine que je leur ai parlé de l'offre d'arrangement.

Je hoche la tête.

– Ouais. Et il y a de nouveaux développements.

Lentement, je leur passe en revue les témoignages que j'ai lus tellement de fois que je les connais presque par cœur. Je ne leur livre que les grandes lignes, j'oublie les trucs à propos d'Easton et de la relation des jumeaux avec Lauren et je me concentre sur les merdes que la police a amassées sur moi, en terminant par le témoignage de Ruby Myers.

Ella blêmit de plus en plus.

– C'est un incroyable ramassis de conneries, déclare Easton lorsque je me tais.

– Si Brooke était encore vivante, je la tuerais moi-même, murmure Ella.

– Ne dis pas ça, je la reprends.

– On devrait témoigner, nous aussi, suggère-t-elle.

– Ouais, acquiesce East. Parce que cette merde avec cette serveuse n'a jamais existé.

Seb et Sawyer se joignent au chœur, en jurant qu'eux aussi ils vont témoigner. Je réalise que je dois mettre fin à ce truc avant ça devienne incontrôlable. Je leur annonce :

– Je vais plaider coupable.

East est sur le cul.

– Tu déconnes !

Les jumeaux et lui me fixent comme si j'étais devenu dingue, mais je ne peux détacher mes yeux d'Ella dont le visage transpire la peur.

– Tu ne peux pas, proteste-t-elle. Et le deal avec Delacorte ?

East se redresse d'un bond.

– Quel deal ?

Ella se met à raconter avant que je puisse la faire taire.

– Le juge Delacorte a proposé de laisser tomber les preuves contre Reed si Daniel revenait du pensionnat militaire et que j'acceptais de dire que j'avais menti à propos de la drogue. (Elle croise les bras.) C'est ce qu'on va faire.

– Ouais, confirme Seb.

Sawyer hoche la tête frénétiquement.

Je regarde mes frères bien en face, jusqu'à ce qu'ils baissent leurs yeux pleins d'espoir.

– Sûrement pas. Jamais de la vie.

Ella lève les mains. Elle imite la balance de la justice.

– Ou bien tu en prends pour vingt-cinq ans, ou bien je supporte Daniel.

Sa main gauche tombe, et ses yeux me regardent d'un air furieux.

– Accepte le deal de Delacorte.

– Même si j'étais d'accord, ce qui n'est pas le cas, il y a trop de preuves pour que je m'en sorte. Le deal de Delacorte ne tient plus. Ils n'ont personne d'autre à épingler. Grier m'a dit qu'ils avaient contre moi les moyens, les motifs et l'occasion, et c'est tout ce dont ils ont besoin pour me reconnaître coupable de ce crime.

– Tu ne plaideras pas coupable, Reed.

Sa voix est plus dure que l'acier.

Je déglutis avec peine. Et en plantant mes yeux dans les siens, je réponds :

– Si.

CHAPITRE 27

ELLA

Mes émotions sont complètement contradictoires. Je déteste Reed parce qu'il pense qu'il pourrait accepter ce stupide accord, mais je l'aime parce qu'il veut stopper toute cette galère. Je sais pourquoi il refuse de se battre. Il a décidé de sauver la réputation de sa famille.

Je pige, mais je déteste ça.

– Pour info, je ne suis pas partant pour ce plan, lance Easton.

– Pareil, disent les jumeaux à l'unisson.

Reed hoche la tête.

– C'est noté. Mais c'est ce qui va se passer, que vous soyez d'accord ou pas.

L'amertume me saisit la gorge. Bon, voilà, c'est le décret Royal. Et rien à foutre de ce que pensent les autres, c'est bien ça ?

Un léger grattement sur la porte nous fait tous sursauter.

– Tout va bien, les enfants ? demande Callum sur un ton étrangement tendre.

Personne ne pipe mot.

Il soupire :

– Je suppose que Reed vous a parlé de cet accord ?

Easton regarde son père en fronçant les sourcils.

– Et toi, ça te va ce truc ?

– Non, mais c'est ton frère qui décide. Je le soutiendrai, quoi qu'il arrive.

Le regard sévère de Callum nous signifie que nous devrions tous faire comme lui et soutenir Reed.

– Je peux avoir un instant, seule à seul avec Reed ? je demande fermement.

D'abord, personne ne bouge, mais ils finissent par remarquer l'expression de mon visage, et ce qu'ils voient les pousse à réagir.

– Venez, les garçons, allons préparer quelque chose pour le dîner à la cuisine, dit Callum à ses fils.

– Oh, Ella, je me suis arrangé avec Steve, tu peux passer la nuit ici. J'envoie Durand à ton hôtel pour récupérer ton uniforme.

– Steve est d'accord ? je demande, très surprise.

– Je ne lui ai pas vraiment laissé le choix, répond-il avec un sourire timide.

Puis il sort en refermant la porte derrière lui.

Une fois seule avec Reed, il m'est impossible de contenir ma colère plus longtemps.

– C'est dément ! Tu ne l'as pas tuée ! Pourquoi devrais-tu, jamais, jamais, jamais dire que c'est toi qui l'as fait ?

Il s'assied lentement à côté de moi.

– C'est la meilleure solution, bébé. Cinq ans de taule, ce n'est pas la fin du monde. Mais la prison à perpétuité ? Ça, c'est la fin du monde. Je ne peux pas courir ce risque.

– Mais tu es innocent. Tu peux avoir un procès et…

– Perdre. Je vais le perdre.

– Tu n'en sais rien.

– Le témoignage de Ruby Myers est accablant. Elle va raconter au jury que j'ai menacé Brooke de la tuer. (Il a l'air désespéré.) Je ne sais pas pourquoi cette femme a menti à mon sujet, mais son témoignage va m'envoyer direct en taule.

– Alors, prouvons qu'elle a menti, dis-je, désespérée.

– Comment ? (Sa voix est sourde, abattue.) Elle a témoigné sous serment.

Reed me prend la main et la serre fort.

– C'est comme ça, Ella. Je vais accepter le deal. Je sais que tu n'es pas d'accord, mais j'ai vraiment besoin que tu me soutiennes.

Jamais.

Je parviens à émettre un vague croassement.

– Je ne veux pas te perdre.

– Tu ne me perdras pas. Ce n'est que cinq ans. Ça passera à toute vitesse, tu verras.

Il hésite soudain, en passant une main dans sa chevelure d'ébène.

– Sauf…

Je plisse les paupières.

– Sauf quoi ?

– Sauf si tu as changé d'avis et que tu ne veux plus m'attendre, dit-il d'un air triste.

– Tu te fiches de moi ?

– Je ne t'en voudrais pas.

Ses doigts serrent plus fort les miens.

– Et je ne m'attends pas à ce que tu le fasses. Si tu veux rompre, je comprendrais parfaitem…

Je le fais taire avec un baiser. Un baisser furieux, incrédule. Et je lui lance, en colère :

– Je ne vais sûrement pas rompre. Alors, efface cette idée de ta petite tête stupide, Reed Royal.

Au lieu de répondre il m'attire à lui et plaque sa bouche sur la mienne. Son corps puissant me presse contre le matelas. Il m'embrasse si intensément qu'il aspire tout mon souffle.

Ses mains plongent dans mon pantalon. Les miennes s'affairent à tirer sur son tee-shirt. Il se dérobe, juste le temps nécessaire pour le faire passer par-dessus sa tête, avant de me reprendre les lèvres. Sa main atteint mon entrejambe. Je frotte le bas de mon corps contre son sexe tendu, gonflé et chaud. Nous nous écrasons sur le matelas, son corps collé au mien.

Mon haut vole. Une cuisse cherche son chemin entre mes jambes pendant que sa bouche mange mes seins, en insistant sur mes tétons douloureux. Une légère morsure me fait me cambrer en criant son nom.

– Reed, je t'en prie.

Il me lèche plus bas, en emportant avec lui cette tension délicieuse pour m'offrir un autre genre de baiser. Un baiser qui me rend folle de désir jusqu'à ce que j'explose en mille morceaux. Alors il se met à genoux et attrape une capote dans sa table de nuit.

Dans l'état de sidération dans lequel je suis, je n'y avais même pas pensé. Mais c'est vrai. Reed n'est pas un destructeur. Il n'a jamais rien détruit de sa vie. Il a toujours été protecteur, même en ce moment, alors qu'il se bat pour contrôler son propre désir.

Je me redresse et je le guide entre mes cuisses. Son gland me pénètre, mais je ne ressens aucune douleur cette fois-ci. La sueur perle à ses sourcils sous l'effort qu'il fait pour me laisser diriger les opérations. Doucement, tendrement, désespérément, je me laboure, encore et encore, jusqu'à ce que la friction crée une nouvelle explosion de jouissance.

Après, il plonge sa tête dans mon cou.

– Je t'aime, bébé. Je t'aime tellement fort.

– Moi aussi, je t'aime.

Je suis contente qu'il ne me regarde pas, parce que je ne peux m'empêcher d'avoir les yeux pleins de larmes. Je me serre contre lui en m'enroulant comme si je pouvais le garder ainsi, en sécurité avec moi, pour toujours.

Il me réveille deux fois de suite cette nuit-là pour me dire avec sa bouche, et ses mains, et son corps à quel point il m'aime, à quel point il a désespérément besoin de moi et qu'il ne peut vivre sans moi. Je lui réponds les mêmes choses, jusqu'à ce que nous soyons trop épuisés pour garder les yeux ouverts. Mais je ne sais pas si, l'un comme l'autre, nous croyons ce que nous disons. Nous ne sommes plus qu'un mélange d'émotions sauvages et désespérées, incapables de trouver la paix grâce à nos corps. Nous avons beau tenter de toutes nos forces d'oublier, nous ne le pouvons pas.

Parce que Reed va aller en prison, et que ça sent la mort.

Le lendemain matin, Reed et Easton m'accompagnent à l'école. Je suis totalement apathique pendant tout mon entraînement de danse. Toute mon attention est focalisée sur l'autre extrémité du gymnase, là où les footballeurs font leurs exercices de musculation. Je regarde le dos de Reed, jusqu'à ce que Jordan me lance :

– Je sais que ton petit copain criminel est là-bas, mais pourrais-tu fixer ton attention sur l'équipe une seconde ?

Je lui rétorque en montrant du doigt la fille à la cheville bandée :

– Je me demande bien ce que je fous là, puisque Layla est guérie ?

Jordan pince ses lèvres et pose les mains sur sa taille de brindille.

– C'est parce que tu as accepté de rejoindre l'équipe, pas seulement pour un week-end par-ci, par-là.

– Je m'en tamponne de ton équipe !

Derrière moi, les filles poussent un cri de surprise et, aussitôt, je m'en veux d'avoir perdu mon calme. La vérité, c'est que j'en ai quelque chose à faire de cette équipe. Même si ça a débuté par un pacte avec le diable, j'ai aimé chaque seconde de notre performance du match retour. J'irais même jusqu'à supporter Jordan si ça me permettait de faire ce que j'aime le plus.

Mais c'est trop tard. Mon éclat provoque des étincelles dans les yeux de Jordan.

– Eh bien va-t'en, ordonne-t-elle en me montrant les vestiaires, tu es officiellement virée de l'équipe.

– Très bien.

Le mensonge me brûle les lèvres, mais il est hors de question que je montre à Jordan à quel point je suis triste. Alors, je me contente de ramasser ma bouteille d'eau et de quitter le gymnase.

Ce n'est qu'une fois entrée dans le vestiaire que je me laisse aller. Les larmes me piquent les yeux. Je m'en veux à mort d'avoir tenu tête à Jordan. En général, elle mérite une bonne correction, mais pas quand il s'agit de l'équipe de danse. En fait, elle n'est pas une mauvaise capitaine et, d'après ce que j'ai vu, elle ne fait jamais que ce qui est bon pour l'équipe. Lui hurler dessus, c'était une grosse erreur. Maintenant, elle ne me laissera jamais revenir.

Reed me rejoint devant mon casier avant les cours, son regard chaleureux plonge dans le mien.

– Qu'est ce qui s'est passé pendant l'entraînement ? Jordan t'a dit quelque chose ?

Il est déjà à cran, prêt à en découdre pour me défendre. Je tapote son bras :

– Non, c'était de ma faute. Je lui ai aboyé dessus et elle m'a virée de l'équipe.

Reed soupire.

– Wouah, bébé, je suis désolé.

Je continue à mentir.

– Ce n'est pas grave, de toute façon, j'étais censée n'être qu'une remplaçante.

J'attrape mes livres et je claque la porte de mon casier.

– Bon, très bien alors. (Il glisse ses doigts dans mes cheveux, puis le long de ma nuque.) On se voit à l'heure du déjeuner ?

– Ouaip. Je te garderai un siège. Ou alors on peut en partager un. Je m'assiérai sur tes genoux.

Reed me répond en se penchant et en m'embrassant si intensément que j'en oublie mon altercation avec Jordan, que nous ne sommes pas censés avoir de contacts physiques à l'école, et mes angoisses concernant l'avenir. J'en ai même oublié mon nom pendant quelques secondes. Quand il retire enfin ses lèvres, j'ai le regard vide, je suis toute secouée. Et alors je réalise que les cloches qui sonnent dans ma tête sont celles de l'école. Les cours vont bientôt commencer.

– Tu es magnifique.

Il se penche et murmure à mon oreille :

– J'ai entendu dire que les visites conjugales étaient vraiment chaudes.

Immédiatement, mon humeur sentimentale laisse la place à de la colère.

– Ne dis pas des trucs comme ça.

Il prend l'air sérieux.

– Je suis désolé, mais…

– Tu peux l'être.

– Si je ne peux pas en plaisanter, je vais sans doute me mettre à pleurer, et ça, c'est hors de question.

Seigneur, je perds mon calme tout le temps ce matin. Mais c'est que… je n'arrive pas à accepter que Reed aille en prison. Je ne peux pas laisser faire ça.

Je ne peux pas.

Puisque je n'ai plus entraînement après l'école, je suis libre de poursuivre ce que j'appelle « L'Opération Justice ». J'entraîne Val avec moi, pas uniquement parce que j'ai besoin qu'elle me couvre mais parce que j'espère que lorsque nous serons enfermées ensemble dans une voiture, elle finira par me dire ce qui se passe entre elle et Wade. Je sais qu'ils se sont vus pour discuter, mais elle ne m'a donné aucun détail.

– Au fait, comment c'était, ta discussion avec Wade ? je lui demande en sortant du parking de l'école.

– Fascinant.

Elle dit ça sur un ton parfaitement neutre. Je me tourne pour la regarder.

– Je ne sais pas si tu fais de l'humour ou pas.

– Oui et non. (Elle soupire.) Il a dit tout ce qu'il fallait, mais je ne sais pas si…

Je termine sa phrase :

– Si tu le crois ?

– Ouais. Ou si j'ai seulement envie de le suivre. Comme si je voulais m'aventurer jusque dans la zone de relations.

– C'est parce que tu penses encore à Tam ?

– Non, je crois que c'est fini avec Tam. C'est juste que je ne suis pas sûre de vouloir être… avec Wade.

Nous reniflons toutes les deux.

– Tu veux que j'arrête de te poser des questions ? Parce que je peux la fermer. Mais si tu veux en parler, je suis là.

Penser aux problèmes de Val, c'est comme un soulagement pour moi.

– Non, je ne veux pas que tu arrêtes. Je crois simplement que Wade et moi, nous ne sommes pas la bonne personne l'un pour l'autre. Il est sympa et tout, mais il ne pense qu'à s'amuser. Être avec lui, ça ne me mènera à rien.

Elle le dit dans un demi-sourire, en me regardant en face cette fois pour que je puisse voir son air perplexe.

– Je crois que Wade est secrètement plus profond que ça. Il a peut-être peur de le montrer ?

– Peut-être.

Elle semble dubitative.

– Tu vas aller au Bal d'Hiver avec lui ? Reed m'a dit qu'il te l'avait demandé.

Elle grimace.

– Non. Je vais rester à la maison. Je déteste le Bal d'Hiver.

– C'est si nul que ça ? À Astor, tout le monde fait comme si c'était le truc le plus chouette du monde.

– C'est le Sud. On ne crache pas sur une occasion de s'habiller et de se montrer.

– Mais pas toi ?

– Nope. Je déteste ce truc. Est-ce que Steve va te laisser y aller avec Reed ?

– Hum, j'en doute. Je ne lui en ai pas encore parlé, mais je ne crois vraiment pas qu'il sera d'accord. En outre, je n'ai pas de robe. Tu ne m'avais pas dit qu'il en fallait une.

Nous échangeons un sourire. Lorsque nous nous sommes rencontrées la première fois, Val m'a expliqué que j'aurais besoin d'une robe différente pour chaque occasion, les mariages comme les enterrements, mais pas pour le bal de l'école.

– Il va falloir que tu t'en dégotes une, me dit-elle.

– Hum.

Voilà tout l'enthousiasme qu'elle obtient de ma part.

La danse, les robes et les fêtes ne m'intéressent absolument pas en ce moment, pas tant que je n'ai pas trouvé comment sortir Reed de ce guêpier. Je ne vais pas laisser un innocent aller en prison. Les autres membres de la famille Royal peuvent bien l'accepter, pas moi.

Dix minutes plus tard, je me gare devant un immeuble bas, en ville. Je coupe le moteur et je me retourne vers Val.

– Tu es prête ?

– Redis-moi pourquoi nous sommes ici ?

– Je dois parler à quelqu'un.

– Et tu ne peux pas lui téléphoner ?

– Je ne pense pas qu'elle me répondrait, j'admets, en regardant vers la fenêtre.

Tous les témoignages que Reed nous a lus ont l'air vrais. Même si certains tordent un peu la réalité, Reed a affirmé que celui-ci ne l'était pas. En plus, aucun de nous ne se souvient d'avoir vu cette serveuse à l'étage. J'ai donc décidé de la retrouver. Je veux qu'elle me répète ce mensonge en face.

– Cet endroit a l'air glauque, observe Val en se penchant sur le tableau de bord pour regarder par ma vitre le vaste ensemble d'immeubles.

Elle a raison. Tous les bâtiments sont décrépits. Le trottoir en ciment est fendu. Les mauvaises herbes poussent le long de la clôture grillagée qui délimite le parking au milieu des bâtiments. Mais j'ai vécu dans des conditions bien pires que ça. Je lui demande :

– Tu penses qu'on devrait frapper à sa porte ou attendre ici qu'elle sorte ?

– Tu sais à quoi elle ressemble ?

– Ouais, elle faisait partie de l'équipe du traiteur qui est venue à la maison, un jour. Je la reconnaîtrai.

– Alors, attendons. Si elle ne répond pas au téléphone, je ne vois pas pourquoi elle nous ouvrirait sa porte.

– Bien vu.

Je tapote le volant avec impatience.

– Tu ne te dis jamais que Reed est coupable ? me demande tranquillement Val au bout d'un moment.

– Ouais, j'y pense.

Tout le temps.

– Et ?

– Je m'en fous. (Et là, parce que je veux que Val me comprenne bien, j'abandonne ma surveillance un instant.) Je ne crois pas qu'il l'a fait, mais même si c'était un accident, s'ils se sont engueulés et qu'elle est tombée en se cognant la tête, je ne vois pas pourquoi il devrait être puni pour ça. Peut-être que ça fait de moi une personne horrible, mais je suis à fond avec Reed.

Val sourit et se penche pour prendre ma main dans la sienne.

– Pour info, moi aussi je suis à fond avec Reed.

– Merci.

Je serre sa main et je tourne la tête à l'instant précis où la porte de l'appartement 5B s'ouvre.

– Là voilà !

Je me précipite hors de la voiture et, dans ma précipitation, je manque me casser la figure sur le trottoir.

– Madame Myers, j'appelle.

La petite femme brune s'arrête juste devant la clôture.

– Ouais ?

– Je suis Ella Harper.

À mon grand soulagement, elle ne semble pas me reconnaître. J'arrange mon blazer, celui que j'ai foutu en l'air en arrachant l'insigne d'Astor Park, dans l'espoir que comme ça, j'aurais l'air d'une journaliste.

– Je suis reporter au *Bayview News*. Vous avez une minute ?

Immédiatement, son visage se fige.

– Non. Je suis occupée.

Elle se détourne, mais je lui hurle :

– Ruby Myers, je voudrais vous poser quelques questions à propos de la déposition que vous avez faite concernant le meurtre de mademoiselle Davidson.

Je ne peux la voir que de profil, mais son visage est pâle et tout crispé.

Le soupçon m'assaille.

– Je… je n'ai rien à dire, bafouille-t-elle, puis elle baisse les yeux et court jusqu'à une voiture garée trois places plus loin.

Je ne peux rien faire d'autre que de la regarder grimper dedans et démarrer en trombe.

– Tu as vu ? demande Val.

Je me retourne, elle est juste derrière mon épaule.

– Quoi ? Que comme enquêtrice, je crains un max ? (J'ai envie de me mettre à trépigner comme une sale gosse.) Je n'ai même pas réussi à obtenir une seule réponse.

– Non ! Tu as vu le truc qu'elle conduisait ?

– Seigneur, pas toi ! Reed passe son temps à m'emmerder, parce que je ne sais pas faire la différence entre un camion et une voiture. C'était un SUV ?

– C'était une Lincoln Navigator, et elle coûte environ soixante mille dollars. Et celle-là est toute neuve, elle brille encore comme si elle sortait tout juste d'un garage d'exposition. Tu m'as dit qu'elle était serveuse chez un traiteur, c'est ça ? Tu ne serais pas en train de me dire qu'elle est tombée sur un paquet de fric ?

– Tu penses que quelqu'un aurait pu la payer pour qu'elle fasse un faux témoignage ?

– Peut-être ?

Je réfléchis un instant et je siffle un bon coup.

– Il y a quelqu'un qui aurait vraiment quelque chose à gagner à faire porter le chapeau de ce meurtre à Reed.

– Qui ?

Je regarde Val dans les yeux :

– Ma belle-mère.

CHAPITRE 28

ELLA

Après avoir déposé Val chez elle, je fonce à l'hôtel. Ça me prend à peine deux secondes pour retrouver Dinah. Elle est vautrée sur le sofa, les yeux vitreux et les cheveux légèrement emmêlés.

– Où est Steve ?

Je lui pose la question tout en cherchant autour de moi. Si je dois affronter Dinah pour savoir si elle a soudoyé Ruby Myers, je ne veux pas avoir de témoin. La présence de Steve ne ferait que la contrarier et, du coup, elle se tairait.

Dinah soulève un peu une épaule, sa chemise de nuit transparente glisse le long de son bras nu.

– Qui sait ? Sans doute en train de se payer une pute de seize ans sur les quais. Il les aime très jeunes, tu sais. Je suis étonnée qu'il ne se soit pas encore glissé dans ton lit.

Le dégoût m'envahit.

– Tu ne fais rien d'autre que de passer ta journée le cul sur ce sofa ?

– Pourquoi ? Si. Je fais des courses. Je vais à la gym. Et, parfois, je baise ton demi-frère, Gideon.

Elle se met à rire comme une poivrote.

Je regarde fixement le sofa, les bras croisés, mais une partie de moi hésite.

Mon plan, c'était de l'affronter au sujet de Ruby Myers, mais je ne sais pas par où commencer. Comment l'aurait-elle payée ? En cash, n'est-ce pas ? Je me demande si Steve m'autoriserait à détailler leurs retraits bancaires. Ou bien se trimballe-t-elle avec un paquet de cash sur elle ?

Au lieu de l'accuser de front, je décide de choisir une approche différente. Les gens bourrés ont moins d'inhibition. Peut-être que je peux lui extorquer des informations sans même qu'elle s'en rende compte.

Alors, je m'assieds à l'autre bout du canapé et j'attends qu'elle se mette à parler.

– Comment s'est passé l'entraînement de danse ? Tu n'as pas l'air d'avoir beaucoup transpiré.

Je hausse les épaules,

– C'est parce que j'ai lâché l'affaire.

– Ah ! (Elle crie toujours trop fort. Elle brandit un doigt chancelant dans ma direction.) J'avais bien dit à Steve que c'était juste pour pouvoir passer la nuit avec ton petit ami.

Je hausse à nouveau les épaules.

– Et en quoi ça vous concerne, ce que je fais avec Reed ?

– En rien. Je prends simplement mon pied à rendre la famille Royal malheureuse. Ton chagrin, c'est un peu la cerise sur le gâteau.

– Sympa, dis-je sur un ton sarcastique.

– Être sympa, ça ne mène à rien, grogne-t-elle.

Mais ensuite, son visage tout entier se chiffonne, et je remarque pour la première fois qu'en plus de puer l'alcool, elle a les yeux tout rouges.

– Ça va ? je lui demande avec difficulté.

– Non, je ne vais pas bien. Brooke me manque. Elle me manque vraiment. Quel besoin avait-elle d'être aussi rapace et stupide ?

Je ravale ma surprise. Je n'arrive pas à croire que c'est elle qui met ça sur le tapis ! Ok, c'est parfait. Je plonge la main dans ma poche et je pianote sur mon téléphone. Est-ce que j'ai une appli pour enregistrer ? Est-ce que je peux faire avouer quelque chose à Dinah ?

– Qu'est-ce que vous voulez dire ?

Dans les yeux de Dinah apparaît une lueur vacillante.

– Elle disait que tu étais comme nous. C'est vrai ?

– Non, je réponds du tac au tac, et je le regrette immédiatement.

Mince. J'aurais dû dire oui. Mais Dinah semble trop perdue dans ses pensées pour remarquer quoi que ce soit.

– Il faut que tu sois prudente avec la famille Royal. Ils vont se servir de toi pour ensuite mieux te poignarder dans le dos.

Cette fois, je fais attention.

– Comment ça ?

– C'est ce qui m'est arrivé.

Avant ou après que vous avez fait l'amour avec Gideon ? Avant ou après que vous avez décidé de détruire la famille Royal ? À la place, je lui demande :

– Comment ?

Elle joue avec les gros cailloux qu'elle porte aux doigts.

– Je connaissais Maria Royal. C'était la reine de Bayview. Tout le monde l'adorait, mais personne ne comprenait combien elle était triste. Moi si, pourtant.

Je fronce les sourcils. Où veut-elle en venir ?

Dinah murmure :

– Je lui ai dit que je savais d'où elle venait et à quel point on pouvait se sentir seule quand on n'était pas née dans ce monde-là. Mais est-ce qu'elle a apprécié ma franchise pour autant ?

– Non ?

– Non, certainement pas.

Dinah flanque un grand coup dans la table basse, je sursaute.

– La famille Royal est comme la pomme des contes de fées. Dorée à l'extérieur et pourrie à l'intérieur. Maria n'était pas née avec une cuillère en argent dans la bouche. C'était une moins-que-rien, une fille du port qui a écarté les cuisses au bon moment devant l'homme qu'il fallait. Callum Royal.

Quand elle est tombée enceinte, il a dû l'épouser. Mais la dévotion de Callum ne suffisait pas à Maria. Elle en voulait toujours plus, et malheur aux femmes qui interféraient dans cette domination totale qu'elle exerçait sur les hommes de son cercle d'amis. C'était une pute manipulatrice qui voulait gagner sur tous les tableaux. Avec les femmes, elle était malveillante et méchante, elle les rabaissait en permanence. Avec les hommes, elle n'était que mots doux et compliments.

Wouah ! Voilà un côté de Maria Royal que j'ignorais complètement.

Reed et ses frères en parlent comme d'une sainte. Mais les remarques que m'avait faites Steve quand il était venu me chercher à l'école me reviennent en mémoire.

Aucun être vivant n'est un saint.

Cela dit, Dinah n'est pas vraiment ce qu'on peut appeler une personne digne de confiance. Elle a probablement soudoyé quelqu'un pour envoyer Reed en prison. Je serais stupide de croire tout ce qu'elle raconte. En plus, même si Maria était une salope, l'obsession de Dinah pour la famille Royal n'a aucun sens. Alors je lui demande, incrédule :

– Brooke et vous avez une dent contre la famille Royal et Steve parce que Maria Royal a un jour été grossière envers vous ?

Elle soupire profondément.

– Non, mon chou. Maria Royal était l'archétype de toutes ces riches salopes qui sont légion par ici.

Tu en as rencontré à l'école. C'est le genre de filles qui pensent que leur merde sent la rose.

Comme Jordan Carrington. Je pense qu'à certains égards, ce que raconte Dinah n'est pas complètement fou. La différence entre nous, c'est que je me fous de ce que peut penser Jordan alors que, visiblement, l'opinion de Maria comptait énormément pour Dinah.

– Et la seule fois que j'ai essayé de lui parler, elle m'a rejetée. Elle m'a traitée de pute et m'a dit que nous n'avions rien en commun.

– Je suis désolée.

Ça ne lui paraît pas assez sincère, parce qu'elle se met à pleurer. De grosses larmes coulent sur son visage, elle sanglote.

– Non, tu ne l'es pas. Tu ne comprends pas. Tu penses encore que la famille Royal est formidable. La seule personne qui comprenait, c'était Brooke. Et elle est partie.

C'est l'ouverture parfaite, je la saisis.

– Vous avez essayé de tuer Brooke parce qu'elle tentait de vous prendre une part du gâteau ?

– Non, espèce de folle, je ne l'ai pas tuée. C'est ton précieux Reed qui l'a fait.

– Ce n'est pas vrai, je lui réponds entre mes dents.

– Continue à te raconter ça, mon chou !

Je fais face à son regard moqueur.

– Vous avez payé Ruby Myers pour qu'elle dise que Reed avait menacé Brooke, c'est ça ?

Dinah sourit. Un sourire froid, glacé.

– Et si je l'avais fait ? Comment le prouveras-tu ?

– Ses relevés de banque. Les enquêteurs de Callum vont découvrir la vérité.

– Ah bon ? (Elle se met à rire d'un rire mauvais et tend la main pour m'attraper le menton.) Tout l'argent des Royal ne suffira pas à sauver Reed. Je vais faire ce qu'il faut pour envoyer cet enfoiré de meurtrier en prison, même si c'est la dernière chose que je fais.

Je repousse sa main et je bondis hors du canapé.

– Vous n'allez pas mettre ça sur le dos de Reed. Je prouverai que vous avez payé Ruby Myers. Et peut-être que je prouverai aussi que vous avez tué Brooke.

– Vas-y, princesse. Tu ne trouveras rien sur moi.

Elle reprend sa bouteille et remplit son verre.

Je n'en peux plus de son horrible visage suffisant. Je cours dans ma chambre et claque ma porte. Une fois que je suis suffisamment calme pour prendre mon téléphone sans le laisser tomber, j'appelle Reed.

– Qu'est-ce qui se passe ? me demande-t-il.

– Je suis allée chez Ruby Myers et…

– Quoi ?

Il crie si fort que j'éloigne le téléphone de mon oreille.

– Tu te fiches de moi ? À quoi tu joues ? Tu veux te faire tuer ?

– Toi et moi savons parfaitement que son témoignage est un mensonge.

Puis je poursuis en baissant la voix :

– Et Dinah est impliquée là-dedans jusqu'où cou. Elle vient presque de me l'avouer.

– Ella, merde, reste en dehors de tout ça. Papa a des enquêteurs qui remuent ciel et terre, et nous n'avons pas pu obtenir la moindre information. Si Dinah est impliquée, tu risques juste de te faire piquer en remuant ce nid de frelons. Je ne veux pas qu'on te fasse du mal.

– Je ne peux pas rester assise à ne rien faire.

Je me lève d'un bond et j'ouvre les rideaux. Je ne sais pas pourquoi cette stupide femme de ménage les ferme en permanence.

Reed soupire.

– Écoute, je sais. Je sais que c'est dur pour toi. Mais tu dois admettre que c'est la meilleure chose à faire pour nous tous. Si j'accepte le deal et que je plaide coupable, c'est terminé. Au lieu de passer un an dans l'incertitude, avec tout notre linge sale exposé au grand jour, on en aura terminé avec tout ça. Plus calmement, il ajoute : Ça ne va pas durer si longtemps que ça.

Les larmes me montent aux yeux.

– Ce n'est pas juste. Et je ne veux pas que tu partes, même un seul jour.

– Je sais, bébé.

Mais est-ce vrai ? Il y a une espèce de réserve dans sa voix, comme s'il mettait déjà de la distance entre nous. Un peu désespérée, je lui dis :

– Je t'aime.

– Moi aussi, je t'aime.

Sa voix est grave, sourde et rocailleuse.

– Ne nous disputons pas. Essayons de mettre ça de côté et de jouir du temps qui nous reste. Je serai de retour avant même que tu t'en rendes compte. (Il fait une pause.) Ça va aller.

Mais je n'y crois pas du tout.

Le lendemain, j'essaie de faire comme s'il ne s'était rien passé de terrible dans nos vies. Comme si Reed ne venait pas de nous annoncer qu'il va passer cinq ans, minimum, en prison. Comme si mon cœur ne se brisait pas chaque fois que je le regarde. Il a raison en un sens. Si nous passons les cinq semaines qui viennent à penser à cet avenir horrible, autant qu'il commence à purger sa peine tout de suite. Alors je suis mes cours, comme si tout allait bien, et au moment où la cloche sonne la fin de la journée, je suis épuisée de tous ces faux-semblants. Je ne pense plus qu'à rentrer à la maison.

Je suis à mi-chemin de l'entrée du parking quand une voix aiguë m'appelle. Immédiatement, je me raidis.

Bon, très bien. C'est Jordan.

– Il faut qu'on parle, me lance-t-elle à dix mètres de distance.

J'essaie d'ouvrir la portière de ma voiture, mais Jordan fonce sur moi avant que je puisse m'enfuir. Je me retourne en soupirant :

– Qu'est-ce que tu veux ?

Elle me lance un regard malfaisant.

– Je veux que tu paies ta dette.

Chaque muscle de mon corps se tétanise. Mince. J'avais vraiment, vraiment espéré qu'elle aurait oublié tout ce truc. Mais j'aurais dû me douter que Jordan Carrington n'oublie jamais rien, surtout quand ça lui rapporte quelque chose.

– D'accord. (Je plaque un sourire sur mon visage.) Qui dois-je ficeler avec du ruban adhésif aux portes de l'école ?

Elle lève les yeux au ciel.

– Comme si je faisais faire le sale boulot par des amateurs ! (Elle fait un geste de sa main parfaitement manucurée.) Je pense que tu vas apprécier ce service. Il ne requiert que peu d'efforts de ta part.

Le soupçon s'insinue tout le long de ma colonne vertébrale.

– Qu'est-ce que tu veux ?

Jordan me fait un grand, un large sourire.

– Reed Royal.

CHAPITRE 29

ELLA

Il me faut quelques secondes pour assimiler les paroles de Jordan. Une fois que c'est fait, je pars d'un énorme éclat de rire.

Elle veut Reed ?

Hum, ouais, ça n'arrivera pas, pétasse.

– Je suis pas sûre de comprendre ce que ça signifie, mais de toute façon, Reed n'est pas à vendre, dis-je en me marrant. Il va donc falloir que tu inventes autre chose.

Elle hausse le sourcil :

– C'est ça ou rien.

– Alors, c'est rien.

Ça la fait marrer, ou bien c'est de moi qu'elle se moque ?

– Pardon, est-ce que j'ai dit « rien » ? Ce que j'ai voulu dire, c'est que ou bien tu respectes notre accord, ou bien ta vie sociale ne sera plus rien. Je raconterai à ton père en détail comment tu lui as menti à propos de l'équipe de danse pour pouvoir baiser avec ton petit ami à l'hôtel. Je suis certaine que tu seras enfermée pour le restant de ta vie quand il va le savoir. (Elle bat des cils.) Où bien peut-être qu'il t'expédiera dans un autre État. En fait, je pense que c'est ce que je lui recommanderai de faire. Je lui donnerai même quelques brochures d'excellentes écoles préparatoires dans le nord de l'État.

Quelle peste ! Steve pourrait tout à fait faire ça, me forcer à changer d'école. S'il découvre que je lui ai menti à propos du match en extérieur et que j'ai passé la nuit avec Reed, il va devenir dingue.

– Bon, poursuit-elle en souriant, est-ce que je te donne les détails ?

– Qu'est-ce que tu veux faire avec Reed ? je lui demande, mâchoire serrée.

– Je veux qu'il m'emmène au bal de l'école.

Je suis sidérée. Elle est vraiment sérieuse ? Jordan lève les yeux au ciel.

– Quoi ? Ce n'est pas comme si tu pouvais y aller avec lui, à moins que ton père soit soudain d'accord pour que tu sortes avec un meurtrier ?

Je la dévisage.

– Où est passé tout ton discours sur le fait que toi, tu ne voulais rien avoir à faire avec un tueur ?

Elle hausse les épaules.

– J'ai changé d'avis.

– Ouais ? Et pourquoi ça ?

– Parce que l'étoile de Reed n'a jamais brillé aussi fort.

Elle donne un petit coup à ses cheveux sombres et brillants.

– Quand il a été arrêté, son statut social s'est cassé la figure, mais à présent, toutes les nanas ne parlent plus que de lui. Contrairement à toi, le statut social m'importe. (Elle hausse à nouveau les épaules.) Je veux aller au bal avec Reed Royal. Voilà la faveur que tu me dois.

J'éclate d'un rire incrédule.

– Je ne prête pas mon petit ami pour une nuit !

La frustration assombrit ses yeux.

J'ai envie de hurler : *Reed n'est pas un trophée !* C'est un être humain. Il est intelligent, beau et tendre quand il s'autorise à ne pas jouer les gros bras. Et il est à moi. Cette fille est folle si elle croit que je vais accepter.

Jordan soupire quand elle voit mon expression.

– Je vais te dire, et si je lâchais sur l'équipe de danse ?

– Qu'est-ce que tu veux dire ?

– Je veux dire que tu peux revenir dans l'équipe, répond-elle, exaspérée. Seigneur, tu es complètement bouchée ? On sait toutes les deux que tu ne voulais pas arrêter, tu étais simplement en rogne pour une raison que j'ignore. Tu peux revenir si tu veux.

J'hésite. J'ai vraiment apprécié le temps que j'ai passé dans cette stupide équipe de danse.

– Et je ne te demanderai même pas d'autre faveur. Tout ce que je veux, c'est avoir Reed à mon bras pendant le Bal d'Hiver.

C'est vraiment tout ce qu'elle veut ? Merde, c'est vraiment bien peu. Et puis non ! Je plante mes mains sur mes hanches.

– Et après ?

– Qu'est-ce que tu veux dire ?

– Qu'est-ce qui se passera après la danse ? Tu crois qu'il va devenir ton petit ami ou un truc du genre ? Parce que c'est non.

Jordan renifle.

– Qui voudrait d'un petit ami qui va passer le restant de sa vie en prison ? Je veux être la Reine des Neiges. C'est tout.

– La Reine des Neiges ? je répète sans comprendre.

– Tout le monde vote pour un roi et une reine pendant le Bal d'Hiver. (Elle balance ses cheveux par-dessus son épaule.) Je veux être la reine.

Bien entendu.

– Je veux dire, je suis quasi certaine de l'être, mais arriver au bras de Reed va me faire emporter le morceau. Pas mal de gens disent qu'ils vont voter pour lui, parce qu'ils le plaignent.

Ces élèves de la prépa Astor Park sont vraiment étranges. J'étudie son visage.

– Si j'accepte, nous serons quittes ?

– Promis juré.

En ravalant ma colère, j'ouvre brusquement la portière de ma voiture et m'installe sur le siège conducteur.

– Alors ?

Jordan reste là devant la voiture, attendant ma décision.

– Je vais y songer.

Et je démarre pour que le bruit de mon moteur recouvre son rire.

REED

En rentrant de mon entraînement, j'ai la surprise de découvrir Ella, pelotonnée sur son lit. Elle porte un de mes vieux pantalons de jogging et un débardeur minuscule.

– Steve sait que tu es ici ? je demande prudemment.

Elle baisse la tête.

– Je lui ai dit que je devais réviser un contrôle de chimie avec Easton.

Son livre de chimie est à côté d'elle, mais pas Easton.

Je souris.

– Tu dois vraiment réviser ou bien c'est une excuse ?

– Je dois vraiment réviser, mais nous savons tous les deux que ton frère ne m'aidera pas. Je me suis dit que si je révisais ici, au moins je pourrais te voir. Steve est en bas, il ne faut pas faire trop de bruit.

Je m'avance vers le lit pour lui faire un petit baiser.

– Laisse-moi me laver et ensuite je vais t'aider. J'ai pris chimie l'an dernier, je me souviens de tout ça.

Avant que je puisse m'esquiver dans la salle de bains, elle s'assied :

– Attends. Il faut que je te dise quelque chose.

Mon regard s'arrête sur son petit haut. Savoir que je n'ai plus que quelques semaines en compagnie d'Ella rend les choses encore plus sexy dès que je pose le regard sur elle.

– Tu peux me le dire en enlevant ton haut ?

Elle sourit.

– Non.

– Très bien. Fais comme tu veux.

Je me jette sur le lit et je roule sur le dos, en l'attrapant par la taille.

– Qu'est-ce qu'il y a ?

Elle se racle la gorge.

– Il faut que tu emmènes Jordan au Bal d'Hiver.

Je me redresse d'un seul coup.

– Tu es folle ! (Je la dévisage, sidéré.) Je ne savais même pas qu'on y allait. J'avais pensé qu'on ferait autre chose. Juste toi et moi.

Putain, je déteste ce bal.

– Je croyais que tout le monde y allait. (Ella attrape son téléphone et me le tend.) Tu vois ?

Je l'attrape et je tombe sur le flux Instagram de l'école, truffé d'images de préparatifs du Bal d'Hiver. Toute l'école est totalement obsédée par ce truc, et j'en suis heureux parce que ça fait un peu baisser la pression sur Ella et mes frères à propos de mon affaire.

– Les filles y vont parce que c'est le grand événement social du semestre. Les garçons y vont parce qu'ils peuvent se pêcho quelqu'un après, dis-je en toute franchise.

– Sympa. Mais toi, tu n'as pas besoin de passer la nuit avec Jordan ensuite. L'accord stipule que tu l'accompagnes au bal, c'est tout.

– L'accord ?

Je perds le fil de mes pensées parce que le haut d'Ella remonte et que je vois une bande de peau nue au-dessus de sa taille.

– Pour que je puisse faire partie de l'équipe de danse et aller au match en extérieur.

Je refrène un gémissement.

– Alors, c'est ça que tu as promis ? Que je l'emmènerai au bal ?

– Non, j'avais juste une dette à honorer plus tard.

– Pourquoi veut-elle y aller avec moi ? J'ai toujours cru qu'elle me détestait.

– Je ne crois pas qu'elle te déteste. Je pense que c'est une sorte de truc de notoriété bizarre. Tu l'accompagnes, et elle parade à ton bras comme si tu étais un toutou au bout de sa laisse. Un truc du genre La Belle et la Bête.

– C'est elle la Bête, pas vrai ?

Ella me répond en me pinçant un téton. Ce qui fait mal, bordel.

– Oh, et elle veut être la Reine des Neiges ou une merde ce genre, ajoute Ella. Elle pense qu'y aller avec toi augmente ses chances.

J'attrape ses doigts et je les porte à mes lèvres.

– Je ne veux pas aller à une soirée dansante avec Jordan, si j'y vais, c'est toi qui tiendras ma laisse.

– Je n'ai pas de laisse.

Je pose sa main sur mon cou.

– Je t'appartiens. À Astor, tout le monde le sait.

Elle devient toute rose, c'est adorable.

– Moi aussi, je suis à toi. Mais j'ai passé un marché.

– Pourquoi diable est-ce que tu paies cette dette ? Personne ne t'y force.

Ses doigts courent sur ma clavicule et envoient des frissons jusqu'en bas de ma colonne vertébrale.

– Parce qu'un deal est un deal. Je tiens toujours mes promesses.

– Les pactes avec le diable, ça ne compte pas.

– Si tu n'y vas pas, elle va raconter à Steve que je lui ai menti à propos du match retour, avoue Ella en ôtant sa main. Et elle m'a dit qu'elle essaierait de le convaincre de m'expédier dans une autre école. Peut-être même dans un autre État.

Le truc de l'école, je pourrais m'y faire, surtout que je n'y serai plus à partir de janvier. Mais un autre État ? Jamais de la vie. Ça voudrait dire qu'Ella ne pourrait pas me rendre visite. En plus, mes frères ont besoin d'elle et elle a besoin d'eux. C'est sa famille. Elle ne mérite pas d'être séparée d'eux.

Cependant, j'imagine parfaitement que Steve puisse être aussi radical que ça. Depuis que mon père lui a parlé de l'arrangement à propos des plaidoyers, Steve laisse plus volontiers Ella passer du temps avec nous, mais il ne veut pas que nous sortions ensemble. Il a été on ne peut plus clair là-dessus. S'il découvre que je lui ai pris sa virginité lors du match en extérieur, il va me tuer.

Ella s'assied et passe une jambe autour de ma taille.

– Tu dois le faire, Reed. S'il te plaît.

Un truc que j'ai appris à propos d'Ella, c'est que quand elle a décidé quelque chose, rien ne peut la faire changer d'avis. Elle est aussi têtue que ça.

Elle va remplir sa part de l'accord avec Jordan, quel qu'en soit le prix, et le prix n'est pas si élevé que ça, en fait.

Je l'attrape par les hanches.

– Et il y a d'autres détails ? Qu'est-ce qu'elle attend de moi ?

Ella prend son téléphone et relit ses messages.

– Elle a dit qu'il fallait que tu portes un truc, je ne sais plus quoi exactement.

– Est-ce que tu lui as donné ton accord avant même de m'en parler ?

– Non, je te jure que non. Je lui ai juste dit que j'étais d'accord si tu l'étais aussi.

Les mains d'Ella glissent le long de ma poitrine, et ses hanches se mettent à remuer. Mes yeux se ferment, mais je m'entends répondre :

– Nous portons toujours des smokings. Qu'est-ce qu'elle peut bien vouloir que je porte d'autre, putain ?

Une idée nouvelle me vient à l'esprit :

– Tu vas y aller, toi aussi, ou bien est-ce que tu penses me laisser à la merci de Jordan ?

– Hé, je ne t'abandonnerais jamais comme ça. J'ai pensé que je pouvais y aller avec Wade. Val ne vient pas, comme ça, je pourrai le garder à l'œil.

Eh merde ! Je n'aime pas du tout ce plan.

– Wade est incapable de garder sa bite dans son froc.

– Je sais. Pourquoi crois-tu que Val ne vient pas ?

– Donc, moi je suis supposé y aller avec une fille démoniaque, et toi avec un type qui saute sur tout ce qui bouge sur la côte Atlantique ?

– Accorde plus de crédit à ton copain, Wade sait bien qu'il ne peut pas me sauter dessus.

– Il a intérêt, dis-je d'un ton maussade.

Elle se penche pour m'embrasser, mais recule avant que j'aie eu le temps de glisser ma langue.

– Alors, tu vas le faire ?

Je grommelle :

– Ouais, je vais le faire. Même si je n'arrive toujours pas à croire que tu aies accepté que j'aille à un bal avec Jordan.

– Hé, au moins ce n'est pas avec Abby, bougonne-t-elle à son tour. Je peux supporter que tu y ailles avec Jordan, parce que je sais que tu la détestes, mais avec Abby, ça me dérangerait beaucoup.

– Parce que c'est mon ex ?

– Parce que c'est ton ex.

– Mais c'est mon ex. Ce qui signifie que je ne veux plus sortir avec elle, que je ne le veux plus depuis longtemps et que je ne prévois pas de sortir avec elle dans l'avenir. C'est ce genre d'ex.

Ella pousse un petit grognement.

– Elle a intérêt à rester comme ça.

Je laisse échapper un gloussement.

– J'aime Ella la jalouse.

Puis je pense à autre chose. Le Bal d'Hiver, c'est dans deux jours et Ella m'en parle pour la première fois.

– Tu as une robe ?

– Je ne peux pas en acheter une au centre commercial ?

– Oh bébé ! Tu n'as pas encore tout compris, hein ?

Je vais chercher un sweat-shirt pour elle dans ma commode.

– Mets ça. On va parler avec mon père.

Elle reste là sans bouger, alors je lui enfile le sweat moi-même.

– Le Bal d'Hiver, c'est comme une fête de fin d'année sous stéroïdes. Ces nanas dépensent plus de fric pour leur robe que certaines personnes pour leur voiture. (Je glisse ses bras dans les manches, que je roule.) Je ne veux pas que tu te sentes mal à l'aise ce soir-là.

– Mince, Val avait raison. Vous avez vraiment une robe pour chaque occasion. Où est-ce que je dois l'acheter alors, si ce n'est pas au centre commercial ? Tu sais, là où ils vendent beaucoup, beaucoup de robes ?

– Je ne sais pas, mais papa le sait sûrement.

En bas, nous retrouvons papa et Steve dans le bureau. Les deux hommes sont penchés sur des papiers qui ressemblent à un plan de vol.

– Vous avez une minute ? je demande en frappant à la porte.

Steve lance un regard noir à Ella quand il s'aperçoit qu'elle porte mes vêtements. Je me sens obligé de murmurer :

– Il ne s'est rien passé. On parlait du Bal d'Hiver et Ella a dit qu'elle n'avait pas de robe.

– Alors comme ça, vous prévoyez d'aller ensemble au bal ? demande papa en nous dévisageant par-dessus ses papiers.

– Certainement pas, dit froidement Steve.

Ella jette un regard noir à son père.

– Nous n'y allons pas ensemble. Reed y va avec Jordan Carrington et moi avec Wade.

Steve se détend immédiatement.

– Très bien.

Je cache le déplaisir que je ressens devant ce soulagement flagrant et je murmure :

– Quoi qu'il en soit, Ella a besoin d'une robe.

– Est-ce vraiment aussi important ? J'ai des robes, lance-t-elle, assez énervée.

– Je ne sais pas, répond mon père, mais j'ai fait le chaperon pour ce bal il y a quelques années, et toutes les filles portaient des robes de grands couturiers. Si Reed me dit qu'il te faut une robe, alors je suppose que c'est le cas.

Il se frotte le menton, puis se tourne vers Steve.

– Tu es sorti avec cette femme… Patty, Peggy…

– Perri Mendez ? rectifie Steve. Oui, elle possédait la boutique Bayview.

– C'est toujours le cas. Je l'ai rencontrée au dîner de la Chambre de commerce il y a quelques semaines. Voyons si elle peut nous aider.

Papa fait signe à Ella de s'approcher.

– Assieds-toi et regarde le site de Perri. Trouve une robe qui te plaît, et on se la procurera.

Ella s'assied.

– Quel genre de robe est-ce que je cherche ?

– Le truc le plus raffiné que tu puisses trouver. On est au pays du grand spectacle.

Elle clique sur une série de photos, puis s'arrête sur une page.

– J'aime celle-ci.

Je ne peux pas voir laquelle, parce que sa main me cache l'écran.

– Sauvegarde l'image et je l'envoie à Perri, lui dit papa.

– Merci.

– Je t'avais bien dit que papa saurait quoi faire, lui dis-je en souriant.

Elle se lève et nous nous dirigeons vers la porte, mais la voix perçante de Steve traverse l'espace et nous arrête.

– Où allez-vous tous les deux ?

– Juste dans ma chambre. Ne vous en faites pas, Easton y est encore, dit Ella, les pieds déjà sur le seuil.

Steve fronce les sourcils.

– Laisse la porte ouverte. Ton nouveau petit ami n'aimerait pas savoir que tu traînes autant avec Reed.

Papa prend un air frustré pendant que moi, je regarde Ella avec un air confus. Nouveau petit ami ? Qu'est-ce qu'elle peut bien raconter à Steve ?

Ella m'entraîne dans les escaliers et m'explique en montant,

– Steve pense que Wade est mon nouveau petit ami depuis qu'il m'a invitée à ce rencard bidon. Et je suppose que maintenant que nous allons au bal ensemble, cela fait de nous un couple officiel.

Une fois seuls, je ne perds pas de temps, je la débarrasse de mon sweat-shirt et je l'embrasse en lui rappelant avec ma bouche avec quel type exactement elle sort.

– Tu n'as pas laissé la porte ouverte, murmure-t-elle.

– Je sais, tu veux que j'arrête ? je lui demande, la tête entre ses seins.

– Seigneur, non !

Nous nous bécotons environ cinq minutes avant qu'Easton n'entre en trombe dans la chambre.

– Je n'ai rien interrompu, n'est-ce pas ? nous demande-t-il sans le moindre remords. J'ai entendu dire que je regardais la télé avec vous.

Ella lui jette un oreiller à la tête, mais bouge pour lui faire de la place. J'appuie sur la télécommande. L'écran s'allume, et ma nana se pelotonne dans mes bras.

Je n'ai plus beaucoup de temps avant d'aller en prison. Sortir ne serait-ce qu'une soirée en compagnie de Jordan, ce n'est pas comme ça que j'ai envie de passer mon temps. Mais je vais le faire, pour le bien d'Ella.

Parce que mon but pour les semaines qui nous restent, c'est de rendre Ella Harper heureuse, chaque seconde de chaque jour.

CHAPITRE 30

ELLA

Le vendredi soir, Steve me conduit chez les Royal en fulminant durant tout le trajet.

– De mon temps, c'était le garçon qui venait chez sa petite amie. Il n'allait pas la chercher chez son meilleur copain.

Je lui réponds en haussant les épaules :

– C'était plus simple que de demander à Wade de traverser toute la ville pour venir me chercher.

Bon, et puis j'avais très envie de voir Reed dans son costard. Mais ça, je le garde pour moi. Lorsque nous passons les grilles de la propriété, je ne peux m'empêcher de réfléchir à ma vie aujourd'hui et à ce qu'elle était lorsque je suis arrivée ici. Il y a quelques mois à peine, j'étais strip-teaseuse au *Daddy G's*. Désormais, je suis assise dans une voiture ridiculement chère et je porte une robe dont Val m'a dit qu'elle coûtait plus qu'une année entière à Astor Park, et des chaussures avec des tas de cristaux collés dessus qui en indiquent la marque. Val m'a répété trois fois le nom du bijoutier, mais je ne m'en souviens toujours pas. J'ai vraiment l'air d'une Cendrillon des temps modernes, en robe de bal et pantoufles de vair. Et dans ce cas, je ne sais trop qui, de Callum ou de Steve, est la marraine.

Steve fait le tour de la fontaine pour se garer dans la cour. Dès que la voiture s'arrête, j'ouvre la portière. Mais la voiture est tellement basse que j'ai du mal à sortir. Il faut dire que ces centaines de couches de mousseline ne m'aident pas.

Steve glousse.

– Doucement. Je vais t'aider.

Il me soulève pour ensuite me déposer sur mes dix centimètres de talons.

Je lui demande, les bras grands ouverts :

– Qu'est-ce que tu en penses ?

– Tu es magnifique.

Je rougis. C'est incroyable, mais c'est bien mon père qui me regarde, les yeux pleins d'admiration.

Il me prend par le bras et m'aide à monter les marches. Quand nous passons la porte, Reed descend les escaliers. Il est tellement beau dans son costume noir que j'ai du mal à me retenir de saliver.

Mon père se tient à côté de moi, alors je lui lance simplement :

– Ça te va bien, Reed.

Il me répond d'une voix tout aussi neutre :

– Toi aussi.

Mais son regard enflammé contredit totalement son ton posé.

Steve reprend la parole.

– Je suis dans le bureau de Callum. Ella, rejoins-moi quand ton cavalier arrivera.

Il disparaît au bout du couloir, ce qui m'étonne car je sais qu'il n'aime pas me laisser seule avec Reed. Et il a de bonnes raisons pour ça. Dès qu'il est parti, Reed se penche et m'embrasse au creux du cou. Son baiser brûlant me fait vaciller.

Il me coince contre le mur et poursuit l'exploration de la peau que le bustier de ma robe laisse, par chance, apparaître. Mes mains glissent et caressent sa chemise toute neuve. Je me retiens de lui arracher tous ses vêtements. Malheureusement, le bruit d'un moteur fait éclater mon désir comme une bulle de savon.

Au coup de klaxon, Reed sort sa tête de mon corsage et me lance :

– Ton cavalier est arrivé.

Je reprends mon souffle et murmure :

– Même pas un baiser sur les lèvres ?

Son pouce caresse la commissure de mes lèvres :

– Je ne voulais pas enlever ton rouge à lèvres.

– N'hésite pas.

Il esquisse un sourire.

– Il y a tellement d'autres endroits que mes lèvres aimeraient explorer en ce moment.

Sa main se pose sur mon décolleté encore tout humide de ses baisers. Je soupire lorsqu'il glisse un doigt sous mon corsage pour effleurer mon téton.

En entrant sans frapper, Wade demande :

– Alors, mec, on s'attaque à ma cavalière ?

Reed pousse un soupir, ôte sa main et tourne sur ses talons.

– J'exprime juste mon admiration devant le corps de déesse de ma copine.

J'inspire profondément pour me calmer avant de me retourner vers Wade. Heureusement, le bustier en soie de ma robe est assez épais pour cacher mon excitation.

– En tant que cavalier, j'espère que tu as prévu les fleurs. On m'a expliqué qu'on estimait la taille de la bite d'un mec à la quantité de fleurs qu'il apportait.

Wade s'arrête, et ses yeux se posent sur la longue boîte blanche qu'il tient entre ses mains.

– Ah bon ? C'est ce qu'on dit ?

Reed et Wade échangent un regard inquiet. Je pouffe de rire.

– Espèce de sorcière ! lance Wade en passant devant moi sans me donner la boîte.

Nous nous retournons tous au bruit de pas dans les escaliers. Easton et les jumeaux, tous en smoking, font leur entrée.

Sawyer hoche la tête lorsqu'il me voit accompagnée de Wade.

– Allez, en voiture. Il faut qu'on passe prendre Lauren.

Nous sortons, moi en tête et Easton qui ferme la marche. Avec un sourire, il me rattrape et soulève légèrement ma jupe.

– Je pensais que tu aurais choisi un truc plus moulant et plus sexy.

– J'ai porté des fringues de pute pendant très longtemps. En revanche, princesse, je n'ai jamais fait.

Je fais tourner ma robe. J'en suis tombée amoureuse à la seconde où je l'ai sortie de sa boîte. Ses épaules nues sont suffisamment sexy. Et même si elle avait un col roulé et des manches longues, je serais fan de cette longue jupe et des milliers de couches de mousseline qui ondulent le long de mes jambes quand je marche.

Easton sourit de toutes ses dents.

– Tu fais toujours l'inverse de ce à quoi on s'attendrait. Les autres filles vont s'entre-tuer.

– Je fais simplement ce que je veux. Et elles devraient en faire autant.

Je n'ai pas choisi cette robe pour faire baver tout le monde à Astor. Je l'ai choisie parce qu'elle est tout droit sortie d'un rêve et que c'est le seul bal auquel j'irai cet hiver avec Reed. Même si, techniquement, ce n'est pas lui mon cavalier, je voulais porter la plus belle robe du monde.

– Ça ne fait rien. Même si tu portais une robe de nonne, elles te traiteraient de salope. Elles vont devoir te trouver un autre surnom, mais je m'occuperais de toi en l'absence de Reed.

Ce que dit Easton me rassure. Pas parce que j'ai besoin d'un chaperon mais parce que j'ai l'impression qu'il a un peu mûri. Et, soudain, je me rends compte qu'Easton a besoin de prendre soin de quelqu'un. Je ne serai pas celle-là mais, jusqu'à ce qu'il trouve la bonne personne, on peut prendre soin l'un de l'autre.

– Et je prendrai soin de toi aussi, c'est promis.

– D'accord.

Là-dessus, nous nous serrons la main.

Steve et Callum tournent en rond dans la cour. Callum nous lance :

– Vous y allez, les enfants ?

Easton acquiesce.

Wade s'arrête près de la Bugatti de Steve. Il passe sa main sur le capot, comme s'il n'osait pas poser franchement sa paume de main dessus.

– Je pense que vous devriez me laisser la conduire, M. O'Halloran. Pour le bien de votre fille.

– Je crois que vous feriez mieux de vous éloigner de mon petit bijou à deux millions de dollars, M. Carlisle, et emmener ma fille au bal.

Mon Dieu !

– Deux millions ?

Tous les hommes me dévisagent comme si je venais de poser une question idiote, mais ce sont eux qui sont ridicules. Dépenser deux millions de dollars pour une voiture ? Ces gens ont vraiment beaucoup trop de fric.

– Ça valait le coup de le tenter.

Un sourire aux lèvres, Wade trottine vers son cabriolet et m'ouvre la portière.

– Votre carrosse est avancé.

Quinze minutes plus tard, Wade se tourne vers moi pendant que nous patientons derrière la longue file de voitures qui attendent devant le club.

– Écoute. Je veux que tu saches que je suis là si tu as le moindre souci.

Je fronce les sourcils :

– Qu'est-ce que tu veux dire ?

– Comme le semestre prochain. Après que… Reed sera parti.

– Et quels problèmes tu penses que je vais avoir ? Du genre que si j'oublie mon tampon, tu en auras en rab dans ton casier ?

Il me dévisage.

– Reed garde des tampons pour toi dans son casier ?

– Mais non, imbécile, mais c'est complètement stupide ce que tu racontes. Je peux prendre soin de moi toute seule.

Cela dit, ses paroles me rappellent vaguement celles d'Easton, et un léger soupçon me traverse l'esprit.

– C'est Reed qui t'a demandé de faire ça ?

Wade détourne les yeux vers sa vitre.

– Reed m'a demandé quoi ?

– Ne fais pas l'idiot.

Il hausse les épaules.

– Peut-être bien.

– Est-ce qu'il va t'envoyer des instructions depuis sa cellule comme un parrain de la mafia ou quoi ?

Le côté ultraprotecteur de Reed risque fort d'empirer lorsqu'il ne pourra plus me voir tous les jours. Cela pourrait devenir étouffant et, pour certaines nanas, ça le serait sans doute, mais moi, ça me réconforte.

Je ne vais pas le laisser contrôler ma vie, mais j'apprécie le geste.

– Je ne sais pas. Peut-être ?

Wade semble être d'accord. Il change de sujet et me lance d'un air narquois.

– Tu feras des visites conjugales, alors ?

Je lève les yeux au ciel.

– C'est quoi votre problème avec les visites conjugales ?

– Je ne sais pas. C'est un peu cochon, non ?

Ses yeux se perdent dans le vague. Il se met sans doute à fantasmer sur les cellules de prison et les jeux sexuels.

Et comme je n'ai pas très envie de rester assise à côté de Wade pendant qu'il se fait un petit porno dans sa tête, je lui demande :

– À propos de trucs olé olé, qu'est-ce qui se passe entre toi et Val ?

Ses lèvres se serrent.

Je poursuis d'un air moqueur, sans que sa bouche ne bouge d'un iota :

– Tu as donné ta langue au chat ?

Visiblement, il veut bien parler de tout, sauf de Val. Intéressant… Très intéressant.

– Très bien. Ne dis rien, mais sache que Val est une super-nana. Ne joue pas avec ses sentiments.

Ce n'est pas vraiment une menace, mais Wade me connaît à présent. Il sait que s'il touche à un cheveu de Val, il aura affaire à moi.

Il me lance :

– C'est ce que tu crois ? Que c'est moi le problème ? Les femmes…

Il marmonne quelque chose que je ne parviens pas à comprendre mais, avant que je puisse l'interroger, il monte le son. J'abandonne. Sa colère en dit déjà assez long.

Lorsque nous arrivons au club de Bayview, sa bonne humeur est revenue. Il semble moins tendu et il arbore à nouveau un grand sourire.

– Désolé de m'être emporté. Val et moi… c'est assez compliqué.

– Excuse-moi de t'avoir cuisiné. C'est juste que j'adore Val et que je veux qu'elle soit heureuse.

Il me répond d'un ton faussement outré :

– Ben, et moi alors ? Tu veux aussi mon bonheur ?

– Évidemment.

Je lui attrape la main et la serre fort entre mes doigts.

– Je veux que tout le monde soit heureux.

– Même Jordan ?

Je lui réponds, pendant qu'il se gare devant l'entrée :

– Surtout Jordan. Si elle est heureuse, ce sera sans doute plus agréable pour tout le monde.

– J'en doute. Elle se nourrit de la peur et du malheur des autres.

Un voiturier ouvre ma portière avant que j'aie pu lui répondre, mais le constat que fait Wade est malheureusement exact. Jordan semble plus heureuse quand tout le monde va mal autour d'elle.

Il lance ses clés au voiturier.

– Attention. C'est mon bébé.

En me faisant un clin d'œil, il ajoute en tapotant sur le capot de la voiture :

– Les voitures sont moins compliquées que les femmes.

– Oui, mais tu ne peux pas faire de visites conjugales à une voiture.

Il éclate de rire.

– C'est pas faux !

Je ne suis jamais allée au club et je ne sais pas du tout à quoi il ressemble lorsqu'il n'est pas recouvert de bannières bleues et dorées aux couleurs d'Astor. Ce soir, c'est magnifique. De longues bandes de tissu blanc partent du centre et se déploient de chaque côté, ce qui donne l'impression que la pièce est une énorme tente. Tout le long des bandes courent de fines guirlandes de Noël. Les tables rondes dispersées dans la pièce sont recouvertes de nappes blanches et les chaises sont ornées de gros nœuds bleu et or. Mais, malgré la file de voitures qui s'étire à l'extérieur, la salle semble étrangement vide.

Je me tourne vers mon cavalier :

– Où sont-ils tous ?

– Tu verras, me répond Wade d'un air mystérieux avant de me pousser vers une table, près de l'entrée.

Un homme et une femme en costume noir se lèvent à notre approche. La femme nous accueille sur un ton guilleret :

– Bienvenue au Bal d'Hiver d'Astor. Vos noms, s'il vous plaît ?

– Wade Carlisle et Ella… (Il s'arrête et me lance un regard interrogateur.) Royal ? Harper ? O'Halloran ?

– J'ai une Ella Harper.

La femme nous tend un sac en soie et une petite bouteille de cidre pétillant avec mon nom inscrit dessus.

– Qu'est-ce que c'est ?

Wade attrape le tout et me prend par le bras, pour que le couple qui arrive derrière nous puisse aussi recevoir ses cadeaux. Il fourre la bouteille dans une poche et le sac de soie dans l'autre.

– Ici, on te donne pour cinq cents dollars de jetons.

Par « ici », il veut dire une salle remplie de tables recouvertes de feutre et de tant de gens que j'en suffoque presque. Les filles sont toutes magnifiques, la plupart portent des robes moulantes fendues sur la cuisse. Les garçons sont tous en smoking. On dirait un décor de film.

Je chuchote :

– J'aurais aimé que Val soit là.

Je crois que Wade répond « moi aussi », mais je n'en suis pas complètement sûre. Pour nous éviter de ruminer sur l'absence de notre amie, je change de sujet. Je fais un geste en direction des tables de casino :

– Donc, les jetons servent à jouer ?

– Oui, et ensuite on fait des paris.

Nous nous promenons entre les tables. Il y en a de deux sortes, l'une où les gens jouent au poker et l'autre où ils jouent au black jack.

– On parie quoi ?

– Des voyages, des bijoux, d'autres trucs.

– Et qui paie ?

– Tout est offert. Mais tes jetons ont été payés par un de tes parents ou ton tuteur, normalement.

– C'est pour ça que personne ne danse ?

Plus loin, j'aperçois une table couverte de sacs à main, d'enveloppes et de paniers. On dirait une table de bingo, mais en plus joli.

– On danse dans la salle à manger.

J'ai le vague souvenir d'avoir vu un petit espace carré entre les tables.

– Mais c'est tout petit.

– Personne ne danse.

Mais qui voudrait danser quand on peut parier ?

– Quand est-ce que tout ça a commencé ?

– Il y a peut-être dix ans ?

Wade salue d'une tape dans la main un des joueurs de foot que nous croisons.

– Personne ne dansait et, du coup, plus grand monde ne venait. Quelqu'un a eu la bonne idée de lancer ce casino. Et boum, tout le monde est de retour.

Nous nous arrêtons devant la table. Il y a de tout, des sacs aux bijoux en passant par des pancartes où l'on peut lire *Aspen* et *Las Vegas*, ou encore *Puerto Vallarta.* Ce doit être ce dont Wade parlait. Je lui demande, en pointant du doigt les chiffres en bas de chaque note explicative :

– Rien de tout ça ne vaut cinq cents dollars.

– Oui, tu es censée gagner des jetons et, ensuite, ton cavalier est censé te donner les siens.

Je grommelle :

– Ce n'est pas sexiste du tout, ça, déjà.

– Astor n'est pas non plus hyperprogressif, hein ? Tu viens de t'en rendre compte ?

Je me demande si c'est la raison pour laquelle Val n'est pas venue. En plus de la robe, il faut payer les cinq cents dollars de jetons qui vont servir à acheter un truc complètement inutile.

– Ce n'est pas évident si tu es boursier, en somme.

Wade fronce les sourcils.

– T'es pas obligé de jouer.

Je me retourne pour inspecter la salle.

– Je ne vois pas Liam Hunter non plus. Il est boursier lui, comme Val ?

– Hum.

Wade écarquille les yeux, comme s'il venait de réaliser quel genre de gens fréquentent ce type de bal. Ça sent les gosses de riches à plein nez, qui ont volontairement fait en sorte de laisser de côté les mômes moins aisés. Voilà qui altère quelque peu la magie du lieu.

Je me tourne vers la porte avec impatience.

– Où est Reed ?

Tout me semble plus supportable quand il est là. Mais si tout se passe comme prévu, il ne sera plus dans les parages très longtemps.

Je chasse cette pensée déprimante de mon esprit.

Wade hausse les épaules :

– Il va arriver en retard. Jordan adore se faire désirer.

CHAPITRE 31

REED

En m'ouvrant la porte du manoir, Jordan s'exclame :

– Tu es en retard.

Je jette un coup d'œil à ma montre et réponds en levant les yeux au ciel.

– Au moins d'une minute !

Sa voix m'horripile, mais le pacte qu'Ella m'a forcé à passer avec le diable valait quand même sacrément le coup. Ça ne me tuera pas d'être sympa avec elle. Alors, je lui réponds poliment :

– Est-ce que tu es prête ?

Jordan me dévisage.

– Où est ta cravate dorée ?

Je ne m'attendais pas à cette question. Après avoir baissé les yeux sur celle que je porte, noire, je lâche :

– Je ne crois pas avoir de cravate dorée.

Ses paupières se plissent jusqu'à ne plus former qu'une fine très ligne.

– Ça faisait partie du deal, tu dois porter une cravate dorée qui aille avec ma robe.

Je suis sa main des yeux. Elle descend le long de son corps qui, comme celui de Vanna White[8], est moulé dans une fine couche de tissu doré. Une très fine couche. Putain, on voit ses tétons ? J'essaie de ne pas les mater, mais ce n'est pas évident.

Lorsque je détourne les yeux, j'aperçois le sourire narquois de Jordan.

– Ça te plaît ?

– Tes seins ? Toutes les nanas en ont, Jordan.

Son sourire se transforme en ricanement.

– Dis à Ella que je ne suis plus de la partie et qu'elle m'est toujours redevable.

La porte manque se refermer sur moi. Je la bloque d'une main et parviens à entrer de force. *Sois gentil, Reed. Ça ne va pas te tuer d'être cool avec cette nana.*

Je parviens à murmurer entre mes dents :

– Ça te va bien.

– Haaa ! Eh ben voilà.

Cette sorcière me tapote le bras. Je me retiens pour ne pas exploser.

– C'était pas si difficile ?

Si, c'était très difficile. Et je ne veux pas qu'elle me touche. Ou plutôt, je ne veux pas que quiconque

8. Vanna White est la présentatrice de *La Roue de la Fortune* aux États – Unis.

d'autre qu'Ella Harper me touche. Mais je ne le dis pas à Jordan. Je lui pose à nouveau la question :

– Est-ce que tu es prête ?

Vu qu'elle était énervée à cause de mon retard, je suppose qu'elle va me répondre oui, mais il n'en est rien.

– On n'y va pas tant que tu n'as pas de cravate dorée.

Putain de merde ! C'est quoi son problème à cette nana ?

– Je n'en ai pas et même si j'en avais une, je ne conduirais pas vingt minutes jusque chez moi pour la récupérer. Prends ton sac, enfin tes affaires, et allons-y.

Elle redresse le menton.

– Non, d'abord on prend quelques photos.

Et elle hurle :

– Maman ? Reed Royal est là. On est prêts pour les photos.

J'essaie de rester calme. Je ne vais pas poser comme un mannequin et laisser Jordan immortaliser cette farce.

– Il n'a jamais été question de photos. Je suis là pour t'emmener au bal. C'est ça, le deal.

Jordan siffle :

– C'est moi qui décide du deal.

– Nous savons très bien, toi et moi, que la seule personne qui accepte d'honorer sa part du marché, c'est Ella. N'importe qui à Astor te dirait d'aller te faire foutre.

Moi inclus, mais j'essaie de la jouer fine et d'éviter les insultes au maximum.

– Je suis là. Je suis partant pour aller au bal avec toi. Je serai assis à côté de toi pendant le dîner et je te donnerai mes jetons pour que tu puisses acheter ce que tu veux. Mais c'est tout. Soit on continue à se prendre la tête pendant deux heures, soit on bouge nos culs et on y va. On pourra peut-être même arriver à temps pour le dîner, si on se magne.

Elle insiste :

– J'ai droit à une photo.

Pile poil à cet instant, madame Carrington fait son apparition en compagnie de monsieur Carrington, un appareil photo dans les mains.

Je soupire. Si je ne me rends pas tout de suite, j'imagine qu'on va rester là toute la nuit.

– Très bien. Prends ta photo et allons-y.

– Cinq photos.

– Une.

Le visage de la mère de Jordan exprime une confusion totale.

– Eh bien, peut-être pourrions-nous commencer par quelques prises devant la cheminée ? suggère-t-elle doucement.

– Commençons par ça, acquiesce Jordan.

– Juste quelques règles de base, je murmure afin de ne pas l'embarrasser devant ses parents, qui se demandent déjà ce qui peut bien être en train de se passer : pas de baiser, pas d'étreintes, ou de trucs à la con genre on est en couple, sur cette photo.

– Tu vas me prendre dans tes bras et tu vas aimer ça, me balance-t-elle.

Puis elle m'attrape violemment par la manche pour me tirer contre elle.

– Doucement ! Tom Ford, c'est pas donné.

Le smoking est fait sur-mesure. Chaque année, nous en avons un nouveau. Papa est partisan des tenues impeccables pour les grandes occasions.

– Prêts ? demande madame Carrington en faisant signe à son mari d'approcher avec l'appareil photo.

Après quelques manœuvres pendant lesquelles Jordan tente de se frotter contre ma bite et où j'essaie d'éviter que même nos fringues se frôlent, les photos sont dans la boîte et nous sommes enfin prêts à partir.

Au moment où nous nous apprêtons à filer, Mark Carrington se racle la gorge.

– Monsieur Royal, je n'approuve pas le choix de ma fille, vu votre situation, mais je veux qu'elle soit heureuse.

Jordan proteste :

– Papa…

Son père l'ignore et me regarde droit dans les yeux, ce que j'apprécie. Et, pour le rassurer, je lui réponds :

– Ne vous inquiétez pas. Elle sera de retour à dix heures.

Je sors et dévale les escaliers pendant que Jordan râle derrière moi :

– La soirée ne se termine pas avant minuit, t'es chiant.

Je lui ouvre la portière.

– C'est con que j'aie annoncé à ton père que tu serais de retour avant, alors.

Elle poursuit, la mâchoire crispée :

– Et puis, il y a l'after…

J'attends qu'elle rentre ses jambes dans la voiture sans trop la regarder. Sa jupe est si courte qu'on verrait presque sa culotte, mais ce n'est pas un truc que j'ai envie même d'apercevoir.

Je reprends :

– J'ai promis que je t'emmènerais au Bal d'Hiver, et c'est tout.

– Tu vas être comme ça toute la soirée ?

– Ouaip.

– C'était pas vraiment l'idée de notre marché.

– Tu as passé un marché avec Ella, pas avec moi. Je vais faire le strict minimum, là.

– Tu abuses vraiment. Toi et cette salope, vous êtes du même acabit.

J'appuie d'un coup sec sur le frein au beau milieu de l'allée qui mène à la sortie de la propriété. Il y a des limites à ma politesse, surtout dès qu'on insulte Ella.

– Si tu continues à la traiter de salope, on va arrêter là. Je te jette de la voiture et tu restes sur le bord de la route.

– Tu n'oserais pas.

– Oh que si !

À dire vrai, j'adorerais ça.

– Tu devrais être content que j'accepte de me montrer à tes côtés.

– Oh vraiment ? Sans toi, je serais avec Ella en ce moment.

– Démarre… Juste… Démarre.

Elle doit se rendre compte que j'ai atteint mes limites. Je démarre et je m'insère dans le trafic. Il est dix-huit heures cinquante. Je me demande si le dîner est déjà servi. Est-ce que Wade a gagné des jetons pour Ella ? Il est plutôt mauvais au poker. Ella ne doit pas être tellement meilleure. Son visage en dit trop long. Quant à Easton, il est trop indiscipliné.

J'appuie sur le champignon.

Les portes du club n'ont jamais eu l'air aussi accueillantes. Quand je me gare, le voiturier a l'air de tellement s'ennuyer qu'il est à moitié assoupi. Quand je claque la portière, il se lève d'un bond et court aider Jordan à sortir. Vu sa tête, elle doit lui offrir une vue impayable sur son entrejambe.

Lorsque nous entrons, il n'y a personne à la première table.

Jordan s'exclame :

– Je n'arrive pas à croire qu'il n'y a personne pour me donner mes jetons.

Avant qu'elle fasse une scène, je m'avance jusqu'à la table, je trouve une boîte et j'en sors deux sachets de jetons que je lui fourre dans la main.

– Tiens.

Puis je la pousse, pas très gentiment, vers les portes du casino. Les regards se posent sur elle lorsqu'elle entre, ce qui était sans doute l'idée, parce qu'aussitôt elle se redresse et son visage s'illumine.

Je balaie la salle du regard, je cherche Ella. Je la vois rire dans un coin aux blagues que Wade lui glisse à l'oreille. Deux autres joueurs de football, McDonald Samson et Greg Angelis, sont à sa gauche. Malgré mon rôle de cavalier de Jordan, je meurs d'envie de la rejoindre.

J'abandonne Jordan à l'entrée pendant qu'elle se pavane devant ses camarades de classe pour aller rejoindre la plus jolie fille de la soirée. Dès qu'Ella m'aperçoit, elle s'éloigne du groupe et un grand sourire illumine son visage.

Je me sens déjà mieux.

– Est-ce que je délire ou on voit les seins de Jordan sous sa robe ? demande Greg en plissant les yeux vers ma cavalière.

Je lui réponds en passant un bras autour de la taille d'Ella.

– Pourquoi tu ne vas pas voir ça toi-même de plus près ?

Ça serait super si tout le monde pouvait se casser et nous laisser seuls, ma copine et moi. Je ne vais plus rester en liberté très longtemps, j'aimerais passer ce temps qui me reste avec Ella et mes frères.

Je dépose un léger baiser sur ses lèvres. N'importe quoi de plus chaud risquerait de déraper, et en un rien de temps. Je me retrouverais à l'entraîner dans un recoin sombre pour soulever sa jupe et faire les milliards de trucs cochons auxquels je pense inévitablement dès que je la touche.

– Tu n'es pas censé être le cavalier de Jordan ?

– Pas besoin de me le rappeler. Je suis venu avec elle, non ?

Mais, vu l'air buté de ma copine, je me rends compte que je ne vais pas m'en sortir aussi facilement.

Wade me sourit avec sympathie.

– Viens, on se fait un poker.

J'accepte sa proposition avec soulagement.

– Ça, ça peut le faire.

Pendant que nous cherchons une table vide, Rachel Cohen, son plan cul du déjeuner, s'approche de nous dans sa petite robe rouge fendue sur les côtés.

– Wade, mon chou ! Tu m'as manqué !

La jolie blonde lui tire sur sa cravate en lui souriant d'un air coquin.

– Tu as idée d'un endroit où on pourrait… hum, rattraper le temps perdu ?

Médusés, nous observons tous le mec qui ne dit jamais non baisser les yeux. Il se dandine bizarrement en cherchant une façon polie de refuser la proposition.

– Je ne peux pas, ma belle. Je vais jouer au poker.

– Oh, ok. On peut se voir plus tard alors ?

Rachel n'est apparemment pas une lumière et ne comprend visiblement pas le message.

De son côté, Wade semble nous supplier des yeux de lui venir en aide.

Seule Ella répond :

– Oh, Rachel, j'ai l'impression qu'Easton galère avec ses cartes.

La jolie brune se ressaisit.

– Ah bon. J'étais avec lui tout à l'heure et il m'a dit qu'il n'avait pas vraiment besoin d'aide.

– Il était gêné. Dis-lui que c'est moi qui t'ai demandé de l'aider.

Ella tapote Rachel dans le dos, qui acquiesce gaiement et fait quelques pas avant de se retourner à nouveau :

– Si tu veux nous rejoindre tout à l'heure, ça me va. À plus, Wade.

La seconde suivante, nous nous retournons tous vers notre pote. McDonald s'exclame :

– Sérieux ? Cette nana se jette à tes pieds et tu refuses sa proposition ? Tu as perdu tes couilles ou quoi ?

Wade répond, l'air renfrogné :

– Juste pas d'humeur à ça.

– Mec, tu es toujours d'humeur à ça !

Greg et moi hochons la tête pour manifester notre accord, mais Ella sourit à Wade, comme si elle était au courant de quelque chose qui nous échappe. J'imagine que cela concerne Val ? Je pensais que Wade était passé à autre chose, mais bon…

– Bof. Peu importe.

Wade attrape Ella par le bras.

– Ma poulette, ce soir je suis ton cavalier, je ne vais pas t'abandonner.

Il conduit Ella vers la table la plus proche et nous lance :

– Bon, les boulets, vous vous ramenez ou quoi ?

Un peu plus tard, alors que je viens de perdre mon dernier jeton aux tables de poker, je dis à Wade :

– C'est terminé pour moi.

– Tu n'as parié que cent dollars.

– J'ai donné le reste à Jordan.

– Ça vaut vraiment le coup ? D'être enchaîné à elle toute la soirée ?

– Tu appelles ça enchaîné ? Je ne l'ai pas vue depuis plus d'une heure.

Il semblerait que ma cavalière soit légèrement accro au jeu, parce qu'elle n'a pas décollé de la table de craps. En même temps, je ne vais pas me plaindre. Moins je passe de temps avec elle, mieux je me porte. Et même si elle restait collée à moi, le jeu en vaudrait quand même la chandelle. Oui, je l'avoue, faire l'amour à Ella pour la première fois, c'était la plus belle nuit de ma vie. Je me rejouerai le film de cette soirée chaque soir dans ma cellule, pendant les cinq années qui viennent.

– Si tu n'es pas capable de faire ce genre de choses pour Val, c'est que ce n'est sans doute pas la bonne personne pour toi.

– J'ai dix-huit ans, mec. Depuis quand on doit trouver la bonne nana aussi tôt ?

Wade fixe ses cartes. Il fonce les sourcils, mais je ne crois pas que ce soit à cause de son jeu. Il est en train de tomber amoureux de Val et il ne sait pas comment gérer ça.

Je lui fiche la paix, c'est son problème. Dix-huit ans, c'est vrai que c'est un peu jeune pour s'attacher à quelqu'un pour de bon, mais moi, je ne peux pas imaginer mon avenir sans Ella.

J'espère juste qu'elle ressent la même chose, surtout dans la mesure où nous allons être séparés pendant les cinq prochaines années. Est-ce qu'elle va m'attendre ? J'ai conscience que c'est égoïste de le lui demander mais… Est-ce que c'est trop égoïste ?

L'objet de mes pensées et de mes désirs m'interroge :

– Ça va ?

Je dois froncer les sourcils autant que Wade.

– Tout va bien. J'étais simplement dans mes pensées.

Ella pose sa main sur mon épaule.

– Ok, je vais voir Lauren un instant. Parce que, bon, je ne suis pas censée être ta cavalière.

Laquelle me jette des regards noirs comme si elle essayait de me transpercer le dos.

Cela fait à peine cinq secondes qu'Ella est partie que quelqu'un me tape doucement dans le dos. Je me retourne et je tombe sur Abby Wentworth.

Je me calme immédiatement à la vue de sa robe rose pâle et de ses cheveux blond platine. C'est surtout sa gentillesse et sa délicatesse qui m'avaient attiré. Elle me rappelait ma mère et je me sentais… réconforté, quand elle était là.

Et maintenant, voilà je suis avec une nana flamboyante. J'aurais du mal à retourner avec une fille qui a aussi peu d'énergie qu'un nuage de vapeur.

Et surtout pas une nana capable de raconter aux flics autant de merdes à mon propos.

À cette pensée, mes muscles se tétanisent. Je marmonne à mon ex :

– Ça va ?

– On peut parler un instant ?

Même sa voix est douce. Tout en Abby évoque sa putain de fragilité. Mes potes me jettent des regards curieux et je grommelle :

– Je n'ai rien à te dire.

Ils ont bien conscience que j'avais un faible pour cette nana. Mais ce n'est plus le cas. La seule chose que je ressens pour Abby désormais, c'est de la pitié.

– S'il te plaît ?

Je me lève pour ne pas l'embarrasser devant tout le monde, mais dès que nous sommes hors de portée des autres, je lui dis :

– Tu as dit aux flics que je t'avais blessée.

Les grands yeux bleus d'Abby s'écarquillent.

– Oh. Je… je…

Elle déglutit, et son visage se décompose petit à petit.

– C'est parce que tu m'as blessée ! Tu m'as brisé le cœur !

– Mais putain, Abby, on parle de ma vie, là. J'ai lu ton témoignage. Tu sembles sous-entendre que j'ai abusé de toi, or on sait très bien, toi et moi, que c'est un mensonge.

– Je suis dé… désolée. Je sais ce que ça sous-entend, mais je vais y retourner, je te le jure, je vais changer mon témoignage et expliquer clairement que tu n'as jamais…

J'explose.

– Pas la peine. Plus un mot, tu m'as compris ? Tu en as déjà fait assez comme ça.

Elle tressaille comme si je venais de la frapper, puis chuchote :

– Reed. Tu… tu me manques vraiment, tu sais. Ça me manque qu'on ne soit plus ensemble.

Oh putain ! Ma poitrine entière se serre. Qu'est-ce que je peux répondre à ça, putain ? Ça fait plus d'un an qu'on a rompu.

– Tout va bien par ici ?

Sauvé par le Diable en personne.

Je n'ai jamais été aussi heureux de voir Jordan Carrington, et c'est sans doute la raison pour laquelle je pose ma main sur son épaule comme si elle était vraiment ma cavalière.

Je réponds simplement :

– Tout baigne.

Mais Abby secoue la tête. Pour la première fois depuis que je la connais, je lis de la colère dans ses yeux. Elle crie à Jordan, et c'est la première fois que je l'entends hausser le ton :

– Tout ne va pas bien ! Je n'arrive pas à croire que tu sois venue ici avec lui ce soir ! Comment as-tu pu faire ça, Jordan ?

Sa copine ne cille même pas :

– Je t'ai déjà expliqué pourquoi je…

– Pour ton image stupide ?

Abby est en colère, ses joues sont rouges comme des tomates.

– Parce que tu veux être la reine de ce bal débile ? Je t'avais dit que je ne voulais pas que tu viennes ici avec lui, et tu m'as totalement ignorée ! Quelle amie fait ce genre de choses ? On n'en a rien à foutre de ton statut social !

Elle hurle désormais et l'ensemble de la salle, ou presque, nous observe.

– Moi, j'étais avec Reed parce que je l'aimais, pas pour ma réputation.

Jordan ne moufte toujours pas.

– Tu te tapes un scandale là, Abigail.

– J'en ai rien à foutre !

Sa voix perçante nous fait tous grincer des dents. Elle inspire un grand coup et crie :

– Tu ne le mérites pas ! Et toi non plus !

Il me faut une seconde pour me rendre compte qu'Ella est à côté de moi.

Abby aboie sur Ella.

– Pourquoi est-ce que tu t'es installée ici ? Tout allait très bien entre Reed et moi avant que tu débarques avec tes fringues de merde, et ton maquillage, et tes manières de… de pute.

Jordan ricane.

– Tu as tout bousillé ! Je te déteste.

Son désespoir et sa colère s'abattent maintenant sur moi.

– Et je te déteste toi aussi, Reed Royal. J'espère que tu vas pourrir en prison pour le restant de tes jours !

Abby s'arrête enfin, le souffle coupé.

Le silence s'est abattu sur la salle. Tous les yeux sont rivés sur mon ex complètement hystérique. Quand elle s'en rend compte, elle pousse un cri d'effroi et met une main sur sa bouche. Puis elle se met à courir vers la porte. Sa robe rose de princesse flotte derrière elle.

Jordan semble amusée :

– Eh ben ! J'ai toujours su qu'elle n'était pas la pauvre petite fille apeurée qu'elle prétendait être.

Ella et moi ne répondons pas. Je regarde Abby qui court, avec une certaine pitié.

Ella finit par me demander, sans grande conviction :

– Est-ce qu'on va la chercher ?

– Non, répond Jordan à ma place, avec son air hautain et sa tête bien raide.

Elle m'attrape par le bras et m'entraîne loin d'Ella, comme si je lui appartenais.

– Viens, Reed. Je veux danser. Ça nous servira de répétition pour quand nous serons roi et reine.

Je suis encore trop choqué par ce qu'a dit Abby pour pouvoir répondre.

Je me laisse embarquer par Jordan vers la piste de danse.

CHAPITRE 32

REED

Lorsque nous entrons dans ma chambre, quelques heures plus tard, Ella me glisse à l'oreille :

– Eh ben, c'était… intense.

Je la dévisage. Intense ? Tu parles.

Cette soirée a été un vrai désastre, depuis les photos que Jordan et ses parents m'ont obligé à faire jusqu'à la crise de nerfs d'Abby, au beau milieu d'une salle bondée. J'ai poussé un énorme ouf de soulagement lorsque Jordan n'a pas insisté pour aller à l'after. Je suppose que la tiare débile de « Reine des Neiges » a suffi à son bonheur. Et, heureusement, je n'ai pas eu à participer à cette valse du roi et de la reine qui me donne la nausée rien que d'y penser, car c'est Wade qui a été couronné. Le seul bon moment de la soirée, c'est quand j'ai vu Wade mettre la main au cul de Jordan pendant leur danse majestueuse et qu'elle lui a intimé l'ordre d'arrêter.

Ella et moi avons pu nous échapper vers dix heures. Comme Steve ne passe la chercher qu'à onze heures, nous avons une heure entière devant nous. Mais c'est tout de même assez secoués que nous nous installons tous les deux sur mon lit.

Je suis obligé d'admettre :

– Je me sens super-mal pour elle, putain.

– Abby ?

J'acquiesce. Ella me répond avec franchise :

– Tu ne devrais pas. Je suis navrée de te le dire, mais je crois qu'Abby prend légèrement ses rêves pour la réalité.

– Légèrement ?

– Oui bon, complètement.

Ella serre ma main entre les siennes.

– Mais ce n'est pas ta faute. Tu as rompu avec elle. Tu ne l'as pas baratinée. C'est elle qui a du mal à passer à autre chose.

– Je sais.

Mais je n'arrive pas pour autant à effacer de mon cerveau l'image d'Abby et ses yeux remplis de chagrin.

Ces dernières années, on ne peut pas dire que j'ai eu beaucoup d'égards pour qui que ce soit, à part pour moi-même. J'étais même fier d'être un connard insensible. Est-ce que c'est ça le karma ? Est-ce que ma condamnation à cinq ans de prison est ma punition pour tous ces mecs que j'ai tabassés et ces filles que j'ai blessées ?

J'ai essayé de faire comme si tout allait bien. Je suis allé en cours, j'ai joué au foot, je me suis rendu au Bal d'Hiver. J'ai joué le jeu, comme si chaque jour était un jour normal dans la vie d'un lycéen de terminale. Mais je ne peux plus faire semblant. Abby ne va pas bien. Le meurtre de Brooke, ce n'est pas normal non plus. Rien ne va bien dans ma vie.

Chaque soir, je fixe le plafond sans pouvoir dormir et je me demande comment je vais survivre dans une cellule. C'est cette attente le plus dur.

– Reed ? Qu'est-ce qu'il y a ?

J'inspire profondément et mes yeux croisent ceux d'Ella. Aucun mot tendre ne pourra adoucir ça, alors je lui dis, un peu sèchement, comme pour arracher le pansement d'un bon coup :

– Je vais plaider coupable le plus rapidement possible.

Elle se retourne si vite qu'elle en perd presque l'équilibre. Je la rattrape à temps, mais elle se dégage et se lève d'un bond.

– Qu'est-ce que tu viens de dire ?

– Je vais signer au plus vite. Et commencer à purger ma peine la semaine prochaine au lieu d'attendre le premier janvier. C'est ça qu'il faut faire.

– Mais putain, Reed !

Je passe la main dans mes cheveux.

– Plus vite j'irai, plus vite j'en reviendrai.

– Tu dis n'importe quoi. On va trouver une solution. Dinah avait payé Ruby Myers, ça signifie qu'il y a de nouvelles preuves…

Je l'interromps :

– Il n'y a aucune preuve.

Ça me tue qu'elle s'accroche à l'idée que, miraculeusement, je vais en réchapper. Son incapacité à accepter que je sois incarcéré ou à comprendre que je veuille en finir le plus vite possible est très claire.

Je ne peux pas lui demander de m'attendre pendant cinq ans. Le simple fait d'y avoir pensé prouve bien à quel point je suis égoïste. Elle raterait tout. Comment se passerait sa dernière année de lycée si tout le monde croyait qu'elle sort avec un assassin ? Et à l'université ? Je suis peut-être un salaud, mais pas à ce point. Du moins, pas avec elle.

Je prends mon courage à deux mains et je me blinde pour que mon pauvre petit cœur n'en souffre pas trop. Je baisse les yeux pour éviter son beau visage pâle et je lâche les mots qui tournent en boucle dans la tête,

– On devrait faire une pause. Pendant que je suis là-bas, et toi ici.

La chambre devient si calme que je ne peux m'empêcher de la regarder. Elle est immobile comme une statue, une main sur la bouche, les yeux écarquillés.

– C'est important que tu profites de tes années d'université. Il paraît que ce sont les meilleures.

Je sens l'amertume dans mes paroles, mais je poursuis :

– Si tu rencontres quelqu'un, je ne veux pas que tu penses à moi.

Je m'arrête là, parce que je ne peux pas aller plus loin dans le mensonge. Et lui dire que je ne penserai pas à elle. Que c'était juste pour passer le temps. Que je ne l'aime pas.

Si je disais ça, ça serait vraiment fini. Sans possibilité de retour. Elle ne me pardonnerait jamais.

Sois un homme. Laisse-la partir.

J'inspire à nouveau profondément, je cherche un reste de courage. Mais, avant que j'aie pu ouvrir la bouche, Ella saute sur mes genoux et écrase ses lèvres contre les miennes. Ça ressemble plus à une claque qu'à un baiser. Ça contredit tout ce que je viens de dire et tous les mots qui pourraient être restés coincés dans ma gorge.

Et, même si je sais que je ne devrais pas, je la prends dans mes bras et je la tiens serrée contre moi en acceptant tous ses baisers.

Les larmes roulent et glissent entre nos lèvres. J'avale ses larmes, mes mots, notre tristesse, et je l'embrasse jusqu'à ce qu'elle pleure tellement qu'il lui devient impossible de continuer. Je serre son visage contre ma poitrine, et ses larmes trempent ma chemise.

Elle soupire :

– Je ne veux pas entendre ces conneries.

– Je dis simplement que tu ne dois pas te sentir coupable si tu avances dans ta vie.

Elle plante son index dans ma poitrine :

– Qu'est-ce qui te permet de me dicter ce que je ressens ? Personne ne me dicte ma conduite. Pas toi. Ni Steve. Et Callum non plus.

– Je sais bien. Je dis simplement…

Bon, je ne sais pas bien ce que je dis. Je n'ai aucune envie qu'elle sorte avec quelqu'un d'autre. Je n'ai pas envie qu'elle passe à autre chose. Je veux qu'elle pense à moi tout autant que je pense à elle.

Mais je déteste l'idée de la savoir seule, qu'elle veuille me voir et que ce soit impossible, tout ça parce que j'ai commis une erreur stupide.

J'ajoute :

– J'essaie de me comporter mieux. De me comporter correctement avec toi.

Sur un ton calme, elle répond :

– Tu as décidé de ce que tu voulais faire sans me demander mon avis.

Je cherche en vain les mots pour expliquer mon point de vue, mais ses mains commencent à attraper la boucle de ma ceinture, et toutes mes bonnes intentions s'envolent.

Je bégaie :

– E… Ella… Ne…

– Ne quoi ?

Habilement, elle parvient à défaire mon pantalon et glisse sa main à l'intérieur pour attraper mon sexe.

– Ne me touche pas ?

– Non.

Cette fois, c'est moi qui fais marche arrière. Mon corps fou de désir l'implore, mais je ne vais pas faire passer mon désir avant le sien.

– Dommage. Parce que je te tripote déjà.

Elle attrape mon poignet et pose ma main sur son ventre.

– Et toi aussi. Tu as vraiment envie que quelqu'un d'autre le fasse à ta place ? Vraiment ? Tu serais d'accord ?

Les images mentales qu'elle évoque me sont insupportables. Ma main qui est posée sur ses fesses se crispe.

– Ne… ne me dis pas ça.

– Pourquoi ? C'est ce que tu viens de me dire toi-même. Je ne serai jamais, jamais d'accord avec l'idée que tu « passes à autre chose ». C'est ce genre d'idée qui détruira notre relation. Pas le fait que tu sois loin de moi pendant cinq ans. Et pas non plus tous les Daniel, Jordan, Abby ou Brooke. Si tu passais à autre chose, même pour un jour ou pour une heure, ça, ça me rendrait folle.

– J'essaie de bien faire les choses avec toi.

Putain, je ne pense qu'à elle ces temps-ci.

– Bien faire les choses, ce n'est pas me rejeter. Bien faire les choses, ce n'est pas décider de ce que je ressens. Je t'aime, Reed. Inutile que tu me dises que je suis trop jeune pour connaître mes sentiments. Peut-être que je pourrais aimer quelqu'un d'autre, mais peu importe. Je t'aime, toi. J'ai envie d'être avec toi. J'ai envie de t'attendre. Et toi, qu'est-ce que tu veux ?

En entendant ces mots, je ne peux plus m'en tenir à ma ligne de conduite.

– Toi. Nous. Pour toujours.

– Alors, ne me rejette pas. Ne me dis pas comment je dois me sentir, ce que je dois penser et qui je dois aimer. Si tu veux vraiment plaider coupable, ne sois pas mal à l'aise à l'idée de me voir. Et n'arrête pas de m'écrire soudainement. Ne refuse pas mes visites. Nous sommes dans le même bateau. On attendra ensemble. Et chaque jour nous rapprochera l'un de l'autre. C'est soit ça, soit rien du tout.

Ses yeux bleus étincellent comme deux saphirs.

– Tu préfères quoi ?

Allez, mon pote, du courage, voilà ce qu'elle me dit, en fait. Du courage, on est dans le même bateau. Le bateau d'Ella et Reed.

De ma main libre, j'attrape son menton et je l'embrasse intensément.

– Je suis partant, bébé.

Et je déchire sa robe de luxe, je lui montre à quel point je suis partant. Pour le restant de nos putains de vies.

CHAPITRE 33

ELLA

Le samedi matin, Steve m'annonce que nous retournons vivre dans le penthouse. Aujourd'hui.

Je répète comme un perroquet, mon verre de jus d'orange à la main :

– Aujourd'hui ?

Il s'accoude au comptoir de la cuisine et me lance un sourire.

– Ce soir, pour être plus exact. Génial, non ? Nous ne serons plus cantonnés à ces cinq pièces.

Honnêtement, l'idée de partir est attrayante. Je commence à en avoir assez de vivre dans cet hôtel, ce que je n'aurais pas imaginé il y a seulement un an, mais Steve a raison. Chacun de nous a besoin d'un peu plus d'espace. Steve et Dinah se querellent sans cesse. Si, initialement, j'avais un peu de sympathie pour elle, maintenant je ne peux plus la supporter. Non seulement elle a acheté le silence de Ruby Myers mais je sais qu'elle a quelque chose à voir avec le meurtre de Brooke.

Reed a évoqué mes soupçons avec Callum mais, à ce jour, son armée de détectives privés n'a rien trouvé. Ils ont intérêt à y arriver vite, parce que Reed va plaider coupable lundi matin et filer en prison, dès l'accord signé.

Peut-être que je trouverai un indice dans le penthouse.

Steve se tourne vers moi,

– Qu'est-ce que tu as dit ? Tu es prête à déménager ?

Il me regarde avec un sourire de chiot plein d'entrain qui me fait penser à Easton. Il n'est pas si terrible que ça, ce Steve. Il fait de son mieux, je pense. Je ne peux m'empêcher de lui sourire en retour.

– Ouais.

– Bien. Pourquoi tu n'irais pas faire ton sac et prendre ce qui t'est nécessaire dans l'immédiat ? L'hôtel nous enverra le reste. Dinah a appelé, et tout sera propre quand nous arriverons.

Je m'apprête à lui répondre lorsque mon téléphone sonne. C'est Reed. Je couvre discrètement l'écran de ma main pour que Steve ne voie pas le nom qui s'affiche.

Je lui mens :

– C'est Val. J'imagine qu'elle veut me demander comment s'est passé le bal.

Steve répond machinalement :

– Oh, c'est gentil ça.

– Je vais en haut pour ne pas t'embêter.

Il acquiesce, il semble déjà passé à autre chose. Le plus gros défaut de Steve, c'est que si la conversation ne le concerne pas directement, il ne s'y intéresse pas.

Dès que je suis seule dans ma chambre, je réponds à Reed d'une voix douce, avant que mon téléphone ne le renvoie vers la boîte vocale.

– Salut.

– Salut.

Il marque une pause avant d'ajouter :

– J'ai parlé à mon père concernant la serveuse. Je pensais que tu voudrais que je te tienne au courant.

Je réponds, avant de me rendre compte qu'il parle de Ruby Myers :

– La serveuse… ? Oh !

Mon pouls s'accélère instantanément.

– Qu'a-t-il dit ? Est-ce qu'on a une preuve que quelqu'un l'a payée ?

D'une voix calme, il répond :

– Elle a fait un emprunt. Sa mère est morte soudainement et elle avait une petite assurance vie. Ça lui a fait un apport pour la voiture. Il n'y a rien de louche là-dedans.

Je ravale un cri de colère.

– Je ne peux pas le croire. Dinah a admis qu'elle avait acheté le silence de Myers.

– Si c'est le cas, elle a magouillé quelque chose, parce que j'ai une copie de l'emprunt.

– Je suis absolument certaine que Dinah a trempé là-dedans.

La panique me saisit. Pourquoi est-ce que les enquêteurs ne trouvent rien ? Il doit bien y avoir quelque chose qui dédouane Reed.

– Même si c'était le cas, l'avion de Dinah n'a atterri que bien après l'heure du meurtre de Brooke.

Les larmes me montent aux yeux et je sens une boule se former dans ma gorge. J'étouffe un sanglot d'une main sans parvenir à en couvrir le bruit. Pour couper court, j'ajoute, d'une voix qui ne tremble que légèrement :

– Il faut que j'y aille. Steve m'a demandé de préparer mes affaires afin que nous ré-emménagions dans le penthouse ce soir.

– Ok. Je t'aime, ma puce. Appelle-moi quand tu es installée.

– C'est promis. Moi aussi, je t'aime.

Je raccroche et j'enfouis mon visage dans un oreiller. Les yeux fermés, je laisse les larmes couler sur mes joues pendant une minute, peut-être deux. Et puis je me reprends. Je ne vais pas m'apitoyer sur mon sort. Au lieu de ça, je ferais mieux de faire mon sac.

Brooke est morte dans ce penthouse. Il doit y avoir une preuve là-bas.

Et je compte bien la trouver.

Quelques heures plus tard, Steve me pousse dans le hall d'un immeuble de luxe. Dinah est déjà à l'intérieur, elle attend l'ascenseur. Elle n'a pratiquement pas dit un mot de tout le trajet. Est-ce qu'elle angoisse à l'idée de revenir sur la scène de son crime ? Je lui jette un regard en coin, en espérant lire sa culpabilité sur son visage.

Pendant que nous montons dans l'ascenseur, Steve bavarde.

– Je vais t'installer dans la chambre d'amis. On la fera redécorer, évidemment.

Je fronce les sourcils :

– Ce n'est pas…

Ma voix baisse d'une octave bien que nous soyons dans un endroit confiné et que Dinah entende chacune de mes paroles.

– La chambre de Brooke avant sa mort ?

– Euh ?

Il se tourne vers Dinah qui hoche la tête, l'air sévère, et répond d'une voix qui l'est encore plus.

– Elle avait vendu son appartement après que Callum l'avait demandée en mariage, elle devait résider au penthouse jusqu'a leur mariage.

– Oh, je vois. J'ignorais.

Steve pose ses yeux sur moi à nouveau.

– Est-ce que ça t'ennuie d'être dans cette chambre, Ella ? Comme je te le disais, nous la ferons redécorer.

– Ça ira.

Super-glauque, mais au moins ce n'est pas la pièce dans laquelle Brooke est morte.

Non, parce qu'elle est morte là, me dis-je quand nous entrons dans le salon luxueux. Mes yeux se posent instantanément sur le manteau de la cheminée, et un frisson me parcourt la colonne vertébrale. Steve et Dinah regardent dans la même direction que moi.

Il est le premier à détourner les yeux. Son nez se plisse légèrement lorsqu'il dit :

– Ça pue.

J'inspire profondément et je m'aperçois qu'il a raison. Ça sent un peu le renfermé. L'appartement a une odeur d'ammoniaque et de vieilles chaussettes.

Steve suggère à Dinah :

– Bon, on devrait ouvrir les fenêtres. Je vais faire un feu et réchauffer tout ça.

Dinah fixe toujours la cheminée. Puis elle pousse un cri de détresse et part en courant dans le couloir. On entend une porte s'ouvrir et claquer. Je la suis du regard. Est-ce que c'est ça, la culpabilité ? Putain, qu'est-ce que j'en sais, moi ? Si j'avais tué quelqu'un, je courrais me cacher dans ma chambre aussi, non ?

Steve soupire.

– Ella, tu peux t'occuper des fenêtres ?

Ravie d'avoir quelque chose à faire pour m'occuper l'esprit et me détourner de la scène de crime, j'acquiesce. Je me dirige d'un pas rapide vers les fenêtres. Un second frisson me parcourt quand je passe à côté de la cheminée. Mon Dieu, c'est l'angoisse, cet endroit. Je sens que je ne vais pas fermer l'œil de la nuit.

Steve commande le dîner qui arrive un quart d'heure plus tard et répand une odeur épicée dans tout l'appartement. Ça m'aurait sans doute fait saliver si mon ventre n'était pas tellement noué par l'angoisse. Dinah ne sort pas de sa chambre et refuse de répondre quand Steve l'invite à nous rejoindre.

Alors que nous attaquons notre assiette brûlante de pâtes, Steve me dit :

– Il faut que nous parlions de Dinah. Tu dois te demander pourquoi je n'ai pas encore divorcé.

– Ça ne me regarde pas.

Je joue avec un morceau de poivron vert dans mon assiette et l'observe imprimer sa course dans une mare de sauce tomate. Je n'ai pas trop pensé à leur mariage. Je suis bien trop préoccupée par le départ imminent de Reed.

Il continue :

– J'essaie d'arranger les choses. Et il faut que tout soit en ordre pour que je puisse commencer à faire les papiers.

Je réponds, cette fois avec insistance :

– Vraiment, ça ne me regarde pas.

Je n'en ai rien à faire de ce que Steve fait avec Dinah.

– Ça va aller, pour toi, de vivre ici ? Tu as l'air…

– Anxieuse ?

Il me fait un petit sourire.

– Oui, c'est le mot.

Je lâche un mensonge :

– Je suis sûre que ça ira.

– Peut-être qu'on cherchera autre chose. Toi et moi.

Je vais partir à l'université dans un an, mais je réponds afin de ne pas décevoir Steve.

– Super.

En ce moment, je ne peux pas gérer les émotions de quelqu'un d'autre en plus des miennes.

– Je me disais que tu pourrais faire une pause pendant tes études et ne pas aller directement à l'université. Ou alors on pourrait embaucher un professeur particulier et partir à l'étranger.

Interloquée, je balbutie :

– Pardon ?

D'une voix incroyablement joyeuse, il reprend :

– Oui. J'adore voyager, et puisque Dinah et moi serons divorcés, ça serait super que toi et moi nous partions ensemble.

Je n'en crois pas mes oreilles.

Il rougit légèrement.

– Enfin, penses-y.

Je serre ma fourchette entre mes dents pour éviter de lâcher un mot blessant. Ou pire, de la lui planter dans le torse. Quelle idée ridicule ! Je ne vais pas quitter la Caroline du Nord avant que Reed ne puisse venir avec moi.

Après le dîner, je sors de table rapidement. Steve me montre la chambre d'amis, au bout du couloir qui part de la salle à manger. C'est plutôt pas mal, tout en crème et or. La déco et le design ne sont pas si différents de l'hôtel que nous venons de quitter. Et puis, j'ai ma salle de bains privée, ce qui est chouette.

Le seul point noir, c'est qu'une femme désormais décédée a dormi dans ce lit.

Repoussant cette idée, je défais mon sac qui contient mon uniforme, quelques tee-shirts et plusieurs paires de jeans. Je range mes chaussures et ma veste dans le placard. À côté du lit, derrière la table de nuit, il y a une prise où je peux charger mon téléphone. Je le branche et m'allonge sur le lit, les yeux fixés au plafond.

Demain, je me lance à la recherche des trucs de Gideon. Cela dit, je ne pense pas trouver quoi que ce soit dans cette chambre. Dinah n'est pas du genre à abandonner les preuves de son chantage au premier venu.

Mais… Peut-être que si Brooke dormait dessus… c'était la meilleure des cachettes ?

Je saute du lit et soulève le sommier. Le plancher est parfait et aucune des lattes ne semble bouger, ce qui aurait pu indiquer une cachette éventuelle.

Et le matelas ? Après quelques efforts, je parviens à poser le matelas sur sa tranche, mais il n'y a rien d'autre que le sommier en dessous. Je le laisse retomber.

Je fouille rapidement le contenu de la table basse. Je trouve une télécommande, quatre pastilles pour la gorge, un tube de crème et une boîte de piles neuves. La commode contient des couvertures, quelques oreillers dans le tiroir du milieu, et le tiroir du haut est vide.

Le placard est tout aussi vide. Dinah ou les flics ont dû emporter les fringues de Brooke.

Je caresse le mur de la main et m'arrête pour observer le tableau abstrait accroché au-dessus de la console, de l'autre côté du lit. Il n'y a rien dans cette chambre qui ne soit absolument normal. Si on ne m'avait pas dit que Brooke avait dormi ici, je ne l'aurais jamais deviné.

N'ayant plus rien à chercher, je laisse à nouveau mes pensées vagabonder vers Reed. Cette grande chambre vide m'angoisse, c'est comme si elle était remplie d'un épais brouillard.

Tout ira bien. Cinq ans, ce n'est rien. Je serais prête à attendre le double pour récupérer Reed. On pourra s'écrire et peut-être même se parler. Et je lui rendrai visite autant qu'il me le permettra. Et je suis sûre qu'il peut se contrôler s'il le veut. Et il y a de bonnes raisons pour ça : une bonne conduite signifie une diminution de peine.

À toute chose malheur est bon, disait ma mère. Bon, évidemment, c'est ce qu'elle disait surtout quand nous devions déménager, mais je la croyais. Et, même quand elle est morte, je me suis dit que je survivrais. Et ça a été le cas.

Reed n'est pas à l'article de la mort, même si j'ai le sentiment de perdre quelqu'un à nouveau. Il part juste… pour des vacances prolongées. C'est comme s'il partait à l'université en Californie et que je restais ici. On serait en couple à distance. On s'appellerait, on s'enverrait des textos, des mails, des lettres. C'est la même chose, en somme, non ?

Vaguement soulagée, je me lève pour attraper mon téléphone. Sauf que, n'ayant pas rangé ma valise, je trébuche et je tombe dessus. Je pousse un cri aigu et j'atterris sur la console. La lampe, qui était posée dessus, vacille. Je tente de la rattraper, mais je suis trop loin, elle explose sur le sol.

Depuis le couloir, j'entends la voix inquiète de Steve :

– Tout va bien ?

– Oui.

Je jette un œil sur les morceaux de la lampe brisée.

– Enfin, non.

Je me dirige vers la porte en poussant un long soupir.

– J'ai trébuché sur ma valise et j'ai cassé ta lampe.

– Ne t'inquiète pas. On doit refaire la déco, tu te rappelles ?

Un doigt en l'air, il ajoute :

– Ne bouge pas, je vais chercher un balai.

– Ok.

Je me penche et je commence à ramasser les morceaux pour les jeter dans la poubelle. Je distingue quelque chose de blanc sous l'un des débris. Surprise, j'attrape le petit bout de papier. Vu comme il a été plié à la va-vite dans la lampe, je me dis que quelqu'un l'a sans doute placé là intentionnellement. Peut-être qu'il s'agit du mode d'emploi ? Oui, sans doute.

Ma main est presque au niveau de la poubelle lorsque je lis le mot *Maria.*

Je déplie le papier avec curiosité pour lire ce qui y est écrit.

J'en ai le souffle coupé.

– Qu'est-ce que c'est ?

Je tourne la tête, Steve est là, debout, un balai à la main. J'aimerais mentir et répondre « ce n'est rien », mais mes cordes vocales refusent de m'obéir. Je ne parviens pas non plus à dissimuler le papier, c'est comme si tous les muscles de mon corps étaient tétanisés.

Inquiet, Steve pose le balai contre le chambranle et s'avance vers moi.

– Ella. Parle-moi.

Je le regarde, les yeux remplis d'effroi. Puis, brandissant le papier, je murmure :

– Qu'est-ce que c'est que ça ?

CHAPITRE 34

ELLA

Mes doigts tremblent. J'ai la tête qui tourne, après les quelques paragraphes que je viens de lire… Et ce n'est même pas l'intégralité du message.

Avant que j'aie eu le temps de dire ouf, Steve m'arrache la lettre des mains. Une fois lues les premières lignes, son visage pâlit. Il me demande d'une voix étranglée :

– Où as-tu trouvé ça ?

La surprise et l'horreur ont tellement desséché ma bouche que ça me fait presque mal de lui répondre.

– C'était caché dans la lampe.

Je ne peux m'empêcher de le dévisager.

– Pourquoi tu l'as caché ? Pourquoi tu ne l'as pas détruit ?

Je dois être aussi blême que lui.

– Je ne l'ai pas caché. C'était rangé dans le coffre-fort… Ça doit être…

Il lâche un juron :

– Cette sale petite fouine !

Mes mains tremblent de manière incontrôlable.

– Qui ?

– Ma femme.

Il jure à nouveau, et son regard s'assombrit.

– Mes avocats ont dû donner le code de mon coffre-fort à Dinah après ma mort.

Son poing se referme sur le morceau de papier.

– Elle a dû voir ça et… Non, je pense que c'était Brooke.

Il parcourt la chambre du regard, visiblement sous le choc.

– C'est elle qui occupait cette chambre. Elle a dû le cacher. Le voler à Dinah.

Je hurle :

– Je m'en fous de savoir qui a caché la lettre ! Ce qui m'importe, c'est de savoir si c'est vrai !

Ma respiration se fait haletante.

– Est-ce que c'est vrai ?

– Non.

Il marque une pause, puis se reprend :

– Si.

J'éclate d'un rire de démente.

– Alors ? C'est oui ou c'est non ?

– Oui.

Sa pomme d'Adam tressaute chaque fois qu'il avale sa salive.

– C'est vrai.

Un sentiment de dégoût, mêlé de colère, se répand en moi. Oh mon Dieu. Je n'arrive pas à y croire.

Cette lettre change tout ce que je sais à propos de Steve, Callum et des Royal. Si c'est vrai, Dinah avait vraiment tous les droits d'être furieuse contre Maria. Et même de la détester.

Je lui ordonne de me laisser lire la suite.

Il recule, mais j'attrape le papier avant qu'il ait eu le temps de s'éloigner. Le coin se déchire et reste dans les doigts sans vie de Steve.

– Ella, commence-t-il d'une voix faible

Mais je suis trop occupée à lire.

Cher Steve,

Je ne peux plus continuer à mentir. Ces mensonges me détruisent. Chaque regard que Callum porte sur moi me pèse un peu plus. Ce n'est pas la vie que j'avais imaginée ni celle que je souhaite. Mes fils sont mes soleils, mais leur lumière ne suffit pas à dissiper la chape de plomb qui s'est abattue sur mon âme. Nos actes ne s'effaceront jamais. Je ne sais plus quoi faire. Si j'avoue, nos familles seront détruites. Callum me quittera, votre amitié sera brisée.

Si je me tais, je ne pourrai survivre. Je te le jure. Je n'en peux plus.

Pourquoi as-tu profité de moi ? Tu connaissais mes faiblesses ! Tu les connaissais et tu en as tiré profit.

Je ne crois plus que Callum m'ait trompé, et même si c'était le cas, il devra apprendre à vivre avec. Nous ne pouvons continuer ainsi, Steve, à cacher la vérité à Callum. Il faut que je le lui dise. Il le faut. Autrement, je ne pourrai plus me regarder en face.

Mais même si je ne peux pas vivre sans Callum, je ne suis pas sûre de pouvoir vivre sans toi non plus. Tu me fais des choses qui me redonnent le goût de vivre, et je n'y croyais plus. Chaque nuit, lorsque je ferme mes yeux, je vois ton visage, je sens tes doigts sur moi.

Quand cette autre femme est près de toi, je me consume de colère. Pourquoi l'as-tu épousée ? Tu mérites mieux. L'idée que tu passes de moi à elle me dégoûte.

Tu me demandes de quitter Callum, mais je n'ai pas confiance en toi, Steve.

Je ne crois plus à tes belles paroles. Je n'ai plus confiance en personne.

Je n'ai pas le choix. On me les a tous ôtés. N'essaie pas de m'en empêcher.

Maria

Une fois la lecture de la lettre terminée, je la laisse tomber à mes pieds. C'est juste… fou. Comment Steve a-t-il pu faire ça à Callum ? Et Maria ?

J'explose :

– Il faut que je le dise à Reed.

Steve se jette en avant et attrape mon téléphone posé sur la table de nuit. Il me supplie :

– Non. Il ne faut pas lui en parler. Ça les démolirait. Ces garçons vénèrent leur mère.

Je lui réponds d'un ton amer :

– Toi aussi, apparemment. Comment as-tu pu faire ça ? Comment ?

– Ella…

La peur, l'espoir et le désespoir alternent en moi et semblent aspirer tout l'air de la chambre, au point qu'il me devient difficile de respirer ou même de réfléchir.

– Tu as couché avec la femme de Callum.

La mâchoire de Steve se contracte un instant, son visage se défait et il hoche de la tête. Il n'arrive même pas à le dire à voix haute.

– Pourquoi ?

Il finit par admettre, la voix rauque :

– Je l'ai toujours aimée. Et, à sa façon, elle m'aimait aussi.

– Ce n'est pas ce que dit cette lettre.

– Elle m'aimait. Elle nous avait tapé dans l'œil à tous les deux, mais Callum a été le premier à réagir.

J'en reste bouche bée. Oh mon Dieu. On dirait un petit garçon à qui on aurait pris son jouet.

– Donc, pendant que Callum essayait de sauver ta boîte, tu as raconté à Maria qu'il l'avait trompée ?

Mes pensées s'entrechoquent de manière chaotique et totalement désordonnée, mais je crois que je commence à comprendre.

– C'est comme ça que tu as réussi à la séduire ?

Il détourne le regard et regarde par-dessus mon épaule.

– Est-ce que Callum la trompait vraiment ? C'était la vérité, ça ?

Comme il ne parvient pas à me regarder en face, je comprends que c'est un mensonge. La relation de confiance que nous commencions à peine à créer se brise en un instant. Je n'ai plus aucun respect pour lui. Je ne sais même pas si je pourrai le supporter désormais. Il a couché avec la femme de son meilleur ami. Pire, il a dit à Maria que son mari la trompait. Et elle a fini par se tuer ! Steve O'Halloran a plus ou moins poussé cette pauvre femme au suicide.

Soudain, j'ai envie de vomir. Je me penche, saisis la lettre et ne la lâche plus.

– On va apporter ça à Callum. Il pense que sa femme s'est tuée par sa faute. C'est aussi ce que croient les garçons. Il faut que tu leur dises la vérité.

Je lis de la colère dans les yeux de Steve.

– Non. Ça reste entre nous. Je te l'ai dit, ça briserait leur vie.

– Parce que tu crois qu'ils ne sont pas morts à l'intérieur après le décès de leur mère ? La seule personne dont la vie sera brisée, c'est toi. Et honnêtement, Steve, je n'en ai rien à faire. Les Royal doivent connaître la vérité !

Sur ces mots, j'attrape mon téléphone et je sors de la pièce en trombe.

– Tu ne bouges pas d'ici !

En entendant le ton de sa voix, une angoisse me tord le ventre. Je me mets à courir, je traverse le salon et, tout à coup, je tombe à la renverse. Je me retrouve le cul par terre sur le tapis, à quelques centimètres de l'endroit où Brooke est morte…

Et une horrible pensée surgit à mon esprit.

Je hurle :

– C'était toi ?

Steve ne me répond pas. Il me regarde de haut, le souffle court et le visage marqué par la fatigue. Ma voix se fait fluette et tremble d'horreur :

– Tu as tué Brooke ?

Il me répond dans un grognement :

– Non. Je ne l'ai pas tuée.

Mais je le vois… Ce soupçon de remords dans ses yeux.

– Oh mon Dieu. Tu l'as tuée. Tu l'as tuée et tu es en train de faire porter la faute à Reed. Tu l'as tuée…

Il rugit :

– C'était un accident !

Son cri strident me ferait presque flancher. Je me relève et j'essaie de garder le maximum de distance entre lui et moi. Mais Steve s'approche, et tout ce que je peux faire, c'est reculer, jusqu'à toucher la cheminée.

– C'était un putain d'accident, ok !

Je lis la folie dans les yeux de mon père, désormais rouge sang et réduits à de minces fentes.

Je balbutie :

– Comment ça ? Pourquoi ?

– Je venais de sortir de l'avion après avoir été bloqué sur cette île paumée pendant des mois ! J'arrive à la maison et je vois Reed en sortir ! Qu'est-ce que j'étais supposé croire ? Je savais que ma femme se tapait le fils aîné de Callum.

Sa respiration est haletante.

– Et maintenant Reed ? J'aurais dû rester à observer ça passivement ? Après tout ce que j'avais vécu ?

– Reed n'a jamais touché Dinah.

– Oui, ben ça, je ne pouvais pas le savoir.

À chaque inspiration, sa bouche se tord un peu plus et traduit une véritable panique.

– J'ai pris l'escalier de service pour monter au penthouse. J'imaginais prendre ma femme sur le fait, cette petite professionnelle de la tromperie. Cette femme qui a essayé de me tuer.

Sa colère imprègne toute la pièce et ne fait que renforcer la peur qui m'habite désormais. Je voudrais m'échapper, mais il s'approche encore. Je me retrouve coincée entre son corps tremblant de rage et la pierre froide de la cheminée.

– Je suis entré, et elle était là... À observer cette putain de photo de nous deux !

Il attrape le cadre posé sur le manteau de la cheminée et le jette contre le mur, au-dessus de ma tête. Des bris de verre nous tombent dessus. Certains atterrissent dans mes cheveux.

Mon cœur bat si fort que j'ai presque peur qu'il me lâche. Il faut que je m'échappe. Il le faut. Steve vient d'avouer avoir commis un meurtre. Et il est en train de péter les plombs devant moi. Je ne peux pas être là quand il perdra totalement les pédales.

– Alors, je me suis énervé, comme l'aurait fait n'importe quel mec au sang chaud. Comme ton cher Reed. Je l'ai attrapée par les cheveux et je l'ai poussée vers le manteau de la cheminée. Je n'avais jamais frappé une femme de ma vie mais, putain,

Ella, celle-là le méritait. Elle méritait de payer pour ce qu'elle m'avait fait.

Je chuchote :

– Mais ce n'était pas Dinah.

La honte se lit sur son visage et calme quelque peu sa colère.

– Je n'en avais pas conscience. J'ai cru que c'était elle. Elles se ressemblent de dos, putain. Elles…

Il reprend son souffle avec difficulté.

– J'ai aperçu son visage au moment où elle tombait, mais c'était trop tard. Je n'ai pas pu la rattraper. Et sa tête a heurté la cheminée.

Je déglutis bruyamment :

– Je… O… Ok. C'était un accident et il faut que tu dises à la police ce qui s'est pa…

Il explose et lève la main sur moi, comme pour me frapper.

– Ne mêle pas la police à tout ça !

Je me prépare à recevoir le coup, mais il n'arrive pas. Au lieu de ça, la grande main de Steve retombe sur sa hanche.

– Ne me regarde pas avec ces yeux. Je ne vais pas te faire de mal ! Tu es ma fille.

Et Dinah, c'est sa femme.

Mais il avait prévu de lui faire du mal à elle. Mon pouls s'accélère à nouveau. Je ne peux pas rester ici. Je ne peux pas.

D'une voix suppliante, je me tourne vers mon père :

– Il faut que tu dises la vérité. Si tu ne le fais pas, Reed va aller en prison.

– Tu crois que je n'en ai pas conscience ? Ça fait des semaines que je me triture le cerveau pour essayer de trouver un moyen de le sortir de là. Certes, je n'ai pas vraiment envie qu'il baise ma fille mais je n'ai aucune envie qu'il finisse en prison.

Et pourquoi tu ne l'as pas sauvé, alors ? J'ai envie de hurler. Mais je connais déjà la réponse. Peu importe ce qu'il me raconte, Steve compte bien laisser Reed porter le chapeau pour le meurtre de Brooke. Parce que Steve O'Halloran ne se préoccupe que de lui-même. Et ce depuis toujours.

Soudain, son regard s'illumine :

– Toi et moi… on va trouver la solution. S'il te plaît, Ella, assieds-toi une minute et réfléchissons à la manière dont nous pouvons faire sortir Reed de là. Peut-être qu'on peut faire porter le chapeau à Dinah…

– Tu n'as pas intérêt !

Steve tourne la tête en entendant Dinah. De mon côté, je n'ai jamais été aussi heureuse de la voir. Steve détourne le regard une seconde, ce qui me permet de m'échapper de devant la cheminée. Je cours vers Dinah comme si ma vie en dépendait. Mais peut-être est-ce bien le cas.

Dinah, l'air horrifiée, hurle à son mari :

– Tu as tué Brooke ?

Sa main tremble. J'aperçois une pointe de noir, et là, je comprends ce qu'elle tient dans la main. Un petit revolver noir.

Steve lui intime, énervé :

– Pose ce flingue !

– Tu as tué Brooke.

Je suis collée contre Dinah, mais elle me surprend de sa voix douce :

– Mets-toi derrière moi, Ella.

Steve hurle à nouveau :

– Pose ce flingue !

Il s'apprête à faire un pas en avant, mais Dinah lève le revolver :

– N'avance pas.

Il s'arrête et, pour la troisième fois, il lui demande d'une voix plus douce :

– Pose ce flingue.

Sans quitter Steve des yeux, Dinah me demande :

– Ella, appelle la police.

J'ai trop peur pour bouger. Je suis terrifiée à l'idée qu'une balle parte par accident et que je me trouve au beau milieu de tout ça.

– Mais putain, Dinah ! Vous êtes ridicules toutes les deux ! Brooke est morte par accident ! Et même si ce n'était pas le cas, on s'en fout ! C'était une chieuse ! Une vraie emmerdeuse !

Il avance à nouveau.

Dinah presse sur la détente.

Tout se passe tellement vite que je ne comprends rien. À un moment, Steve est debout, et l'instant d'après, il est allongé sur le tapis et pousse des gémissements.

Mes oreilles bourdonnent. Je n'ai jamais entendu une vraie détonation et le bruit est si assourdissant que j'ai peur d'avoir les tympans percés. J'ai envie de vomir. Et mon cœur bat plus vite qu'il ne l'a jamais fait.

Le regard rivé sur Dinah, Steve marmonne :

– Tu m'as tiré dessus, connasse.

Au lieu de lui répondre, Dinah se tourne calmement vers moi et me répète :

– Ella. Appelle la police.

CHAPITRE 35

REED

– Qu'est-ce qui se passe ?

Ce sont les premiers mots qui me viennent quand je décroche mon téléphone.

– Il faut que tu viennes au penthouse ! halète Ella entre deux inspirations. Viens tout de suite. Avec Callum. Amène tout le monde. Mais surtout Callum.

– Ella…

Elle raccroche.

Merde. Elle m'a raccroché au nez. Pourtant je ne perds pas une seconde. Elle m'a appelé, elle a besoin de moi. Elle a besoin de nous tous.

En moins de deux, je bondis hors du lit et je sors de ma chambre. Je cogne à la porte d'Easton puis de Sebastian, en criant à papa :

– Papa ! Il se passe un truc grave avec Ella !

Je la rappelle, mais elle ne répond pas. Easton jaillit de sa chambre quand je passe devant en courant.

– Qu'est-ce qui se passe ?

– C'est Ella. Elle a un problème.

En sautant cinq marches à la fois, je dévale les escaliers. Au-dessus et derrière moi, j'entends les portes qui claquent et des pas qui courent.

Papa me rejoint en bas des escaliers.

– Que se passe-t-il ? demande-t-il, l'air inquiet.

– Ella a des problèmes. Elle a besoin de nous.

– Nous ?

Il semble étonné.

Je secoue mon téléphone.

– Elle vient d'appeler. Elle m'a dit qu'elle avait besoin qu'on vienne tous.

Il écarquille les yeux, mais il réagit très vite, lui aussi.

– Prenons ma voiture.

Nous sortons en courant et nous nous entassons dans la Mercedes de papa. Je m'installe à l'avant pendant qu'Easton et les jumeaux montent à l'arrière. Papa démarre sur les chapeaux de roues et passe le portail d'entrée en attendant tout juste que les portes automatiques soient assez ouvertes pour laisser passer la voiture. Pendant ce temps, je compose et recompose le numéro d'Ella. À ma cinquième tentative, elle répond enfin.

– Je ne peux pas parler, Reed, la police est là. Où êtes-vous ?

Je me raidis :

– La police ?

– Qui est-ce ? demande papa.

– C'est Ella.

Et je redemande :

– Pourquoi est-ce que la police est là ?

D'une voix tendue, elle me répond :

– Je t'expliquerai quand tu seras arrivé.

Et elle raccroche à nouveau.

– Putain de merde !

Je frappe mon téléphone sur ma cuisse. Je commence à en avoir vraiment marre qu'elle me raccroche au nez comme ça. East se penche et passe la tête entre les deux sièges avant.

– Qu'est-ce qu'elle a dit ?

Papa grille un feu rouge, tourne violemment sur la droite à plus de quatre-vingts à l'heure et fonce comme un dingue dans une autre rue. Je m'accroche à la portière et je vérifie l'heure. Nous sommes à seulement dix minutes du centre-ville. J'envoie vite un texto à Ella.

On est là dans 10 min.

– Qu'est-ce qu'elle a dit ? répète Easton.

Je pose mon téléphone sur la console centrale et je me tourne vers mes frangins. Les jumeaux sont pâles et silencieux, mais Easton est surexcité.

– Elle a dit qu'elle avait besoin de nous au penthouse. De nous tous… (Je fais une pause et je me tourne vers mon père.) Elle a dit qu'il fallait que je vienne, surtout avec papa.

– Mais pourquoi, grand Dieu, tient-elle à ce que je sois là ? se demande-t-il sans quitter la route des yeux.

Un autre virage sur les chapeaux de roues nous déporte tous vers la gauche, avant que nous nous remettions en place dans nos sièges.

– Je n'en ai pas la moindre idée.

– Steve, lance East. Ce doit être à propos de lui.

– Appelle Grier, dit soudain papa. Dis-lui de nous rejoindre au penthouse.

Ce n'est pas une mauvaise idée. Je compose son numéro. Contrairement à Ella, il répond.

– Reed, que puis-je faire pour toi ?

– Il faut que vous nous rejoigniez chez Steve.

Il y a un petit silence, puis :

– Mais qu'est-ce que tu as encore bien pu faire ?

Je recule le téléphone de mon oreille et je le regarde d'un air dégoûté.

– Cet enfoiré pense que j'ai fait quelque chose.

Papa pousse un grognement agacé.

– Tu as plaidé coupable d'homicide involontaire. Bien sûr qu'il pense que tu as fait quelque chose.

Je fronce les sourcils, mais je reprends mon téléphone.

– C'est Ella. Il est arrivé quelque chose et papa pense que vous devriez venir.

Et je raccroche, parce que nous sommes arrivés devant l'immeuble et qu'il y a des voitures de police tout autour.

Papa s'écrie :

– Mais qu'est-ce qui se passe !

Le cœur au bord des lèvres, je saute de la voiture encore en marche.

– Reed, reviens ici ! hurle mon père. Attends une seconde, bon Dieu !

Mais d'autres portières claquent, mes frangins sont sur mes talons. Je discerne à peine les gens dans le hall d'entrée, je cours vers l'ascenseur. Comme par miracle, les portes métalliques s'ouvrent devant moi.

Impatiemment, j'attends que les deux hommes en uniforme sortent et je me rue à l'intérieur. Mes frangins entrent à ma suite, les portes se referment déjà.

– Elle va bien, mec, me rassure East, un peu essoufflé.

– Vraiment ? Il est dix heures trente, il y a une dizaine de voitures de flics devant l'immeuble. Ella a appelé en panique, elle a dit qu'elle avait besoin de nous.

– Mais elle a appelé, indique-t-il.

Le monde déconne vraiment si c'est East le mec calme et que mon cœur, lui, bat tellement fort que j'ai l'impression qu'il va sortir de ma poitrine à tout moment. Je voudrais tant que l'ascenseur aille plus vite.

– Qu'est-ce que tu crois qu'il est arrivé ? demande Sawyer d'une voix sombre.

– C'est sans doute Dinah, suppose son jumeau.

Je flanque un coup de poing dans les portes. C'est ce que je redoute, moi aussi.

– Si tu fais ça, on risque d'être bloqués dans cette boîte, me prévient East.

– C'est vrai. Alors, je suppose que je vais devoir te mettre un pain dans la figure.

– Si tu fais ça, Ella sera en colère contre toi. Elle aime mon charmant visage.

Les jumeaux pouffent de rire nerveusement. Je serre les poings, j'ai envie de les cogner, tous les trois. Heureusement pour eux, l'ascenseur s'immobilise, et je me rue dehors.

Il y a deux policiers dans le petit couloir qui mène à la double porte d'entrée du penthouse. L'homme, grand et mince, pose une main sur la porte, pendant que la femme pose la sienne sur son flingue.

– Où allez-vous ? demande l'un d'eux.

Je réponds par un mensonge :

– On habite ici.

Les deux policiers se consultent du regard. Derrière moi, je sens mes trois frères qui se crispent. Ça m'est égal de dégommer ces deux flics. De toute façon, je vais déjà aller en taule. Je fonce, mais au moment où je vais les toucher, un visage familier apparaît à la porte.

La détective Schmidt comprend la scène au premier coup d'œil. Elle ouvre la porte en grand.

– Ça va. Ils peuvent entrer.

Pas le temps de me demander pourquoi j'ai soudain de la chance. Je me dépêche, je passe devant l'immense portrait de Dinah et je pénètre dans le salon en appelant :

– Ella !

Je la découvre enfin, blottie contre Dinah, sur un canapé qui fait face aux portes de la terrasse. Je me précipite et je la prends dans mes bras.

– Tu vas bien ?

– Oui, oui, où est Callum ?

Pourquoi a-t-elle autant besoin de mon père ? Je lui caresse les bras de haut en bas en l'examinant. Elle est toute pâle et glacée. Ses cheveux sont emmêlés, mais elle ne semble pas blessée.

Je la serre contre ma poitrine, je pousse son visage contre mon cœur battant.

– Tu es sûre que ça va, bébé ?

– Je vais bien.

Elle aussi me serre dans ses bras. Par-dessus son épaule, je regarde Dinah, dont le visage habituellement parfaitement lisse est barbouillé de larmes. Elle a les yeux rouges et les cheveux en bataille, elle aussi.

– Mince alors, s'écrie Easton, l'air aussi embarrassé que moi. Est-ce que tu, est-ce que l'une de vous a tiré sur Steve ?

Je me retourne et je réalise que je suis passé devant Steve sans le voir. Il est effondré devant l'âtre de la cheminée, le dos contre les pierres.

Il porte des menottes.

Ella frissonne.

– Qu'est-ce qui se passe ici, bon Dieu ? gronde papa.

Les traces de chagrin disparaissent sur le visage de Dinah, une lueur menaçante apparaît dans ses yeux. Elle s'appuie contre le dossier bas du canapé et passe un bras par-dessus.

– Steve a tenté d'éliminer Ella quand elle a découvert que c'était lui qui avait tué Brooke. Je lui ai sauvé la vie. Tu pourras me remercier plus tard.

Je dévisage Ella.

– C'est vrai ?

Elle avale sa salive et hoche la tête.

– Entièrement vrai.

Dinah a dit plusieurs trucs importants, mais la seule chose que j'entends, c'est que Steve a essayé de tuer Ella. C'est est presque trop pour mon cerveau épuisé.

– Tu es blessée ? je répète, en cherchant sur son corps des traces de blessures.

– Je vais bien. Je te le jure. (Elle me serre le bras.) Et toi ? Est-ce que ça va aller ?

Mon cerveau tourne à vide, je me contente de hocher la tête comme un idiot, mais l'inquiétude dans sa voix me fait soudain réagir. Ces nouvelles infos jaillissent dans mon esprit, se mélangent, encore et encore, jusqu'à ce que, peu à peu, elles fassent sens.

Les larmes de Dinah.

La supplique frénétique d'Ella pour que je vienne, pour que nous venions tous.

Steve qui essaie de tuer Ella.

Et soudain, je réalise…

– Steve a tenté de me faire porter le chapeau pour le meurtre de Brooke ?

Ella fait une toute petite grimace, et je deviens soudain tellement furieux que j'en suis presque aveuglé. Je suis déjà à mi-chemin de la cheminée avant d'avoir réalisé que j'ai bougé.

J'entends vaguement qu'on m'appelle, mais toute mon attention est focalisée sur l'homme qui m'a appris à faire du vélo, qui jouait au football avec mes frères et moi. Putain, c'est lui qui m'a donné ma première capote.

Un toubib agenouillé à ses côtés est en train de lui prendre la tension, l'enquêteur Cousins est debout tout près.

Ella réapparaît soudain, elle pose sa main sur mon avant-bras.

– Ne fais pas ça, murmure-t-elle.

Je ne sais pas comment je réussis à ne pas me jeter sur Steve. Tout ce que je veux, c'est extirper à coups de poing toute l'affection que j'ai pu ressentir un jour pour mon parrain. Mais je ferme les yeux et je trouve un reste de self-control au fond de mes tripes.

– Pourquoi ? je crache en direction de Steve. Pourquoi as-tu fait ça ?

Mes frères forment un mur protecteur derrière moi. Papa s'approche, lui aussi. Les yeux de Steve passent de Seb à Sawyer, s'arrêtent un instant sur Easton, se posent sur moi avant de se fixer sur mon père.

– C'était un accident.

– Qu'est-ce qui était un accident ? demande papa, la voix voilée par le chagrin. Que tu essaies de tuer ta propre fille ? Ou que tu essaies de mettre ton crime sur le dos de mon fils ? Tu es rentré depuis combien de temps ? Tu baisais Brooke, aussi ?

Steve secoue la tête :

– Ce n'est pas ça, mec. Elle était maléfique, elle vous montait l'un contre l'autre, Reed et toi.

Le poing de papa part tout seul, et une lampe s'écrase sur le sol, non loin de Steve. Nous tressaillons tous.

– Jamais nous n'avons été l'un contre l'autre. Jamais aucune femme ne se serait interposée entre nous.

– Si, Brooke. Et Dinah aussi. (Il lance un regard méprisant à la blonde assise sur le canapé.) Toutes ces femmes avec qui on a été, Callum, elles étaient prêtes à tout pour nous détruire. Merde, y compris ta femme.

Ella pousse un petit gémissement de détresse. Papa et moi, nous nous tournons vers elle en même temps, mais elle détourne le regard.

– Qu'est-ce qui ne va pas ? je lui demande sans ménagement.

Elle soupire.

– Ella, je t'en prie, ils n'ont pas besoin de le savoir, lance Steve depuis la cheminée.

Elle pousse un autre soupir.

– Putain, jure Steve, et il jette un regard fou à l'agent Cousins. Faites-moi sortir d'ici, vous entendez. C'est une égratignure, je n'ai pas besoin d'assistance médicale. Embarquez-moi, c'est tout. Vous m'avez déjà lu mes droits, bon sang.

Et je comprends soudain ce que Steve a peur d'admettre. Ce qu'Ella a découvert.

– Il s'agit de maman, n'est-ce pas ? je lance d'une voix rauque.

Je ne sais pas si je pose la question à Ella, ou à Steve, ou à papa, ou à l'univers tout entier. Tout ce que je sais, c'est qu'à l'instant où je prononce le nom de maman, le visage de Steve blêmit entièrement.

Ella m'agrippe par la main, mais elle ne me regarde toujours pas en face.

– Steve et ta mère avaient une aventure ensemble, chuchote-t-elle.

Le silence s'abat sur la pièce. Même l'agent Cousins a l'air paniqué, et pourtant il ne connaissait même pas ma mère, putain !

– Ella, s'il te plaît… implore Steve.

Elle l'ignore et tourne son regard désemparé vers mon père.

– Maria lui a écrit une lettre disant qu'elle ne pouvait plus vivre avec cette culpabilité. Je l'ai trouvée dans la chambre qu'occupait Brooke. Elle l'avait cachée.

Ses yeux pleins de tristesse reviennent sur moi, puis sur mes frères :

– Ce n'était pas votre faute.

Sa voix se brise sur ces derniers mots.

Papa chancelle, il se rattrape à une table.

Les phrases que vient de prononcer Ella ne s'impriment pas dans mon cerveau. Ce sont juste des consonnes dures, des voyelles douces. Elles sont incompréhensibles.

Sawyer et Seb semblent scotchés au sol.

Je suis frigorifié, tétanisé par l'horreur de ce que je viens d'apprendre.

Seul Easton arrive à réagir :

– Salopard ! Espèce de salopard ! hurle-t-il en se ruant sur Steve.

L'agent Cousins se jette entre eux. Les jumeaux rattrapent East et le maintiennent. Même papa se redresse et s'avance. Chaque partie de mon corps aspire à me jeter sur Steve à nouveau. Je veux le défoncer pour ce qu'il m'a fait subir, ce qu'il a fait à ma mère, à ma famille. Mais la petite main d'Ella se pose doucement sur mon épaule, elle m'en empêche.

J'ai plaisanté un jour sur le fait qu'elle me tenait en laisse, et c'est la vérité. Je suis une meilleure personne quand elle est là. Je me contrôle mieux. Je suis plus digne. Et après tout ce qu'elle a vécu ce soir, je ne veux pas en rajouter et lui faire de la peine en rouant son père de coups.

– Cela durait depuis quand ? demande mon père, son regard furieux rivé sur celui de son meilleur ami.

Steve passe une main tremblante sur sa bouche :

– C'est elle qui est venue vers moi.

– Combien de temps ? hurle papa.

Cousins demande de l'aide par radio.

– J'ai besoin de renforts, immédiatement. J'ai cinq membres de la famille Royal face à moi et ils sont prêts à en découdre.

Les yeux de Steve ne quittent pas ceux de mon père.

– Une seule fois. Et c'est elle qui est venue me chercher.

Avec un bruit étranglé, papa se tourne vers Ella :

– Combien de temps ?

– Je ne sais pas. Il y avait juste cette lettre.

Elle tend une feuille de papier à lettres chiffonné, déchiré dans le coin gauche. Je le reconnais immédiatement. Maman avait du papier à lettres personnalisé et des enveloppes assorties. Elle disait que toute dame digne de ce nom devait répondre par écrit plutôt que par un coup de fil. Et jamais par texto ou mail.

Papa saisit le papier et en parcourt le contenu. Puis, dans ce qui paraît être un effort surhumain, il le plie soigneusement en deux et le rend à Ella. Je la pousse du coude, elle laisse glisser la lettre dans ma main.

– Tu mérites de pourrir en enfer, siffle papa à Steve, encore tout tremblant de colère. Je t'ai couvert pendant si longtemps. Je t'ai défendu chaque fois que quelqu'un mettait en doute ton honneur, ta loyauté. Je ne supporte plus de te voir.

Je me permets juste un coup d'œil rapide à la lettre, et la seule vision de ma mère en train de l'écrire me tord le ventre. Tout ce temps, j'ai cru que j'étais la cause de sa mort. Easton se le reprochait aussi. Les jumeaux ont été dévastés pendant des mois. Notre famille est tombée en morceaux. Nous haïssions papa, nous nous haïssions nous-mêmes. Quand Ella est arrivée sans prévenir, nous l'avons haïe, elle aussi. Nous l'avons traitée comme une merde.

Une nuit, East et moi l'avons abandonnée au bord de la route et nous l'avons forcée à rentrer à pied. Nous l'avons suivie de loin parce que nous ne sommes pas entièrement des enfoirés, mais nous l'avons laissée croire qu'elle était seule.

Je ne sais pas, je ne comprends pas comment elle a pu me pardonner, comment elle en est venue à m'aimer.

Alors que je suis largué dans mes pensées, Papa repousse East, contourne les jumeaux et balance son poing dans la figure de Steve, si violemment que l'impact résonne d'un bout à l'autre du grand salon. Cette fois, quand Steve passe sa main sur sa bouche, le sang ruisselle sur son menton.

– Ça suffit, il est en état d'arrestation, aboie l'agent Cousins.

Papa ne détourne pas son regard.

– Espèce de bâtard, tu baises ma femme, tu en tues une autre et tu essaies de faire accuser mon fils ?

– Papa, il n'en vaut pas la peine, j'interviens d'une voix rauque.

Et c'est vrai. Steve ne compte plus à présent. Tout ce qui compte, c'est que je suis libre. Que tous ceux auxquels je tiens sont vivants et indemnes.

Je ne vais pas aller en prison. Ella va rentrer à la maison avec nous, là où est sa place. Nous allons survivre à ça, tout comme nous avons survécu au suicide de notre mère, à notre famille brisée et à nos propres démons.

Je mets en sécurité la main d'Ella au creux de la mienne et je lance :

– Allons-y.

– Où va-t-on ? demande-t-elle.

– À la maison.

Elle reste silencieuse un moment :

– C'est bien.

– Ouais, dit Easton en venant se placer de l'autre côté d'Ella. Ta chambre est un vrai bordel.

– C'est parce que tu passes ton temps à aller y regarder tes matchs de foot, murmure-t-elle pendant que nous l'emmenons. Je veux que tu la ranges dès qu'on rentre.

Easton s'arrête devant la porte du penthouse et la regarde d'un air incrédule :

– Tu plaisantes ? Je m'appelle Easton Royal. Je ne nettoie pas la merde.

Papa soupire. Les jumeaux pouffent de rire. Même les flics semblent avoir du mal à ne pas se marrer.

Je serre plus fort la main d'Ella et je sors, suivi de mes frères. Derrière nous, il y a notre terrible passé tourmenté. Devant nous s'étend notre bel avenir.

Jamais plus je ne regarderai en arrière.

CHAPITRE 36

REED

Il a suffi de quarante-huit heures à Grier pour m'obtenir une nouvelle audition. Cette fois, je me fiche bien que ce soit le juge Delacorte qui ait à juger mon affaire. Il y a quelque chose d'incroyablement ironique à savoir que c'est lui qui va devoir statuer sur l'abandon de toutes les charges contre moi, après qu'il a essayé de soudoyer mon père.

– Étant donné vos relations passées avec le juge, je te conseille de prendre un air contrit pendant toute la durée des débats, me conseille Grier pendant que nous attendons que le juge Delacorte fasse son entrée dans la salle de tribunal.

L'audition est censée commencer dans un quart d'heure, mais le juge boude et se fait attendre, il essaie de retarder l'inévitable. Les conseils de Grier ne sont pas nécessaires. Je n'ai pratiquement pas souri depuis que j'ai reçu le coup de fil d'Ella, samedi soir.

– Levez-vous, l'honorable juge Delacorte va présider.

– Honorable mon cul, grommelle Easton à mi-voix.

Grier ne réagit pas, mais sa collègue, Sonya Clark, se tourne pour fusiller mon frère du regard. Du coin de l'œil, j'aperçois Easton qui lui fait signe qu'il ferme sa bouche comme une fermeture Éclair. Ella est assise à côté de lui, étrangement proche de Dinah. Je suppose qu'il s'est formé entre elles un lien bizarre la nuit où Steve a avoué le meurtre de Brooke. Oui, elle a fait chanter mon frère, mais elle a aussi sauvé la vie d'Ella. Si elle n'avait pas attrapé ce pistolet dans le coffre-fort et n'était pas venue aider Ella, les choses auraient pu tourner bien différemment. Grâce à Dinah, Ella est en sécurité et Steve O'Halloran va se retrouver derrière les barreaux pour le crime dont tout le monde croyait que j'étais coupable. Chaque fois que j'y pense, j'ai envie de cogner. Ce bâtard était sur le point de me laisser pourrir en prison pour un acte que je n'ai pas commis. Je sais que c'est le père d'Ella, mais je ne lui pardonnerai jamais.

Grier me tire par la veste afin de me rappeler qu'il faut que je me lève. Je le fais puisqu'on me l'ordonne, et j'attends que l'huissier nous autorise à nous rasseoir. Avec sa robe noire et ses cheveux gris, le juge Delacorte passe pour un homme honorable, mais nous savons tous qu'il n'est qu'un rebut de l'humanité qui camoufle les crimes perpétrés par son enfoiré de violeur de fils.

Delacorte s'assied et se met à compulser les papiers des avocats. Pendant ce temps, la cour tout entière est à ses pieds. Quel fumier !

Après dix bonnes longues minutes, l'huissier se racle la gorge. Son visage tout rouge prouve son embarras. Ce n'est pas sa faute si son patron est une vraie tête de nœud. Nous nous sentons tous gênés pour lui. Sa toux attire l'attention du juge Delacorte. Il lève la tête, nous regarde, puis hoche la tête.

– Vous pouvez vous asseoir. Est-ce que l'État a une déclaration à faire ?

Il y a beaucoup de bruissements lorsque les gens s'asseyent. Le procureur reste debout. Il faut qu'il soit costaud pour faire ça, pour admettre qu'ils avaient tort sur toute la ligne et qu'ils ont failli envoyer un môme innocent en taule.

– Oui, nous en avons une.

– Et quelle est-elle ?

Le juge Delacorte ne cache pas son irritation.

– Le ministère public décide d'abandonner toutes les charges.

– Pour quels motifs ?

Tout est inscrit sur le papier qu'il a devant les yeux, mais comme Delacorte déteste sa vie, il va tenter de tout faire pour rendre celle de chacun d'entre nous aussi pitoyable.

– Parce que de nouvelles preuves suggèrent que ce n'est pas la bonne personne qui a été accusée.

Nous avons à présent un autre suspect en détention préventive.

– Et cette nouvelle preuve est le témoignage de la petite amie du premier suspect et de l'épouse séparée de corps du nouveau suspect ?

– Oui.

Delacorte se tortille sur son banc.

– Et le bureau du procureur considère que c'est crédible ?

Il est clair qu'il ne veut pas me laisser m'en tirer aussi facilement. Je jette un regard à moitié inquiet à Grier qui me fait un signe imperceptible de la tête. Bon, d'accord. Si Grier est tranquille, inutile de m'énerver.

– Oui. Nous avons un enregistrement de la confession de monsieur O'Halloran. Les déclarations des victimes sont corroborées par la preuve physique initiale sur la scène de crime, tout comme les déclarations post-incident, entendues par les inspecteurs Cousins, Schmidt et Thomas, devant lesquels monsieur O'Halloran a admis avoir pris la défunte pour sa femme.

– Êtes-vous absolument certain d'avoir la bonne personne, cette fois ? La dernière fois, vous avez juré que c'était monsieur Royal qui avait perpétré ce crime. En fait, il a obtenu une audition en raison du fait qu'il souhaitait plaider coupable. Aviez-vous tort à ce moment-là ou bien est-ce maintenant ?

Les joues de l'avocat deviennent toutes rouges.

– Nous avions tort alors, dit-il, et malgré son embarras sa voix reste ferme.

Il devient parfaitement évident que le juge Delacorte n'a aucune envie de statuer en ma faveur. Il veut que je pourrisse en taule. Malheureusement pour lui, il va aller se coucher ce soir avec un goût amer dans la bouche. Il attrape son marteau.

– Jugement suspendu, aboie-t-il. Autre chose, Monsieur le conseiller ?

– Oui, encore une chose.

Le procureur se tourne et murmure un truc à l'oreille de son procureur adjoint.

Grier commence à ramasser ses affaires.

– C'est terminé ? je demande.

Grier hoche la tête,

– Oui, félicitations. Tu es officiellement libre de toute accusation.

Je respire à fond pour la première fois depuis que je suis entré au tribunal.

– Merci.

Je lui serre la main, même si la vraie personne à qui je devrais le faire est assise derrière moi. Grier, lui, pensait que je devais plaider coupable alors que j'étais innocent.

East se penche au-dessus de la petite rampe, mais son high five est suspendu en l'air par les paroles du procureur.

– Nous aimerions apporter des preuves contre Steve George O'Halloran.

Je retiens mon souffle pendant que Steve sort d'une pièce contiguë, accompagné d'un flic en uniforme. Steve entre dans le tribunal et s'avance vers la table de la défense. Mais son visage complètement inexpressif ne se tourne pas une seule fois vers moi. Ou vers sa fille.

– Veuillez les lire, Monsieur le conseiller, dit le juge Delacorte d'un air ennuyé, comme s'il s'agissait du train-train quotidien.

Je suppose que ça l'est pour lui, mais pas pour nous. Pas pour Ella.

Je me retourne et je lis sur son visage un mélange d'horreur et d'immense tristesse. Je murmure à Easton :

– Fais-la sortir d'ici.

Mon frère acquiesce, il semble approuver l'idée qu'Ella n'a pas à entendre toutes les accusations portées contre son père.

– Viens, Ella, on y va. On n'a plus rien à faire ici, dit-il à voix basse.

Mais elle refuse de sortir. C'est la main de Dinah qu'elle attrape, entre toutes les autres. Et Dinah, la croqueuse de diamants, la maître-chanteuse, serre la main de ma petite amie. Toutes les deux s'appuient l'une contre l'autre, pendant que procureur lit l'acte d'accusation.

– Steve George O'Halloran, ci-dessus connu comme étant le défendant, contre le comté de Bayview et l'État de Caroline du Nord, a sciemment commis un meurtre au deuxième degré qui a abouti au décès de Brooke Anna Davidson.

– Est-ce que le défendant à quelque chose à déclarer ?

Je m'écarte et je regarde avec stupéfaction Grier sortir un autre dossier. Bordel de merde. Il ne rangeait pas ses affaires. Il rangeait le dossier me concernant et se préparait à défendre Steve. Steve boutonne sa veste en s'approchant du banc. Il semble confiant et sûr de lui, mais refuse toujours de me regarder dans les yeux.

– Comment plaidez-vous ? demande le juge Delacorte.

– Non coupable, lance Steve d'une voix claire et forte.

Je serre les poings. Pas coupable, mon cul. Je veux me le faire. Je veux écraser sa face contre la table en bois jusqu'à ce que ce ne soit plus qu'une bouillie sanglante. Je veux…

Une main m'attrape par le poignet. Je lève les yeux, je vois le ravissant visage triste d'Ella et je réalise ce que j'étais sur le point de faire.

En fermant les yeux, je pose mon front contre le sien.

– Tu es prête à rentrer à la maison ?

– Oui.

Je prends sa main et je quitte la salle du tribunal, et Steve. Derrière nous, ma famille sort elle aussi. À l'extérieur, quelques journalistes se ruent sur nous, mais les fils Royal sont grands, ils sont intimidants.

Nous formons un cercle protecteur autour d'Ella et repoussons les vautours pendant que nous quittons le tribunal.

Papa nous rejoint devant sa Mercedes.

– Tu rentres avec nous à la maison, Ella.

– Pour de bon ? demande-t-elle prudemment.

Il sourit.

– Pour toujours. Grier remplit le dossier de demande de tutelle pendant que nous discutons.

Mais son sourire s'estompe rapidement.

– Nous nous servons des problèmes actuels de Steve face à la justice pour obtenir une décision en référé.

Je remarque la tristesse qui s'installe dans les yeux de mon père. La trahison de Steve nous a tous meurtris, mais mon père plus encore que nous tous. Steve est, était, son meilleur ami. Mais ça ne dérangeait pas ce connard de me laisser aller en taule pour un crime qu'il avait commis. Et il…

Ma gorge se serre en me rappelant son autre trahison.

Steve avait une aventure avec ma mère.

Rien que d'y penser, j'ai envie de vomir et je me prends à souhaiter qu'aucun d'entre nous n'ait lu cette lettre. Mais, en même temps, une partie de moi est contente que nous l'ayons fait. Pendant si longtemps, je me suis accusé de la mort de maman en me persuadant que c'étaient mes combats et ma conduite inconsidérée qui l'avaient poussée au suicide. East, lui, pensait que c'était son addiction aux médocs qui l'avait fait craquer.

Au moins, à présent nous connaissons la vérité. Maman s'est tuée par culpabilité à cause de son aventure avec le meilleur ami de papa. Et elle pensait que papa la trompait. C'est ce que Steve lui avait fait croire. Enfoiré de Steve. J'espère ne plus avoir à poser le regard sur ce type de toute ma vie.

– Ella !

Les oreilles de ce bâtard ont dû chauffer, parce que le voilà qui apparaît sur les marches du tribunal.

– Eh merde, murmure East.

Les jumeaux font écho à son juron en termes encore plus fleuris.

J'envisage alors de prendre Ella sur mon épaule, de la jeter dans ma voiture et de ficher le camp. Mais j'hésite trop longtemps, parce que Steve s'avance déjà vers nous à travers le parking.

Papa fait un pas en avant, l'air menaçant, pour se placer entre Steve et Ella.

– Tu devrais y aller, lui commande-t-il.

– Non. Je veux parler à ma fille.

Steve contourne papa tout en suppliant Ella.

– Ella, écoute-moi. J'étais drogué l'autre nuit. Je crois que Dinah avait mis quelque chose dans mon verre. Tu sais que je ne t'aurais jamais fait de mal. Et je n'ai pas touché Brooke, non plus. Tu as mal compris ce que j'ai dit cette nuit-là.

Le chagrin fait trembler le visage de mon amie. Mais elle lui fait face :

– Vraiment ? C'est ça, l'histoire que vous allez nous servir ?

– Tu dois me croire.

– Te croire ? Tu te fous de moi ? Tu as tué Brooke et essayé de mettre ça sur le dos de Reed ! Je ne te connais pas et je ne veux plus te voir.

Elle rentre dans la voiture. Le claquement de la portière nous met tous en mouvement. Les jumeaux et Easton montent dans la Rover de Sawyer et je rejoins Ella dans la voiture de papa. Il reste avec Steve, mais leurs voix sont assourdies par les vitres closes de la Mercedes. Je me fous complètement de ce qu'ils peuvent se raconter. Je fais confiance à papa pour dire à Steve d'aller en enfer, où il mérite de brûler pour l'éternité. Ella me jette un regard tout triste, je passe doucement un bras autour de son cou.

– Vous autres, vous avez été durs avec moi quand je suis arrivée, commence-t-elle.

– Je sais.

– Mais ensuite, vous avez changé et j'ai… j'ai eu une vraie famille pour la première fois de ma vie.

Des larmes coulent sur son visage. Ses mains sont serrées si fort sur ses genoux que ses articulations sont toutes blanches. Je les couvre avec ma paume et je sens ses larmes tièdes tomber sur le dos de ma main.

– Quand Steve est arrivé, je lui ai donné du fil à retordre, mais secrètement, je me disais que c'était cool qu'il soit tellement excité à l'idée d'être père. Ses règles étaient ridicules, mais les filles à l'école m'ont dit que c'était normal et du coup, par moments, j'avais l'impression que je comptais vraiment pour lui.

J'avale la boule que j'ai dans la gorge. Ses paroles sont si pleines de chagrin et je ne sais pas comment faire pour la consoler.

– J'ai pensé, poursuit-elle entre deux sanglots, parfois, j'ai pensé que maman avait eu tort de me trimballer à travers tout le pays, d'une relation à l'autre. Je me suis dit que peut-être ça aurait été mieux de grandir auprès de Steve. D'être une O'Halloran, pas une Harper.

Eh merde. Je la prends sur mes genoux et je pose son visage humide dans mon cou.

– Je sais, bébé. J'adore ma mère, mais parfois je pense du mal d'elle, moi aussi. J'ai pigé qu'elle ne se supportait plus, mais elle aurait dû essayer. Parce qu'on avait besoin d'elle.

Je repousse les cheveux d'Ella et je dépose un baiser sur sa tempe.

– Je ne crois pas qu'être en colère ou amer parce que nos mères nous ont laissés tomber soit déloyal.

Son petit corps tressaute.

– Je voulais qu'il m'aime.

– Oh bébé, il y a un truc qui ne tourne pas rond chez Steve. Il est incapable d'aimer quelqu'un d'autre que lui. C'est son problème, pas le tien.

– Je sais. Mais ça fait mal.

La porte du conducteur s'ouvre et papa grimpe.

– Tout va bien ici ? demande-t-il calmement.

Ses yeux rencontrent les miens dans le rétroviseur. Je ne réponds rien, parce que je sais que la question s'adresse à Ella.

– Ouais, je suis une épave, mais ça va aller.

Elle descend de mes genoux, mais laisse sa tête sur mon épaule. Papa sort à reculons de la place de parking et démarre.

Nous rentrons à la maison.

– Un jour, j'ai dit à Val que toi et moi, on est le reflet parfait l'un de l'autre. On se complète d'une étrange façon.

Je sais exactement ce qu'elle veut dire. Les sentiments compliqués que nous avons pour nos mères, pour leur faiblesse et leur fragilité, pour leur force secrète et l'amour qu'elles nous ont donné, pour leur égoïsme qui nous a fait souffrir… toutes ces choses font partie de ce qui nous rassemble. D'une façon ou d'une autre, tous ces fils embrouillés ont fusionné pour que nous ne fassions plus qu'un. Ella est mon tout. Je suis son tout. J'avais peur de l'avenir. Je ne savais pas ce que j'allais devenir, j'ignorais si l'amertume et la colère qui m'habitaient disparaîtraient un jour pour de bon. Si je me sentirais à nouveau digne, ou si je trouverais quelqu'un qui soit capable de voir au travers du salaud que je faisais semblant d'être. Mais je n'ai plus peur, à présent, et j'ai trouvé quelqu'un qui voit clair en moi. Qui me voit, vraiment, pour ce que je suis. Et je la vois. Ella Harper est tout ce que je veux voir, parce qu'elle est mon avenir.

Elle est mon acier et mon feu, elle est mon salut.

Elle est mon tout.

CHAPITRE 37

ELLA

Une semaine plus tard

– Qu'est-ce que c'est que ça ? je demande en sortant de la salle de bains, vêtue de ma tenue décontractée favorite, à savoir un t-shirt de Reed et un short.

L'entraînement de l'équipe de danse a duré longtemps, du coup j'ai dit à Reed de rentrer sans moi. Une fois à la maison, je l'ai fait attendre le temps de prendre une douche, bien qu'il dise qu'il se fiche que je sois en sueur.

Maintenant, je rentre dans ma chambre et je trouve un tas de brochures colorées sur mon lit. La plupart d'entre elles montrent des adolescents qui serrent des livres scolaires contre leur poitrine.

– Choisis-en une, me dit Reed, les yeux rivés sur l'écran de télé.

En m'approchant, je m'aperçois qu'il s'agit de brochures d'universités. Au moins dix d'entre elles.

– Une quoi ?

– Choisis où on va aller en fac.

– On ? Curieuse, j'en ouvre une. *L'UNC*[9], dit la brochure, *délivre des diplômes depuis le XVIIIe siècle.*

– Sans déconner !

Il roule sur le côté en chiffonnant la moitié des brochures sur papier glacé.

– On choisit ensemble ? dis-je, toute surprise.

– Ouaip. Tu as dit que tu voulais danser, et il y en a plusieurs qui proposent une bonne licence en arts.

Il farfouille dans la pile et en sort une brochure rouge et or.

– Comme par exemple l'UNS de Greensboro, et celle de Charlotte. Toutes deux sont accréditées auprès de l'Association nationale des écoles de danse.

Une chaleur familière m'envahit.

– Tu as cherché tout ça tout seul ?

– Bien sûr.

Je mords ma lèvre inférieure pour ne pas éclater en sanglots. Ce doit être la chose la plus attentionnée qu'on ait jamais faite pour moi.

Je ne dois pas parvenir à cacher suffisamment mon émotion, parce que Reed se jette en travers du lit et m'entraîne dans ses bras. Ses yeux cherchent les miens.

– Y'a un truc qui te fait chier ?

– Non. C'est tellement gentil.

---

9. Université de Caroline du Nord.

Je pleure comme un bébé.

En souriant, il s'assied au bord du lit et m'installe entre ses jambes. Il a l'air à la fois gêné et fier.

– Je me suis dit que c'était le moins que je puisse faire. Qu'est-ce que tu avais prévu de faire avant que papa te kidnappe ?

– Ah, alors tu admets qu'il m'a kidnappée ?

– Je viens de le dire.

– Bien. Je voulais m'inscrire à un collège communautaire[10] et passer un diplôme en gestion des affaires. Et ensuite, suivre deux ans en comptabilité pour avoir une bonne chance de trouver un boulot stable où je ferais des calculs toute la journée. J'avais prévu de porter des chinos, de manger à la cafétéria et peut-être d'avoir un chien qui m'attendrait à la maison.

Son sourire s'élargit.

– Eh bien maintenant, tu peux suivre des cours de danse et vivre de ton fonds de pension.

– Et ton diplôme d'affaires ?

Il hausse les épaules.

– Je peux le passer n'importe où. Papa m'embauchera de toute façon. Il meurt d'envie qu'on s'investisse dans les affaires familiales. Ça n'intéresse pas du tout Gid. East aime les voitures de course. Les jumeaux ressemblent plus…

10. Établissements publics US d'études supérieures qui offrent des formations de cycle universitaire de deux ans, comparables à nos BTS.

Il s'arrête avant de prononcer le nom de Steve.

– Les jumeaux aiment les avions et ne s'intéressent pas à la marche des affaires.

Je me dégage de son étreinte et je cours à la commode, d'où je sors le prospectus que j'ai trouvé sur le tableau d'affichage d'Astor Park ce soir. C'est Hailey qui me l'a montré. Je reviens vers Reed et sa brochure de Greensboro avec le flyer.

– Qu'est-ce que c'est ?

Il le retourne.

– C'est un circuit de boxe amateur. Je sais que tu aimes cogner sur des trucs, mais tu ne devrais plus aller sur les docks. Cela te permettra de donner et de prendre des coups de façon parfaitement légale. Je ne te dis pas que tu devrais faire ça toute ta vie, mais…

– Ça me plaît, déclare Reed.

– Ouais ?

– Je peux faire ça, aller en cours et rentrer te voir à la maison, non ?

Je me serre contre lui.

– C'est vrai. Oh, et Val m'a dit de te demander d'emmener Wade avec toi. Elle pense que ça ne lui ferait pas de mal de se faire cogner sa petite tête de temps en temps.

Reed pouffe de rire.

– Je croyais qu'ils étaient ensemble à présent ?

– Ils le sont.

Je me marre en pensant à nos meilleurs amis. Ils sont officiellement en couple depuis une semaine, et Val commence déjà à faire sa loi.

– Mais elle lui fait toujours payer d'avoir déconné avec quelqu'un d'autre.

– Les nanas sont cinglées.

– Pas du tout. (Je lui pince les côtes en signe d'avertissement.) Oh, au fait, j'ai décidé de prendre des leçons de danse. C'est l'unique chose que fait Jordan et que j'envie. Je sais que je ne vais pas devenir aussi bonne qu'elle avec une seule année de cours, mais je pense que je peux devenir pas trop mauvaise.

– Papa va adorer.

Reed me met sur lui et je me frotte contre son corps si délicieusement dur. Nos lèvres se rencontrent, doucement et tendrement. Ses mains glissent sous le tissu de mon short pour me presser plus fort encore contre lui. Nous nous embrassons jusqu'à en avoir le souffle coupé. Je roule ensuite sur le côté parce que, si on continue, on va se retrouver à poil en deux temps trois mouvements. On va bientôt dîner, et nous avons tous fait de réels efforts pour nous mettre à partager nos repas comme une véritable famille. En plus, Gideon arrive ce soir et j'ai un cadeau pour lui.

– Comment tu fais avec tout ce… ?

Reed s'arrête. Comme d'habitude, il ne mentionne jamais Steve autrement qu'en termes vagues. Je le rassure.

– Ça va bien. Et tu ne devrais pas t'en faire si tu prononces le nom de Steve devant moi.

Ne l'appelle pas mon père, c'est tout, parce qu'il ne l'est pas. Il ne l'a jamais été.

– Non, confirme Reed, il ne l'a jamais été. Il n'y a pas une once de lui en toi.

– J'espère bien.

Sauf que, même si je le nie, Steve est mon père, et ce fonds de pension dont Reed a parlé plus tôt, c'est tout le fric que Steve m'a donné et que Callum gère pour moi. J'ai déjà diminué ce fonds de moitié, mais c'était pour une bonne cause. Je crois que Gideon va être très, très heureux ce soir quand il va apprendre le deal que j'ai passé avec Dinah. En échange de la moitié de l'argent de Steve, elle a brûlé toutes les preuves qui lui permettaient de les faire chanter, lui et Savannah. Je sais qu'elles sont détruites pour de bon, parce que je suis restée avec elle devant la cheminée pendant qu'elle allumait l'allumette et brûlait la clé USB, les photos imprimées et les papiers légaux, qu'elle m'a assuré n'avoir jamais remplis, d'un ton hautain.

C'était la même cheminée où Brooke et son bébé ont trouvé la mort, mais j'essaie de ne pas trop y penser. Brooke est partie. Comme le bébé à naître de Callum. Rien ne les ramènera jamais et tout ce que nous pouvons faire à présent, c'est laisser derrière nous cette tragique épreuve.

Je me penche pour attraper la main de Reed.

– Et toi, ça va ? Tu te sens mieux à présent ?

– Ouais, admet-il. Je suis tellement soulagé de ne pas aller en prison, mais j'en veux à ton… à

Steve. Et je suis toujours en colère contre ma mère. Mais… j'essaie d'oublier.

Je comprends tout à fait.

– Et Easton ? Il ne te paraît pas bizarre ces derniers temps ?

Easton a été étrangement absent cette semaine.

– Je ne sais pas. Je pense qu'il pourrait bien être accro à une fille.

Je me retourne vers lui.

– Sérieux ?

– Sérieux.

– Wouah.

Je secoue la tête, tout étonnée.

– C'est Noël en été !

– Ouaip.

Avant que je puisse le mettre sur le gril, Callum nous crie depuis le salon :

– Le dîner est prêt.

Reed me pose par terre.

– Viens, on descend. La famille nous attend.

J'adore ce mot, et j'adore le garçon qui me prend par la main et qui me pousse vers la porte pour que nous puissions aller rejoindre notre famille.

Ma famille.

REMERCIEMENTS

Lorsque nous avons commencé l'écriture des *Héritiers* à l'automne 2015, nous écrivions l'une pour l'autre. Nous nous échangions les différents chapitres par mails interposés. Les mots volaient sur la page. Autant nous aimions ce projet, autant nous n'aurions jamais imaginé qu'il trouverait un tel écho auprès des lectrices du monde entier. Nous vous sommes tellement reconnaissantes, à vous nos lectrices, de vous être ainsi emparées de cette histoire. Vous avez donné vie à ces personnages.

Nous devons également remercier Margo, qui s'est installée et a écouté la première notre scénario. Elle est la première qui nous a fait des commentaires.

De nombreuses lectrices, comme Jessica Clare, Michele Kannan, Meljean Brooke et Jennifer L. Armentrout, qui nous ont, elles aussi, fait des critiques inestimables.

Notre chef de pub Nina, qui s'est occupée de la campagne de communication de ce projet. Nous savons quelle montagne de travail cela a représenté !

Sans Natasha et Nicole, nos assistantes, nous serions perdues. Chaque jour, elles nous ont aidées à nous remettre au travail.

Et bien sûr, nous avons une dette éternelle auprès de toutes les blogueuses, les critiques et les lectrices qui ont pris le temps de lire, de chroniquer et de délirer sur ce livre. Votre soutien et votre retour d'information font tout l'intérêt de cette aventure !

RESTEZ CONNECTÉES

Inscrivez-vous à la newsletter pour être la première au courant des nouveaux titres d'Erin Watt ! Nous vous promettons de ne vous envoyer de mail que quand ce sera vraiment important. Restez connectées avec nous, via la page Facebook d'Erin Watt, en likant les mises à jour ou les teasers fun !

LIKEZ-NOUS SUR FACEBOOK :
https://www.facebook.com/authorerinwatt

SUIVEZ-NOUS SUR GOODREADS :
https://www.goodreads.com/author/show/14902188.Erin_Watt

Composition et mise en pages
Nord Compo à Villeneuve-d'Ascq